*Geschichten spannen ein Netz
über Menschen, Raum und Zeit.*

Birgit Ebbert

Den Traum
im Blick

**Roman aus dem
Film-Berlin der 30er Jahre**

© 2022 Dr. Birgit Ebbert
Umschlag: Marion Wieczorek
Umschlagfoto: Ulrich Wens

Druck und Distribution im Auftrag Dr. Birgit Ebbert
tredition GmbH, Halenreie 40-44, D-22359 Hamburg

ISBN Softcover: 978-3-347-72778-6
ISBN Hardcover: 978-3-347-72779-3
ISBN E-Book: 978-3-347-72780-9

Prolog

»Ihr wollt bloß nicht, dass mein Traum in Erfüllung geht!« Bei diesen Worten war Alexander Halbersberg vom Tisch aufgesprungen. Die Suppe spritzte im Teller hoch. Der Stuhl kippte geräuschvoll um.

Seinen Vater schien Alexanders Explosion der Gefühle nicht zu erreichen. Er löffelte weiter seine Suppe und fischte seelenruhig eine Kohlblume heraus. »Solange du deine Füße unter meinen Tisch streckst«, begann er, besann sich und erklärte: »Schreiben ist eine brotlose Kunst. Ärzte braucht man immer.«

Alexander hielt sich die Ohren zu. Er konnte es nicht mehr hören. Seit er in der Unterprima begonnen hatte, Artikel für die *Kieler Nachrichten* zu schreiben, verging kein Tag ohne diese Litanei. Er konnte sie im Schlaf mitsprechen.

»Im Krieg hast du erlebt, wie das ist. Erinnere dich an deinen Schulfreund, der jeden zweiten Mittag in unserem Garten herumlungerte, in der Hoffnung auf eine warme Mahlzeit.« Leopold Halbersberg hatte den Löffel neben den Teller gelegt, obwohl noch Suppe darin war. Er tupfte mit der Serviette seinen Mund ab und sah Alexander aus den tiefbraunen Augen, die er seinem Sohn vererbt hatte, eindringlich an. »Und? Welchen Beruf hatte der Vater deines Schulfreundes?«

Alexander blieb stehen und schwieg trotzig. Natürlich wusste er, dass Werners Vater Journalist war. Schließlich hatte dieser ihm den Job bei den *Kieler Nachrichten* beschafft. Er starrte seinen Vater mit zusammengekniffenen Augen an und warf die braunen Haare zurück, deren Länge sonst Diskussionsthema bei Tisch waren.

»Sag's ruhig!«, forderte Leopold seinen Sohn auf. »Und setz dich endlich, das ist kindisch, was du hier veranstaltest.«

»Alexander, bitte!«, mischte sich seine Mutter ein und fühlte, ob ihr Haarknoten richtig saß, wie immer, wenn sie erregt war.

Alexander hob den Stuhl auf und setzte sich mit verschränkten Armen und grimmigem Gesicht an den Tisch.

»Na, geht doch!« Leopold Halbersberg griff zum Löffel und aß seine Suppe weiter, als wenn nichts gewesen wäre.

»Und ich werde Journalist!«, flüsterte Alexander. Dass sein Vater kurz vom Teller aufblickte, zeigte ihm, dass er ihn gehört hatte.

Die beiden Männer schwiegen für den Rest des Mittagessens. Christine Halbersberg versuchte die Stille, in der selbst der Klang des Bestecks auf dem Porzellan laut erschien, mit Klatsch aus der Stadt zu füllen. »Habt ihr gehört, dass die Kleine vom Dachdecker durchgebrannt ist? Nicht mit einem Kerl, aber die war schon immer ein bisschen meschugge. Will Schauspielerin werden!« Sie machte eine kleine Pause, ehe sie leise bemerkte: »Dagegen ist Journalist direkt ein ehrbarer Beruf!«

November 1929

»Ich kann das nicht, ich will das nicht!«, schrie Alexander und warf das Skalpell in die Schale. Vor ihm lag eine männliche, nackte Leiche. Auf dem Brustkorb befand sich ein blaues Kreuz, dass der Professor mit einem Kugelschreiber auf die blasse Haut gezeichnet hatte. Bereits bei diesem Anblick, wie der Professor in seinem weißen Kittel von Leiche zu Leiche ging und seine Kreuze malte wie Autogramme, war Alexander schlecht geworden. Seine Kommilitonen hatten ihn mit Mühe überredet, am Tisch zu bleiben. Der Professor hatte klar gemacht, dass der für den ersten Abschnitt der ärztlichen Prüfung nötige Schein nur nach erfolgreich absolvierter Operation vergeben wurde. Nicht am lebenden Objekt, was für Alexander keinen Unterschied machte.

»Komm, Alexander, denk an was Schönes und schnippel einfach drauflos!«, ermunterte ihn Ingmar vom Nachbartisch, während er mit dem Skalpell am Brustkorb einer hübschen jungen Toten herumsäbelte.

Alexander spürte, wie es in seinem Magen arbeitete, dann rumorte es in der Speiseröhre, im letzten Moment schaffte er es bis zum Handwaschbecken am Rand des Sektionsraumes.

»Oh, da haben wir ein Weichei unter uns«, spottete der Professor. »Das müssen Sie sich aber abgewöhnen, wenn Sie Arzt werden möchten. Tote gehören zum Arztleben unabdingbar dazu.« Er wandte sich an alle Studenten. »Lassen Sie sich eines gesagt sein, ein Arzt darf auf keinen Fall, in keinem Moment

Schwäche zeigen. Deshalb habe ich dieses Seminar als Pflichtprogramm für alle Erstsemester in meiner Fakultät eingeführt.«

Alexander kam es so vor, als sähe der Professor ihn bei den nächsten Worten besonders an. »Ihr könnt euch nicht vorstellen, wie viele Tote ich im Krieg gesehen und wie viele Schwerverletzte ich verarztet habe. Wäre mir damals das Mittagessen hochgekommen, hätte ich Wannen füllen können. Aber Mittagessen hatten wir sowieso nicht.«

Alexander legte eine Hand auf den Magen, der weiterhin rebellierte. An den Krieg hatte er nur eine einzige Erinnerung, die sterbenden Männer zwischen den Schulbänken, als man seine Schule in ein Lazarett verwandelt und vergessen hatte, die Schüler zu benachrichtigen. Da stand er mit 35 anderen ABC-Schützen vor Betten mit schreienden Männern, manche hatten Verbände am ganzen Körper, manchen fehlte ein Arm oder Bein. An jenem Tag hatte er sich geschworen, niemals Arzt zu werden. Trotzdem befand er jetzt sich in diesem schrecklichen Raum mit diesem grausamen Professor und Kommilitonen, die Freude daran hatten, tote Menschen zu sezieren.

»Wird das endlich was!«, herrschte der Professor Alexander an. »Wir wollen alle ins Wochenende. Kommen Sie, das hat bisher jeder geschafft!« Eine Lüge, das wusste Alexander von Studenten aus höheren Semestern. Aber er wollte nicht zu denen gehören, über die sich Jahre später die Studentenschaft das Maul zerriss. Vorsichtig setzte er das Skalpell auf ein Ende des Kugelschreiberkreuzes, das der Professor emotionslos auf den Torso gezeichnet hatte, als wäre der Tote ein Blatt Papier.

»Nur Mut und mehr Kraft!«, forderte der Professor. »Sie sind schließlich kein schlaffer Jude, das kriegen sie hin.«

Alexander zuckte zusammen. Er war kein Jude, aber immer öfter hörte er diese Sprüche. Was sollte das? Früher hieß es: »Sie sind doch keine Frau!« Seit es Frauen an den medizinischen Fakultäten gab, verging kein Tag, an dem die Juden nicht als Beispiel für Schwäche erwähnt wurden.

Als er eine halbe Stunde später den Sektionssaal verließ, bemerkte Alexander erst, dass er schweißgebadet war. Sein kurzes braunes Haar klebte am Kopf, als wäre er gerade aus dem Schwimmbecken gestiegen. Sein Hemd hatte unter den Armen riesige feuchte Flecken und auf der Schulter meinte er, einen Stein zu spüren. Dort, wo der Professor nach erfolgreichem Y-Schnitt seine Hand hingelegt hatte.

»Sehen Sie, Sie haben sich überwunden und es geschafft«, hatte der Professor ihn gelobt. »Der Rest ist ein Kinderspiel dagegen. Sie werden sich daran gewöhnen.«

Danach hatte er seinen weißen Kittel ausgezogen, darunter blitzte eine Anstecknadel hervor. Alexander erkannte das Hakenkreuz, das immer mehr Männer am Revers trugen.

»Herzlichen Glückwunsch!« Vor der Tür wartete Ingmar. »Ich hätte nicht darauf gewettet, dass du das hinkriegst.«

Alexander war froh, dass er sich überwunden hatte, auch wenn er beim Schneiden und Zunähen immer nur an das Meer vor seiner Heimatstadt Kiel gedacht hatte. Wenigstens würde er nicht in der Spottliste seiner Kommilitonen auftauchen, sie würden ihn ohnehin bald vergessen, denn eines stand für Alexander fest: Sein Vater mochte toben, schweigen, ihn enterben

9

oder sonst etwas anstellen, dies war definitiv seine letzte Vorlesung an der medizinischen Fakultät gewesen. Sollte sein Vater jemanden adoptieren, der seine Praxis übernahm. Niemals würde auf einem Praxisschild der Name Dr. med. Alexander Halbersberg stehen.

Mit dieser Entscheidung ging Alexander in die Pension, in der er bei Studienbeginn ein kleines Zimmer bezogen hatte. Er zog ein frisches weißes Hemd zu der dunkelblauen Hose an, polierte seine braunen Schnürschuhe und machte sich auf den Weg zur Redaktion der Zeitschrift *Tempo*. Unter dem Arm trug er die Mappe mit Arbeitsproben aus Kiel und seinem Lebenslauf. Erst kürzlich hatte er in einem Artikel gelesen, dass es nirgendwo so viele Redaktionen gab wie in Berlin. Eine davon musste Arbeit für ihn haben. Das Magazin *Tempo* war erst im letzten Jahr auf den Markt gekommen, da standen die Chancen gut, dass eine Redakteursstelle oder zumindest ein Platz als freier Mitarbeiter vakant war, da mehrere Ausgaben an einem Tag mit Inhalt gefüllt werden mussten. Hatte nicht jemand gesagt, Berlin sei ein Paradies für Journalisten? In dieses Paradies wollte Alexander eintauchen.

Neben dem Eingang zum Ullstein-Haus blieb Alexander stehen. Er überflog erneut die erste Ausgabe der Zeitschrift. Sie war wenige Tage vor seinem Umzug nach Berlin zum ersten Mal erschienen und hatte ihn sofort begeistert. Am liebsten wäre er am selben Tag vorstellig geworden, um sich dort als Journalist zu bewerben.

»Wir vermitteln Unterrichtung und Unterhaltung knapp in dem Tempo, in dem der moderne Mensch lebt. Nur Alternden

10

erscheint dies als atemlose Hetze. Dem tätigen, strebenden, jungen Menschen ist Tempo der Schwung seines Ehrgeizes, seines Vorwärtsdranges. Tempo sitzt nicht in den Beinen, sondern im Herzen. Wir wenden uns an die deutsche Generation, die unter unserem Lebenstempo nicht mehr ächzt, sondern es schon als Ausdruck ihrer Lebensbejahung empfindet«, las Alexander leise, was ihn bereits im Jahr zuvor beim Lesen elektrisiert hatte.

Als hätte der Redakteur über ihn geschrieben. Hätte er nicht seiner kranken Mutter versprochen, um des lieben Friedens willen ein Medizinstudium aufzunehmen, wäre er vielleicht heute in dieser Redaktion. Tempo und Lebensbejahung, das war genau das, was er sich vom Leben erträumte, nicht die ständige Erinnerung an den Krieg und dieser Stillstand, der wie ein grauer Schleier über Deutschland hing.

Als Alexander das rosa-bräunliche Papier der Zeitung zusammenfaltete, fiel ihm eine junge Frau mit braunen Augen auf, die ihn neugierig anfunkelten.

»Wieso stehen Sie da herum?«, sprach die Frau ihn an.

Alexander konnte seinen Blick nicht von dem Gesicht wenden, das von glatten kinnlangen dunklen Haaren eingerahmt wurde.

»Mein Herr? «, sagte die junge Frau fragend.

»Äh, ich will mich hier bewerben«, stammelte Alexander und wäre am liebsten in den Boden versunken. Wieso musste er sich ausgerechnet jetzt so dämlich anstellen?

»Ich bin Journalist, wissen Sie«, gab er an, nachdem er sich gefasst hatte.

»Ach, dann sind wir Kollegen.« Winzige Lachfalten zeigten sich um die dunklen Augen der jungen Frau.

Alexander wünschte, dass sich der Boden unter ihm auftäte. Warum musste er so angeben?

»Äh!«, stotterte er. »Äh, wo schreiben Sie? Sind Sie auch Redakteurin?« Auch! Als ob er Redakteur wäre. In Kiel, hätte er sich so nennen dürfen. Aber in Berlin? Er hatte in dem ersten Jahr in Berlin keinen Zeitungsverlag von innen gesehen.

»Ich schreibe Gedichte«, antwortete die junge Frau. »Erst gestern ist mein erstes Gedicht im *Tempo* erschienen. Vorher hatte ich einige Veröffentlichungen in der *BZ am Mittag*.«

Alexander starrte in den Himmel, an den Fassaden der Häuser im Zeitungsviertel vorbei. Als er sich beruhigt hatte und wieder vor sich sah, war die junge Frau verschwunden. Er blickte sich um, konnte sie aber nirgendwo entdecken. Rasch zog er die Tür zum Verlag auf. Die Zeitung schob er unordentlich in seine Mappe. Jetzt hatte er zwei Dinge zu tun, er musste einen Job bekommen und er musste herausfinden, wer diese zauberhafte Dichterin war. Vielleicht saß sie sogar in der Redaktion. Fast hätte er beim Träumen verpasst, dass eine Frau ihn nach seinen Wünschen fragte.

»Ich möchte mich bei Ihnen bewerben«, erklärte Alexander schnell. »Mein Name ist Alexander Halbersberg, ich habe bis vor kurzem bei den *Kieler Nachrichten* gearbeitet.« Bei seinen Worten legte er die Bewerbungsmappe mit den Arbeitsproben auf den Empfangstresen.

Die Frau blätterte in der Mappe, ihr Blick blieb an einem Artikel über die aufreibende Geschichte eines Kieler Kunstwerks von Ernst Barlach hängen, die er kurz vor seinem Umzug nach Berlin geschrieben hatte. Anscheinend gefiel der Frau dieser Beitrag, sie bat Alexander ihr zu folgen und klopfte wenig später an eine Tür mit der Aufschrift Redaktion.

Alexander wagte kaum zu atmen. Sollte sich sein Traum erfüllen?

»Hier ist jemand, der ordentlich schreiben kann, vielleicht können Sie den gebrauchen«, sagte die Frau und verschwand sofort wieder.

Ein mittelgroßer Mann mit Halbglatze stand vor Alexander. »Soso, Sie können ordentlich schreiben«, meinte er. »Wir können die Artikel gar nicht so schnell schreiben, wie sie gedruckt werden. Da ist Verstärkung immer willkommen.«

Der Mann blickte in die Mappe, die die Empfangsdame ihm in die Hand gedrückt hatte. »Die *Kieler Nachrichten* sind zwar mit unserer Zeitung nicht zu vergleichen, aber Ihr Schreibstil passt zu uns. Ich schlage vor, dass Sie mir einen Probetext liefern und dann sehen wir weiter.«

Am liebsten wäre Alexander auf einen Stuhl gesunken, aber der Mann bot ihm keinen Platz an und er wollte nicht riskieren, diese Chance durch Unhöflichkeit zu verderben. Also blieb er auf wackeligen Beinen im Türrahmen stehen und klammerte sich an die Klinke.

Der Redakteur ging zu seinem Schreibtisch und stöberte in Papieren, die sich dort stapelten. Er zog ein Blatt heraus. »Hier, gehen Sie morgen dorthin und schreiben Sie was.«

Deutsche Erstaufführung mit Elisabeth Bergner, las Alexander. Eine Theaterinszenierung. Ausgerechnet! Das war nicht sein Metier. Am wohlsten fühlte er sich auf dem Sportplatz, alles was mit Menschen zu tun hatte, ging auch, Filmpremieren liebte er, aber Theater. Der Autor Eugene O'Neill sagte ihm ebenso wenig wie der Regisseur Heinz Hilpert. Einzig Elisabeth Bergner kannte er, eine der großen Schauspielerinnen.

Entschlossen nickte Alexander. »Das klingt gut, ich werde Sie nicht enttäuschen«, behauptete er und fragte sich gleichzeitig, wie er das Versprechen einhalten sollte.

»Dann bringen Sie mir den Text gleich nach der Aufführung vorbei«, verlangte der Redakteur. »Nein, besser, kommen Sie und tippen Sie den Text hier, dann haben wir ihn morgen in der ersten Ausgabe.«

Tippen! Alexander schluckte. Bei den *Kieler Nachrichten* hatte er seine Texte in sauberer Handschrift abgegeben und ein Redakteur hatte sie abgetippt. Wie sollte er an einem Tag Maschine schreiben lernen? Trotzdem nickte er mit einem freundlichen Lächeln. Er musste das schaffen. Vielleicht bekam er nie wieder ein solches Angebot. Im Ullstein-Imperium gab es so viele Zeitungen, da wurde immer ein Journalist gebraucht.

»Eine Bitte habe ich.« Alexander nahm seinen ganzen Mut zusammen, aber wo sollte er so schnell eine Schreibmaschine zum Üben finden. »Könnte ich morgen tagsüber ein wenig an der Maschine üben, damit ich nachts den Artikel schnell schreiben kann?« In seinen Ohren klang das plausibel.

Der Redakteur stutzte kurz und knurrte dann: »Von mir aus. Lassen Sie sich von Frau Mahler unten am Empfang in die Handhabung der Maschine einweisen. Ich sehe Sie dann morgen Abend nach der Premiere.«

Alexander stand kurz unschlüssig im Raum. Hieß das, er konnte gehen? Sein Gegenüber war wieder in Papiere vertieft, also ging er auf den Flur und zog leise die Tür hinter sich zu. Er atmete tief durch. Der Anfang war gemacht. Jetzt lag es an ihm, daraus eine Fortsetzungsgeschichte zu machen.

Lachen, Weinen, Bergner

Am gestrigen Abend hatten die Kulturinteressierten Berlins eine schwere Entscheidung zu treffen. Theater- oder Filmexperiment, das war frei nach Hamlet die Frage. Da war einerseits die Uraufführung des Waschneck-Films *Der Günstling von Schönbrunn*, ein Stummfilm, der nachträglich vertont wurde. Und da war Eugen O`Neills *Seltsames Zwischenspiel* im *Deutschen Künstlertheater*, ein Theaterexperiment von Heinz Hilpert. Demjenigen, der die *Weltbühne* in den letzten Jahren aufmerksam gelesen hat, fiel die Entscheidung leicht. Im *Deutschen Künstlertheater* stand Elisabeth Bergner auf der Bühne, die 1923 von Kurt Tucholsky in dem Artikel »Bergner! Bergner!« für ihre Rosalinde in Shakespeares *Wie es euch gefällt* als Star des deutschen Theaters gefeiert wurde. Auch in *Seltsames Zwischenspiel* zeigte sich ihr schauspielerisches Talent. Das Stück erzählt die Lebensgeschichte einer Frau und die Rolle der vier Männer in ihrem Leben. Zwischen Vater und Ehemann, Geliebtem und Sohn erlebt die Protagonistin alles auf der Bühne erneut: Wahnsinn, Abtreibung, Depression, Schuldgefühle, Untreue und Tod. Eine Mischung der Extreme, die eine extreme Wandlungsfähigkeit verlangt. Die Herausforderung bestand darin, innere Monologe, die sich in Romanen leicht lesen, so in Szene zu setzen, dass sie nicht wie langweilige Theater-Monologe wirkten, sondern das Publikum vielmehr das Gefühl hat, einem Menschen beim Denken zuzusehen. Das ist der Ungarin wunderbar gelungen. Es ist nicht zu hoch gegriffen, zu sagen, sie hat den Theaterabend zu einem bleibenden Erlebnis gemacht. Besonders ihr ausdrucksvoller Satz beim Anblick des schwatzhaften Vaters. «Er soll nicht so viel reden», hat das Zeug zu einer Redewendung, die man vielleicht in Berlin in den nächsten Tagen hin und wieder hören wird. Wenn Sie nicht anwesend waren, schauen Sie in die nächste Aufführung und rufen Sie mit den anderen Zuschauern auf der Galerie: »Bergner! Bergner!« (aha)

April 1930

Alexander wippte in seinem Theatersessel und sah sich immer wieder um. Er konnte kaum fassen, dass er als Pressevertreter im *Gloria-Palast* saß und auf den Beginn der Premiere des Films *Der blaue Engel* wartete. Er war ein glühender Verehrer von Marlene Dietrich, seit er den ersten Film mit ihr gesehen hatte. Dieses schöne und zugleich undurchschaubare Gesicht, diese Haltung, diese Figur, die sie in jedem Film aufs Neue einsetzte und leicht wandelte, um ihren Rollen eine besondere Kraft zu verleihen.

Nun saß er hier, unerkannt zwar, aber er wollte kein Alfred Kerr sein, der immer am selben Platz saß und damit fast zu einem Teil der Inszenierung wurde. Auch die Manieriertheiten von Herbert Ihering, der aufstand und das Publikum grüßte, ehe der Vorhang sich öffnete, waren Alexander fremd. Er genoss es, als Journalist zwischen den Zuschauern zu sitzen und ihre Eindrücke ganz direkt mitzubekommen. Genau das hatte sich zu seinem Markenzeichen entwickelt.

Nach seiner ersten Theaterkritik hatte der Redakteur zwar gemurrt, er solle keine wissenschaftliche Abhandlung, sondern eine Einschätzung des Stückes schreiben. Vermutlich war ihm der Bezug zu Tucholsky aufgestoßen. »Der Mann ist überbewertet, völlig überbewertet!«, hatte er in dem nächtlichen Gespräch nach Abgabe des Beitrags mehrfach betont. Trotzdem war der Artikel abgedruckt worden und am nächsten Tag sprach man in Berlin darüber, dass dieser Neue, dieser Aha, den Zuschauern aufs Maul schaute und ihre Ansichten in die Zeitung brachte. Das brachte Leser und Leser brachten Auflage. Seitdem durfte Alexander als freier Journalist eine Premiere nach der anderen besuchen. Der Redakteur machte keinen Unterschied zwischen Film und Theater, nur den Sport klammerte er zu Alexanders Leidwesen aus. Aber seine Artikel über den Bergfilm *Die weiße Hölle vom Piz Palü* mit Leni Riefenstahl, *Die Königsloge* mit Alexander Moissi und Camilla Horn, *Melodie des Herzens* mit Willy Fritsch und *Die Nacht gehört uns* mit Hans Albers hatten großen Zuspruch gefunden.

Das war alles Vergangenheit, jetzt zählte nur die Gegenwart und die hieß Marlene. Es gab keinen Film mit ihr, den er nicht gesehen hatte. *Der blaue Engel* war ihr erster Tonfilm und er war dabei und würde endlich ihre Stimme hören, Marlene sehen und vielleicht sogar interviewen. Die Redaktion hatte der Filmgesellschaft mitgeteilt, dass er ein Gespräch wünschte. Eine Antwort hatten sie nicht bekommen, aber so leicht würde er sich nicht abwimmeln lassen. Spätestens auf der Premierenfcier, zu der er als Journalist eingeladen war, würde er sie ansprechen.

Alexander konnte kaum erwarten, dass der Film begann. Er ärgerte sich über das Getuschel hinter sich. Waren denn nicht alle so erwartungsvoll wie er?

Er drehte sich um und sah, wie Papierblätter die Runde machten. Wurden etwa jetzt schon Autogrammkarten verteilt? Er schob seinen Notizblock zwischen die Knie und streckte seinen Arm nach hinten aus, um ein Papier zu erhaschen. Etwas zu bereitwillig schob ihm jemand eines in seine Hand, mit Autogrammkarten waren die Menschen geiziger.

»An das Publikum!«, stand auf dem Zettel. »Achtung! Gefahren des Tonfilms! Tonfilm ist Kitsch! Tonfilm ist Einseitigkeit! Tonfilm ist wirtschaftlicher und geistiger Mord! Lehnt den Tonfilm ab!«

Nachdenklich steckte er das Flugblatt in seine Tasche. Für ihn war der Tonfilm eine Chance, die Stimme seiner geliebten Marlene zu hören. Er bezweifelte, dass der Ton negative Folgen haben könnte, hatte allerdings bisher nicht darüber nachgedacht. Jetzt war keine Zeit, weiter darüber zu sinnieren, die ersten Töne der Filmmusik erklangen und auf der Leinwand war der Vorspann zu sehen: *Der blaue Engel* nach einem Roman von Heinrich Mann.

Alexander lehnte sich zurück, nahm Notizbuch und Bleistift in die Hand und ermahnte sich, dass er nicht nur zum Vergnügen im Kino saß, was er schnell vergaß, weil ihn die Vorzüge des Tonfilms gefangen nahmen. Emil Jannings mimte nicht nur den widersprüchlichen Professor, man hörte auch, wie er mit sich kämpfte.

»Es ist lange her, dass man sich um mich geprügelt hat«, sagte Marlene Dietrich als Lola Lola, sachlich, dankbar, echt. Für diese Frau würde sich auch Alexander prügeln.

Ich bin von Kopf bis Fuß auf Liebe eingestellt

Wer von uns hat nicht den *Professor Unrat* von Heinrich Mann gelesen und sich heimlich darüber gefreut, wie der Lehrer in die Fänge einer leichten Dame gerät? Aus eben diesem Stoff wurde nun ein Tonfilm, an dem die erste Garde der Filmbranche mitgewirkt hat. Ein Ufa-Film mit Hollywood-Regisseur Josef von Sternberg und unserem internationalen Star Emil Jannings, der überzeugend und erstmals mit Stimme im deutschen Film den Herrn Professor gab. Aber eigentlich haben wir von ihm nur am Rande Notiz genommen. Gefesselt hat uns die Darstellerin der Lola Lola. Marlene Dietrich, die vorher kleine Rollen bei Max Reinhardt und in verschiedenen Filmen gespielt hat. In mancher Theaterkritik wird sie gar nicht erst erwähnt, bekannt wurde sie, als sie mit Harry Liedtke in *Ich küsse Ihre Hand, Madame* von Robert Land spielte. Ab jetzt kennt man Marlene Dietrich, ihr freches Lachen, ihre langen Beine, ihre Locken und ihre Sinnlichkeit. Sogar Ohrwürmer kann sie einem in den Kopf trällern. »Ich bin von Kopf bis Fuß auf Liebe eingestellt«, sang sie auf der Bühne. Ob das die Gedanken des Komponisten Friedrich Hollaender waren, der diesen Chanson und drei andere Lieder für den Film geschrieben hat? In jedem Fall hat der Film uns ins Herz getroffen. (aha)

Nach der Aufführung versuchte Alexander wie viele andere auch, ein Autogramm von Marlene Dietrich zu bekommen. Er verließ das Theater als einer der letzten Besucher, weil er einige Zeit brauchte, um aus der Traumwelt des Films in die Wirklichkeit zurückzukehren, so ergriffen war er von ihrem Liebreiz, ihrer dekadenten Art in ihrer Rolle als Lola und von dem engelsgleichen Klang ihrer Stimme. Als er endlich das Kino verließ, sah er gerade noch, wie sein Idol in einen Wagen stieg.

»Sie fährt zum Bahnhof«, hörte er neben sich eine aufgeregte Frauenstimme. »Sie macht sich auf den Weg nach Amerika.«

»Unsere Marlene reist nach Hollywood«, sagte ein Kollege, der unversehens mit seiner Kamera neben Alexander auftauchte, um einen Schnappschuss von der Schauspielerin zu erhaschen.

Enttäuscht suchte Alexander einen anderen Darsteller, um wenigstens einen kleinen O-Ton für seinen Artikel zu bekommen.

Hollywood! Das war für ihn unerreichbar, dabei hätte genau das seine Chance auf einen Durchbruch und große Aufträge sein können. Wieso hatte er den Termin nicht besser vorbereitet? Wieso hatte er sich nicht früher als Redakteur beworben? In den letzten Jahren hatte es so viele Filmpremieren mit Marlene Dietrich gegeben, da hätte er sicher mit ihr sprechen können. Dann hätte jeder gewusst, dass er der Experte in Sachen Marlene war. Auch im Ullstein-Verlag hätte man ihn und seinen Kontakt zu schätzen gelernt. Was hatte er stattdessen getan? Vorlesungen über den menschlichen Körper und seine Unvollkommenheiten, über Hygiene und anderen überflüssigen Kram besucht. Er schüttelte sich, als ihm sein letzter Tag an der Universität einfiel.

In den letzten fünf Monaten war er zum ersten Mal in seinem Leben richtig glücklich gewesen. Der einzige Wermutstropfen war, dass seine Eltern ihn weiterhin an der medizinischen Fakultät wähnten. Beim Weihnachtsbesuch hatte er sich herausreden können und das Thema von der Uni auf die schönen Geschenke und den Kieler Dorfklatsch gebracht. Leider war die

Tochter des Dachdeckermeisters, von der seine Mutter mit einem empörten Unterton sprach, nicht in Berlin, sondern in Salzwedel. In Kiel redete man in einer Mischung aus Bewunderung und Entsetzen davon, dass das Mädchen sich mit 16 Jahren ein Engagement in Salzwedel gesucht hatte, ohne den Vater vorher zu informieren. Alexander hatte die Informationen seiner Mutter in einem Artikel verarbeitet, für den im *Tempo* bisher allerdings kein Platz war.

Der große Traum eines kleinen Mädchens

Wann genau die kleine Herta begonnen hat, davon zu träumen, Schauspielerin zu werden, wissen wir nicht, aber mit 15 Jahren gab sie 1928 ihr Debüt im Stadttheater Kiel. In der Saison darauf spielte sie neben Dankwar Werner das Tippfräulein Susie Sachs in dem Lustspiel *Arm wie eine Kirchenmaus* von Ladislas Fodor. Ihre Sehnsucht nach der Bühne war so stark, dass sie gegen den Willen ihres Vaters an den Vereinigten Stadttheatern von Uelzen, Salzwedel und Wittenberge vorsprach und ein Engagement bekam. Da war sie gerade 16. Ob ihre Mutter, die bereits 1924 verstorben ist, den Tatendrang der Tochter aufgehalten hätte? Vater Kirchner und die Tanten, in deren Obhut Herta aufwuchs, sahen die Entwicklung mit gemischten Gefühlen. Sie wollten, dass es ihrem Nesthäkchen gut ging und sorgten sich angesichts der Unsicherheit und Rastlosigkeit, die der Schauspielerberuf mit sich bringt. Aufhalten ließ sich die junge Kielerin nicht. Im Frühling 1930 feierte sie ihr Debüt in Salzwedel als Jolan in Franz Lehars *Zigeunerliebe* und die nächsten Rollen stehen bereits ins Haus. (aha)

Die junge Kielerin war weit weg und Marlene jetzt auch. Alexanders Blick fiel auf den Rücken von Emil Jannings. Ehe er ihn erreichte, war auch der berühmte Schauspieler schneller in der Menge verschwunden, als man ihn ansprechen konnte.

Da tauchte unversehens ein Mann neben Alexander auf, den er nicht kannte. Schnauzbart, hohe Stirn, große Ohren und ein intensiver Blick durch die Brille. Er wusste, dass er etwas mit der Filmbranche zu tun hatte, weil sein Bild oft in Zeitungen zu sehen war. In seiner Not sprach er den Mann an. »Wie hat Ihnen der Film gefallen? Ich bin vom *Tempo* und sammle O-Töne für meinen Beitrag.«

Der Mann betrachtete ihn mit einem ironischen Lächeln. »Was soll ich zu meinem eigenen Film sagen?«

Alexander wurde nervös. Wen hatte er da an der Angel? Einer der Darsteller war es nicht, das runde Gesicht von Regisseur Josef von Sternberg sah völlig anders aus. Er wurde blass. Karl Vollmoeller. Natürlich, der Mann war Karl Vollmoeller, der als Entdecker von Marlene Dietrich galt und das Drehbuch für den Film geschrieben hatte.

»Sie müssen nichts über die Handlung sagen«, erwiderte Alexander beherzt, nachdem er sich gefasst hatte. Die Gelegenheit durfte er sich nicht entgehen lassen. »Was halten Sie von den Schauspielern?«

Karl Vollmoeller schmunzelte. »Was soll ich dazu sagen? Das größte und seltsamste Darsteller-Phänomen unserer Zeit, Emil Jannings, eine einzigartige Frau, Marlene Dietrich.« Alexander notierte sich hektisch die Aussage. Karl Vollmoeller redete weiter, als spräche er mit sich selbst. »Jede neue Technik bringt mit sich die Verlockung vom Zuviel. So war es mit der Kamera, so jetzt mit dem Mikrophon. Sobald nicht mehr alle Türen knarren, alle Schritte poltern, jeder Darsteller endlose Theatersätze labert, nähert sich der Tonfilm dem Bezirk der Kunst. Beim Blauen Engel haben wir alle versucht, diese Annäherung etwas zu beschleunigen.«

So schnell wie Vollmoeller sprach, konnte Alexander nicht mitschreiben, eine Gelegenheit für Nachfragen bekam er nicht, da Karl Vollmoeller in den Wagen stieg, der vor ihm hielt. Alexander versuchte sich an die Sätze zu erinnern. Von dem Vollmoellers Monolog hatte er nicht viel verstanden, aber eines war Alexander klar, er musste sobald wie möglich Stenografie lernen, um zukünftig solche wichtigen Äußerungen Wort für Wort festhalten zu können. Andererseits, wen interessierte Filmtheorie, wenn es um einen Film mit Marlene Dietrich ging, die soeben unerreichbar nach Hollywood verschwunden war.

Er stand lange vor dem Kino und starrte auf die Straße. Von dem Wagen, der Karl Vollmoeller weggebracht hatte, war längst nichts mehr zu sehen. Aber in Alexander reifte ein Plan. Wenn Vollmoeller Marlene über Sternberg nach Hollywood bringen konnte, würde ihm das bei einer anderen Schauspielerin ebenfalls gelingen. Von jetzt an würde er dem Mann auf den Fersen bleiben, bis die Falle zuschnappte und die neue Dietrich an seiner Seite zu sehen war.

Juni 1930

Alexander öffnete die Tür der Buchhandlung an der Urania, dem Wissenschaftszentrum, das sein Namensvorbild, Alexander von Humboldt, 1888 gegründet hatte. Er hatte eine lange Liste von Büchern, die er sich endlich beschaffen wollte. Seit er im Mai auf dem Kongress der Paneuropäischen Union die Rede von Thomas Mann gehört hatte, suchte er die Bücherkarren der fliegenden Händler rund um die Gedächtniskirche nach Büchern des Nobelpreisträgers ab. Ehe er in wenigen Wochen zwischen den Semestern zu seinen Eltern fuhr, wollte er sich mit Lesestoff eindecken. Besonders der Roman *Buddenbrooks* interessierte ihn, weil er in Lübeck nicht weit von seiner Heimatstadt spielte.

Als er den Laden betrat, war der Buchhändler ins Gespräch mit einer jungen blonden Frau vertieft, deren Liebreiz ihn auf den ersten Blick anzog.

»Guten Tag«, sagte Alexander und suchte ein Bücherregal, das ihm erlaubte, die junge Frau zu betrachten. Sie war zierlich, gut gekleidet und ihre sonst glatten blonden Haare ringelten sich auf den Schultern. Den Buchhändler beachtete er nicht weiter, sondern zog gelegentlich wahllos ein Buch aus dem Regal und steckte es an anderer Stelle wieder hinein.

Diese Stimme! Alexander war hingerissen von dem sanften, aber bestimmten Klang. Er schlug das Buch auf, das er gerade in der Hand hielt, und tat so, als lese er darin. Stattdessen hörte er der Frau zu, die sich verabschiedete.

»Ich komme vorbei! Versprochen!«, sagte der Buchhändler. »Und wenn ich einen Zille auftreibe, melde ich mich.«

Der Abschiedsgruß der jungen Frau schwebte noch im Raum, als der Buchhändler sich nach seinem neuen Kunden umsah. »Womit kann ich Ihnen helfen? Ich sehe, Sie suchen religiöse Bücher.«

Erst jetzt fiel Alexander auf, dass er vor dem Regal mit religiösen Schriften stand. Die Bibel war in verschiedenen Auflagen vertreten, teilweise mit Zeichen auf dem Umschlag, die er nicht entziffern konnte.

»Oh, hier bin ich falsch!«, nuschelte Alexander hastig und quetschte das Buch wieder ins Regal.

»Bei uns bekommen Sie Bücher aus jeder Religion. Wenn Sie den *Tanach* brauchen, die hebräische Bibel, die sie gerade in der Hand hielten, kaufen Sie sie ruhig«, erklärte der Buchhändler, während er das Buch aus dem Regal zog und an ihren richtigen Platz räumte.

»Ich brauche sie nicht«, entgegnete Alexander. »Bei uns zu Hause stehen genug Bibeln herum.« Er schüttelte den Kopf. Was redete er da. »Ich bin Christ, wissen Sie?« Schon wieder so ein unsinniger Satz. Dieser Professor mit seinen Bemerkungen über Juden und die ständigen Demonstrationen dieser neuen Partei brachten ihn völlig durcheinander.

»Alexander?« Der Buchhändler unterbrach seine Gedanken.

»Äh. Ja! Kennen wir uns?« Er schaute den Mann an, sein Gesicht erinnerte ihn vage an einen Jungen in Kiel.

»Alexander Halbersberg, der Sohn vom Doktor! Was machst du in Berlin?«

Alexander rätselte weiter, wen er da vor sich hatte. Ein Mitschüler war es sicher nicht, aber während seiner Arbeit für die *Kieler Nachrichten* hatte er viele Menschen getroffen und als Arztsohn war er im Wartezimmer vor der Wohnung einigen begegnet. Unauffällig suchte er ein Namenschild oder einen Schriftzug der Buchhandlung. Vergeblich.

»Johannes Unger«, stellte der Buchhändler sich vor.

»Johannes?« Alexander erinnerte sich an den Jungen, der gelegentlich bei seinem Vater in Behandlung gewesen war. »Was machst du hier?« Alexander lachte verlegen. Welch eine dumme Frage! Johannes stand hinter dem Tresen der Buchhandlung und hatte gerade zuerst die junge Frau und dann ihn beraten. »Ich meine, wieso bist du in Berlin?«

»Das hat sich so ergeben«, antwortete Johannes. Dann lachte er. »Aber die Kieler zieht es nach Berlin. Die Kundin, mit der ich gerade gesprochen habe, kommt auch aus Kiel. Herta Kirchner, die Tochter des Dachdeckers.«

Herta Kirchner! Das war also die Frau, über die seine Mutter herzog, wenn sie einen Streit am Esstisch abwenden wollte. Die junge Schauspielerin, die es gewagt hatte, mit 16 Jahren ihr Elternhaus zu verlassen, um ihrer Berufung zu folgen. Versonnen blickte Alexander zur Tür, hinter der sie auf die Straße verschwunden war. »Was weißt du über sie?« Er wunderte sich über die Frage, die ihm so unvermittelt über die Lippen gekommen war.

»Sie ist seit ein paar Tagen wieder in Berlin, um ihre Chancen als Schauspielerin zu sondieren«, antwortete Johannes Unger. »Aber nur für ein paar Wochen, im Sommer hat sie ein

Engagement in Schwäbisch Hall, da tritt sie bei den Festspielen auf.« Alexander sackte innerlich zusammen. Schwäbisch Hall! Das war irgendwo im Süden.

»In der letzten Saison war sie in Salzwedel am Theater und hatte dort einen guten Start«, berichtete Johannes.

»Hast du ihre Adresse?«, wollte Alexander wissen. Er konnte dieses zauberhafte Wesen nicht einfach abreisen lassen. Er musste die Frau sprechen. Dass sie die Herta Kirchner war, über die seine Mutter immer gesprochen hatte, war ein Wink des Schicksals.

Johannes machte keine Anstalten, ihm die Adresse zu geben. Dabei musste er sie kennen, sonst könnte er Herta Kirchner nicht besuchen. »Du bist sicher nicht wegen Herta gekommen, oder?«

Alexander schüttelte den Kopf. »Natürlich nicht. Ich hätte gerne ein Buch von Thomas Mann. Am liebsten *Buddenbrooks*.«

»Das hätte ich dir auch empfohlen«, meinte Johannes Unger. Er schmunzelte. »Hast du eine große Familie? Dann wirst du sicher das Gefühl haben, dass das Buch von dir und deinen Angehörigen handelt.«

»Ich habe nur meine Eltern und Großeltern. Aber trotzdem bin ich neugierig auf das Buch.«

Der Buchhändler ging zu einem Regal. »Ich habe ein neues Buch und eine Erstausgabe von 1901, die ist etwas schäbig, deshalb verkaufe ich sie zum halben Preis.«

Alexander freute sich, dass er weniger bezahlen musste, als vorgesehen. Sollte er ein zweites Buch mitnehmen? Er grinste.

Nein, er würde am nächsten Tag wiederkommen, vielleicht traf er Herta Kirchner erneut an.

Johannes Unger zog ein Heft aus einem Stapel. »Wenn du etwas Neues von Thomas Mann lesen möchtest, kann ich dir das empfehlen. Darin wurde seine neueste Novelle veröffentlicht. *Mario und der Zauberer*.« Der Buchhändler beugte sich vor und flüsterte, als stünde der Laden voller Menschen: »Ich finde das Buch ist eine Vorschau auf das, was uns erwartet, wenn die da oben sich nicht zusammenraufen.«

Alexander schaute unter die Zimmerdecke, dann verstand er, dass die Politiker gemeint waren, die alle naselang ihr Amt im Stich ließen und sich davor drückten, Verantwortung zu übernehmen und eine Koalition zu bilden.

»Ich lese zuerst das hier«, sagte Alexander. Die neue Geschichte würde er auf jeden Fall am nächsten Tag holen.

»Und du kannst mir wirklich nicht Herta Kirchners Adresse geben?«, versuchte Alexander beim Bezahlen erneut sein Glück.

Johannes tat, als hätte der die Frage nicht gehört und gab Alexander das Wechselgeld zurück.

»Komm wieder vorbei!«, schlug er Alexander vor, als dieser an der Tür stand.

»Ganz bestimmt!«, versprach Alexander und war in Gedanken bereits bei dem Plan, der ihm in den Sinn gekommen war. Vor der Buchhandlung sah er sich nach einem guten Beobachtungsposten um. Er wusste genau, was er tun musste, um die hübsche Schauspielerin zu finden. Es war so einfach! Er musste nur Johannes folgen, wenn dieser ihr die versprochenen

Bücher brachte. Die Bank gegenüber der Buchhandlung, halb versteckt hinter einem Baum, war ein optimaler Platz und mit *Buddenbrooks* hatte er genug Lektüre, um bis in die Nacht zu warten.

Er sah auf die Uhr, noch war das Bücherkabinett geöffnet. Die Zeit reichte, um ins Zeitungsviertel zu fahren und sich dort umzuhören, ob jemand etwas über Herta Kirchner wusste. Ärgerlich, dass sie nach Schwäbisch Hall reiste. Würde sie in Berlin bleiben, hätte er seine Mutter in Kiel auf Recherche schicken können. Irgendein Vorwand würde ihm sicher einfallen.

Da kam die Linie 2, die ihn über die Tauentzien und den Kurfürstendamm zur Redaktion bringen würde. Im Bus las Alexander die ersten Seiten von *Buddenbrooks*. Er musste schon beim zweiten Satz lachen, die Mischung aus Platt und Französisch hätte von seiner Mutter stammen können. Wenn sie Besuch hatte, den sie als wichtig empfand, mischte sie immer einen französischen Satz in die Unterhaltung, um zu zeigen, dass sie nicht nur Arztfrau, sondern auch weltläufig war.

Alexander schüttelte den Gedanken an die Eltern ab. Bis jetzt ahnten sie nichts davon, dass er nur pro forma der medizinischen Fakultät eingeschrieben war. Er hatte den Anatomie-Kurs geschmissen, besuchte allerdings weiterhin die theoretischen Vorlesungen, damit er sich mit den Bescheinigungen für das nächste Semester anmelden konnte. Der Studentennachweis brachte ihm Vergünstigungen in Berlin und vor allem den Wechsel des Vaters, mit dem er seinen Lebensunterhalt finanzierte. Inzwischen verdiente er als freier Journalist nicht schlecht, aber die Einkünfte waren unsicher.

Die Entscheidung pro oder contra Wechsel aus Kiel musste wieder warten, Alexander hatte die Redaktion erreicht.

»Sagt euch der Name Herta Kirchner etwas?«, fragte er einen Kollegen nach dem anderen. Keiner kannte den Namen.

Alexander verspürte eine Mischung aus Erleichterung und Enttäuschung. Wenn niemand Herta kannte, konnte ihm diesen Fisch keiner wegnehmen. Durch seine Mutter und Johannes hatte er einen Wissensvorsprung und vielleicht gelang Herta tatsächlich der Durchbruch. Immerhin hatte sie es geschafft, mit 16 ein Engagement bei den Festspielen in Schwäbisch Hall zu ergattern. Aber es wäre natürlich alles leichter, hätte jemand spontan eine Adresse für ihn.

»Probiere es am Bühnennachweis!«, schlug ein Kollege vor. »Das ist so eine Art Arbeitsamt für Schauspieler«, erklärte er, während er Notizen sichtete. »Die vermitteln Darsteller an die Bühnen in Deutschland, die Ufa, die Terra und die anderen Filmgesellschaften.«

Alexander wunderte sich, dass er von diesem Amt nichts gehört hatte. Aber bisher waren ihm die Themen zugewiesen worden, meist musste er nur über die Veranstaltungen schreiben und allenfalls einen Wortbeitrag von einem Beteiligten einholen. Bis heute ärgerte er sich, dass er im Januar Gustaf Gründgens nicht erwischt hatte, als dieser Vicki Baums *Menschen im Hotel* erstmals auf die Bühne brachte.

Bei der Uraufführung von *Zwei Herzen im Dreivierteltakt* hatte er vergebens nach dem österreichischen Komponisten Robert Stolz Ausschau gehalten. Der Beliebtheit seiner Artikel hatte das nicht geschadet, weil er wie immer seinen Eindruck mit der Meinung von Menschen aus dem Zuschauerraum würzte.

»Habt ihr gehört, Max ist Weltmeister!« Der Sportredakteur rannte aufgeregt durch die Redaktion. »Gebt mir alles, was ihr über den Schmeling habt. Fotos, Zitate, Adressen, Hauptsache schnell. Er ist der erste Europäer mit diesem Titel.«

»Mach nicht einen solchen Wind«, nörgelte der Feuilleton-Redakteur. »Er hat den Titel nicht durch Punkte oder KO geholt.«

»Wie dann?« Alexander hatte keine Ahnung vom Boxen. Wie wurde man da Weltmeister?

»Sein Gegner hat ihm einen Tiefschlag verpasst und wurde disqualifiziert!«, antwortete der Feuilletonredakteur.

»Gekämpft hat Max trotzdem und den Titel bekommen. Also her mit euren Infos, damit wir in der Morgen-Ausgabe gut vertreten sind.«

Alexander war in Gedanken längst woanders. Sollte er sich vor dem Bücherkabinett auf die Lauer legen oder im Bühnennachweis nach Herta fragen? Er las die Adresse, die ihm der Kollege aufgeschrieben hatte. Auf dem Weg zur Buchhandlung konnte er dort vorbeischauen.

Dieser Abstecher war allerdings vergeblich. Obwohl er sich als Regisseur ausgab und anbot, Herta Kirchner zu verpflichten, kam er beim Bühnennachweis nicht weiter. Es blieb also nur die Bank unter dem Baum vor der Buchhandlung.

August 1930

Alexander versuchte, sich im Zug auf den Weg zu seinen Eltern mit der Lektüre von *Der Mensch ist gut* von dem bevorstehenden Gespräch abzulenken. Auf die Idee, dieses Buch von Leonhard Frank zu lesen, hatte ihn Johannes gebracht, der es Herta Kirchner ebenfalls verkauft hatte. Wenn er sie schon in Berlin, trotz langer Wartezeiten auf der Bank vor dem Bücherkabinett verpasst hatte, wollte er ihr wenigstens durch die Lektüre nahe sein.

»Kiel Hauptbahnhof, wir erreichen in Kürze Kiel Hauptbahnhof!« Die Lautsprecherdurchsage riss Alexander aus seiner Lektüre. Die Fahrt war wie im Flug vergangen. Als er den Roman verstaute, stellte er fest, dass er sich freute, wieder in Kiel zu sein und die Eltern wiederzusehen. Bis ihm einfiel, welche Aufgabe er vor sich hatte. Er musste seinen Eltern beibringen, dass er nicht studierte, sondern als Journalist arbeitete. Der Chefredakteur hatte ihm eine feste Stelle angeboten, damit war sein Lebensunterhalt gesichert und er war nicht länger von seinem Vater abhängig. Trotzdem würde das ein schweres Gespräch werden.

»Hier sind wir!«

Alexander bemerkte einen Kloß im Hals, als er seine Mutter mit strahlendem Gesicht und einem kleinen Blumenstrauß in der Hand auf dem Bahnsteig entdeckte. Auch sein Vater lachte. Noch! Leopold Halbersberg drückte seinem Sohn fest die

Hand. »Schön, dass du wieder da bist, mein cand. med.« Zum Glück zog die Mutter ihren Sohn an sich, dadurch verflog das unangenehme Gefühl, das Alexander bei der Anrede cand. med. überkommen hatte, schnell. »Wie war die Fahrt?«, wollte die Mutter wissen und griff nach seinem kleinen Koffer.

»Lass das, ich kann den Koffer selbst heben!«, wehrte Alexander die Gefälligkeit ab und lachte. »In Berlin tragen die Frauen ihre eigenen Koffer, aber gewiss nicht die ihres Mannes oder Sohnes.«

Ein Blick in das Gesicht seines Vaters verriet Alexander, dass sein Scherz nicht als solcher bei diesem angekommen war. Rasch wechselte er das Thema. »Ich habe die ganze Fahrt gelesen. *Der Mensch ist gut* von Leonhard Frank. Stellt euch vor, das hat mir Johannes Unger empfohlen, ich habe euch geschrieben, dass er aus Kiel kommt und früher in deine Praxis kam, Vater. Er hat den Tipp von Herta Kirchner, ihr wisst schon, der Schauspielerin aus Kiel.«

Bei dem Namen Herta Kirchner verschwand auch aus dem Gesicht seiner Mutter das Lächeln. Das würden zwei anstrengende Wochen werden. Gut, dass er sich viel vorgenommen hatte, vor allem wollte er über Herta Kirchner recherchieren. Er suchte ein unverfängliches Gesprächsthema und war erleichtert, als er die Auslage eines Herrenausstatters entdeckte. »In Berlin stehen jetzt Wachsfiguren von Max Schmeling im Schaufenster. Als Werbung für Anzüge.«

Sein Vater schnaubte und schwieg.

»Und? Was gibt es Neues in Kiel?«, versuchte Alexander das Gespräch nach einigen Metern in ungemütlichem Schweigen in Gang zu bringen. »Was macht der Fußball?« Er hätte sich ohrfeigen können. Seine Kollegen hatten ihn damit aufgezogen, dass *Holstein Kiel* im Endspiel um die Deutsche Meisterschaft *Herta BSC Berlin* knapp unterlegen war. 5 zu 4 war das Spiel im Düsseldorfer Stadion ausgegangen.

»Hier ist alles wie immer«, erzählte Christine Halbersberg, als sähe sie das grimmige Gesicht ihres Mannes und den verzweifelten Ausdruck des Sohnes nicht. »Dass das Arbeitsamt endlich fertig ist, weißt du, oder? Jetzt haben es die Arbeitslosen gemütlich. Sonst ist es ruhig. In Berlin ist sicher mehr los was? Hast du wieder Prominente getroffen?«

Ehe Alexander antworten konnte, knurrte sein Vater: »Pah! Er ist zum Studieren in Berlin und nicht, um Berühmtheiten zu treffen. Er verbringt ohnehin zu viel Zeit im Kino und Theater. Von meinem Geld!«

Alexander biss sich auf die Zunge, um nicht sofort mit seiner Neuigkeit herauszuplatzen. Der Gehweg, wo Patienten und Nachbarn standen, war nicht der richtige Ort für den Streit, den es unweigerlich geben würde. Er entspannte sich erst, als er zu Hause erfuhr, dass sein Vater zu einem Notfall fahren musste.

Christine Halbersberg tischte ihm bald sein Lieblingsessen auf. »Wer weiß, wann Vater nach Hause kommt.« Sie streichelte über seinen Kopf. »Du hast dich sicher die ganze Fahrt über darauf gefreut.«

Alexander nickte, genoss die Klöße mit Speck, die niemand so zubereitete wie seine Mutter und lenkte das Gespräch auf Herta Kirchner. »Sie ist wirklich sehr hübsch und macht einen netten Eindruck. Ich habe sie in der Buchhandlung getroffen.«

»Eine Schauspielerin in einer Buchhandlung, dass ich nicht lache«, spottete die Mutter. »In Kiel pfeifen es die Spatzen von den Bäumen, dass sie ihre Karriere nicht ihrem Talent verdankt.«

»Sondern?« Alexander wusste genau, worauf seine Mutter anspielte. Er konnte sich nicht vorstellen, dass diese liebreizende Herta sich für Engagements auf Liebschaften ließ. Johannes hätte das sicher erwähnt, er hatte nur berichtet, dass sie viel arbeitete, überall vorsprach für neue Rollen und als Modell bei Modenschauen auftrat, um Geld zu verdienen. Das verschwieg er seiner Mutter lieber, um kein Öl in ihren Spott zu gießen.

»Wie ist denn das Studium so?«, unterbrach sie seine Gedanken.

Vor dieser Frage hatte Alexander sich gefürchtet und war darauf vorbereitet, ausführlich von den Vorlesungen zu berichten, bis seine Mutter genug hatte und den Tisch abräumte. »Ich gehe eine Runde durch die Stadt.«

Christine Halbersberg sah ihren Sohn enttäuscht an. »Ich dachte, du hilfst mir im Garten, Vater kommt nicht dazu.«

Alexander zögerte. Was, wenn sich später herausstellte, dass Herta ausgerechnet heute bei ihrer Familie war. »Nur einige Schritte durch die Stadt, um zu sehen, was sich getan hat«, versprach er. »Danach helfe ich dir. Ja?« Was sollte seine Mutter dagegen sagen? Er stand bereits im Flur und hielt die Türklinke in der Hand.

Vor dem Haus stellte er fest, dass er die Anschrift nicht kannte, die wollte er eigentlich im Adressbuch nachsehen.

Wenn er jetzt zurückging, ließ seine Mutter ihn nicht mehr weg. Ziellos bummelte er durch die Straßen und hoffte, Herta Kirchner zu begegnen oder jemandem, der sie kannte, um mehr über sie zu erfahren. Er schlug den Weg zur Innenstadt ein. Es war später Nachmittag, vielleicht kamen gerade Schauspieler von der Probe im Theater oder sie gingen zur abendlichen Aufführung.

»Guten Tag, was wird denn heute gegeben?«, fragte er wenig später die Frau im Kassenhäuschen des Kieler Stadttheaters.

»Die *Csárdásfürstin*«, antwortete die Frau und zog ein Billett aus ihrer Kartenrolle.

»Spielt Herta Kirchner mit?« Alexander wunderte sich, wie echt seine Frage klang, obwohl er wusste, dass sie hunderte Kilometer entfernt auf einer anderen Bühne stand.

»Kenne ich nicht!« Die Frau sah Alexander mürrisch an. »Wollen Sie nun eine Karte?«

Alexander beachtete ihren Unmut nicht. »Das ist seltsam. Ich weiß ganz bestimmt, dass sie hier gespielt hat. Jetzt fällt mir das Stück nicht ein.«

»Ich bin erst seit einem halben Jahr hier«, grummelte die Frau. »Was ist jetzt?«

»Ist jemand im Haus, der seit längerer Zeit hier arbeitet?«, wagte Alexander zu fragen. Er wartete nicht auf die Antwort der Frau, die das Billett losließ, sich auf dem Stuhl zurücklehnte und dann beide Hände auf den Tisch stemmte, sondern verschwand mit dem Vorsatz, an einem anderen Tag zurückzukehren. Auf dem Heimweg hatte er eine Idee, die seine Stimmung hob, dass er nicht eher daran gedacht hatte. Er würde dem Redakteur der *Kieler Nachrichten* seine Dienste für die Ferien anbieten. Hier in Kiel waren gute Journalisten Mangelware, sonst hätte man ihn nicht bereits in der Schulzeit eingesetzt. Mit der Redaktion im Hintergrund würde sich sogar dieser Theaterdrachen in ein freundliches Kätzchen verwandeln.

Das Gespräch mit dem Redakteur dauerte nur wenige Minuten, weil Karlheinz Riethmüller die aktuelle Ausgabe fertigmachen musste. Alexander ging mit dem Auftrag nach Hause, herauszufinden, wie die Karriere von Herta Kirchner weitergegangen war. Das war besser gelaufen, als er erwartet hatte, damit hatte er einen offiziellen Grund, bei der Familie vorstellig zu werden.

Mit dieser Aussicht fiel es ihm leicht, der Mutter im Garten zu helfen und beim Abendessen mit dem Vater freundlich auf dessen Fragen zur politischen Situation in der Hauptstadt nach Auflösung des Reichstags zu antworten.

»Ich bin gespannt, wie das weitergeht«, meinte der Vater. »Diese neue Partei scheint einiges zu bewegen.«

Alexander sah seinen Vater fragend an. »Welche neue Partei?«

»Na, die Nationalsozialisten.« Leopold Halbersberg schaute verständnislos. »Du willst nicht sagen, dass du von denen nichts gehört hast? Als ich Medizin studiert habe, war es selbstverständlich, dass man sich über die Politik auf dem Laufenden hielt!«

»Als du studiert hast, gab es einen Kaiser und nicht alle paar Wochen einen neuen Reichskanzler«, gab Alexander patzig zurück.

»Haltet bitte die Politik vom Tisch weg«, bat die Mutter. »Erzähl lieber von dem Volksliedertag in Berlin. Da gab es sicher einige schöne Veranstaltungen. Wir waren auf einem Mitsing-Konzert. Es war wunderbar, endlich wieder die alten Lieder zu singen.« Sie legte das Besteck neben den Teller und trällerte: »Sah ein Knab ein Röslein steh'n.«

Leopold und Alexander beugten sich über ihre Teller und widmeten sich dem Essen. Darin waren sie sich trotz aller Zwistigkeiten einig, mit dem Gesangstalent von Christine Halbersberg war es nicht weit her.

In den nächsten Tagen verschwand Alexander nach dem Frühstück, um für seinen Artikel zu recherchieren. Es gelang ihm meist, so spät zum Essen zu kommen, dass sein Vater schon wieder Sprechstunde hatte oder mit seinem Mercedes unterwegs war zu Hausbesuchen. Gegen Mittag und Abend schlenderte Alexander wie zufällig durch den Knooper Weg, vorbei am Dachdeckerbetrieb von Josef Kirchner.

Für ihn war es weiterhin ein Wink des Schicksals, dass seine Mutter ausgerechnet über die Tochter des Dachdeckers getratscht hatte. Ohne diese Bemerkung hätte er viele Adressen in Kiel abklappern müssen, um Hertas Elternhaus zu finden. Im Adressbuch gab es unter dem Namen Kirchner nur einen Dachdeckermeister, dessen Anzeige dazu gleich ins Auge fiel: J. Kirchner, Dachdeckermeister. Übernahme sämtlicher Dachdeckerarbeiten, Spezialgeschäft für Blitzableitungsanlagen. Selbst die Fernsprechnummer war vermerkt: 1315.

Es gab nur wenige Familien in Kiel, die über einen Fernsprechanschluss verfügten, Leopold Halbersberg gehörte dazu.

Alexander hatte bei einem Telefonat mit Herrn Kirchner, in dem er sich als Reporter der *Kieler Nachrichten* vorstellte, erfahren, dass Herta nach ihrem Engagement in Schwäbisch Hall zu Hause erwartet wurde. Seither hielt er die Augen offen. Ohne Erfolg. Der Dachdecker wollte am Telefon den Termin der Ankunft nicht verraten. Aber wenn Alexander eines in Berlin gelernt hatte, war es, Informationen zu bekommen, wo angeblich keine waren. Es fanden sich immer Nachbarn oder ehemalige Kollegen, die der Presse gerne zu Diensten waren.

Zwischen Bühne und Lampions

Es kommt nicht oft vor, dass es eine junge Kielerin schafft, sich jenseits der Stadtmauer und Landesgrenze zu behaupten. Der Schauspielerin Herta Kirchner ist dies gelungen. Ihre Eltern, Josef und Hertha Kirchner, hätten sich bei der Geburt ihres zweiten Kindes am 3. September 1913 wohl kaum träumen lassen, dass ihr Nesthäkchen einmal den Weg auf die Bühne findet. Was ihre Mutter wohl denken würde? Sie hat die ersten Schauspielschritte ihrer Tochter am Stadttheater Kiel nicht mehr erlebt. In *Arm wie eine Kirchenmaus* hatte Herta ihr Debüt auf der Bühne. Neben Dankwar Werner spielte sie ein hübsches Tippfräulein und war vom Theatervirus infiziert. »Sie hat uns keine Ruhe gelassen, bis wir eine Rolle für sie fanden«, verrät ein Mitarbeiter und ist gespannt, was aus seinem ehemaligen Schützling wird. Eine Freundin erinnert sich, dass für Herta Theater immer an erster Stelle stand. »An ihrem 14. Geburtstag hat sie nicht mit uns gefeiert, sondern ein bisschen mit der Familie und dann war sie im Theater. Wir waren erst einige

Tage später eingeladen zu Kaffee und Kuchen, Eis, kalter Platte und Bowle.« Die Freundin denkt gerne an die Zeit und jenen Geburtstag. »Der Garten am Knooper Weg war mit Lampions geschmückt und wir sind mit unseren Bowle-Gläsern dazwischen umhergegangen.« Von Hertas 15. Geburtstag, dem letzten in Kiel, weiß die Freundin noch, dass Herta ihren kleinen Hund Tami bekam und nicht von seiner Seite wich. Ob Herta den Hund mit nach Salzwedel genommen hat, wo sie seit dem letzten Sommer engagiert ist? (aha)

»Ach! Ein Artikel über die kleine Kirchner«, stellte Christine Halbersberg fest, als sie die Zeitung durchblätterte. »Soweit ist das schon, dass die *Kieler Nachrichten* über solch zweifelhafte Frauen berichten. Aha«, las sie vor und blickte ihren Sohn an. »War das nicht immer dein Kürzel?«

Alexander schluckte. Er hatte nicht gedacht, dass seine Eltern die Zeitung lasen. Mit einem vorgetäuschten Hustenanfall versuchte er Zeit zu schinden, um eine gute Ausrede zu finden. »Ja«, sagte er schließlich, »aber ich bin jetzt weg, vermutlich gibt es einen anderen Reporter mit gleichen Anfangsbuchstaben.«

Er blickte auf die Zeitung und entdeckte eine Zeichnung von Heinrich Zille. »Da ist ein Bild von Heinrich Zille, das ist ein berühmter Berliner Künstler, der im letzten Jahr verstorben ist. Kürzlich wurde ein Denkmal für ihn eröffnet.« Wie gut, dass er dem Gespräch damit eine Wendung geben konnte. Er durfte sich nur nicht verplappern, dass er die Veranstaltung als Journalist besucht hatte. »Ihr solltet euch ein Bild von ihm kaufen«, schlug er vor. »Eine Freundin von mir hat eine Ausgabe vom *Ferienpaten* bekommen. Das würde gut in dein Wartezimmer passen, Vater.«

Alexander musste das Lachen unterdrücken. Das war zu dick aufgetragen und die Vorstellung, dass ein Bild von Zille in der Praxis hing, war so lächerlich. Von Johannes wusste er, dass Herta Kirchner das Bild Anfang Juli erstanden hatte. »Kein Geld für Essen, aber Kunst im Schrank, typisch Herta«, hatte der Buchhändler den Kauf kommentiert und das Bild beschrieben. Nackte Kinder tanzten einen Reigen. Obwohl er Arzt war, wäre sein Vater von so viel Nacktheit sicher nicht begeistert.

Um vom Thema abzulenken, fragte Alexander: »Habt ihr den neuen Film mit Lilian Harvey, Willy Fritsch und Gustav Gründgens gesehen? *Hokuspokus.* Ich durfte über die Premiere schreiben.«

Als hätte ein böser Zauberer die Familie verhext, stoppten alle drei ihre Bewegungen. Löffel hingen in der Luft, die Mutter achtete nicht darauf, dass Suppe von der Schöpfkelle auf die Tischdecke tropfte.

»Wieso hast du über die Premiere geschrieben?« Leopold Halbersberg legte den Löffel neben den Teller und starrte seinen Sohn an.

Alexander schob rasch einen Löffel Suppe mit Blumenkohl in den Mund, um nicht sofort antworten zu müssen. Wie sollte er diesen Fehler wieder ausbürsten? Jedes Gespräch mit seinem Vater wurde zu einem Gang über ein Minenfeld. »Ich schreibe manchmal für die Studentenzeitung«, log er schließlich. »Das machen alle Studenten, wenn sie Zeit haben.«

»Ach, und du hast Zeit?«, fragte der Vater mit eisiger Stimme. »Ich hatte in meinem Studium für solche Sachen keine Zeit. Ich war nicht einmal in einer Verbindung, weil mich das abgelenkt hätte.«

»Lass ihn doch«, versuchte die Mutter zu vermitteln, während sie mit der Serviette den Suppenfleck auf der Tischdecke verrieb. »Er ist sonst sehr fleißig.«

»Davon habe ich bis jetzt nichts bemerkt«, widersprach Leopold Halbersberg. »Hast du eine der Bescheinigungen, die er angeblich erworben hat, zu Gesicht bekommen?«

Alexander sog tief die Luft ein. Jetzt musste er Farbe bekennen und erklären, weshalb er das Studium weitgehend abgebrochen hatte. Es war, als säße ein Frosch in seinem Hals und zöge die Worte zurück, ehe sie den Mund verlassen konnten. So sehr er sich auch anstrengte, der entscheidende Satz kam nicht über seine Lippen.

»Du willst schließlich, dass ich mich bilde«, argumentierte er. »Am 22. besuche ich die Eröffnung der Funk- und Phonoschau, bei der Albert Einstein den Eröffnungsvortrag hält. Rundfunk als Mittel der Völkerverständigung, lautet sein Thema.«

Leopold Halbersberg zog die Augenbrauen hoch. »Du bist stolz darauf, den Vortrag eines Juden mit verrückten Ideen zu hören?«

»Leopold!«, zischte Alexanders Mutter.

Die Eltern warfen sich einen Blick zu, den Alexander nicht deuten konnte. Ohne ein weiteres Wort beendeten sie die Mahlzeit.

Der Pinselheinrich und sein Milljöh

Ein Jahr ist es nun her, dass Heinrich Zille uns für immer verlassen hat, aber verschwunden ist er nicht. In Charlottenburg, wo der Pinselheinrich, wie ihn die Berliner liebevoll nennen, die letzten 40 Jahre lebte, vergeht kein Tag, an dem nicht sein Name genannt wird. In anderen Vierteln der Hauptstadt hängen Fotografien, die er am Beginn seiner Karriere aufgenommen hat, oder Zeichnungen von Berliner Mädchen und Jungen, Männern und Frauen, Szenen aus dem Leben. 1910 erhielt er zusammen mit dem Vater der Häschen-Schule, Fritz Koch-Gotha, den Menzel-Preis der *BIZ* für seine künstlerische Leistung. Knapp 20 Jahre später wurde er zum 70. Geburtstag vom Märkischen Museum mit einer Retrospektive gefeiert. Bis zu seinem Tod verulkte er die Menschen mit seinen Zeichnungen in der Satire-Zeitschrift *Ulk*. Heinrich Zille starb am 9. August 1929 und wurde in einem Ehrengrab der Stadt Berlin in Stahnsdorf unter dem Geleit von 2.000 Trauergästen begraben. Heute nun, zwölf Monate später, wurde endlich das Denkmal im Hof des Theaters der Elitesänger am Kottbusser Tor eröffnet. Pinselheinrich hätte seine Freude daran gehabt, wie der Bildhauer Kentsch ihn darstellte, dominant aber gütig mit Claire Waldorf und Harry Lamberts-Paulsen im Zille-Stil auf der Rückseite des Standbildes. Musiker des Mandolinen-Clubs begleiteten die Enthüllung, zu der Claire Waldorf sagte: »Der du uns im Leben so viele Bilder geschenkt hast - nun schenken wir dir deins.« Die Feier fand ihren Abschluss im Theater mit Willi Kollo am Klavier und Claire Waldorfs Stimme: »Von der Tolle bis zum Zeh bin ich dein Milljöh!« (aha)

Dezember 1930

Mit gemischten Gefühlen machte Alexander sich auf den Weg zum Mozartsaal. In seiner Kindheit war der Nikolausabend dank der niederländischen Vorfahren seines Vaters stets ein besonderes Ereignis gewesen. Es gab Geschenke und Nascherein, nur auf den heiligen Nikolaus in seinem Bischofsgewand mit dem Stab und Knecht Ruprecht im Gepäck musste er verzichten, weil in Kiel nie jemand aufzutreiben war, der diese Rolle verkörpern wollte. Auch als er bereits erwachsen war, hatte seine Mutter ihn mit einem Gruß und Geschenk bedacht, nur in diesem Jahr nicht. Seit er seinen Besuch bei den Eltern abgebrochen hatte, herrschte Funkstille. Nicht wegen des abgebrochenen Studiums, davon wussten die beiden nichts. Alexander konnte es nicht ertragen, dass sein Vater mit den Nationalsozialisten sympathisierte, auch wenn er kein Parteimitglied war. Der Vater verstand nicht, dass Alexander seine Meinung nicht teilte und verlangte zudem, dass Alexander die Arbeit an der Studentenzeitung aufgab, um eifriger zu studieren.

Nur mit Mühe bekam Alexander einen Platz im Saal. Er ärgerte sich, dass er wegen einer Übelkeit nicht an der Premiere von *Im Westen nichts Neues* nach dem Roman von Erich Maria Remarque am Vorabend teilnehmen konnte, da wäre ihm ein Sessel sicher gewesen. Seine Kollegen hatten berichtet, dass im Publikum viele Prominente vertreten waren, selbst Philipp Scheidemann, der ehemalige Reichskanzler. Der prominente

Journalist Egon Erwin Kisch, sein großes Vorbild, war ebenso dort wie der Künstler George Grosz und Alfred Döblin. Das Publikum an diesem Abend war ein völlig anderes. Er fühlte sich unwohl auf seinem Platz zwischen Männern, die sich alle kannten. Kaum waren die ersten Szenen des Films zu sehen, in denen Soldaten im Unterstand weinten und kreischten, riefen Männer dazwischen. »Schluss!« brüllten einige. »Schluss!« »Solche Judenfrechheit müssen wir uns nicht gefallen lassen«, schrien andere.

An einer Ecke kreischten plötzlich einige der wenigen Frauen auf, die in dem Saal saßen. Der Mann auf dem Nebensitz lachte. »Haha! Da haben wir unsere weißen Mäuse richtig platziert. Es war nicht leicht, so viele zu bekommen, dass sie für den Saal reichen. Am Ende waren sämtliche Tierhändler ausverkauft!«

Alexander sah den Mann von der Seite an, der seinem Nachbarn auf der rechten Seite zugewandt war. Sie hantierten mit etwas, das Alexander nicht erkennen konnte. Um ihn herum roch es plötzlich unangenehm.

Die Männer neben ihm johlten. »So eine Stinkbombe hat was.«

Einige Reihen weiter vorne bemerkte Alexander, wie sich Männer prügelten. Der Film wurde angehalten. Ein Mann stand mitten im Publikum auf. Alexander musste zweimal hinsehen, weil er diesen Mann hier nicht erwartet hätte. Joseph Goebbels. Er wetterte gegen den Film. Der Vorführer versuchte ihn durch den Film zu übertönen, sodass überhaupt nichts mehr zu verstehen war.

»Was ist das hier?«, fragte Alexander seinen Nachbarn.

»Wir protestieren gegen den Film, der den Krieg verachtet«, erklärte der Mann. »Es ist eine Ehre, sein Leben für das Vaterland zu opfern.«

»Waren Sie gestern auch in dem Film?«, erkundigte sich Alexander betont harmlos. Er hatte das Buch von Remarque direkt nach dem Erscheinen gelesen und verstand bis heute nicht, wieso sein Vater sich der Heldentaten im Krieg rühmte. Immer wieder hatte er versucht, aus ihm mehr über den wahren Einsatz herauszubekommen und zu erfahren, ob er Ähnliches wie die Romanfiguren erlebt hatte.

»Ich brauche den Film nicht zu sehen, um das zu wissen«, antwortete Alexanders Nachbar und steckte seine Finger in den Mund, um in das Pfeifkonzert der anderen Männer einzustimmen.

»Ach, Sie haben das Buch gelesen?« Alexander ließ nicht locker. Wenn er nicht über den Film schreiben konnte, wollte er wenigstens mit ein paar O-Tönen über den Vorfall in die Redaktion zurückgehen.

»Buch? Bücher sind was für Weiber!«, verkündete der Mann zwischen zwei Pfiffen und stand auf, um seinem Protest Nachdruck zu verleihen.

Alexander konnte nicht anders, als sich ebenfalls zu erheben. Um ihn herum standen alle Besucher, sie pfiffen, johlten oder brüllten Kriegsparolen. Er hätte sich gerne davongeschlichen, allerdings war die Stimmung so aufgeheizt, dass er das nicht riskieren konnte. Schließlich verließen die Männer das Kino und er wurde mitgeschwemmt, bis zum Nollendorfplatz, wo es ihm gelang, sich aus der Gruppe der Störer zu lösen, als diese sich zu Sechserreihen formierten.

»Wir marschieren vom Uhlandeck zum Kurfürstendamm«, hörte Alexander und folgte der Gruppe mit Abstand. Er ärgerte sich, dass er keine Kamera bei sich hatte, aber er wollte schließlich nur über die erste öffentliche Darbietung des Filmes berichten, dafür schickte die Redaktion keinen Fotografen raus.

Im Westen etwas Neues - Tumult im Mozartsaal

Gestern Mittag schrieb die *Vossische Zeitung*, dass das Premierenpublikum von *Im Westen nichts Neues* nach Filmende betroffen den Mozartsaal am Nollendorfplatz verließ. Was Rang und Namen hatte, zeigte Flagge gegen den Krieg.

Gestern Abend schon fiel die andere Seite der Menschheit über den Film her. Weiße Mäuse und Stinkbomben, Zwischenrufe und Schlägereien sorgten dafür, dass die Vorführung abgebrochen wurde und die Polizei den Saal räumen ließ. Was wollen diese Menschen?

Wer das Buch von Erich Maria Remarque gelesen hat und selbst von der Front zurückkam, weiß, dass dieser Film nichts als die Wahrheit zeigt. Wer keine körperliche Verwundung mit nach Hause brachte, verbirgt seelische Wunden, die bis heute nicht verheilt sind. Sollte nicht jeder froh sein, dass Carl Laemmle den Mut hatte, diese Bilder auf Zelluloid zu bannen? Pflichtprogramm für Schulen sollte der Film werden und nicht zum Gespött von Menschen mit kurzem Gedächtnis. Anders ist nicht zu erklären, dass sich eine so große Menschenmenge zum Protest gegen den Film überreden ließ. Besucht den Film mit euren Kindern, damit sie sich niemals wie unsere Väter 1914 freiwillig melden, um die Väter anderer Kinder zu töten. (aha)

»Ich dachte, ich sehe dich gar nicht mehr«, rief Johannes Unger, als Alexander nach langer Zeit wieder die Tür zum Bücherkabinett an der Urania öffnete. »Bist du jetzt unter die Sportreporter gegangen und hast der Kultur den Rücken gekehrt?«

Alexander zuckte mit den Schultern. »Als Journalist nimmt man, was man kriegen kann.« Er sah sich in der Buchhandlung um. »Das ist bei Buchhändlern nicht anders, oder?« Dabei zeigte er auf ein schwarzes Buch mit einem goldenen Lorbeerkranz und einem Hakenkreuz.

»Du hast ja recht«, gab Johannes Unger zu. »Was soll ich machen. Die neue Volksausgabe von Hitlers *Mein Kampf* ist ein Renner. Ich habe mich übrigens ebenfalls gewundert, als ich deinen Bericht über den *FC Schalke 04* las.«

Alexander lachte. »Das war wirklich Zufall, aber seit die Kieler in der letzten Saison nur knapp die Meisterschaft verpasst haben, behalte ich den Fußball im Auge. Diese Schalker haben wirklich einen Bock geschossen. Unsere Jungs spielen aus Lust und Laune und die Funktionäre aus dem Pott zahlen ihren Spielern 14 Mark Handgeld. Ein klarer Verstoß gegen die Amateurregeln, fünf Mark sind erlaubt, die braucht man für Trikot und Stollen. Nun wollen sie die Strafe von 1.000 Mark nicht zahlen!«

»Mich interessiert das überhaupt nicht«, entgegnete Johannes. »Hockey, das finde ich spannend. Hast du mitgekriegt, dass jetzt auch Frauen dabei sind? Am letzten Novembersonntag hat die deutsche Frauen-Mannschaft Australien besiegt. 3 zu 2, was für eine Leistung.«

»Ich habe das am Rande mitgekriegt«, erinnerte sich Alexander. »War das Spiel nicht in Köln? Dafür kriege ich keine Spesen. Außerdem war ich«, er grinste, »in Berlin in Sachen Kultur unterwegs. Naja, eher als Gerichtsreporter. Vier Monate dauerte der Prozess gegen George Grosz.«

»Das Bild war auch gewagt«, fand Johannes Unger. »*Christus mit Gasmaske*! «

»Das fanden die Schöffen in Charlottenburg auch, aber der Vorwurf der Gotteslästerung wurde in zweiter Instanz einkassiert. Freispruch für Grosz!«, berichtete Alexander, »aber deshalb bin ich nicht gekommen. Ich habe es gestern geschafft, mir *Im Westen nichts Neues* anzusehen, nachdem ich beim ersten Versuch in einen Aufstand der Nationalsozialisten mit den weißen Mäusen geraten bin. Ich will das Buch erneut lesen, habe es aber vor Jahren ausgeliehen. Hast du das zufällig da.«

»Na klar! Ein Buch, über das Stefan Zweig sagt, es sei ein vollkommenes Kunstwerk und unzweifelhafte Wahrheit zugleich, muss in jeder Buchhandlung stehen.« Johannes Unger ging zu einem Regal und zog das Buch heraus. Er griff ein paar Fächer höher und entnahm ihm ein dünnes Büchlein.

»Hier ist dein Remarque.« Der Buchhändler legte das Buch auf den Tresen. »Und hier ist ein neues Buch von deinem Kollegen Erich Kästner.«

Alexander seufzte. »Soweit bin ich leider nicht. Er schreibt zwar für die *Vossische Zeitung* im Ullstein-Verlag, aber nicht für meine Redaktion.« Er griff nach dem Buch und blätterte darin. »Wenn wir den Krieg gewonnen hätten«, las er. »Ui! Gut, dass Gedichte nicht verfilmt werden, da wären die Braunhemden sicher sofort zur Stelle. Das nehme ich!«

Während Johannes die Bücher in Zeitungspapier einschlug, fragte Alexander: »Hast du in letzter Zeit etwas von Herta Kirchner gehört? Ich dachte, ich könnte sie in Kiel treffen, aber wir haben uns verpasst, als ich bei meinen Eltern war.«

»Sie ist weiterhin in Salzwedel, denke ich«, antwortete Johannes. »Vor kurzem erzählte jemand, dass sie im Dezember in mehreren Stücken mitspielt.« Er machte eine Pause und zählte betont langsam das Geld, das ihm Alexander auf die Theke gelegt hatte. »Man munkelt, sie hätte einen Freund, der am selben Theater arbeitet.«

»Echt?« Alexander wusste nicht, ob er enttäuscht sein sollte, weil die junge Schauspielerin vergeben war, oder ob er sich über die exklusive Information freuen sollte. Der Redakteur der *Kieler Nachrichten* hatte ihm zugesichert, jeden Beitrag über Herta Kirchner zu übernehmen. Es kam nicht alle Tage vor, dass eine junge Kielerin sich auf den Weg in die Welt machte, selbst wenn die Welt nur Salzwedel war.

»Wie gesagt, ein Gerücht. Ich weiß nicht, von wem ich das habe.« Johannes Unger ging in das Lager hinter dem Verkaufsraum und kam mit einer Postkarte zurück. »Die hat Herta mir geschrieben, aus Schwäbisch Hall. ʻWir haben hier zu Saisonabschluss so viel zu tunʻ«, las Johannes. »ʻHeute feiern wir auf der Direktion Abschied.ʻ Dann schreibt sie nur, dass sie mit einem Otto Lang über Frankfurt nach Kiel fährt.«

Zu gerne hätte Alexander die Postkarte an sich genommen, doch Johannes legte sie in die Kasse und Alexander fiel kein Vorwand ein, mit dem er um die Karte bitten konnte. Also verabschiedete er sich mit guten Wünschen für die Weihnachtstage. Dabei machte sich wieder die Unruhe in ihm breit, die ihn ständig befiel, wenn er an den Jahreswechsel dachte. Es war geplant, dass er zu seinen Eltern fuhr, aber sie hatten sich nicht bei ihm gemeldet. Lediglich die Wechsel trafen regelmäßig ein, was ihn an jedem Monatsersten erneut überraschte.

Januar 1931

»Mensch, hör auf zu trinken!« Alexander saß im *Café des Westens* und trank einen Brandy nach dem anderen. Neben ihm saß Veronika Pauly, eine junge Schauspielerin, die er kennengelernt hatte, als er beim Bühnennachweis die Anschrift von Herta Kirchner herausfinden wollte.

Anfangs hatte es Veronika darauf angelegt, Alexander dazu zu bringen, einen Artikel über sie zu schreiben. Sobald sie ihn im *Romanischen Café*, im *Adlon* oder einer anderen Bar sah, in der sich angehende Schauspielerinnen aufzuhalten pflegten, sprach sie ihn an. Sie ließ sich nicht abschütteln, obwohl er ihr wiederholt erklärt hatte, dass er nur über Theater, Filme und andere Kulturereignisse schrieb. Was die Redaktion vom *Tempo* anging, stimmte das sogar. Dort wurde er ausschließlich im Feuilleton eingesetzt, obwohl er liebend gern über Fußballturniere oder Autorennen schreiben würde. Inzwischen waren andere Redaktionen auf ihn aufmerksam geworden, die ihn mit Beiträgen über andere Themen beauftragten.

Mit Veronika verband ihn inzwischen mehr als eine berufliche Beziehung. Ihrer Hartnäckigkeit und ihrem Charme hatte er irgendwann nicht widerstehen können. Gelegentlich tauchte in Gesprächen sogar das Wort Verlobung auf.

»Deine Eltern werden sich wieder einkriegen!«, versuchte Veronika Alexander zu beruhigen.

Sie kannte seine Eltern nicht. Die ganze Adventszeit hatte er nichts von ihnen gehört. Das Schweigen hatte ihn am Ende so beunruhigt, dass er aus der Redaktion zu Hause angerufen hatte. »Uns geht's gut«, war alles, was die Mutter sagte. »Kommst du Weihnachten oder musst du schreiben!«

»Ich verstehe einfach nicht, was meine Eltern dagegen haben, dass ich als Journalist arbeite!«, lallte Alexander und spülte den Satz mit dem nächsten Brandy herunter. »Wenn ich eine männliche Hure wäre, könnte ich ihr Verhalten verstehen. Aber ich schreibe nur.«

»Sie haben sich das halt so schön vorgestellt, dass du die Praxis deines Vaters übernimmst!« Veronika strich Alexander über den Kopf und ergriff unverhofft sein Glas.

Alexander lachte bitter. »Die wissen nicht, dass ich nicht mehr studiere. Die regen sich auf, weil ich behauptet habe, ich würde für eine Studentenzeitung schreiben.«

»Du hast ihnen nicht gesagt, dass du nicht mehr an der Uni bist?« Veronika starrte Alexander an. »Und was ist, wenn sie eine Zeitung mit einem Artikel von dir in die Hand bekommen.«

»Haben sie schon, ich habe behauptet, jemand anders hätte das gleiche Kürzel.«

»Das ist trotzdem kein Grund, dass du dich besäufst. Heute ist die Eröffnung vom *Tingel-Tangel*! Du hast Friedrich zugesichert, etwas darüber zu schreiben, und mir hast du versprochen, dass ich ausnahmsweise zu einem Auftragstermin mitgehen darf.« Veronika zog das Glas an sich und bestellte beim Barkeeper einen doppelten Mokka. »Damit du wieder fit bist. Ich möchte nämlich wissen, was Hollaender auf die Beine gestellt hat.«

Ein Weltstar beim Tingel-Tangel

Dort, wo vor Jahren Trude Hesterberg wild auf der Bühne tobte, gibt es heute wieder *Tingel-Tangel*. So nennt der Komponist Friedrich Hollaender das Theater, das er sich geleistet hat, um seine Revuetten zu präsentieren. Hat er bisher mit Rudolf Nelson einige Programme auf die Bühne gebracht, ist er nun sein eigener Herr. Bekannt genug ist er, weiß doch inzwischen jeder, dass die Musik für den Film *Der blaue Engel* aus seiner Feder stammt.

Die neuesten Chansons direkt vom Meister selbst zu hören, lässt sich keiner entgehen. Damit das möglich ist, ließ Hollaender im Keller vom *Theater des Westens* einige Umbauten vornehmen. Nun stehen zwei Flügel übereinander, mit dem Segen der Firma Steinway. Oben hält Friedrich Hollaender die musikalischen Fäden zusammen und unten greifen je nach Programmpunkt wechselnde Pianisten in die Tasten. Während der Generalprobe wurde kurzerhand eine Wand herausgerissen, um Platz für die 300 bestellten und reservierten Stühle bei der Eröffnung zu schaffen.

Für die Premiere hat Hollaender unsere Stars auf die Bühne gebracht, seine Frau Blandine Ebinger war ebenso zu hören wie Hermann Schaufuß, Hubert von Meyerinck und Ellen Schwannecke. Zu sehen gab es unter anderem die Tänzerinnen Grit und Ina van Elben. Das Publikum lauschte begeistert der Ebinger, der *Starker Tobak* zu schaffen machte, unter anderem sang sie: »Ich geh mal auf den Presseball - Das ist ein ganz perverser Fall. Hab' ich genug von Tanz und Jazz, latsch ich zur Comédie Française. Komm ich erregt nach Hause dann, stell ich das tolle Radio an und lösch das schwule Ampellicht. Und hör im Traum wie Goebbels spricht: ‚Ei, wie rollt das Köpfchen.' - Was?« Das war wirklich harter Tobak, den man erst einmal verdauen musste. Wie auch die *Münchhausen*-Parodie von Herrmann Schaufuß, der in Hitler-Maske seinem Vorbild, dem Lügenbaron, alle Ehre machte, sich allerdings am Ende nicht am eigenen Schopf aus dem Sumpf ziehen konnte.

Das Publikum johlte. Erst recht, als Marlene Dietrich, die aus Amerika zu Besuch in Berlin ist, begleitet von Friedrich Hollaender ihr gemeinsames Lied sang: »Ich bin von Kopf bis Fuß auf Liebe eingestellt«. Nachdem sie »Wenn ich mir was wünsche dürfte« zum Besten gegeben hatte, gab es im Zuschauerraum kein Halten. »Hoch Marlene!« und »Bravo Marlene!« schallte es aus dem Publikum.

Vermutlich wird mancher auch das nächste Programm besuchen und sei es nur aus Neugier, ob sie wieder unverhofft auf die Bühne steigt. (aha)

»Und Sie sind sicher, dass wirklich kein Wechsel eingetroffen ist?«, fragte Alexander den Mann hinter dem Postschalter zum dritten Mal.

»Kein Wechsel postlagernd für Alexander Halbersberg, kein Wechsel für irgendwen«, antwortete der Beamte und zog das untere Glasfenster seines Abteils herunter. Ein deutliches Zeichen dafür, dass Alexander verschwinden sollte.

»Vergiss es! Du verdienst dein eigenes Geld!« Veronika zog ihren Freund von dem Tresen weg und hakte sich bei ihm unter: »Wir könnten zusammenziehen, dann wäre die Miete nur halb so teuer!«

Alexander schnaufte höhnisch. Wenn das herauskäme, brauchte er überhaupt nicht mehr in Kiel zu erscheinen. Natürlich verdiente er sein eigenes Geld und gerade im Januar hatte er viele Aufträge gehabt. Berichte über die Premiere von *Liliom* mit Hans Albers an der *Volksbühne*, den Vortrag der italienischen Ärztin Maria Montessori über Kindererziehung, die Wahl von Heinrich Mann und Ricarda Huch zu Vorsitzenden der Sektion Dichtkunst der Akademie der Künste - der Feuilleton-Redakteur verließ sich inzwischen blind auf ihn. Sein Ruf im Verlag war so gestiegen, dass er für die *Berliner Illustrierte* über den Start des Afrikafluges der Sportfliegerin Elly Beinhorn und das Endspiel der Eishockey-Liga im Sportpalast berichten durfte.

»Komm, heute feiern wir und dann sehen wir weiter!«, drängelte Veronika.

»Ich habe keine Lust mehr!«, erklärte Alexander. Dabei hatte er sich so auf den Ball der Berliner Presse im Restaurant am Zoo gefreut. Die Einladung war eine Auszeichnung. Zwar nahmen immer an die 3.000 Gäste an dem Ball teil, aber man musste im Verein der Berliner Presse sein oder persönlich eingeladen werden, um zu dieser Gesellschaft zu gehören.

»Nun sei kein Frosch! Du wirst nicht verhungern und irgendwann werden deine Eltern verstehen, dass Schreiben eine Berufung ist wie Arzt sein!« Für Veronika war das Thema damit beendet. Alexander konnte es nicht so leicht abschütteln, aber das Argument gefiel ihm. In den nächsten Semesterferien würde er nach Kiel fahren und reinen Tisch machen. Er dachte an seine Mutter, die einige Zeitungen abonniert hatte, in denen über Schauspieler und andere berühmte Menschen berichtet wurde.

»Dann lass uns gehen!«, sagte er zu Veronika und hoffte, dass er viele prominente Gesichter sehen würde, mit deren Beschreibung er seine Mutter für sich gewinnen konnte.

Mai 1931

Leopold und Christine Halbersberg verzogen keine Miene, als Alexander an der Germania-Werft in Kiel aus dem Wagen stieg.

»Wenn ihr euch beeilt, versuche ich, euch aufs Schiff zu schmuggeln«, bot Alexander an.

Selbst dieses einzigartige Angebot konnte die Stimmung seiner Eltern nicht aufbessern. Nachdem er in den vermeintlichen Semesterferien in Berlin geblieben war, wo viel zu tun war, hatte ihn ein Auftrag seiner Redaktion nach Kiel geführt. Längst war er ein fest angestellter Redakteur, der vorrangig für das Feuilleton verschiedener Zeitungen aus dem Verlag schrieb. Sogar in dem ersten Rundfunkprogrammheft *Sieben Tage. Funkblätter mit Programm*, für das selbst seine Mutter wöchentlich 20 Reichspfennig ausgab, waren einige Beiträge von ihm erschienen.

»Nun kommt!« Alexander versuchte ein weiteres Mal, seine Eltern umzustimmen. »Vielleicht ist der Präsident auf dem Schiff!«

Auf jeden Fall befand sich Reichspräsident Paul Hindenburg in der Nähe des Panzerschiffes, das er auf den Namen *Deutschland* taufen sollte. Es hatte viele politische Querelen um das Schiff gegeben, zuerst musste die Erlaubnis der Siegermächte des Krieges eingeholt werden, da der Versailler Vertrag den Deutschen die Produktion von Kriegsgerät verbot. Dass die Minister nach langem Ringen dennoch den Etat für neue

Panzerkreuzer freigaben, passte in die unruhige Zeit. Leopold und Christine Halbersberg reagierten nicht auf Alexanders Angebote. Sie taten, als hätten sie nichts mit ihrem Sohn zu tun und mischten sich unter die große Zuschauermenge am Kai.

Alexander versuchte, möglichst dicht an das aufgebockte Schiff zu gelangen. Immer wieder musste er sich als Journalist ausweisen. Als er den Reichspräsidenten und seine Begleitung endlich entdeckte, bemerkte er mit Entsetzen, dass das Schiff sich in Bewegung setzte. Hatte er Hindenburgs Ansprache überhört? Neben ihm die Menschen lachten. Es kam ihm vor, als zöge eine Lachwelle durch die Menschen hinter der Absperrung. Aus den Lautsprechern knisterte es. Dann war die Stimme des alten Präsidenten zu hören, die bei Schiffstaufen obligatorische Sektflasche musste Alexander sich vorstellen, er war zu weit entfernt. »Ich glaube, der Kahn ist Abstinenzler«, ließ Hindenburg verlauten. Die Menschen, die ihn sehen konnten, lachten. Als er sich endlich bis nach vorne durchgekämpft hatte, erfuhr er, dass sich ein Ablaufblock gelöst hatte, wodurch das Schiff zu früh in Fahrt geraten war. Während die Masse weiter zur Kaimauer strömte, um die ersten Schwimmversuche des riesigen Schiffes zu verfolgen, arbeitete er sich zurück zum Wagen des Vaters. Von seinen Eltern war nichts zu sehen. Zu gerne hätte er ihnen brühwarm berichtet, was er erfahren hatte. Stattdessen ging er zum Büro der *Kieler Nachrichten*, wo er auf Anfrage der *Berliner Illustrierten* den Beitrag schreiben und übermitteln durfte.

Seinen Heimweg dehnte Alexander aus, um sich vor dem eisigen Schweigen der Eltern zu schützen. Nicht einmal die

Argumente, dass Schreiben seine Berufung war und er gut verdiente, hatten sie umstimmen können. »Du bist nicht mehr mein Sohn«, hatte Leopold Halbersberg erklärt. »Meine Ehre erlaubt es mir nicht, dich aus dem Haus zu werfen. Da bist du ein Untermieter, mit dem ich kein Wort zu wechseln wünsche.«

Alexander hatte sich treiben lassen. Unversehens fand er sich im Knooper Weg wieder. Neben dem Haus der Familie Kirchner unterhielten sich zwei Frauen.

»Mit dem Mädchen hat er einiges mitgemacht«, hörte er. Ob die beiden über Herta sprachen?

Alexander ging in die Hocke und nestelte an seinen Schnürsenkeln herum.

»Jetzt soll geheiratet werden!«, flüsterte die Frau mit der grauen Kittelschürze. »Der Bräutigam ist ein Künstler!«

»So viel ich gehört habe, hat er eine ordentliche Anstellung«, tuschelte die andere Frau, unter deren Mantel der Saum einer Schürze hervorlugte. »Ein Kapellmeister!«

Die Frau mit der Kittelschürze lachte. »Was? Ein Kapellenmeister? Nennt man den Pastor heute so? Diese jungen Leute denken sich immer etwas Neues aus.«

Ihre Gesprächspartnerin schüttelte den Kopf. »Ein Kapellmeister leitet ein Orchester«, gab sie spitz zurück. »Das ist ein Musiker, aber einer der bezahlt wird.« Sie wies mit dem Kopf in Richtung Stadt. »Nicht so einer, der mit dem Leierkasten umherzieht und Geld einsammelt.«

»Ich bin gespannt, wann wir den zu Gesicht kriegen.« Die Frau strich ihre Kittelschürze glatt. »Was machen Sie denn da unten?«, herrschte sie Alexander an. »Nicht, dass Sie mir was aufs Pflaster malen. Ich habe das gerade gefegt!«

Mit rotem Kopf und genuschelter Entschuldigung eilte er davon. Er ging direkt nach Hause. Diese Nachricht musste er erst einmal verdauen.

Dezember 1931

Für diesen Termin hatte Alexander sogar die Feier seiner Verlobung verschoben, nachdem die Einladung von der Ufa gekommen war. Veronika war ausgerastet. Seither zweifelte er daran, ob sie die richtige Frau an seiner Seite war. Seit seine Eltern ihm mitgeteilt hatten, dass er sich gerne melden dürfe, wenn er das Medizin-Studium wieder aufgenommen oder einen anderen ehrbaren Beruf ergriffen hätte, stand sein Ziel fest: Er würde es ihnen zeigen und ein ebenso berühmter Journalist werden wie Erich Kästner, der es vom Redakteur einer Lokalzeitung zum bekannten Dichter und Schriftsteller geschafft hatte. Deshalb war dieser Abend für ihn so wichtig, an dem die Premiere des Films *Emil und die Detektive* im *Ufa-Theater* am Kurfürstendamm stattfand. Natürlich sah er Kästner gelegentlich im *Romanischen Café* oder *Café des Westens*, dort wagte er allerdings nicht, ihn anzusprechen. Bei der Premierenfeier würde sich hoffentlich eine Gelegenheit bieten, Kästner einige Fragen zu stellen.

Veronika hatte am Ende eingelenkt. Seitdem sah er sie mit anderen Augen und hoffte mit schlechtem Gewissen, dass er für den neuen Verlobungstag kurzfristig einen Auftrag bekam, den er nicht ablehnen konnte.

»Ist das nicht die *Kindersymphonie* von Haydn?«, flüsterte Veronika und beugte sich zu Alexander hinüber.

»Weiß ich nicht«, wisperte Alexander und notierte »Kindersymphonie« und »Haydn«. Vielleicht fand sich später jemand, der ihm sagen konnte, was vor Beginn des Films gespielt wurde. »Psst!«, zischte es von vorne.

»Ja!«, murmelte die Frau im anderen Nachbarsitz. »Meine Enkelin spielt da mit. Das ist das Schülerorchester der Treitschke-Schule.«

Auch das notierte Alexander und war froh, als sich endlich der Vorhang öffnete. Er war neugierig, welche Darsteller am Ende ausgewählt wurden. Im letzten Sommer hatte er über die Auswahl der Kinderdarsteller berichtet. 50 der 2.500 Jungen, die sich beworben hatten, mussten vorsprechen und vorspielen. Das einzige Mädchen in dem Film, Pony Hütchen, wurde von Inge Landgut gespielt, die einige Jahre im Filmgeschäft war.

Die Kinder im Publikum ballten die Fäuste und starrten gebannt auf die Leinwand. Als Herr Grundeis Emil das Geld stahl, riefen einige wie im Kasperletheater: »Emil! Vorsicht!« Unter den begeisterten Rufen der Kinder war teilweise nicht alles zu verstehen. Je länger die Jagd nach dem Dieb dauerte, umso lebhafter wurden die Kleinen.

»Ich glaube, ich will keine Kinder«, flüsterte Veronika Alexander zu, als der Junge vor ihr aufstand und ihr die Sicht versperrte. Mit gerunzelter Stirn sah er seine Freundin von der Seite an. Ihn störte es nicht, dass die Kinder mitfieberten. Er war als Kind im Puppentheater genauso gewesen und ertappte sich selbst als Erwachsener in manchen Premieren, dass er die Fäuste ballte oder die Daumen drückte, damit alles gut ging.

»Wenn ich gewusst hätte, dass das ein Kinderfilm ist, wäre ich zu Hause geblieben!«, nörgelte Veronika leise und kniff die Lippen zusammen. »Wie lange dauert der denn?«

Alexander sah auf seinen Pressezettel. »Hier sind 75 Minuten angegeben. Ich verstehe nicht, was du hast, die Geschichte ist spannend und die Musik schön.«

»Psst«, zischte es hinter ihnen.

Alexander war froh, er wollte den Film genießen, der ihn an eine Zeit erinnerte, als die Welt heil war und er im Garten der Eltern das Buch gelesen hatte. In seinen ersten Semesterferien, die sich anfühlten wie Schulferien. Seine Mutter hatte ihm alle Leibspeisen gekocht, sein Vater nahm ihn mit zu Hausbesuchen und ließ ihn auf Straßen abseits der Stadt sogar ans Steuer seines Wagens.

»Können wir?«, fragte Veronika, als die ersten Namen im Abspann zu sehen waren.

»Ich gehe auf jeden Fall zur Premierenfeier!«, verkündete Alexander ihr in bestimmtem Ton. Da hatte er sich abgerackert, um eine Karte zu bekommen und dann verhielt sich die Frau, mit der er sein Leben verbringen wollte, so. Besser hätte er die Karte einem Straßenkind geschenkt. Ehe Veronika etwas erwidern konnte, traten die Darsteller auf der Bühne. Sie trugen die Kostüme aus dem Film und wurden vom Publikum mit großem Applaus und Rufen empfangen.

Mit Kinderdetektiven durch Berlin

Wer kennt ihn nicht, den kleinen Emil, der seine Großmutter in Berlin besuchen möchte und sich unverschuldet in einem Kriminalfall wiederfindet. Seit dem Erscheinen des Buches 1929 sind zig Tausend Ausgaben über die Ladentheken gegangen.

Und all diese Leser wollen jetzt wissen, wie Emil und seine Freunde den Kinderkrimi auf der Leinwand lösen. Entsprechend war das Premierenpublikum jünger und lebhafter als sonst. Mancher Vater bekam vom Film wenig mit, weil er genug zu tun hatte, um seine Sprösslinge zu bändigen. Der guten Stimmung im *Kurfürstendamm-Theater* tat das keinen Abbruch.

Groß und Klein fieberten mit, als die Kinderbande an Schauplätzen, die jeder Berliner kennt, die Spur des Diebes verfolgte. Szenenapplaus gab es von den Erwachsenen, als der Autor der Romanvorlage, Erich Kästner, im Film in der Straßenbahn stand, in die der kleine Emil einstieg. Kollektives Stöhnen hingegen bei Emils Traumvision, die Cineasten an Hitchcock denken ließen. Das Pünktchen auf dem I war die Musik von Allan Grey, die die Emotionen der Figuren und der Zuschauer exakt widerspiegelte.

Die namhaften Schauspieler, die sich von Regisseur Günter Lamprecht durch die Geschichte *Emil und die Detektive* führen ließen, lieferten erwartungsgemäß eine gute Arbeit ab, vor allem Käthe Haack traf Mutter Tischbein so, wie sie im Buch dargestellt wurde.

Den Kindern war ihre Freude am Spiel und an dem Abenteuer in jeder Minute anzumerken, da dürfen wir gespannt sein, wo sie uns wieder begegnen werden - auf der Straße oder im nächsten Film nach Erich Kästner. Pünktchen und Anton vielleicht, deren Erlebnis dieser Tage in die Buchhandlungen kommt? Hoffen wir, dass Billie Wilder auch daraus ein gelungenes Drehbuch macht. (aha)

Eine Woche später bekam Alexander eine persönliche Einladung von Regisseur Richard Oswald zur Premiere der Verfilmung von *Der Hauptmann von Köpenick*. Als er auf das Datum sah, verspürte er Erleichterung und schämte sich dafür. Am 22. Dezember sollte die verschobene Verlobungsfeier stattfinden. War es ein Wink des Schicksals, dass ausgerechnet an diesem Tag die Erstaufführung der Filmfassung dieses Kriminalfalls von 1906 nach dem Theaterstück von Carl Zuckmayer stattfand?

Mai 1932

»Hast du *Menschen im Hotel* von Vicki Baum?«, fragte Alexander bereits in der Tür des Bücherkabinetts. Er hatte es eilig. Am Abend war die Uraufführung des Horrorfilms *Vampyr - Der Traum des Allan Gray* und vorher hatte er die Chance, an einer Führung durch die Gemäldeausstellung von Rudolf Mosse teilzunehmen. Er fühlte sich im Ullstein-Verlagshaus zwar gut aufgehoben, wollte sich die Chance, einen der anderen großen Berliner Verleger kennenzulernen, aber nicht entgehen lassen.

Der Roman von Vicki Baum interessierte ihn, seit Gustaf Gründgens die Geschichte im Theater am Nollendorfplatz inszeniert hatte. Nun war die Verfilmung in New York erstmals gezeigt worden, es würde nicht lange dauern, bis der Streifen in die Berliner Kinos kam. Er war gespannt auf diese Greta Garbo, von der urplötzlich alle sprachen.

Statt einer Antwort ging der Buchhändler zu einem Regal und zog das Buch hervor. »Guten Tag, Herr Halbersberg.« Er betonte den Namen, als er dem Freund den Roman hinlegte. »Darf ich es Ihnen gleich einpacken?«

Alexander entschuldigte sich. »Ich bin in Eile. Alle wollen gerade was von mir und Veronika ist mir auch wieder auf den Fersen.«

Johannes lachte. »Du hättest deine Verlobung eben deutlicher lösen müssen. Nur die Feier zu verschieben, das reicht nicht.«

Alexander schüttelte den Kopf. »Ich habe die Feier zweimal verschoben und ihr erklärt, dass ich vorerst kein Interesse an einer Verlobung habe. Ich finde das sowieso unnötig.«

»Dann musst du damit leben, dass sie nicht aufgibt. Zumindest so lange nicht, bis sie eine große Rolle bekommt, dann wird sie dich vergessen. Im Augenblick hofft sie, über dich Kontakte zu angeln.«

»Meinst du?«

»Ganz sicher. Seit wann klammert sie sich an dich? Seit dein Artikel über die Gesellschaft bei Vollmoeller mit Charlie Chaplin erschienen ist und gleich danach dein Interview mit Leni Riefenstahl zur Premiere von *Das blaue Licht*«, erinnerte ihn Johannes. »Veronika hofft darauf, dass sie über dich ein Engagement bekommt.«

Alexander zog die Stirn kraus. Er mochte nicht glauben, dass Veronika derart berechnend war und er für sie nichts anderes war als ein Steigbügelhalter.

»Weißt du übrigens, dass Herta in Berlin ist?«

Diese Frage traf ihn völlig unvorbereitet. Seit er wusste, dass Herta Kirchner geheiratet hatte, hatte er sie von seiner Liste angehender Stars gestrichen. Wenn er ehrlich war, hatte er sich mit Veronika vor allem eingelassen, weil er hoffte, dass sie der neue Star, die nächste Marlene, sein würde und er davon profitieren konnte. Bis jetzt war davon allerdings nichts zu spüren. Die neuen Stars waren alle jung und blond, Veronika war zwar jung, jedoch dunkelhaarig mit dunklen Augen, die eher ernst als fröhlich in die Welt blickten. Und nun war Herta Kirchner wieder auf der Bildfläche erschienen.

»Echt? Ist sie zu Besuch bei jemandem oder auf Abstecher hier?« Inzwischen wusste er, dass die Bühnen in Salzwedel, an denen Herta engagiert war, auf Tournee gingen, die in Schauspielerkreisen auch Abstecher genannt wurden.

»Sie lebt jetzt in Berlin!«

Alexander sah Johannes mit großen Augen an. »Mit ihrem Mann?«

»Ja. Erst gestern sind sie mir am Wittenbergplatz begegnet. Die Bühnen in Salzwedel wurden geschlossen, weil kein Geld mehr da war. Herta und ihr Mann waren danach in Braunschweig, bis dort auch Schluss war und versuchen nun in Berlin ihr Glück.«

»Interessant«, fand Alexander. Derzeit war Leni Riefenstahl seine Favoritin. Ihr erster Film über eine Berglegende aus den Dolomiten, den sie als Regisseurin verantwortete, war außergewöhnlich. Sie hatte auf jeden Fall das Zeug zum neuen Star, da würde er nicht lockerlassen.

Johannes Unger zwinkerte Alexander zu. »Nun tu nicht so, als würdest du nicht am liebsten unverzüglich aufspringen und ihre Spur verfolgen wie ein Polizeihund die Spur eines Verdächtigen! Wenn du sie suchst: Sie nennt sich jetzt Herti Kirchner!«

Alexander tat, als hätte er die Spitze seines Freundes nicht wahrgenommen. Er steckte sein Buch in die Tasche und stand an der Tür, als Johannes Unger ihn zurückrief.

»Ich kenne übrigens die Autorin!«, sagte der Buchhändler. »Über die solltest du schreiben. Sie kann es mit ihrem Fleiß und ihrem Ehrgeiz locker mit Herta aufnehmen. Allerdings …«

Johannes Unger machte eine Pause und sah Alexander an. »Allerdings hat sie nicht den natürlichen Liebreiz deiner Herti!«

Alexander schnaubte und öffnete die Tür.

»Aber sie hat daran gearbeitet«, fuhr Johannes Unger fort.

»Was heißt das?« Alexander ließ die Türklinke los und drehte sich zu dem Buchhändler.

»Nun, sie hat sich 1929 einen modernen Bubikopf schneiden und die Haare blond färben lassen, was dein Verlag direkt für seine Werbung genutzt hat.«

»Mein Verlag?« Alexander sah auf das Buch. Es war tatsächlich bei Ullstein erschienen.

»Sie hat seit einiger Zeit Kolumnen in einer der Frauenzeitungen geschrieben und ist auch sonst ziemlich taff. Es heißt, dass sie Boxtraining bei Sabri Mahir nimmt.«

Alexander nahm sich fest vor, das Buch schnell zu lesen und sich offizielle Informationen über Vicki Baum zu besorgen, ehe die Verfilmung ihres ersten Romans in die deutschen Kinos kam.

»Das Buch stand übrigens in Amerika auf den Bestsellerlisten«, erklärte Johannes Unger. »Auf gleicher Ebene wie die Bücher von Ernest Hemingway, John Steinbeck und Pearl S. Buck!«

Alexander ärgerte sich, dass er sich nicht intensiver mit der Autorin beschäftigt hatte. Vielleicht wäre er dann schon bei der Hollywood-Premiere des Films dabei gewesen! Missmutig verließ er die Buchhandlung. Vor der Tür fragte er sich, wo er Herta alias Herti Kirchner am ehesten antreffen konnte. Sollte er auf einen Sprung ins *Café des Westens* oder ins Romanische gehen? Eine halbe Stunde hatte er bis zum Ausstellungsbesuch Zeit. Er entschied sich für das *Romanische Café*, vielleicht traf er dort jemanden, mit dem er später die Ausstellung besuchen konnte. Als er die Tür öffnete, bemerkte er an einem Tisch in der Ecke Veronika, die mit verweintem Gesicht in die Luft starrte. Ehe er sich umwenden konnte, hatte sie ihn bereits entdeckt.

»Was ist los?«, wollte er wissen, nachdem er sie zur Begrüßung umarmt hatte.

»Ich hatte mir solche Hoffnung auf eine Rolle in dem Film *Acht Mädels im Boot* gemacht«, berichtete Veronika, dabei schluchzte sie immer wieder auf. »Ich habe extra Schwimmen gelernt, weil das eine Voraussetzung war. Aber dann hat die Rolle eine Neue gekriegt. Die habe ich noch nie gesehen. Blonde Locken und total affektiert.«

»Ärgere dich nicht, dann war die Rolle nicht passend für dich«, tröstete Alexander seine frühere Verlobte.

»Wenn eine Kollegin die Rolle bekommen hätte, wäre das in Ordnung, aber eine völlig Unbekannte.« Veronika schnaubte. »Sie ist Theaterschauspielerin und erst seit ein paar Wochen in Berlin. Wenn du mich fragst, das geht nicht mit rechten Dingen zu. Wer weiß, worauf sich diese Herti Kirchner einlässt.«

Alexander hatte bei der Tirade seiner Freundin weggehört und war in Gedanken woanders. Als sie den Namen erwähnte, horchte er auf. »Sagtest du Herti Kirchner?«

»Ja, eigentlich heißt sie Herta Weidinger, aber sie bleibt beruflich bei ihrem alten Namen«, antwortete Veronika. »Kennst du die?«

»Kommt sie nicht auch aus Kiel?« Alexander stellte sich absichtlich ahnungslos. Das war nicht zu fassen, da präsentierte seine Freundin ihm ungeahnte Kontakte zu seinem möglichen angehenden Star.

»Keine Ahnung«, schnaubte Veronika. »Ich weiß nur, dass ich sie Anfang April auf dem Bühnennachweis gesehen habe. Da wurde sie für den nächsten Montag zu einem Agenten einbestellt.«

»Woher weißt du das?«

»Das kriegt man halt mit. Man sitzt da den ganzen Tag, bis einer der Agenten sich herablässt, unsereins zu empfangen.« Veronika warf ihre langen braunen Haare zurück. »Sie ist sehr jung, sieht aus wie eine Schülerin, hat blonde Haare. Darauf stehen die Typen. Sie hat gleich Besuchskarten für Operette und Schauspiel bekommen!«

»Besuchskarten?«

»Die werden verteilt, zu diesen Zeiten werden Darsteller eines bestimmten Fachs geprüft, Freitag von 10 bis 12 Uhr Schauspiel und von 12 bis 14 Uhr Operette.« Veronika sah Alexander aus zusammengekniffenen Augen an. »Ich habe noch nie eine Besuchskarte bekommen und die kriegt gleich einen Filmvertrag. Das kann nur Schiebung sein.«

Alexander legte seinen Arm um Veronika. Er dachte nach. Wenn er Veronika jetzt erklärte, dass Herti Kirchner bereits Engagements in Kiel, Salzwedel und Braunschweig gehabt hatte, würde sie fragen, warum er das wusste. Das gab nur Ärger. »Vielleicht hat sie bereits Erfahrung«, warf er daher diplomatisch ein.

Veronika verzog den Mund. »Pah! Die habe ich auch. Wenn wenigstens Lien Deyers die Rolle bekommen hätte, sie war zuerst vorgesehen. Aber so eine Neue!«

Veronika hatte in einem Weihnachtsmärchen in der fünften Klasse auf der Bühne gestanden. Seit er Veronika kannte, versuchte er ihr zu erklären, dass sich ein Regisseur davon nicht beeindrucken ließ. Er hatte sie sogar mit Lili Grün zusammengebracht, die mangels Engagements an großen Häusern in dem Kabarett-Kollektiv *Brücke* spielte, um bei einer nächsten Bewerbung Erfahrungen aufweisen zu können. Veronika fand diese Künstlerkooperativen unter ihrem Niveau und zu politisch. Sie wollte Rollen spielen wie die Lola in dem Film *Der blaue Engel.*

»Trink einen Schluck Kaffee und iss ein Stück Kuchen, dann sieht der Tag gleich anders aus.« Alexander winkte der Bedienung und gab seine Bestellung auf.

»Um welchen Film geht es noch?«, fragte er beiläufig, als der Kellner Tassen und Kuchen auf dem Tisch verteilte.

»*Acht Mädels im Boot*«, antwortete Veronika, während sie vier Zuckerstücke in die Kaffeetasse warf. »Das wäre so schön gewesen. Gedreht wird am Bootshaus der *Allemania* auf Bullenbrook. Ich hätte viel trainieren müssen, Startsprung, Kraulen, Rudern, aber ich hätte meine erste Rolle gehabt.«

»Welche Filmgesellschaft produziert so etwas?« Alexander hoffte, dass seine Neugier nicht zu auffällig war.

Veronika war viel zu sehr mit ihrem Unglück und ihrem Kuchen beschäftigt. »Die Fanal«, sagte sie und schob ein großes Stück Nusssahnetorte in den Mund.

»Mist! Ich muss los!« Rasch küsste er Veronika auf die Wange, zahlte die Zeche und rannte den halben Weg zum Verlagshaus. Ohne diese Nazis auf den Straßen kommt man deutlich schneller voran, dachte er. Gut, dass Minister Groener die SA und SS verboten hatte. Vielleicht würde es endlich ruhig werden auf den Straßen Berlins.

Acht Mädels im Boot

Im Ruderklub *Allemania* auf der idyllischen Spree-Insel Bullenbrook ist derzeit viel los. Fanal-Film dreht dort einen Film mit acht jungen Mädchen, die in weißen Badeanzügen quirlig und laut in der Spree herumtollen. Um ins Team zu gelangen, mussten die jungen Damen beim Auswahltreffen im Wellenbad Lunapark ihre Schwimmfähigkeiten unter Beweis stellen. Nun heißt es, schwimmen, springen, crawlen, rudern bis zum Happyend. Ob es zu einem glücklichen Ende kommen wird?

Noch wissen wir es nicht, noch wird gedreht und dabei muss das Kamerateam auch bange Momente erleben, wenn es für die optimale Einstellung samt Kamera auf das Vordach klettert. Aus der *Allemania* wurde der Ruderklub *Seeschwalben* und die acht Mädchen haben ein echtes Problem zu lösen. Eine von ihnen erwartet ein Kind, dessen Vater lieber seine Freiheit genießen möchte und auf eine Abtreibung pocht. Das Mädchen weigert sich und zieht sich den Zorn des eigenen Vaters zu. Zum Glück hat sie gute Freundinnen. Neben Theodor Loos, den wir aus vielen klassischen Stummfilmen kennen, und Helmuth Kionka, der bei Max Reinhardt und Gustaf Gründgens auf der Bühne stand, setzt Erich Waschneck vor allem auf junge frische Gesichter. Die bisher unbekannte Karin Hardt spielt die Hauptrolle in *Acht Mädels im Boot*, die eben über Braunschweig aus Kiel nach Berlin eingewanderte Herti Kirchner ist eines der acht Mädels, die im Achter auf der Spree rudern und ihrer Freundin helfen. (aha)

August 1932

Auf dem Weg zur Redaktion kam Alexander am *Haus Vater-land* vorbei, das selbst tagsüber imposant wirkte. Letzten Samstag war er zum ersten Mal mit Freunden dort eingekehrt. Am Eingang hatte er Johannes Unger gesehen, mit Herti Kirchner und einem Mann, der sich so rührend um sie kümmerte, dass er in ihm den Ehemann Weidinger vermutete. In dem Gewühl hatte er sie aus den Augen verloren, obwohl Herti Kirchner mit einem weißen Ledermantel mit Uniformknöpfen und dem weißen Hütchen mit Silberkugel nicht zu übersehen war. Die Auswahl der Lokale innerhalb des Hauses war groß, neben der beliebten Rheinterrasse gab es das Grinzing, ein Wiener Café mit Weinstube, ein türkisches Café, eine spanische Bodega, eine japanische Teestube, die Bremer Kombüse, die Arizona-Bar, eine Osteria mit italienischen Spezialitäten, das Teltower Rübchen, der Palmensaal, in dem getanzt wurde und wechselnde Vorführungen stattfanden. Seine Freunde hatten das Löwenbräu vorgezogen, indem es im bayrischen Ambiente echt bayrisches Bier gab, und davon reichlich zu sich genommen. Zum Glück konnte er am Sonntag ausruhen. Und nachdenken.

Der Redakteur hatte ihm angeboten, nach Venedig zur Biennale zu fahren. *Das blaue Licht* von Leni Riefenstahl war im Festival zu sehen und hatte Aussichten auf einen Preis. Alexander wusste nicht, was ihn zurückhielt, das wäre seine erste Auslandsreise als Redakteur, aber ausgerechnet Italien. Nach

Amerika wäre er auf Kosten der Redaktion sofort gereist, da beneidete er seine Kollegen aus der Sportredaktion, die bei den Olympischen Spielen in Los Angeles weilten. Außerdem widerstrebte es ihm, gerade jetzt aus Berlin zu verschwinden, wo sich die politische Lage zuspitzte. Bei den letzten Reichstagswahlen hatte die NSDAP am besten abgeschnitten. 37 Prozent der Deutschen hatten für diesen Hitler gestimmt, einer davon war sicher sein Vater. Er wusste es nicht, seit der letzten Begegnung waren Monate vergangen. Zwar versorgte Alexander seine Mutter mit Artikeln, die sie interessieren könnten. Eine Reaktion darauf erhielt er nie.

Daher wusste er bis heute nicht, ob sein Cousin Walter, der eine Ausbildung als Kadett auf der *Niobe* absolvierte, unter den Opfern des Unglücks am 26. Juli gewesen war. Der Viermaster war bei einem Unwetter gekentert. Wasser war in die Luken und Niedergänge gebrochen, nur sieben Matrosen hatten sich aus dem Unterdeck retten können. Lediglich 40 der 109 Mann Besatzung hatten das Unglück überlebt.

»Haben Sie sich entschieden? Fahren Sie nach Venedig?«, empfing ihn der Chefredakteur.

»Ich weiß es nicht«, gab Alexander zu. »Möchte vielleicht jemand anders fahren?«

»Deshalb frage ich«, antwortete der Redakteur. »Ein Kollege der Illustrierten fährt hin, der könnte für uns einen Beitrag schreiben.«

Alexander war erleichtert, auch wenn er sich besser gefühlt hätte, wenn sein Vorgesetzter sich etwas mehr Mühe gegeben hätte, ihn zu überreden.

»Vielleicht möchten Sie lieber nach Jugoslawien reisen«, bot der Redakteur an.

Alexander sah ihn entgeistert an. Jugoslawien statt Italien? Das konnte sein Vorgesetzter nicht ernsthaft als Alternative ansehen.

»Wir haben eine Anfrage von der Deitz-Union-Film, sie drehen in Dubrovnik und bieten uns an, die Dreharbeiten zu begleiten.«

Das klang schon besser. Wobei Dreharbeiten nicht mit dem roten Teppich in Venedig zu vergleichen waren. Aber vielleicht war der eine oder andere Star dabei und er konnte mit seinen Artikeln groß rauskommen.

»Wer spielt denn?«, erkundigte Alexander sich.

Der Redakteur zog einen Zettel aus seinem Papierchaos. »Der bekannteste Darsteller ist Harry Frank.« Er schüttelte den Kopf. »Diese Filmheinis schaffen es echt, immer neue Mädchen zu finden. Grabley, Lindström, Kirchner, die kennt kein Schwein!«

»Kirchner!« Alexander riss dem Redakteur den Brief aus der Hand. Herti Kirchner, stand an zweiter Stelle. »Das mache ich!«, erklärte er ohne weiteres Nachdenken.

»Ist das Ihr Ernst?«

»Ja. Ich war kürzlich bei Dreharbeiten der Fanal-Filmproduktion, das war interessant.« Alexander machte eine Pause. »Wenn ich hier mitfahre, kann niemand sagen, wir würden eine Filmfirma bevorzugen.«

Der Redakteur nickte anerkennend. »Gut mitgedacht, Halbersberg. Dann packen Sie Ihre Koffer. Am 18. geht es los!«

Alexander erschrak. »Das ist in drei Tagen. Die hätten die Einladung früher schicken können.«

Der Redakteur kratzte sich am Kopf. »Wenn ich es recht bedenke, ist, glaube ich, erst durch Ihren Artikel über die Dreharbeiten im Ruderklub die Idee entstanden.« Er grinste. »Ich bin gespannt, wann die Ufa mit einem ähnlichen Angebot um die Ecke kommt.«

In dem Eisenbahnwagen, in dem Alexander sich auf der Reise nach Dalmatien wiederfand, wimmelte es von Menschen. Er versuchte zu zählen, wie viele Mitglieder zur Gruppe gehörten, bei 30 gab er auf. Nie hätte er gedacht, dass für einen Filmdreh so viele Personen nötig waren. Im Ruderklub auf Bullenbrook hatte er vier oder fünf Leute gesehen.

Die Spannung, die die Filmleute umgab, übertrug sich auf ihn. Die Verzögerung der Abreise hatte seinen Zeitplan durcheinandergebracht, er hatte sogar überlegt, die Reise abzusagen, weil man ihn angefragt hatte, über das Gespräch von Papens mit den großen Industriellen der Republik zu berichten. Gustav Krupp von Bohlen und Halbach, Robert Bosch und Werner von Siemens sollten vom Reichskanzler persönlich über das geplante Wirtschaftsprogramm der neuen Regierung informiert werden.

Die Reise an die Adria und die Aussicht, Herti Kirchner in vertrauter Atmosphäre zu erleben, hatten am Ende den Ausschlag gegeben. Wenn er ehrlich war, verstand er von Wirtschaft nichts. Hier im Zug war er auf jeden Fall besser aufgehoben.

»Hast du gehört, dass Rühmann kürzlich fast die kleine Tami überfahren hätte?«, fragte eine Frau mit kurzen braunen Haaren, die bei ihm im Abteil saß, ihre Nachbarin.

»Tami, ist das nicht Hertis weißer Wischmopp?«

Die Kurzhaarige sah sich um. »Pass auf, was du sagst. Die Kleine hat nicht nur die Hauptrolle, die Männer sind alle vernarrt in sie. Wischmopp!« Sie kicherte.

Alexander schmunzelte und schrieb rasch »Tami« in sein Notizbuch. Vielleicht konnte er den Namen des Hundes in einen Artikel einflechten oder darüber mit Herti Kirchner ins Gespräch kommen.

Ein groß gewachsener Mann ging vorbei.

»Das ist Harry Frank«, flüsterte die Kurzhaarige. »Ein Mann ganz nach meinem Geschmack!«

Die beiden Frauen kicherten und sahen Alexander an. Er vertiefte sich rasch in sein Buch. Zu spät, die beiden Frauen sprachen fortan so leise, dass er nichts mitbekommen konnte. Also widmete er sich dem Roman *Fabian*, den er kurz vor der Abfahrt bei Johannes Unger erstanden hatte. Der Buchhändler hatte ihm verraten, dass Herti Kirchner es bereits gelesen hatte. »Ich bin ganz begeistert. Es ist lange her, dass mir ein Buch so restlos gefallen hat, hat sie gesagt.« Zumindest behauptete Johannes Unger das. »An ihrem Spiegel hängt ein Bild von Erich Kästner«, hatte er ihm verraten. »Ich habe es selbst gesehen.«

Alexander seufzte, als er das Buch zuklappte. Wie gerne wäre er an Stelle von Johannes Unger, der mehrmals bei Herti Kirchner zu Gast war. Der Buchhändler hatte natürlich keine Fragen gestellt, warum ein Bild von Kästner am Spiegel hing.

Was mochte dieser schlaksige Herr Weidinger dazu sagen? Er schob das Buch in seinen Koffer und stand auf, um sich die Füße zu vertreten und nach Herti Ausschau zu halten. Vielleicht fand er hier im Zug Antworten auf die Fragen, die ihm unter den Nägeln brannten, seit sich Herti Kirchner in sein Herz gelächelt hatte.

»Die Kirchner fährt natürlich nachts im Schlafwagen«, hörte er die Frauen hinter sich tuscheln. Da erübrigte sich ein Gang durch den Zug.

Am nächsten Morgen saß Alexander früh im Speisewagen. Er hatte die halbe Nacht kein Auge zugetan, obwohl die Abteilsitze zu Liegebänken umgewandelt worden waren. Ein Mann schnarchte, die Frauen wisperten und ständig blitzten Straßenlaternen ins Abteil.

Im Übergang zum Speisewagen tauchte Herti Kirchner auf. Alexander erhob sich, um sie zu begrüßen. Harry Frank war schneller. Er küsste ihre Hand und deutete auf einen Tisch, an dem bereits einige Filmleute saßen. Alexanders einziger Trost war, dass sich sein Platz in der Nähe befand und er die Gespräche mithören konnte.

»Neulich habe ich mit einem Filmregisseur, dem Direktor der Firma und einem Geldmann eine Verabredung bei Kempinski am Kurfürstendamm gehabt, wegen einer Filmrolle«, erzählte Herti Kirchner. »Der Geldmann ist sehr berühmt in Berlin, er hat Lia de Putti und viele andere berühmte Stars zum Film gebracht.«

Alexander hätte zu gerne gewusst, von wem hier die Rede war. Wenigstens den Namen des Regisseurs könnte sie nennen.

Er hielt den Atem an, um kein Wort zu verpassen. Das waren die Momente, auf die er gehofft hatte. Hier wurden Interna preisgegeben, mit denen er später in der Zeitung glänzen konnte.

»Mich wollte er zu dem berühmten Professor Stückgold an der Staatlichen Akademie schicken zwecks Ausbildung«, berichtete Herti Kirchner ihren aufmerksamen Zuhörern. »Der Abend war sehr feudal. Um vier Uhr kam ich mit Riesenbonbonnieren und 20 Rosen nach Hause.« Sie machte eine Pause und sah ihre Tischgesellschaft an.

»Und? Wie ging es weiter?«, fragte einer genau das, was Alexander dachte.

Die blonde Schauspielerin zog die Schultern hoch. »Am nächsten Tag erfuhr ich von dem Agenten, dass der Regisseur gar keiner ist, sondern ein berüchtigter Hochstapler, der dem Geldmann junge Dinger zuschickt, wofür der Geldmann ihm seine anderen Geschäfte finanziert.«

»In dieser Branche tummeln sich wirklich üble Gesellen«, fand einer der Männer am Tisch. Er hob sein Glas. »Ein Glück, dass wir uns haben. Da kann so etwas nicht passieren. Was ist eigentlich aus deinem Reklamefilm geworden, Herti?«

Alexander blätterte rasch ein Blatt um. Interessant. Anscheinend hatte die Kirchner für die Langner-Film einen Reklamefilm in Dresden gedreht. Es musste herauszukriegen sein, wie der hieß. Acht Tage Dreh, das war mehr, als einen unwichtigen Satz in eine Kamera zu sprechen.

Auf der zweitägigen Fahrt versuchte Alexander stets aufs Neue und immer erfolglos, ein Gespräch mit einem der

Hauptdarsteller zu ergattern. Lediglich ein Statement zu ihrer Rolle konnte er Herti Kirchner bei einem Pressegespräch entlocken.

»*Blond in Gefahr* ist ein Film von Mädchenhändlern und ich spiele das Blond, welches in Gefahr ist und verschachert wird«, sagte Herti Kirchner. »Auf die herrliche Reise nach Dalmatien freue ich mich.«

Als er wissen wollte, wie sie es geschafft hatte, als gänzlich Unbekannte die Rolle zu bekommen, verriet sie: »Ich hatte eine starke Rivalin in Lien Deyers, die die Rolle eigentlich spielen sollte, und die eine große Prominente ist. Und mich unbekanntes Ding, die ich erst drei ziemlich kleine Filmrollen gespielt habe, mich hat man genommen. Ich weiß selbst nicht, wie ich dazu gekommen bin. Man könnte irrsinnig werden vor Glück.«

Das war nicht viel, aber immerhin enthielt die Antwort einen Satz, der sich gut als Titel eignete.

»Man könnte irrsinnig werden vor Glück«
Für die junge Kielerin Herti Kirchner geht dieser Tage ein Traum in Erfüllung. Erst im April ist sie nach der Insolvenz des Braunschweiger Theaters, an dem sie engagiert war, nach Berlin gezogen. Und jetzt, im August, dreht sie bereits an der adriatischen Küste in Dalmatien die erste Titelrolle in dem Spielfilm *Kampf um Blond*. Regisseur Jaap Speyer hat es in die Felsenlandschaft von Ragusa gezogen, um für den Film die passende Kulisse zu haben. Reihenweise verschwinden blonde Mädchen, die in einem abenteuerlichen Kampf vom Helden, den Harry Frank darstellt, gefunden und gerettet werden. So

abenteuerlich wie der Film waren auch die Dreharbeiten unter brennender Sonne, oftmals mussten die Filmleute stundenlang auf das richtige Wetter warten. So war Zeit, den Sonnenbrand zu pflegen, ohne den kaum jemand ins Hotel Excelsior zurückkehrte. Außerdem gab es genug Gelegenheit, Land und Sitte kennenzulernen. »Die Bevölkerung besteht aus einem tollen Durcheinander«, freut sich die Filmelevin Herti Kirchner. Türken, Serben, Orientalen tummeln sich hier und die Hälfte der Menschen spricht Deutsch. Für die junge Schauspielerin, die ihren 19. Geburtstag mit dem Film-Team feierte, war das ein doppeltes Geschenk. Leider wird es einige Zeit dauern, bis der Film in die Kinos kommt. (aha)

Alexander schrieb jeden Tag einen kurzen Beitrag über die Reise. Der Redakteur entschied in Berlin, ob und wann der Artikel ins Blatt kam. Die Filmgesellschaft war begeistert, sie ließ sich nicht lumpen und buchte auch für Alexander die Ausflüge, die für die Filmleute angedacht waren.

»Das ist die größte und schönste Moschee«, sagte der Fremdenführer, der das Filmteam und Alexander durch Sarajewo führte. Auf der Lateinerbrücke erklärte er ausführlich, an welcher Stelle das Attentat erfolgt war, das als Auslöser für den Krieg galt.

Alexander war begeistert von den Orten in Dalmatien. Lediglich die Zugfahrt war nicht immer angenehm. Der Zug wurde zweimal von Soldaten durchsucht. In den Wochen vorher hatte es einige Attentate auf die Eisenbahn gegeben, deshalb wurden sogar die Polster aus den Coupés gezogen.

Im *Hotel Excelsior* in Ragusa waren diese Strapazen bald vergessen. Die Hotelbar lud täglich zum Feiern ein, auch Alexander war gelegentlich mit von der Partie. An einem Abend begleitete er Herti, Momli und Laab in die Bar, die allerdings um 23 Uhr schloss. Die kleine Gesellschaft entschied, die Lokalität zu wechseln.

»Herzlichen Glückwunsch zum Geburtstag«, empfing Jack Mylong-Münz die drei, als sie kurz nach Mitternacht das Hotel betraten.

»Wozu?«, fragte Herti.

Münz lachte. »Zu deinem Geburtstag, Mädchen!«

Herti stimmte mit ihrem glockenhellen Sopran in das Lachen ein. »Den habe ich ganz vergessen!«

Trotzdem wurde mit Manhattan Cocktails und Blondem Gift lange in einer romantischen Bar gefeiert und getanzt. Alexander beobachtete Herti. Sie hatte einen kleinen Schwips und war dennoch reizend wie immer. Selbst ihn lächelte sie an. Mit einem Lächeln, das direkt in sein Herz traf.

September 1932

Nach einer dreitägigen Reise mit Bahn und Schiff traf Alexander am 11. September wieder in Berlin ein. Am Schlesischen Bahnhof warf er einen letzten sehnsüchtigen Blick auf Herti Kirchner. Durch die tagelange Sonne waren ihre Haare hell geworden, ein schöner Kontrast zu dem braun gebrannten Gesicht. Wie häufig während der Reise war sie von Harry Frank und anderen Schauspielern umgeben, die sie als Jüngste im Team unter ihre Fittiche genommen hatten. Ihm war es nur selten gelungen, direkt mit ihr zu sprechen. Nie hatte die Zeit gereicht, um sich über ihre Heimatstadt auszutauschen oder ihren gemeinsamen Bekannten aus dem Bücherkabinett zu erwähnen. Aber er hatte manche Anekdote aufgeschnappt, die er für seine Biografie nutzen konnte, wenn sie berühmt wurde, der Film war auf jeden Fall ein erster Meilenstein dorthin.

»Gut, dass Sie wieder da sind!«, empfing ihn der Chefredakteur am nächsten Tag in der Redaktion. »Sie stammen doch aus Kiel. Wir brauchen jemanden vor Ort. Das ist zwar kein Kulturauftrag, aber sicher interessant, eine Frau springt mit dem Fallschirm! Elly Beinhorn, vielleicht haben Sie von ihr gehört.«

Alexander wand sich. Der Kontakt zu seinen Eltern war abgebrochen. Auf die Artikel, die er seiner Mutter schickte, hatte er seit Monaten keine Antwort erhalten. »Kann das nicht einer vom Sport übernehmen?«

Der Redakteur blieb hart. »Als ich Sie fest angestellt habe, war klar, dass Sie alles übernehmen müssen.«

Was konnte an einem Fallschirmabsprung wichtig sein? Alexander suchte nach triftigen Gründen, mit denen er diesen Auftrag ablehnen konnte.

»Wann ist das?«

»Am 20. September. Sie haben eine Woche Zeit, um sich von Ihrem Sonnenbad zu erholen«, antwortete der Redakteur barsch und zeigte spöttisch auf Alexanders braun gebrannte Arme. »Bei Ihrem letzten Auftrag gab es anscheinend viel Zeit für Sonnenbäder, Cafés und Ausflüge. Nun fängt das wahre Leben wieder an.«

Erst jetzt wurde Alexander klar, dass seine kurzen Notizen und Berichte nicht nur die Leser erreicht hatten, sondern auch die Kollegen. Wäre ihm das eher zu Bewusstsein gekommen, hätte er sich stärker auf den Dreh konzentriert und die nächtlichen Bar-Ausflüge weggelassen.

»Am 21. September ist die Premiere von *Kampf um Blond*«, fiel ihm ein. Er konnte nicht weg aus Berlin.

»Die ist sicher abends«, meinte der Redakteur. »Da können Sie am 20. in Kiel warten, bis Lola Schröter wieder festen Boden unter den Füßen hat, am 21. bei Mutti frühstücken und anschließend mit dem Zug nach Berlin zur Premiere fahren.«

Alexander nickte ergeben, eine andere Wahl blieb ihm nicht. Auf dem Heimweg fragte er sich, wo er übernachten sollte, falls seine Eltern ihn nicht ins Haus ließen.

Je näher der Zug Kiel kam, umso unbehaglicher fühlte sich Alexander. Er hatte den Eltern seine Ankunftszeit mitgeteilt und ihnen geschrieben, dass er für einen Tag aus beruflichen Gründen in Kiel sei. Den genauen Grund hatte er weggelassen. Er kannte seinen Vater, eine Frau als Pilotin war für ihn schon unpassend, er hatte boshaft gelästert, als Alexander beim letzten Besuch über Elly Beinhorn sprach. Dass nun noch eine Frau mit dem Fallschirm aus einem Flugzeug springen wollte, war für den Vater nicht weniger skandalös und anmaßend.

Auf dem Bahnsteig war von seinen Eltern nichts zu sehen. Etwas anderes hatte Alexander nicht erwartet, wenn auch tief im Herzen erhofft. Es ging ihm nicht in den Kopf, dass seine Eltern ihn aus ihrem Leben gestrichen hatten, weil er einen Beruf nach seinen Neigungen wählte. Niemals hätte er ein guter Arzt werden können. Schon der Gedanke daran, einen Menschen von Kopf bis Fuß zu untersuchen, war ihm zuwider. Er spürte, wie sich ein kalter Schauer über den Rücken zog, als er daran dachte.

»Alexander!« Die Stimme seiner Mutter riss ihn aus den Gedanken. Vor dem Zugang zum Bahnsteig wartete sie und winkte ihm zu. Wenigstens seine Mutter war ihm weiterhin zugetan.

»Vater weiß nicht, dass ich dich abhole«, gab sie zu, nachdem sie ihn zur Begrüßung umarmt hatte. »Er ist gerade auf Hausbesuch. Du kannst deinen Koffer auf den Gepäckträger stellen.«

Abwechselnd schoben sie ihr Fahrrad nach Hause. Alexander erkundigte sich, wie es den Eltern und Verwandten ging.

»Letzte Woche war die Trauerfeier für die Männer, die bei dem großen Schiffsunglück gestorben sind«, berichtete die

Mutter. »Walter gehörte zu den Männern, die sich aus dem Unterdeck retten konnten.« Sie bekreuzigte sich. »69 Männer haben ihr Leben gelassen. Du kannst dir das nicht vorstellen. Tausende haben die Straße gesäumt, als der Trauerzug vorbeizog. Die Särge waren mit der Kriegsflagge der Reichsmarine bedeckt. Unzählige Kränze wurden gebracht, vom Reichspräsidenten, von der englischen und japanischen Marine. Sogar Kaiser Wilhelm hat einen Kranz geschickt.«

Kaiser a. D., dachte Alexander, sagte aber nichts. Er war froh, dass seine Mutter ein unverfängliches Gesprächsthema gefunden hatte und er in Ruhe seine Freude über ihr Kommen verarbeiten und sich auf die Begegnung mit dem Vater vorbereiten konnte.

»Zum Beginn der Trauerfeier läuteten die Glocken von allen Kirchen«, fuhr Christine Halbersberg fort. »Alle Rundfunksender haben die Feier übertragen. Nach den Reden gab es Trommelwirbel und drei Ehrensalven über den Gräbern, die Namen der Toten wurden vorgelesen und alle haben zusammen die erste Strophe des Deutschlandliedes gesungen.«

Am Ende ihrer ausführlichen Schilderung erreichten sie das Gartentor. »Gut! Dein Vater ist noch nicht zurück.« Die Mutter wirkte erleichtert, als der Wagen nicht vor dem Haus stand.

Alexander beschlich ein Verdacht. »Weiß Vater, dass ich komme?«

Christine druckste ein wenig herum. »Ich habe es erwähnt«, antwortete sie. »Also, ich habe gesagt, dass du vielleicht über den Fallschirmsprung berichten musst. Dass es sein könnte, dass die Zeitung dich schickt.«

Sein Vater war also nicht auf sein Kommen vorbereitet. Rasch brachte Alexander den Koffer in sein altes Zimmer, das unverändert war seit dem Mai im Vorjahr, als er zum letzten Mal dort übernachtet hatte. Nachdem er die wichtigsten Sachen in seinem alten Kleiderschrank verstaut hatte, roch er den Kaffeeduft, der durch das Haus zog.

»Ich habe deinen Lieblingskuchen gebacken.«

Alexander bekam ein schlechtes Gewissen. Wie sehr sich seine Mutter über den Besuch freute! Er schob den Gedanken beiseite, er war es nicht, der den Kontakt abgebrochen hatte. Es waren die Eltern, die sich so lange nicht gemeldet und keinen seiner Briefe beantwortet hatten.

Er setzte sich an den Tisch und wollte gerade mit der Kuchengabel einen Bissen zum Mund führen, als die Haustür klapperte.

Acht Schrittklänge, die Alexander an eine glückliche Kindheit erinnerten, später stand der Vater in der Wohnzimmertür. »Kannst du hellsehen, Christine? Der Kaffee ist ja schon …!«, hatte er auf dem Flur gerufen.

Das Ende des Satzes blieb ungesagt. Leopold Halbersberg starrte seinen Sohn an.

»Guten Tag, Vater«, sagte Alexander, als wäre es selbstverständlich, dass er bei Kaffee und Kuchen hier am Tisch saß.

Sein Vater löste sich aus seiner Starre und ging wortlos an seinen Stammplatz.

Christine Halbersberg goss ihrem Mann schnell Kaffee in die Tasse und tat Milch und Zucker hinzu, wie er es gewohnt war. Mit dem Kuchenheber legte sie ihm ein Stück Kuchen auf den

Teller, ehe sie sich selbst bediente und hinsetzte wie an einem ganz normalen Nachmittag.

»Wie war die Fahrt?«, erkundigte sie sich bei ihrem Sohn. »Wie lange braucht der Zug eigentlich von Berlin bis Kiel? Musst du unterwegs umsteigen?« Sie sah ihren Mann an. »Als wir vor Jahren zu einem Kongress nach Stuttgart gefahren sind, waren wir fast einen Tag unterwegs.«

»Ich war kürzlich in Sarajewo, da haben wir drei Tage gebraucht«, griff Alexander das Thema auf. Er wandte sich an seinen Vater. »Da habe ich auch die Brücke gesehen, auf der 1914 das Attentat stattfand.«

Leopold Halbersberg blickte nur auf, sprach aber kein Wort.

Ohne auf ihre früheren Fragen zurückzukommen, fragte Christine Halbersberg: »Was hast du in Kiel vor?«

Alexander berichtete von dem Rekordversuch, den Lola Schröter anstrebte. »Sie ist schon in 6.000 Metern Höhe mit dem Fallschirm aus einem Flugzeug gesprungen. In Kiel will sie jetzt die 7.000er-Marke knacken.«

»Und wir können dann sehen, wie wir diese Frauen wieder zusammenflicken«, ließ sich Leopold Halbersberg vernehmen.

Alexander und seine Mutter sahen sich an. »Lola Schröter hat viel Erfahrung. Sie hat fast 150 Fallschirmsprünge absolviert. Ich bin gespannt auf ihren Sprung. Ich habe bisher keinen Fallschirmsprung gesehen.«

»Ach, und dann schickt man dich zu dem Rekordversuch?«, spottete Leo Halbersberg.

»Es ist gerade gut, wenn sich jemand nicht zu genau mit einem Thema auskennt«, behauptete Alexander, auch wenn das völliger Unsinn war, er wollte das Gespräch mit dem Vater in Gang halten. »Dann weiß man, dass man alles erfragen muss. Ich habe selbst erlebt, dass ich nachlässig wurde, weil ich zu viel über mein Auftragsthema wusste.«

Christine Halbersberg verteilte eine zweite Runde Kaffee und Kuchen. Sie blieb auf der Hut, als traute sie dem überraschenden Frieden zwischen den beiden Männern nicht. Doch es blieb ruhig. Leopold Halbersberg zog sich in seine Praxis zurück, um die Abrechnungen vorzubereiten. Alexander machte einen Spaziergang durch Kiel, ging am Knooper Weg vorbei in der Hoffnung, etwas Neues über Herti Kirchner zu erfahren, und sichtete das Gelände, auf dem der Fallschirmsprung stattfinden sollte.

Mit dem Fallschirm über Kiel

Unsere Frauen werden immer waghalsiger, sie fliegen mit dem Flugzeug um die Welt und fallen mit dem Fallschirm vom Himmel. Vor 40 Jahren schwebte Käthe Paulus in Nürnberg als erste Deutsche aus einem Heißluftballon aus 1.200 Meter Höhe an einem Fallschirm auf die Erde. Inzwischen sind die Fluggeräte schneller geworden und die Lust auf Abenteuer größer. In Kiel hat jetzt die nur 1,44 Meter große Lola Schröter ihren eigenen Höhenweltrekord von 1931 geschlagen. Sie sprang in einer Höhe von 7.350 Metern aus einem Motorflugzeug und landete sicher auf Kieler Boden. Ihr nächstes Ziel ist der Kunstflug. »Kunstflug erlernen ist bei einigermaßen guter fliegerischer Veranlagung weiter nichts als eine Geldfrage und nichts anderes«, erklärte sie, nachdem sie wieder Boden unter den Füßen hatte, »zum Fallschirmspringen aber gehört in allererster Linie Mut, wirklicher Mut.« Mut hat sie bewiesen und der Welt gezeigt, was deutsche Frauen leisten können. (aha)

Alexander kabelte direkt nach dem erfolgreichen Fallschirmsprung seinen Beitrag an die Redaktion in Berlin. Den Abend verbrachte er im Kino, um den Burgfrieden mit dem Vater nicht zu gefährden. Am nächsten Morgen fuhr er mit dem ersten Zug zurück in die Hauptstadt, um rechtzeitig zur Filmpremiere dort zu sein. Für die Fahrt hatte er sich eine Berliner Zeitung gekauft, die sogar am Kieler Bahnhof zu haben waren. Mit Erstaunen las er, dass Herti Kirchner inzwischen auch auf den Berliner Bühnen zu sehen war. In der Wiederaufnahme der Reinhardt-Inszenierung *Lebender Leichnam* spielte sie zusammen mit Star-Schauspieler Alexander Moissi eine kleine Rolle. »Herti ist ganz reizend in der Rolle«, wurde Moissi in der Unterzeile eines Bildes zitiert, das die junge Schauspielerin im dunklen Wollkleid zeigte.

Zufrieden betrachtete Alexander das Bild. Aus der Kleinen würde eine ganz Große werden und er war von Anfang an mit dabei. Johannes musste endlich ein Interview mit ihr arrangieren.

Oktober 1932

Zwischen zwei Terminen gönnte Alexander sich eine kurze Pause im *Café des Westens*. Von seinem kleinen Ecktisch neben dem Eingang konnte er das Café gut übersehen. Allerdings waren hier nicht mehr so viele Prominente anzutreffen wie früher. Ein älterer Kollege, der schon vor dem Krieg für den Verlag gearbeitet hatte, schwärmte oft von den guten alten Zeiten.

»Damals traf sich im *Café des Westens* jeder, der in der Kulturwelt etwas auf sich hielt«, berichtete er und lachte. »Ich weiß, dass ich als Neuling stutzte, weil mein Redaktionsleiter meinte, ich sollte gucken, was im Schwimmer-Bassin los sei. Die Schwimmer waren die Künstler, die schon bekannt waren. Max Liebermann hatte einen Stammtisch, da saßen unsere Kollegen Kerr und Ihering, am Musikertisch residierten Paul Lincke und Walter Kollo. Max Reinhardt und Christian Morgenstern gehörten dazu und natürlich Friedrich Hollaender.«

Alexander schmunzelte. Eine typische Verlade für neue Mitarbeiter. Fremde dachten beim Wort »Bassin« automatisch an ein Schwimmbecken und wunderten sich darüber, dass ein Berliner Café mit einem solchen Luxus aufwartete. Dabei hatte das Schwimmer-Bassin des Vorkriegs-Cafés mit Wasser nichts zu tun. Es war erst drei Jahre her, seit er selbst vor Ehrfurcht erstarrt war, als er erfuhr, wer in dem Café verkehrte. Seitdem hatte er selbst einige Prominenten getroffen, nicht im *Café des Westens*, sondern in der *Eden*-Bar oder im *Romanischen Café*, das heute als angesagter Treffpunkt für die Kunstszene galt.

Auch hier gab es ein Schwimmer-Bassin, direkt links vom Pförtner, mit einer Treppe zu den Tischen für Schach- und Damespiele. Ein einziges Mal hatte er sich mit seinem Chefredakteur dort aufhalten dürfen. Ansonsten saß er wie die vielen anderen Nichtschwimmer, die auf ihre Karriere warteten, an einem der gut 60 Tische in dem großen Raum rechts vom Pförtner. Eine junge, blonde Frau betrat das Café. Herti Kirchner.

Alexander setzte sich aufrecht hin. Vielleicht hatte er endlich eine Gelegenheit, etwas länger und allein mit ihr zu sprechen. Er winkte ihr zu.

Sie bemerkte oder beachtete sein Signal nicht, sondern ging auf einen Kellner zu.

»Stransky«, hörte er nur und sackte in sich zusammen. Sie war verabredet.

Enttäuscht zog er eine Zigarette aus dem Etui, schob sie zwischen die Lippen und entzündete ein Streichholz. Dabei ließ er die Schauspielerin nicht aus den Augen für den Fall, dass dieser Stransky sie versetzte.

Die Zeit verging. Alexander hatte die *Berliner Illustrierte,* die er vom Zeitungsständer genommen hatte, längst ausgelesen. Herti Kirchner saß weiterhin allein am Tisch. Er faltete die Zeitung zusammen und winkte dem Kellner, um zu zahlen, danach würde er wie zufällig an ihrem Tisch vorbeigehen.

»Alexander!«, rief eine Frauenstimme, ehe der Ober kam. »Dass ich dich hier treffe!«

Er sprang auf, um anzudeuten, dass er im Aufbruch war. Der Kellner interpretierte Veronikas Ankunft als Zeichen, dass es mit dem Bezahlen keine Eile hatte und wandte sich einem anderen Tisch zu. Alexander musste sich wieder hinsetzen, um nicht aufzufallen. Die Gäste vom Nebentisch sahen bereits zu ihnen herüber. Nun hatte auch Herti Kirchner ihn entdeckt und winkte ihm zu. Zu spät. Veronika ließ sich unaufgefordert an seinen Tisch nieder und erzählte von ihren vergeblichen Versuchen, im Film oder bei den Berliner Bühnen Fuß zu fassen. »Jetzt arbeite ich in der Küche im *Aschinger*, da ist immer was zu tun und ich verdiene ein bisschen«, berichtete sie. »Daneben versuche ich es weiter.« Sie beugte sich über den Tisch. »Wenn ich frei habe, gehe ich in die Cafés, in denen die Filmbonzen sitzen und Verträge machen. Ohne Beziehungen hast du heute keine Chance.«

Alexander blickte zu Herti Kirchner hinüber, die weiterhin allein an ihrem Tisch saß. Sie hatte es ohne Beziehungen geschafft. Wie sagte sein Vater immer so treffend: Wenn du einen Zipfel in der Hand hast, wird es leichter, den ganzen Rock anzuziehen. Das war überall so. Auch in der Filmbranche.

»Guck, da sitzt diese Kirchner!«, zischte Veronika. »Das ist die, die mir auch noch die Rolle in *Kampf um Blond* weggeschnappt hat.« Sie grinste gehässig. »Aber in der Presse hat sie kein Schwein erwähnt. Das geschieht ihr recht.«

»Ist das so?«, fragte Alexander.

»Naja, in dem Artikel, den ich gelesen habe, wurden nur Ursula und Harry erwähnt«, gab Veronika zu.

»Ich dachte immer, ihr Schauspieler haltet zusammen«, bemerkte Alexander und beobachtete aus den Augenwinkeln, dass Herti Kirchner dem Kellner ein Zeichen gab. Bis zu diesem Moment hatte er nie das Bedürfnis gehabt, einen Kriminalroman zu schreiben. Aber jetzt würde er Veronika gerne genüsslich mit Worten umbringen. Warum musste sie ausgerechnet heute hier auftauchen? Sie hatte ihm womöglich die Chance seines Lebens vermasselt.

Er hatte nicht zugehört, was Veronika über Schauspieler und die Loyalität untereinander sagte und schaltete sich erst wieder ein, als sie in gehässigem Ton sagte: »Aber für manche gilt eben, Glück im Film, Pech in der Liebe.«

Dabei streichelte Veronika ihm über die Wange wie früher, als sie ein Paar waren. Wollte sie damit andeuten, dass sie Glück in der Liebe hatte. Sie hatten sich vor zwei Jahren getrennt.

»Oh, hast du eine neue Liebe?«, fragte er vorsichtig.

»Nein«, säuselte Veronika. »Ich habe dich.«

»Äh, wir sind nicht mehr zusammen!«

»Aber das kann wieder werden«, meinte Veronika. »Dass wir uns getrennt haben, war ein Missverständnis. Ich bin sicher, wir sind füreinander bestimmt. Ich war bei einer Wahrsagerin, die hat mir den Mann meines Lebens beschrieben und der war genau wie du.«

Alexander stöhnte. Auch das noch! »Du weißt, dass ich von solchen Prophezeiungen nichts halte. Nun geh bitte, ich habe zu tun.« Er winkte dem Kellner und stand demonstrativ auf. Dann setzte er sich wieder. »Wie hast du das gemeint, Glück im Film, Pech in der Liebe?«

Veronika setzte das scheinheilige Lächeln auf, das stets einen bösen Klatsch andeutete. Wieso war ihm das während ihrer

Beziehung nie aufgefallen? »Es gibt Gerüchte, dass die Kirchner sich getrennt hat«, sagte sie und zog das Wort getrennt genüsslich in die Länge. »Dabei ist sie gerade ein Jahr verheiratet.«

»Wer sagt das?« Früher hatte Alexander es gehasst, wenn seine Mutter mit Gerüchten nach Hause kam. Inzwischen wusste er, dass Klatsch und Tratsch wichtige Quellen für Journalisten waren. Nicht, dass seine Zeitung so etwas veröffentlichen würde. Aber Gerüchte enthielten oft kleine Ansätze für eine Spurensuche, die spannende Entwicklungen zutage förderte.

»Das weiß ich nicht«, antwortete Veronika. »Ich habe das nur gehört. Angeblich ist sogar ihr Bruder angereist, um die Wogen zwischen ihr und ihrem Mann zu glätten.«

Alexander sah auf die Uhr. Vor seinem nächsten Termin war keine Lücke für einen Besuch im Bücherkabinett, aber am nächsten Morgen wurde es Zeit für ein Gespräch mit Johannes.

Seit drei Wochen hatte er sich den Besuch in der Buchhandlung vorgenommen, jeden Tag war etwas dazwischengekommen, Filmpremieren und die politischen Entwicklungen hatten ihn in Atem gehalten. Seit die Nationalsozialisten eine große Rolle spielten, wurde er immer öfter für eine politische Berichterstattung eingesetzt.

»Von Ihnen weiß keiner, wo Sie politisch stehen«, begründete der Chefredakteur die Aufträge. »Jeder in Berlin weiß, dass ich SPD-Mitglied bin. Das war bisher kein Problem, aber wenn ich bei Veranstaltungen der NSDAP auftrete, werde ich angepöbelt. Wir versuchen in unserer Zeitung neutral zu bleiben.« Er schnaufte. »Und von Vincent Neuberger wissen Sie selbst, dass er ein Parteimitglied der ersten Stunde ist.«

Alexander nickte. Wer konnte das vergessen. Vincent Neuberger ließ keine Gelegenheit aus, das zu betonen und darüber zu lamentieren, dass ihm seine Partei die Mitgliedsnummer gestohlen hatte. Die Partei hatte sein Parteibuch eingefordert, um einen Eintrag vorzunehmen. Statt seines alten Parteibuchs aus den Anfängen der Partei bekam er ein neues Parteibuch mit gleichem Eintrittsdatum und höherer Mitgliedsnummer zurück. Trotzdem zweifelte der Kollege nicht an der Politik der Nationalsozialisten. Obwohl es Gerüchte gab, dass die niedrigen Nummern einkassiert wurden, um Führungskräften der Partei einen frühen Eintritt anzudichten.

»Ich habe mit Politik nichts am Hut«, beruhigte Alexander seinen Vorgesetzten. Das war nur die halbe Wahrheit. Diese Nationalsozialisten konnte er nicht ausstehen, sie waren laut und selbstherrlich, das war kaum zu ertragen. Aber eine politische Neutralität konnte seine Stelle sichern. Zwar herrschte inzwischen Waffenstillstand zwischen ihm und seinem Vater, Geld kam aus Kiel jedoch nicht, sodass er seine Arbeit nicht aufs Spiel setzen durfte.

Alexander versuchte, die Diskussion über die politische Ausrichtung in der Redaktion aus seinen Gedanken zu verdrängen, als er die Tür des Bücherkabinetts aufdrückte.

»Hast du die Fortsetzung von *Mit fremden Federn* von Robert Neumann schon?«, fragte er den Buchhändler anstelle eines Grußes.

»Guten Tag, Alexander«, begrüßte Johannes Unger ihn demonstrativ und reichte ihm sogar die Hand.

»Entschuldige bitte!« Alexander ärgerte sich, dass er so unhöflich gewesen war. Diesen Stil seines unliebsamen Kollegen Neuberger wollte er sich nicht aneignen.

»Du meinst *Unter falscher Flagge*? Das habe ich bestellt. Als Erstverkaufstag ist der 28. Oktober angegeben, aber bis jetzt ist die Lieferung nicht eingetroffen.«

»Dann schaue ich nächste Woche wieder herein«, sagte Alexander und wandte sich zur Tür. Er hielt die Türklinke bereits in der Hand, als er wie beiläufig fragte: »Stimmt es eigentlich, dass Herti sich scheiden lässt?«

Johannes sah ihn an. »Macht das schon die Runde?«

»Man hört so manches«, erwiderte Alexander. »Weißt du Näheres?«

»Du musst mir versprechen, die Information nicht zu verwenden«, mahnte Johannes.

»Ich schreibe keinen Klatsch und Tratsch!«, empörte sich Alexander.

»Also gut. Ja, es stimmt. Seit ihrer Rückkehr aus Ragusa kriselt es in der Ehe.« Johannes sah seinen alten Freund verschwörerisch an. »Ich glaube, dass Heinrich nicht mit ihrem Erfolg zurechtkommt. So, wie ich das mitkriege, verdient er nichts und sie bringt das Geld nach Hause. Wenn du mich fragst, war er auch nicht begeistert von Hertis Herren-Bekanntschaften, um es vorsichtig auszudrücken.«

Alexander sah ihn mit großen Augen an. »Wie meinst du das?«

»Versteh das bitte nicht falsch. Sie hat keine Affäre, zumindest weiß ich nichts davon. Sie ist halt sehr rührig und baut ein Netzwerk aus Förderern auf, das sind eben alles Männer«, verriet Johannes. »Er hat versucht, ihr zu untersagen, Verträge zu unterschreiben, weil sie vor dem Gesetz minderjährig und er seit der Hochzeit ihr Vormund ist. Einmal war er völlig außer sich und hat sie geschlagen und beschimpft. Wehe, ich lese irgendwo davon! Dann brauchst du hier nicht mehr aufzutauchen!«

»Keine Sorge, von mir erfährt niemand etwas.« Alexander lächelte. »Aber es ist gut zu wissen, dass sie wieder solo ist.«

»Daher weht der Wind! Das hätte ich mir denken können.« Johannes lachte. »Dann wünsche ich dir viel Glück. Allerdings würde ich mit der Offensive warten, bis die Scheidung durch ist. Hertis Bruder kümmert sich mit den Anwälten darum. Sie hat sogar eingewilligt, die Schuld auf sich zu nehmen, damit das Ganze bald vorbei ist. Sie ist völlig fertig und musste sogar eine Rolle absagen, weil sie sich nicht darauf konzentrieren konnte.«

Alexander seufzte. Er hatte sich auf ein bisschen Klatsch eingestellt, aber nicht auf diese geballte Ladung an Neuigkeiten. Vielleicht konnte er daraus einen kleinen Beitrag für die *Kieler Nachrichten* fabrizieren.

Auf dem Weg zum Operettenstar

Ihr erstes größeres Engagement hatte die Kieler Schauspieledebütantin Herti Kirchner im Stammhaus der Vereinigten Bühnen in Salzwedel. Sie übernahm dort immer größere Rollen und wurde schließlich auch bei Singspielen eingesetzt. Ob sie dabei Kontakt zu ihrem späteren Mann, Kapellmeister Heinrich Weidinger, bekam, bleibt ihr Geheimnis. Verbrieft ist, dass sie jenen Herrn, der zugleich Leiter des Städtischen Orchesters war, am 29. Mai 1931 ehelichte. Das junge Paar blieb nur zwei Monate in Salzwedel und wechselte Ende Juli zum Operettentheater Braunschweig. Auf der dortigen Bühne und einigen Tourneetheatern im Umkreis begeisterte Herta Weidinger, wie sie nun hieß, als Stasi in der *Csárdásfürstin* von Emmerich Kálmán. Mit blonden Locken und glockenheller Stimme verzauberte sie das Publikum unter anderem mit dem Lied: »Machen wir's den Schwalben nach«. Nach diesem Erfolg übernahm die talentierte Schauspielerin in Richard Kesslers *Anneliese von Dessau* die Rolle der Julietta. Ende März wurde das Operettentheater geschlossen, so sehr sich Herta Weidinger, die sich heute Herti Kirchner nennt, und der Rest des Ensembles auch bemühten. Nicht nur das, Theaterleiter Otto Spielmann blieb dem Ehepaar einige hundert Mark Gage schuldig, sodass sie schnell einen Weg finden mussten, die wirtschaftliche Lücke zu schließen. Wo war das leichter möglich als in Berlin, der Stadt der Theater, Kinos und Rundfunksender. Dort sollte sich auch für einen erfahrenen Musiker und eine liebreizende Schauspielerin mit Singstimme ein Engagement finden lassen. Seit dem 1. April 1932 trifft man das Paar auf den Gängen des Bühnennachweises in der Hauptstadt. Ob sich dieser Umzug gelohnt hat, werden wir berichten. (aha)

Dezember 1932

Alexander saß wieder im Zug nach Kiel. Er war sich nicht sicher, ob der Burgfrieden mit seinem Vater weiterhin Bestand hatte. Seit dem letzten Besuch hatten sie sich nicht gesehen oder gesprochen. Seine Mutter hatte ihm geschrieben und berichtet, dass die Stimmverluste der NSDAP bei der Wahl Anfang November seinen Vater aufgebracht hatten. Es würde schwer werden, die Weihnachtstage ohne politische Diskussionen hinter sich zu bringen. Kiel war eben ein Provinznest, da zählten Köpfe nicht Programme.

In Berlin hatte er einige Feierzüge und Angriffe von Nationalsozialisten erlebt. Anfang Dezember hatte es sogar eine Schlägerei in der Wandelhalle des Reichstags mit Kommunisten und Sozialisten gegeben. Außerdem wirkte diese geballte Uniformität bedrohlich. Nicht, dass er etwas gegen Uniformen hatte, seit er denken konnte, bestimmten Marine-Uniformen sein Leben. Sie waren normal in einer Hafenstadt. Aber blau, grau, schwarz wirkten in der Kombination mit weiß freundlicher als dieses Braun der SA-Männer, die dazu mit lauter Stimme und finsterem Gesichtsausdruck das Stadtbild bestimmten.

Während die Eisenbahn gemächlich an Hamburg vorbei tuckerte, malte er sich aus, wie sein Vater darüber schimpfte, dass man Hitler nach dem Rücktritt von Papens nicht die Kanzlerschaft übertragen hatte. Schon bei dem Gedanken an die durchdringende Stimme dieses kleinen Mannes mit dem lächerlichen Bärtchen, schüttelte sich Alexander. Da war Kurt von Schleicher ein ganz anderes Kaliber. Seine Stimme klang nicht nur im Radio angenehm und vertrauenerweckend, davon hatte er sich am gestrigen Abend überzeugen können, als er mit dem Verleger in dessen Loge im Rotter-Theater bei der Premiere von *Katharina I* sitzen durfte. Während Gitta Alpár und Gustav Fröhlich auf der Leinwand das Leben der Zarin nacherzählten, hatte er auf die Gespräche in der Nebenloge gelauscht, wo der neue Reichskanzler mit seiner Frau saß. Begleitet wurden die beiden von Hauptmann Noeldechen und Kapitän von Langsdorf, wie Alexander durch genaues Hinhören herausgefunden hatte. Er hätte seine Kollegin Bella Fromm, die sich ebenfalls in der Loge aufhielt, nach den Namen fragen können, aber das ging gegen seine Journalistenehre. Zum Glück redete sie so laut, dass die Namen bis an seinen Platz drangen. Die beiden Männer waren in Uniform erschienen, als Privatdemonstration gegen die Privatarmeen, wie Langsdorf erklärt hatte. Anscheinend war Bella Fromm mit dem Ehepaar von Schleicher gut bekannt, sie sprach den Kanzler mit Vornamen an, eine vertraute Geste, die er bei keinem Journalisten zu einem so hohen Politiker erlebt hatte. Sie tadelte ihn sogar scherzhaft: »Kurt, Sie haben mir versprochen, immer Uniform zu tragen. Sie wissen doch, dass Zivil Sie nicht kleidet.« Leider hatte Alexander auf den Empfang bei Rotters in der Villa im Grunewald verzichten müssen, um seinen Artikel für die Morgenausgabe zu schreiben. Zu gerne hätte er gewusst, wie weit die Bekanntschaft zwischen Bella und dem Reichskanzler ging.

In seine Lektüre und Gedanken versunken, erreichte Alexander den Kieler Bahnhof. Auf dem Bahnsteig herrschte ein großes Gedränge. Alle wollten den Heiligabend bei ihren Familien verbringen.

»Alexander!« Da standen seine Eltern. Sie hatten sogar Bahnsteigkarten gelöst, worauf sie sonst meist verzichteten. Seine Mutter umarmte ihn wie immer, der Vater klopfte ihm zur Begrüßung auf die Schulter wie früher. Vielleicht wurde das Fest wider Erwarten schön.

»Wir haben gerade die kleine Kirchner gesehen«, erzählte Christiane Halbersberg auf dem Weg zum Auto.

Alexanders Herz schlug schneller. Herti Kirchner war in Kiel. Hier würde ihm kein Filmbonze oder Schauspieler, keine Veronika und auch sonst niemand in die Parade fahren. Die Aussicht auf die Tage in Kiel war urplötzlich viel rosiger.

»In der Zeitung stand kürzlich, dass sie in einem Film mit Lucie Englisch und Paul Hörbiger mitgespielt hat«, berichtete seine Mutter, als sie im Wagen saßen.

Alexander schmunzelte. Paul Hörbiger, das war einer ihrer Lieblingsstars. Schade, dass er den Filmball nicht besuchen konnte, dann hätte er sicher genug Gesprächsstoff für den Rest des Jahres gehabt.

»Tatsächlich? Die *Kieler Nachrichten* haben darüber berichtet?« Das wunderte ihn, hatte er selbst in Berlin nur zufällig mitbekommen, dass Herti eine kleine Rolle als Pensionsmädel in dem Film *Annemarie, die Braut der Kompanie* hatte. Der Chefredakteur hatte ihn gedrängt, die Premiere Anfang November zu besuchen, weil der Autor des Drehbuchs ein alter

Freund von ihm war, allerdings hatte es im Vorfeld der Premiere Ärger gegeben.

Annemarie, die Braut der Kompanie

Was kann dabei herauskommen, wenn eine Kaserne und ein Töchterpensionat direkt nebeneinander liegen? Ärger, Chaos und die große Liebe. So ist es auch in dem neuen Film *Annemarie, die Braut der Kompanie* mit Lucie Englisch, Paul Hörbiger und Herti Kirchner, der am 7. November in den Berliner Kinos seine Premiere feierte. Eine lustige Komödie mit Musik, die das Publikum gut unterhält, auch wenn es nicht die ursprüngliche Fassung des Filmes zu sehen bekommt. Die Film-Oberprüfstelle befand nämlich, dass durch manche Szenen, »falsche Vorstellungen von der alten Wehrmacht erweckt und gewissen Kreisen im Ausland Gelegenheit gegeben werde, an der alten Wehrmacht Kritik zu üben.« Es gehe nun mal nicht an, dachte man wohl, dass ein Fähnrich »vom Oberleutnant zum Rauchen und sinnlosen Biertrinken gezwungen« werde, also musste sie kurzerhand herausgeschnitten werden. (aha)

Der Heiligabend verlief wie immer in der Familie Halbersberg. Die Mutter hatte eine Gans zubereitet, die der Sohn nicht mochte, aber trotzdem aß. Bei Tisch erzählte er von der Premiere des Dramas *Faust* im Staatstheater mit Gustav Gründgens als Mephisto und von der Feier zum 70. Geburtstag von Gerhart Hauptmann.

»Stellt euch vor, die Ausstellungshalle am Kaiserdamm war proppenvoll. Bestimmt 10.000 Leute waren da. Zuerst gab es

Reden, dann wurde der Schluss der *Götterdämmerung* aufgeführt«, berichtete Alexander.

»Was für eine Stückauswahl.« Leopold Halbersberg lachte. »Das klingt so, als wolle man dem Jubilar durch die Blume sagen, dass seine Zeit vorüber ist.«

Alexander stutzte, er hatte die Darbietung als willkommene Abwechslung zwischen den Reden empfunden. Aber vielleicht hatte sein Vater Recht, seit er in Berlin arbeitete, hatte es dort keine Hauptmann-Premiere gegeben.

»Nach der Musik hat Hauptmann eine Rede gehalten. Das Publikum hat gejubelt, als wäre er ein Filmstar. Er brauchte Begleitschutz, um aus dem Saal zu kommen, weil die Leute sich auf ihn stürzten.«

Christiane Halbersberg brachte die Reste der Gans in die Küche und holte das Dessert. Alexander erkannte an ihrer Körperhaltung und ihrem Gang, wie froh sie war, dass der Abend entspannt verlief. Er gab sich auch redlich Mühe, über unverfängliche Themen zu sprechen.

»Die kleine Kirchner wohnt übrigens jetzt an der Tauentzienstraße«, versuchte er das Gespräch beim Nachtisch auf ein anderes unverfängliches Thema zu verschieben, ehe er einen Löffel Fürst-Pückler-Eis in den Mund schob.

»Na und?«, fragte Leopold Halbersberg. »Ist das wichtig?«

Alexander spürte, dass er sich auf glattem Eis bewegte. Hätte er das Thema bloß nicht angeschnitten. Es war wirklich nur für Eingeweihte wichtig, dass die junge Kielerin im Zentrum des Kulturbetriebs wohnte, ganz in der Nähe der großen Kinos und des Kurfürstendamms.

»Ach, das fiel mir gerade ein«, nahm er das Thema schnell zurück. »Aber sagt mal, müssen in Kiel auch Einrichtungen über den Winter schließen, weil die Stadt die Heizkosten nicht zahlen kann? In Berlin bleiben die Museen geschlossen.«

»Nicht, dass ich wüsste«, antwortete Christine Halbersberg.

»Das habe ich noch nie gehört«, meinte auch Leopold Halbersberg. »Du kannst zwischen den Jahren mal wieder in die Kunsthalle oder das Zoologische Museum gehen. Damit du siehst, dass Kiel etwas zu bieten hat und mit der Hauptstadt mithalten kann.«

»Wir könnten in die Oper oder ins Schauspiel gehen«, schlug Christine Halbersberg vor, die wie Alexander den zynischen Unterton ihres Mannes wahrgenommen hatte.

»Das wäre schön«, fand Alexander und stand auf, um die Dessertschalen zusammenzustellen und in die Küche zu bringen. Jetzt bloß nicht auf die Spitze des Vaters eingehen und den Abend verderben.

»Wir können uns gleich auf den Weg machen zur Christmette«, sagte die Mutter.

»Ich würde gerne ein paar Schritte zu Fuß machen«, meinte Alexander, die brauchte er dringend, um sich von der Anspannung bei Tisch zu erholen.

»Das ist eine gute Idee«, fand sogar Leopold Halbersberg. »Für die paar Meter muss ich nicht extra den Wagen anwerfen.«

Alexander unterdrückte seinen Seufzer. Zum Glück waren wirklich nur wenige Meter bis zur Kirche zurückzulegen. Seine Stimmung hellte sich auf, sogar bei Alexander, der darauf hoffte, dass Herti Kirchner mit ihrer Familie in dem weihnachtlichen Gottesdienst ging.

Beschwingt von dem Gedanken ging er neben den Eltern her, die sich unterwegs über ärztliche Notdienste und andere Fragen eines Arzthaushaltes unterhielten.

Während der Messe hielt Alexander Ausschau nach Herti Kirchner. Weder in der Kirche noch beim Weihnachtsgruß auf dem Kirchplatz konnte er sie entdecken.

»Hast du die Fotos von Herti gesehen?«

Alexander drehte den Kopf zu zwei jungen Frauen, die sich unterhielten.

»Sehr gewagt, oder? Ein wichtiger Mann hat sie gemacht, hat sie gesagt.«

»Sehr wichtig. Vollmoeller oder so ähnlich. Er hat auch Marlene Dietrich gefördert, meinte ihre Begleiterin.«

»Mit dem war sie schon im Theater. Sie hat ihn in einer Kneipe kennengelernt.«

»Ich weiß nicht, ob das Bristol eine Kneipe ist, das klingt so edel.«

»Und er hat ein riesiges Auto. Angeblich bleiben die Berliner stehen, wenn er vorbeifährt.«

Bei dieser Vorstellung musste Alexander schmunzeln. In Kiel fuhren nicht viele Autos, aber in den Straßen von Berlin stauten sie sich teilweise sogar. Die Schutzmänner hatten alle Hände voll zu tun, um den Verkehr zu regeln, zumal auch Pferdedroschken, Busse, Straßenbahnen und Fußgänger unterwegs waren.

»Kommst du?«, rief Christine Halbersberg.

Alexander sah sich um. Die jungen Frauen waren verschwunden. Schade, er hätte sie gerne angesprochen. Aber so freute er sich über die kleinen Neuigkeiten und ließ die kritischen Bemerkungen über seinen Beruf, die Leopold Halbersberg sich auf dem Rückweg nicht verkneifen konnte, kommentarlos an sich vorüberziehen.

In der Hoffnung, Herti Kirchner in ihrer Heimatstadt zu begegnen, verbrachte Alexander Silvester bei seinen Eltern. Dass der Vater wegen eines Notdienstes häufig abwesend war, schützte ihn vor Provokationen und politischen Diskussionen, denn mehr als einmal hob Leopold Halbersberg hervor, wie gut ein Mann wie Adolf Hitler für das Land war.

Christine Halbersberg senkte dann jedes Mal den Kopf. Alexander war sich sicher, dass sie die Meinung seines Vaters nicht teilte, allerdings sagte sie nichts dazu. Wann immer er das Gespräch unter vier Augen auf die aktuelle Politik brachte, wechselte sie das Thema und erkundigte sich nach den Filmgrößen, die er in Berlin interviewt hatte. Sogar Herti Kirchner erwähnte sie mehrmals. Seit die *Kieler Nachrichten* über die Filmrolle berichtet hatten, war die junge Kielerin so sehr in der Achtung seiner Mutter gestiegen, dass diese auf geheimnisvolle Weise in Erfahrung brachte, wo Herti Kirchner den Jahreswechsel verbringen würde. In Berlin. Als er das erfuhr, war es für Alexander zu spät, einen früheren Zug in die Hauptstadt zu bekommen.

Januar 1933

Sein erster Weg nach der Rückkehr aus Kiel führte Alexander ins Bücherkabinett. »Ein frohes neues Jahr«, wünschte er Johannes Unger, der hinter Bücherbergen hervorschaute.

»Für einen Händler ist ein neues Jahr niemals froh.« Der Buchhändler seufzte. »Ich muss für die Inventur alle Bücher sichten und zählen.«

Alexander blickte sich um. Wie viele Bücher mochten das sein, die da in Regalen und auf Tischen auf Käufer warteten? Er war froh, dass er sie nicht zählen musste. Dagegen schien sein Vorhaben, Herti Kirchner zu treffen, ein Kinderspiel.

»Ich habe gehört, Herti ist wieder in Berlin!« Johannes Unger wusste inzwischen, dass der Freund hinter der Schauspielerin her war wie Teenager hinter einem Autogramm und pubertierende Jungs hinter einer nackten Brust. Ob beruflich oder privat, darüber schwieg Alexander sich aus. Er wollte das Leben von Herti Kirchner nicht für reißerische Artikel nutzen, er wollte auf ihren Karrieresprung vorbereitet sein und dann davon profitieren, in dem er exklusiv ihre Biografie schrieb und vielleicht sogar als persönlicher Pressereferent fungierte. Wie sollte er diese Feinheiten einem Buchhändler erklären?

»Ich glaube, sie ist noch krank«, erklärte Johannes und tauchte hinter seiner Bücherwand ab. »Wenn du nur deshalb gekommen bist, arbeite ich weiter.«

Kurz überlegte Alexander, ob er pro forma ein Buch kaufen sollte. Aber welches? Wahllos wollte er sein Geld nicht ausgeben. Johannes würde sich wieder beruhigen, viele Freunde hatte er nicht in Berlin.

»Dann wünsche ich dir erfolgreiches Zählen«, verabschiedete er sich und ging zur Redaktion, neugierig, was ihn dort erwartete.

Mit einem »Prosit Neujahr!« betrat Alexander gut gelaunt die Redaktionsräume. Sein fröhliches Lächeln verschwand augenblicklich, als er den Einsatzplan für die nächsten Tage überflog. Am 2. Januar war der Filmstart von *Kampf um Blond*, für die Premiere war ein Kollege eingeteilt.

»Wieso haben Sie mir den Auftrag nicht gegeben?«, tobte Alexander. »Sie wissen, dass ich die Entstehung des Filmes begleitet habe. Da ist doch selbstverständlich, dass ich auch über die Premiere schreibe!«

»Hier gibt es keine Automatismen«, sagte der Chefredakteur in einem Ton, der Alexander aufhorchen ließ. »Erst recht nicht bei solchen Filmen.«

»Bei solchen Filmen, was soll das heißen?«

»Haben Sie sich mit dem Regisseur Jaap Speyer intensiv beschäftigt?«, wollte der Winfried Bergmeiner wissen.

»Ich habe mit ihm gesprochen und ihm beim Dreh über die Schulter geschaut«, antwortete Alexander.

»Und was haben Sie über seine Herkunft herausgefunden?«

»Er ist Holländer und lebt seit 15 Jahren in Berlin.«

»Er ist holländischer Jude!« Dabei strich der Chefredakteur über das Parteiabzeichen der NSDAP an seinem Revers, als müsse er ein Staubkörnchen entfernen. Hatte sein Vorgesetzter ihm nicht kürzlich lang und breit erklärt, dass er langjähriges SPD-Mitglied sei? »Die Premiere macht Kollege Hoffmann!«

Alexander öffnete den Mund, schloss ihn dann jedoch wieder. Das Hakenkreuz machte jedes Argument zunichte. Er konnte nur hoffen, dass Georg Hoffmann sich auf einen Auftragstausch einließ. Als er an dessen Tisch kam, blinkte ihm auch dort das Parteiabzeichen entgegen. Ohne ein Wort verließ er die Redaktion, in der die Luft verpestet schien.

Vor der Tür des Verlagsgebäudes atmete er tief durch. Er lehnte sich an die Wand und betrachtete die Menschen auf dem Gehweg. »Braun, grau, weiß, braun, braun, braun, grau, schwarz«, murmelte er bei jedem Passanten, der an ihm vorüberzog. Es brauchte nicht viel Fantasie, um sich auszumalen, wie das Straßenbild ausgesehen hätte, wenn die NSDAP die Wahl im November gewonnen hätte. Hoffentlich gelang es Kurt von Schleicher, das Land wieder in ruhiges Fahrwasser zu bringen und die Nationalsozialisten zu entzweien.

»Guten Tag, Alexander.« Veronikas Stimme riss ihn aus seinen trüben Gedanken. Die Enttäuschung darüber, dass er nicht über die Filmpremiere berichten durfte, hatte ihn in einen Strudel negativer Gefühle gezogen.

»Hast du Lust, mit mir ins Kino zu gehen?«

Normalerweise hätte Alexander das sofort abgelehnt und nicht einmal darüber nachgedacht. Der Empfang in der Redaktion hatte ihn verunsichert, daher fragte er: »Welchen Film willst du anschauen?«

»*Unmögliche Liebe* mit Asta Nielsen!«, antwortete Veronika und strahlte. »Ihr erster Tonfilm. Er hat zwar keine

Jugendfreigabe bekommen, aber es heißt, er sei künstlerisch wertvoll.«

Das wusste Alexander alles. Er hatte die Premiere im Mozartsaal am Tag vor Heiligabend verpasst, weil er in der Loge des Verlegers *Katharina I* gesehen hatte. Ob der Verleger auch ein Parteiabzeichen trug?

»Ich komme mit«, entschied er. *Unmögliche Liebe* war einer der wenigen Filme, den er nicht gesehen hatte, seit er Filmkritiken schrieb. Er wusste nicht, ob er in seinem Verlag bereits rezensiert worden war, vielleicht konnte er sogar einen Artikel unterbringen.

Die Zeit bis zum Beginn des Films überbrückten die beiden im *Romanischen Café*, dabei konnte er sich einen Überblick verschaffen, wer gerade in Berlin weilte.

Erich Kästner saß an seinem Stammplatz und kritzelte in einer unleserlichen Schrift Zeilen auf ein Blatt Papier. Herti Kirchner war nicht zu sehen. Das wäre auch zu schön gewesen. Solche Zufälle gab es leider nur im Film.

An der Kinokasse konnte Alexander Veronika im letzten Moment davon abhalten, Karten für einen Doppelsitz zu kaufen, er ärgerte sich, dass er sich wieder von ihr hatte einwickeln lassen, nachdem er sie lange auf Abstand gehalten hatte. Sie hatte ihn in einem verwundbaren Augenblick erwischt. So viel zum Thema Zufall. Aus Veronikas Sicht war das Zusammentreffen vermutlich vom Schicksal vorherbestimmt. Wäre er nicht so fassungslos über das Erlebnis in der Redaktion, hätte er ihre Frage mit einem schroffen »Nein!« beantwortet. Ob das Schicksal sie doch für einander bestimmt hatte? Er schüttelte den Kopf. Darüber mochte er nicht einmal nachdenken. Lieber konzentrierte er sich auf den Vorfilm mit dem verheißungsvollen Titel *Der falsche Hund.*

Als der Film anlief, traute er seinen Augen nicht, auf der Leinwand war Herti Kirchner. Aus einer der vorderen Reihen erklang ihre Stimme: »Das bin ja ich!« Es war unverkennbar Herti Kirchner, die dort neben einem Mann vor ihm im Kino saß und einen Kurzfilm betrachtete, in dem sie selbst spielte. Das war ein Zeichen des Schicksals!

Der falsche Hund

Manchmal sind es die kleinen Dinge, die einem den Alltag versüßen. Kurzfilme im Kino zum Beispiel. Wie *Der falsche Hund* von und mit Max Ehrlich, der jetzt vor Asta Nielsens neuem Werk *Eine unmögliche Liebe* zu sehen war. Es ist nur eine kleine amüsante Geschichte, die Max Ehrlich erzählt, aber dank der witzigen Geschichte und der bezaubernden Herti Kirchner, die mit ihrem Charme das Publikum begeistert, entspannten sich die Zuschauer im Publikum für den viel gelobten neuen Nielsen-Film. In ihrem Film schlüpft Asta Nielsen in die Rolle einer jungen russischen Mutter und Künstlerin, die sich in Berlin behaupten muss, eine Adaption des gleichnamigen Romans von Adolf Schirokauer, der bereits viele Frauenherzen beseelt hat. (aha)

Der Atem des Schicksals, den er im Kino verspürt hatte, verflog umgehend. Die Notiz, die er über den Film verfasste, landete im Papierkorb. »Kein nationales Interesse«, erklärte

Winfried Bergmeier und Alexander fragte sich erneut, wie sein Vorgesetzter den Wechsel von einer Partei zur nächsten so schnell bewältigt hatte. Er nahm sich vor, keine Gedanken mit dieser Art von Sozialisten zu verschwenden und stattdessen nach Wegen zu suchen, sein eigenes Ziel voranzubringen. Es verging kein Tag, an dem er nicht im Bücherkabinett und im *Romanischen Café* vorbeischaute, in der Hoffnung, Herti Kirchner zu treffen, denn Johannes weigerte sich hartnäckig, ihm ihre Adresse zu geben.

»Wenn ich die Inventur hinter mir habe, versuche ich, ein Treffen zwischen euch hier im Laden zu arrangieren«, war das einzige, was der Freund ihm anbot. Vor Anfang Februar war daran nicht zu denken, das machte Johannes ihm gleich klar.

Alexander hatte das Gefühl, dass die Zeit knapp würde, erklären konnte er sich das nicht. Der erste große Film mit Herti Kirchner lief in den Kinos, ein Kurzspielfilm ebenfalls und die Spatzen pfiffen von den Dächern, dass sie ein Engagement an einem Berliner Theater bekommen würde. Ihre Karriere nahm Fahrt auf wie eine Achterbahn. Wenn sie erst einmal richtig in Gang kam, würde es schwerer, an sie heranzukommen, aber leichter, mit ihr im Wind des Erfolges zu segeln.

Am letzten Freitag im Januar machte Alexander sich auf den Weg zum *Romanischen Café*. Als er die Straße überqueren wollte, bemerkte er Herti Kirchner, die aus einem Haus in der Nähe kam.

Er spähte nach einer Lücke im Verkehr, ehe sie sich auftat, war Herti bereits durch die Tür verschwunden. Hastig folgte Alexander ihr in das Café und sah, wie Karl Vollmoeller sie empfing und ihr einen Platz an seinem Tisch anbot. Er konnte sich unmöglich zu der Gruppe gesellen. Wenn er Kästner, Kerr oder Kisch wäre, hätte die Gruppe ihn aufgefordert, bei ihnen Platz zu nehmen. So blieb ihm in dem überfüllten Saal nur, durch die Gänge zwischen den Tischen zu schlendern, als suche er jemanden und dabei nach einem Kollegen Ausschau zu halten, der ihm einen Platz anbot. Er hatte kein Glück und konnte nur draußen darauf warten, dass Herti Kirchner das Café verließ.

Er lehnte sich an die Wand und rauchte eine Zigarette, das war unverfänglich, damit würde ihn keiner für einen Kriminellen oder Bettler halten. Auch nach drei Zigarettenlängen tauchte die Schauspielerin nicht auf. Die Blicke der Passanten blieben länger auf ihm haften. Bildete er sich nur ein, dass manche mehrmals vorbeikamen. Wieso hatte er keine Kamera bei sich? Fotografen wurden überall geduldet. Meist bildete sich ein Menschenpulk um sie, weil jeder auf eine Berühmtheit in der Nähe hoffte.

Eine Gruppe Braunhemden näherte sich. Die jungen Männer blieben vor ihm stehen, einer lallte: »Sag mal, bist du Jude?« Ein anderer zog ein Buch hervor und verglich ein Bild darin mit Alexanders Gesicht, der den Atem anhielt. Er war Protestant, aber in den letzten Wochen bereits mehrmals darauf angesprochen worden, dass seine Nase und seine Augenpartie jüdisch seien. Allein das war für ihn ein Zeichen dafür, dass diese Judenhetze blanker Unsinn war. Viele Menschen wiesen die angeblich typischen Judenmerkmale auf. Alexander kannte genug Berichte darüber, dass Nationalsozialisten keine

Gelegenheit ausließen, Menschen anzugreifen. Er ließ die höhnischen Sprüche über sich ergehen und wandte sich ab, als die Männer in dem Buch nach weiteren Merkmalen suchten.

Langsam ging er zu der Tür des Nachbarhauses, aus dem Herti Kirchner Stunden vorher gekommen war. Die Tür ließ sich aufdrücken und er machte einen Schritt in das Haus, damit die Nazis ihn nicht mehr sehen konnten. Sein Blick fiel auf die Klingelschilder. Die angespannte Stimmung war mit einem Schlag verschwunden, als er ihren Namen neben einer Klingel las. Er warf einen Blick in den Flur und sah dann auf der Straße nach, ob die Braunhemden verschwunden waren.

In diesem Augenblick kam Herti Kirchner mit Karl Vollmoeller und anderen aus dem *Romanischen Café*. Alexander folgte ihnen bis zum *Eden*-Hotel, wo die Gruppe von einem Empfangskellner erwartet wurde. Zum Glück kannte er einen der Ober, gegen ein Trinkgeld wies er ihm einen Tisch in einer Nische in der Nähe zu. Dort kauerte er bei einem Glas Bier und notierte beeindruckt die Namen der Männer und Frauen, die Herti Kirchner überschwänglich begrüßt hatten. Josef von Sternberg saß da, der Marlene Dietrich zum Durchbruch verholfen hatte. Die berühmte Schauspielerin Lucie Mannheim, René Clair, der Filmregisseur aus Paris, dessen deutsche Erstaufführung von *Der 14. Juli* er erst vor wenigen Tagen gesehen hatte. Der Filmregisseur Richard Eichberg mit seiner Frau, der Schauspielerin Tilla Garden, war ebenso mit von der Partie wie der junge Herr Adlon. Die anderen Gäste kannte Alexander nicht, aber die Ansammlung von Prominenz brachte ihn ins Schwitzen. Wenn er jetzt eine Kamera bei sich hätte, das hätte sein Durchbruch werden können. Stattdessen saß er da und wusste nicht, wie er sich verhalten sollte. Am Ende schlich er aus dem Hotel und fragte sich, ob sein Traum, mit Herti Kirchner berühmt zu werden, nicht längst zum Scheitern verurteilt war. Wer in diesem Umfeld dinierte, der war nicht mehr auf dem Weg, der war bereits angekommen.

Am nächsten Morgen meldete sich Alexanders Kampfgeist wieder. Er musste als Journalist berühmt werden, das hatte er sich geschworen. Er musste seinem Vater zeigen, dass er für diesen Beruf geschaffen war. Wie konnte er sich nur die einzigartige Gelegenheit entgehen lassen? So viele Prominente der Filmwirtschaft an einem Tisch und er machte nichts daraus.

Umso mehr ärgerte er sich, als er hörte, dass der Chefredakteur nicht ihn zum Presseball schickte, sondern einen Kollegen mit Parteiabzeichen.

Bei dem jährlichen Treffen der Prominenz im Restaurant am Zoologischen Garten hätte er sein Versagen vom Vorabend ausbügeln können. Stattdessen wurde er zum Notdienst in der Redaktion verdonnert, während die Kollegen sich in Frack und Cut warfen, um unter der festlich gekleideten Prominenz nicht aufzufallen.

Alexander schwankte, ob er kurz zum Zoo fahren sollte. Er konnte notfalls eine Falschmeldung vorschützen. Winfried Bergmeier hatte sich in den letzten Tagen allerdings zu einem Diktator entwickelt, der keine Gelegenheit ausließ, die Redakteure, die nicht Mitglied in der neuen Partei waren, zu schikanieren. Hoffentlich war dieser Spuk bald vorbei.

Die ersten Jahre in der Redaktion waren entspannt gewesen, die Kollegen hatten sich gelegentlich um interessante Aufträge gestritten, aber insgesamt war die Zusammenarbeit geprägt von Respekt und Kollegialität. Erste Anzeichen einer Veränderung gab es nach der Wahl im November. Die NSDAP hatte zwar vier Prozent ihrer Stimmen seit dem Juli eingebüßt, trotzdem stand ein Drittel der Bevölkerung hinter ihr. Dieses Drittel zeigte sich nun auch in der Redaktion.

Als Alexander in den Papieren auf seinem Tisch stöberte, um ein Thema zu finden, das ihn vom Presseball ablenkte, stolperte der Redaktionsbote aufgeregt in das Büro: »Von Schleicher ist zurückgetreten!«. Er legte ihm die Meldung auf den Tisch und verschwand sofort wieder.

Alexander las die Mitteilung der Nachrichtenagentur. *Wolffs Telegraphisches Bureau* verbreitete es schwarz auf weiß, der Reichskanzler hatte am frühen Nachmittag sein Amt niedergelegt. Was sollte er tun? Den Chefredakteur informieren, der in den letzten Wochen wiederholt über den Dummkopf an der Regierungsspitze gelästert hatte?

Er griff zum Hörer des Telefons und ließ sich mit Bella Fromm verbinden. Sie waren zwar nicht befreundet, aber Kollegen und sie war die einzige, die er kannte, die mit von Schleicher auf privater Ebene verkehrte. »Alexander Halbersberg hier, grüß dich, weißt du etwas über von Schleichers Rücktritt?«

Bella Fromm schwieg. Ob er sie mit der Nachricht überraschte oder nicht, konnte er daraus nicht schließen. Das Einzige, was sie sagte, war: »Er wollte doch mit Elisabeth zum

Presseball kommen!« Danach war es lange ruhig in der Leitung. Er wollte gerade auflegen, da sagte die Kollegin wie zu sich selbst: »Jetzt ist es also passiert. Ich habe Kurt gewarnt, aber er meinte, Hindenburg hätte ihm seine Unterstützung versprochen und hielte nichts von Hitler.« Ohne ein weiteres Wort wurde das Gespräch beendet.

Alexander machte sich auf den Weg zur Reichskanzlei. Niemand war für ihn zu sprechen. Kein Wunder, es war Samstag und die Entscheidung des Reichskanzlers schien kurzfristig gefallen zu sein. Er fuhr zu von Schleichers alter Dienstwohnung im Reichswehrministerium, in der er wohnte, weil die zwei Monate seiner Kanzlerschaft für einen Umzug nicht gereicht hatten. Dort traf Alexander zwar Kollegen, aber außer dem Gerücht über ein Gespräch mit dem Reichspräsidenten war nichts zu erfahren. Im Büro tippte Alexander eine kurze Meldung für die Sonntagsausgabe über den Rücktritt, von dem gemunkelt wurde, dass er nicht freiwillig erfolgt war. Eine Bestätigung dazu gab es nicht. Er bat den Setzer, die Meldung »Reichskanzler tritt zurück« in großen Lettern zu setzen. Am nächsten Tag würde er sich in Ruhe mit einem Nachruf befassen.

Als er jedoch dem Chefredakteur, der um Mitternacht mit Weinfahne in der Redaktion erschien, seinen Plan vorstellte, rastete dieser aus. »Es wurde Zeit, dass diese Lusche endlich verschwindet«, brüllte er und verlangte vom Setzer, unverzüglich den Titel mit einer zweiten Überschrift zu versehen: »Das wurde auch Zeit.«

Alexander verzichtete darauf, ihm zu erklären, dass dies kein Journalismus war, denn das Parteiabzeichen blinkte auch auf dem Frack des Chefredakteurs. »Den Artikel über diesen Schleicher schreibe ich selbst«, verkündete der Winfried Bergmeier in einem Ton, der keinen Widerspruch duldete. Er warf ihm mit Schwung einen Zettel hin. »Sie können daraus einen netten Beitrag über den Presseball machen. Es reicht, wenn die Namen auftauchen, Fotos kommen rechtzeitig, der Rest interessiert sowieso niemanden.«

Damit war Alexander wieder in seiner Feuilleton-Nische gelandet. Er war nicht traurig darüber. Ganz gleich, was er über von Schleicher geschrieben hätte, es hätte immer jemanden gegeben, der unzufrieden gewesen wäre. Ändern konnten seine Worte nichts. Also bastelte er einen Artikel über den Presseball, für den er sich schämte. Dem Chefredakteur mochte eine Auflistung der Gäste reichen, ihm genügte das nicht. »Habt ihr schon Artikel vom Presseball?«, fragte er bei den Kollegen, die die anderen Zeitungen auswerteten. Er hatte Glück. Manche Journalisten hatten sich gleich nach der Eröffnung an die Schreibmaschine gesetzt oder den Beitrag direkt in den Satz diktiert. Sogar erste Fotos waren erschienen.

Am Schreibtisch ging er die Beiträge durch. Sein Blick blieb an einem Bild hängen. »Auf dem Weg zum Presseball! Karl Vollmoeller verlässt in Begleitung einer jungen Dame das *Bristol*. Ist das die nächste Marlene?«

Die junge Dame, deren Name nicht genannt wurde, war ohne Zweifel Herti Kirchner. Dass die Kollegen ihren Namen nicht kannten, elektrisierte ihn. Das hieß, dass sie die Schauspielerin nicht auf dem Radar hatten. Vielleicht war sein Projekt noch nicht gescheitert.

Alexander gelang es, in die Liste der Gäste des Presseballs auch den Namen von Herti Kirchner zu schmuggeln. Wenn sein Chef diese Aufzählung wollte, dann wollte er zumindest einen kleinen Beitrag zur Karriereförderung leisten.

Die ganze Nacht herrschte durch den Rücktritt des Kanzlers eine große Hektik und Nervosität in der Redaktion. Der Chefredakteur schleuderte Frack und Fliege, Weste und Kummerbund von sich und die Manschettenknöpfe flogen unter den Tisch, als er die Ärmel aufkrempelte, um einen gehässigen Artikel über den aus seiner Sicht falschen Reichskanzler zu schreiben.

Alexander konnte es kaum ertragen, wie sich der Redaktionsleiter alle naselang die Hände rieb und hämisch grinste und dabei freudig murmelte: »Es dauert nicht mehr lange, dann haben wir das Sagen!« Wie ein Rumpelstilzchen gebärdete Winfried Bergmeier sich, sobald der Name Hitler fiel, sprang auf, reckte den Arm in die Höhe und rief er mit einer Stimme, die wie aus einem Automaten klang: »Heil Hitler!«

Die letzte Meldung, die Alexander mitbekam, ehe er nach Hause ging, war die, dass Hindenburg General von Blomberg aus Genf zurückbeordert, um ihn zum Reichswehrminister zu ernennen. Es wurde außerdem gemunkelt, dass die Wehrmacht von Schleicher zu einem Militärputsch überreden wolle, den dieser abgelehnt habe.

Müde schlich Alexander in seine Wohnung, diese Notdienste schlauchten ihn immer, aber diese Nacht war die schlimmste in seinem Leben. Er legte sich gleich ins Bett, konnte jedoch lange nicht einschlafen, die Wintersonne schien in sein Fenster, auf der Straße riefen und polterten Menschen. Sie waren so laut, dass er nicht verstand, was sie forderten; eine solche Unruhe hatte es seit der letzten Reichstagswahl nicht gegeben. Wir leben in unruhigen Zeiten, dachte er und überlegte, wie sich das ändern konnte. Darüber schlief er ein und wachte erst am nächsten Morgen wieder auf, als seine Wirtin gegen die Zimmertür donnerte.

»Aufwachen!« Das Klopfen wurde mit jedem Ruf aggressiver.

»Was ist los? Einbrecher? Diebe?« Alexander stand im Nachtgewand in der Tür und starrte Bernhardine Wenning an, in deren Wohnung er seit Jahren ein Zimmer gemietet hatte.

»Der Hitler soll Kanzler werden!« Ihre Stimme überschlug sich.

Alexander rieb sich über die Wangen und die Augen, um wach zu werden.

»Der Bäcker hat es gesagt und der muss es wissen!«, stammelte die Wirtin. Der musste es wissen, er war ein hohes Tier in der Partei, daran ließ er seit den Juli-Wahlen keinen Zweifel. Wie er auch keinen Zweifel daran ließ, wen er im Visier hatte für den Tag X, der anscheinend vor der Tür stand.

Bernhardine Wenning hatte ein gutes Herz. Sie beherbergte junge Leute, die schwer ein Zuhause fanden. Ihr Mann war vor zwei Jahren gestorben. Ein Segen, wie sie nie müde wurde zu betonen. Er war Sozialdemokrat aus Überzeugung und hatte auch aus ihr eine Anhängerin der Sozialdemokratie gemacht. Keine gute Basis für ein friedliches Miteinander mit einem Nationalsozialisten, der mit seiner Mitgliedsnummer 88 prahlte.

»Warten Sie doch ab«, riet Alexander Bernhardine Wenning entgegen seiner Vorahnung. »Ich gehe in die Redaktion und erkundige mich, was wirklich los ist.«

Er schloss die Tür und zog sich hastig an. Im Flur nickte er seiner Wirtin aufmunternd zu, er versuchte es wenigstens, denn im Herzen wusste er, dass sie Recht hatte. Wie er auch wusste, dass sein Vater diesen 30. Januar 1933 rot in seinem Kalender anstreichen würde als den Beginn einer neuen Zeitrechnung.

»Hier, schreiben Sie darüber!«, empfing der Chefredakteur Alexander in der Redaktion. Er warf ihm einen Stapel Bücher von Autoren hin, deren Namen er nie zuvor gehört hatte. Edwin Erich Dwinger, Hans Zöberlein, Hans Grimm. Die Umschlagbilder verrieten ihm, dass er keine Freude an dieser Aufgabe finden würde. Das waren keine Texte von Thomas Mann oder Stefan Zweig, Erich Kästner oder Mascha Kaléko. Winfried Bergmeier hatte alle Meldungen an sich gerissen, statt ihm wie früher die Kulturnachrichten auf den Tisch zu legen. »Sie sollten sich ein Parteiabzeichen zulegen«, schlug er vor, als wäre ein Parteiabzeichen ein Fahrrad oder ein neuer Mantel.

»Ich spreche mit meinem Vater, der ist schon lange in der Partei«, murmelte Alexander und erschrak. Was redete er da? Das war eine glatte Lüge! Sein Vater sympathisierte mit den Nationalsozialisten, aber er war kein Parteimitglied. Oder doch? Die Behauptung verfehlte seine Wirkung auf den Vorgesetzten jedenfalls nicht.

»Das ist ein Anfang«, fand der Chefredakteur und kam sogar an Alexanders Platz, um ihm wohlwollend auf die Schulter zu klopfen. »In den nächsten Wochen wird viel los sein. Als Parteimitglied können Sie über Nacht Karriere machen. Ein guter Artikel über eine Rede von Adolf Hitler, eine praktische Auslegung seine Anordnungen und Sie haben ausgesorgt.«

Alexander schluckte. Er vertiefte sich in die Bücher, deren schwülstige Sprache ihm zuwider war. Würde das künftig sein Leben sein?

»Ich lese die Bücher zu Hause«, erklärte er dem Chefredakteur, weil er die wiederkehrenden Jubelrufe seines Vorgesetzten nicht ertrug. Als Winfried Bergmeier zustimmend nickte, verlor Alexander keine Minute, um die Redaktionsräume zu verlassen.

Auf dem Heimweg geriet er in einen Fackelzug. Braungekleidete Männer marschierten in Reih und Glied durch die Straße, hielten Fackeln in die Luft und brüllten mehr als sie sangen: »Die Fahne hoch! Die Reihen dicht geschlossen! SA marschiert mit mutig festem Schritt.« War das das neue Deutschland?

Februar 1933

»Halbersberg, ich habe einen Auftrag für Sie.«

Alexander sah seinen Vorgesetzten misstrauisch an. Winfried Bergmeier hatte die Hände hinter die Hosenträger geklemmt, auf denen in Ermangelung einer Jacke das Abzeichen mit dem Hakenkreuz blinkte. Alexander fiel zum ersten Mal auf, dass die blonden Locken einem Haarschnitt gewichen waren, der dem Hitlers ähnelte. Auch mit dem Schnauzbart eiferte Winfried Bergmeier seinem Idol nach.

»Ich hätte den Bericht gerne selbst geschrieben, aber meine Mutter hat Geburtstag, das geht natürlich vor. Und Parteigenosse Neuberger muss zum Arzt.«

Parteigenosse! Seit Hitler Reichskanzler war, begegneten ihm ständig neue Wörter, bisher allerdings die einzigen Veränderungen in seinem Alltag. Wenn es dabeiblieb, sollte ihm auch Adolf Hitler als Reichskanzler recht sein. Vielleicht hatte sein Vater recht damit, dass dieser Hitler das Volk zur Ruhe bringen konnte. Gleich nach seinem Amtsantritt hatte er sich mit einer Rede, die zuversichtlich stimmte, an die Bevölkerung gewandt. Darin wurde vielleicht etwas zu viel gegen Marxismus, Bolschewismus und Kommunismus gewettert, aber Frieden und Wiederaufstieg waren Ziele, die jedem wichtig waren.

»Worum geht es denn?« Alexander war neugierig, wohin der Chefredakteur ihn beordern würde und betrachtete das Plakat, das dieser ihm auf den Tisch legte: Protektor Reichspräsident von Hindenburg. Zur internationalen Automobil- und

Motorradausstellung sollte er also fahren. Das Bild, ein Mann mit weißer Schirmmütze auf dem Fahrersitz und neben ihm eine ebenfalls in weiß gekleidete Frau, lud auf den ersten Blick ein, auch wenn die beiden eher angespannt als fröhlich wirkten. Autofahren schien für sie kein Vergnügen zu sein. Das verstand Alexander nicht. Als Schüler hatte er keine Gelegenheit ausgelassen, seinen Vater im Wagen zu einem Hausbesuch zu begleiten. Solange der Vater an den Krankenbetten weilte, hatte er sich hinter das Steuer gesetzt und sich ausgemalt, selbst das Auto zu fahren.

»Die Ausstellung wird morgen eröffnet.«

Alexander gab sich Mühe, seine Freude über diesen für einen Feuilletonredakteur ungewöhnlichen Auftrag zu verbergen. Endlich wieder ein Thema, bei dem er seine wahren Schreibkünste präsentieren konnte.

»Der Führer wird die Messe höchstpersönlich eröffnen.«

Seine Freude bekam einen Dämpfer. Allerdings war das eine Gelegenheit, Adolf Hitler, den alle ehrfürchtig den Führer nannten, persönlich kennenzulernen oder aus der Nähe zu erleben und sich ein eigenes Bild zu machen. Vielleicht konnte er damit sogar seinen Vater beeindrucken.

»Sie sind zwar kein Parteigenosse, wie ich herausgekriegt habe. Aber wenn Ihr Vater ein Mitglied der ersten Stunde ist, gehe ich davon aus, dass Sie wissen, wie Sie sich im Umfeld des Führers zu benehmen haben.« Winfried Bergmeier sah ihm streng in die Augen. Als Alexander den Blick senkte, wandte der Chefredakteur sich ab. »Üben Sie heute Abend vor dem Spiegel den Hitlergruß und machen Sie uns keine Schande.«

Alexander starrte mit gemischten Gefühlen auf das Plakat. Der Besuch der Messe war das eine, auch die Begegnung mit Hitler weckte seine Neugier, allerdings musste er das Ereignis in die richtigen Worte verpacken. In den letzten Monaten bekam er immer öfter Bauchschmerzen, wenn er seine Zeitung las. Journalismus war für ihn etwas anderes als deutliche Parteinahme und einseitige Berichterstattung. Im Feuilleton agierte er in einer Nische, die zunehmend durch eine Vorauswahl der Kulturereignisse, über die berichtet werden sollte, beschränkt wurde. Letztlich ließ man ihm aber weitgehend freie Hand. Den Artikel über die Automobilausstellung würde jeder lesen und jedes Parteimitglied mit besonderer Aufmerksamkeit. Ihm konnte nur ein Wunder helfen.

Das Wunder trat nicht ein. Alexander begleitete mit einigen Kollegen Adolf Hitler beim Rundgang durch die Messehallen. Die Eröffnungsworte hatte er nur mit Mühe ausgehalten, diese schneidende Stimme und das überhebliche Getue des kleinen, hässlichen Mannes waren kaum zu ertragen. Er war nicht in der Lage, sich Notizen zu machen wie die Kollegen um ihn herum und hoffte darauf, dass einer von ihnen für die Mittagsausgabe schrieb. Dann brauchte er die Zitate nur abschreiben, ohne seine Notizen entziffern und sich Gedanken über den Sinn der Worte machen zu müssen.

Endlich blieb Hitler an dem Stand der Standard-Fahrzeugfabrik stehen, um sich dessen neuestes Modell, den *Standard Superior*, erklären zu lassen

»Herr Ganz kommen Sie, beschreiben Sie dem Reichskanzler das Besondere an Ihrem Modell.« Mit diesen Worten schob ein älterer Mann im grauen Anzug einen etwa 30-jährigen schmächtigen Kollegen vor die Gruppe. »Das ist Josef Ganz, er hat den Maikäfer erfunden.«

Die Journalisten lachten.

»Wie Sie wissen, ist der Standard Superior eine Weiterentwicklung.« Der Mann stupste Josef Ganz an.

»Äh«, Josef Ganz war sichtlich überrascht von der Aufgabe.

Alexander schien er überfordert und unsicher unter dem stechenden Blick Hitlers. Das konnte er verstehen. Als sie dem Reichskanzler vorgestellt worden waren, hatte er sich selbst gefühlt wie ein Achtjähriger, der vom Lehrer bei einem Streich ertappt worden war. Dieser intensive Blick, der einen vereinnahmte und der so gar nicht zu dem kraftlosen Händedruck passte.

Der Mann im grauen Anzug übernahm das Ruder. »Es ist besser, wenn ich das Auto vorstelle. Herr Ganz ist überwältigt von Ihrem Interesse, Herr Führer, äh«, er stammelte, »Herr Hitler, Entschuldigung, Herr Reichskanzler.« Endlich hatte er sich wieder gefasst, nur das rote Gesicht verriet seine Scham. »Schauen Sie, der Standard Superior hat zwei Sitzplätze und zwei Türen, die nach hinten aufgehen. Die Räder sind einzeln aufgehängt, gelenkt werden sie durch eine Zahnstange. Der Motor liegt quer vor der Hinterachse.« Der Redner grinste. »Da stört er nicht, was?«

Einige Männer aus Hitlers Begleitung lachten, Hitler verzog wieder keine Miene.

»Das Auto bringt 12 PS auf die Straße«, beendete der Mann seine Erklärung.

»Interessant«, fand der Reichskanzler das Auto. Er gab sich beeindruckt vom Design und vom Preis, den der Unternehmensvertreter mit 1.590 Reichsmark angab.

»Ein echter Volkswagen«, murmelte ein Kollege neben Alexander, als sie zum nächsten Stand gingen.

Ein guter Aufhänger für den Artikel, dachte Alexander und entwarf beim restlichen Rundgang seinen Beitrag, der wenig von Hitler und viel von Autos und Motorrädern handeln würde.

Winfried Bergmeier tobte, als er den Text las. »Ich habe keinen Artikel über den Volkswagen verlangt. Zum Glück ist Ihr Geschwafel nicht direkt in den Satz gegangen!«, schrie er so laut, dass die Kollegen sich entweder auf ihre Plätze duckten oder die Köpfe hoben, um zu erfahren, worum es ging. »Wen interessiert, was ein Volkswagen kostet und welche Motorräder auf der Messe herumstehen? Wichtig ist, was der Führer sagt!«

»Aber ich habe geschrieben, dass er das Auto interessant fand!«, versuchte Alexander sich zu verteidigen.

»Es ist nicht wichtig, welches Auto er interessant fand, sondern was er über die Wirtschaft sagt und die Bedeutung des Autos beim Aufschwung!«, schimpfte Winfried Bergmeier. »Und wichtig ist seine Ausstrahlung, sein Charisma!«

Alexander biss sich auf die Lippe. Fast wäre ihm herausgerutscht, dass er von dem Charisma nichts gespürt hätte. Das wäre ganz sicher sein Ende in der Redaktion. Er war von seinem Ziel weit entfernt und ohne den Wechsel aus Kiel war er auf diese Arbeit angewiesen. Er musste jetzt den Mund halten.

»Geben Sie das Ding her, ich überarbeite es!«, beendete der

Chefredakteur seinen Ausbruch. »Irgendwo sind meine Notizen von der Rede im Sportpalast, das merkt keiner. Und wie er wirkt, habe ich mehrfach erlebt.«

Alexander setzte sich an seinen Tisch und las die Meldungen, die dort gelandet waren. Franz Ulbrich sollte neuer Intendant des Schauspielhauses werden, mit Hanns Johst als Dramaturg. Über Franz Ulbrich wusste Alexander nur, dass er aus Weimar kam, aber Hanns Johst war einer der Schriftsteller, die ihm der Chefredakteur als Vertreter der neuen Literatur empfohlen hatte. Er war erleichtert, als er die Eintrittskarte zu Wagners *Tannhäuser* in der Staatsoper auf dem Tisch fand. Otto Klemperer würde die Oper dirigieren, darüber musste er schreiben, die Interviews mit den neuen Herren des Schauspielhauses konnten warten.

In der Oper hielt Alexander wie bei jeder Veranstaltung Ausschau nach Herti Kirchner. Keine Spur von ihr oder ihren Mäzenen. Wo war sie die ganze Zeit? Drehte sie einen neuen Film? In der Pause entdeckte er Johannes Unger. »Ich wusste nicht, dass du Opern magst.«

»Manchmal gönne ich mir einen Abend in der Staatsoper«, entgegnete der Buchhändler. »Wagner ist etwas Besonderes.« Er senkte die Stimme. »Das bleibt er, auch wenn ich gehört habe, dass Hitler ein Wagner-Fan ist.«

»Das ist kein Grund zu flüstern und geheimnisvoll zu tun«, fand Alexander. Er hatte sich nicht mit den kulturellen Vorlieben des neuen Reichskanzlers beschäftigt. In den letzten Monaten hatten die Regierungschefs so oft gewechselt, dass er erst einmal abwartete. Aber für seinen Artikel war Hitlers Wagner-

133

Interesse hilfreich. Er wusste, dass er die Scharte bei seinem Vorgesetzten erst ausmerzen konnte, wenn er in die NSDAP eintrat, aber eine Bemerkung in einer Opernkritik würde Pluspunkte bringen.

»Wie geht es Herti?«, wechselte er abrupt das Thema. »Ich habe sie ewig nicht gesehen, außer im Schaufenster bei dem Fotografen am Kurfürstendamm. Da hängt ihr Bild riesengroß neben dem von Lilian Harvey.«

Johannes Unger lachte. »Darauf ist sie auch sehr stolz. Im Moment ist sie auf Wohnungssuche.«

»Ist ihr die Tauentzienstraße zu laut? Die Lage ihrer Wohnung war gut, direkt beim *Romanischen Café*.«

»Wie hast du ihre Adresse erfahren?« Johannes Unger sah ihn misstrauisch an. »Du hast aber nicht in meiner Kundenkartei gewühlt?«

»Hör mal!« Alexander war ehrlich empört. »Ich bin Journalist, da kriegt man alles raus.« Dann gab er zu, dass der Zufall ihm in die Hände gespielt hatte.

»Gut, dass sie umzieht«, fand Johannes Unger, »mich würde nicht wundern, wenn du vor ihrer Tür dein Lager aufschlagen würdest?«

»Dazu wird es nicht kommen«, erwiderte Alexander. »Wenn du deine Zusage hältst, ein Treffen zu arrangieren. Wir haben den 12. Februar, du müsstest mit der Inventur längst fertig sein.«

»Sobald Herti umgezogen ist, kümmere ich mich darum!«, versprach Johannes, als die Theaterklingel zum letzten Mal daran erinnerte, dass die Aufführung weiterging.

Der Chefredakteur winkte die Kritik des *Tannhäuser* durch. »Das ist wirklich gut, dass Sie die Leidenschaft des Führers für Wagner erwähnt haben. Ärgerlich, dass ausgerechnet dieser Jude Klemperer die Aufführung dirigieren musste, aber das ist nicht zu ändern.«

Immer diese Judenhetze, Alexander konnte sie nicht mehr hören. Einige seiner besten Freunde waren jüdischer Herkunft, sie aßen, tranken, lachten, weinten, schliefen und liebten wie er auch. Sie hatten oft darüber gelästert, dass die Protestanten so lebensfremd waren, die Katholiken es zwar nicht mit der Liebe, aber dafür mit einem guten Essen und einem guten Tropfen Wein hatten, während die Juden für jede Gelegenheit einen klugen Spruch kannten. Was sollte daran volksschädlich sein? Es gab so viele jüdische Bürger, die sich gesellschaftlich engagierten und für den Fortschritt einsetzten. Dennoch schwieg er. Auf keinen Fall wollte er seine Stelle verlieren. Sie war zwar in der letzten Zeit nicht immer vergnüglich, aber mit einem namhaften Verlagshaus im Rücken standen ihm für seine Recherchen in der Filmwelt viele Türen offen. Auch wenn es zurzeit ruhig war um Herti Kirchner, der Presseball war erst zwei Wochen her, ihr Name stand auf den Kinotafeln, es würde weitergehen.

Alexanders Geduld wurde in den nächsten Tagen auf eine harte Probe gestellt. Der Chefredakteur ließ keine Gelegenheit aus, um seine Ansichten zur neuen Politik zu prüfen. »Kommunisten und Sozialisten können wir auf dem Weg nach oben nicht gebrauchen«, zischte er mehr als einmal.

Alexander fragte sich, ob dies im Interesse des Verlegers war, den er bei den wenigen Begegnungen als Demokraten und weltoffenen Menschen erlebt hatte. Oft lag es ihm auf der Zunge, Winfried Bergmeier daran zu erinnern.

Als am 15. Februar die Meldung einging, dass Heinrich Mann und Käthe Kollwitz ihr Amt in der Akademie der Künste niedergelegt hatten, sollte er einen Jubelbeitrag schreiben.

»Die Akademie säubert sich selbst!«, gab sein Chef als Überschrift vor. Er erwartete eine Herabwürdigung dieser, wie er sie nannte, lasterhaften Möchtegern-Künstler, die sich anmaßten, über die Kunst der Herrenrasse zu bestimmen.

Herrenrasse war auch ein Wort, das Alexander neu war. Als Junge vom Land kannte er die Rassen der Kühe und Schweine, der Hühner und Gänse. Dass es Menschenrassen gab, konnte er nicht verstehen. Kühe und Schweine waren deutlich unterschiedlich, aber Mensch war Mensch. Kamen solche Gedanken wirklich von diesem Hitler, den sein Vater als Heilsbringer pries und der von Frieden und Wohlstand redete?

»Hast du gehört, Kerr ist weg«, flüsterte ihm in der mittäglichen Zigarettenpause vor dem Verlagshaus ein Kollege zu.

Alexander sah ihn überrascht an. Das Parteiabzeichen des Kollegen war nicht zu übersehen, wieso sagte er so etwas.

»Ich bin nur pro forma in der Partei«, beantwortete der Kollege die unausgesprochene Frage. »Das ist leichter, als sich jeden Tag die Quengelei des Chefs anzuhören.«

Alfred Kerr, eines seiner großen Vorbilder, hatte das Land verlassen. Alexander schwankte, ob er den berühmten Theaterkritiker dafür bewundern oder verurteilen sollte.

»Sicher keine schlechte Entscheidung von Kerr. Hast du gehört, dass Goebbels in die Regierung berufen werden soll? Als Propagandaleiter.«

»Aber es ist nicht sicher, ob die NSDAP die Wahl gewinnt!« Alexander sah seinen Kollegen irritiert an.

Dieser lachte nur. »Wovon träumst du nachts? Glaub mir, das ist längst beschlossene Sache.« Der Kollege beugte sich zu Alexander vor. »Ich gebe dir einen Tipp. Lass deine Nase richten. Die sieht so jüdisch aus, dass nur ein Blinder dich nicht für einen Juden hält. Du kannst froh sein, dass der Chef was von deiner Arbeit hält, sonst wärst du längst weg vom Tisch.«

Alexander schluckte. Er war Protestant wie seine Eltern, evangelisch getauft und konfirmiert. Wieso dachten alle, er wäre Jude. Jeder zweite Deutsche hatte dunkle Haare und eine krumme Nase!

Alexander erwachte von einem lauten Pochen. Erst nach Sekunden begriff er, dass es nicht von der Tür kam, sondern in seinem Kopf war. Er sah an sich herunter und wunderte sich über sein Nachtgewand. Woher stammte dieses farbenfrohe weite Kleid mit den roten Quadraten, blauen Kreisen und gelben Dreiecken? Seine Schlafanzüge waren kariert, grau-gelb kariert, blau-rot kariert. Vor allem bestand sein Nachtzeug aus einer Hose mit Eingriff und einer Jacke mit kleinen durchsichtigen Knöpfen. Wer hatte ihm dieses Engelsgewand mit den bunten Flecken angezogen?

Stöhnend setzte er sich aufrecht hin. Sofort meldete sich sein Magen. Er stürzte zur Waschschüssel. Zum Glück beruhigte sich sein Magen auf dem Weg wieder. Wie hätte er seiner Wirtin erklären sollen, dass die Waschschüssel anderes als Wasser enthielt?

Auf dem Stuhl vor dem Schreibtisch lag die schwarze Hose, die er zu besonderen Anlässen trug. Er rieb sich über die Stirn. Was hatte das alles zu bedeuten? Sein Blick fiel auf eine Postkarte neben dem Tintenfass.

»In seinen Räumen gibt das Bauhaus ein Kostümfest für den kleinen Kreis seiner Freunde. Auch Sie werden dazu eingeladen.« Er erinnerte sich daran, dass er die Karte für zehn Mark bei Flechtheim am Lützowufer gekauft hatte. »In der Lotterie können Sie gewinnen: Werke von Baumeister, Feininger, Heckel, Hofer, Kandinsky, Klee, Kolbe, Lehmbruck, Nolde, Picasso, Schlemmer, Schmitt-Rottluff, Sintenis«, stand auf der Karte. Hatte er bei der Verlosung etwas gewonnen? Er blickte sich um, in seinem Zimmer lag kein Bild. Was war am Abend vorgefallen? Der große Hut, der Schirm und die Handschuhe hinter seiner Garderobe riefen keine Assoziationen hervor. Sein Mantel lag auf dem Boden neben der Zimmertür. Als er dorthin blickte, schwang die Tür unmerklich und ein leises Klopfen war zu hören. Bernhardine Wenning konnte das nicht sein. Er sah auf die Uhr, es war bereits früher Nachmittag. Wann war er nach Hause gekommen?

»Alexander?«

Veronika! Was wollte sie hier? Er hatte ihr mehrmals deutlich gesagt, dass Schluss war. Sie war hartnäckig wie eine Klette. Wieso hatte seine Wirtin sie in die Wohnung gelassen?

»Alexander!« Die Stimme wurde lauter.

»Herr Halbersberg! Geht es Ihnen gut?« Er hätte sich denken können, dass Bernhardine Wenning nicht weit war.

»Ja! Alles gut!« Er hoffte, die Frauen damit abzuwimmeln, was unmöglich war. Zum Glück war die Tür verschlossen, so konnte er wenigstens das seltsame Nachtgewand ausziehen. Er schlüpfte in die schwarze Hose und griff nach dem Hemd, das darunter lag, ehe er die Tür öffnete und mürrisch fragte: »Kann man nicht mal am Sonntag seine Ruhe haben?«

»Ich dachte, sie wären tot!«, meinte die Wirtin. »Das ist ja nicht so, dann kann ich gehen.«

Veronika dagegen drängte an ihm vorbei in das Zimmer. Den missbilligenden Blick, den Bernhardine Wenning ihm daraufhin zuwarf, bekam sie nicht mit. »Ich habe für heute Abend zwei Karten für Hanussen!«, sprudelte es aus ihr heraus. »Im Palast des Okkultismus! Das ist das Ereignis in Berlin!«

Alexander seufzte. Wie oft hatte er Veronika erklärt, dass er an diesen Firlefanz nicht glaubte. Für ihn waren alle Wahrsager und Hellseher Scharlatane. Erst recht dieser Erik Hanussen, von dem es hieß, er hätte Kontakte in die NSDAP.

»Eine Reportage darüber kann deinen Durchbruch bringen, glaub mir!«

Sein Durchbruch. Mit jeder Verordnung und jedem Gesetz, das Hitler erließ, rückte dieser in weitere Ferne. Es sei denn, er würde Mitglied in der Partei, wie sein Vater und der Chefredakteur immer wieder betonten.

»Ich glaube zwar nicht, dass sich das lohnt, aber danach lässt du mich in Ruhe, verstanden?« Alexander blickte seine frühere Freundin durchdringend an, soweit das in seiner Verfassung möglich war. Eine kleine Wirkung konnte er damit erzielen. Veronika versprach, ihn nie wieder anzusprechen, wenn er sie auf diese außergewöhnliche Veranstaltung begleitete. »Das ist eine einmalige Chance!«

Um Mitternacht saß Alexander in seinem besten Anzug neben Veronika und anderen erlesenen Gästen an einer runden, beleuchteten Bar aus Glas. Sie war mit Tierkreiszeichen verziert, die ihr einen unheimlichen, mystischen Charakter verliehen. Am liebsten wäre er aufgestanden und gegangen. Bereits bei der vorherigen Aufführung hatte er mehrmals das Gefühl, fehl am Platze zu sein. Sein Versprechen hielt ihn zurück.

Erik Jan Hanussen hatte als Medium die Schauspielerin Maria Paudler ausgewählt und hypnotisierte sie. Gespannt warteten alle auf die bedeutsame Vorhersage, die der berühmte Hellseher angekündigt hatte.

»Ich sehe gesegnete Felder... Deutschland wird glücklich... das Volk jubelt seinem Führer zu... noch hat er Gegner...… sie versuchen einen letzten Stoß... … aber jeder Widerstand ist nutzlos...«, presste Maria Paudler hervor. Dann brach sie ohnmächtig zusammen und stammelte dabei: »Sind das Schüsse? Nein, aber da ist Feuer. Flammen! Verbrecher am Werk!«

Die Härchen auf Alexanders Armen richteten sich auf. Über seinen Rücken lief ein kalter Schauer. Veronika schien es ähnlich zu ergehen. Sie nutzte die erste Gelegenheit, um aufzustehen und zum Ausgang zu gehen. Sie sah sich nicht nach ihm um. Er folgte ihr mit einem Gefühl der Unruhe. Er glaubte nicht an die Möglichkeit, in die Zukunft zu schauen, aber das war mehr als Schauspiel, das war ein Blick auf das Ende. Würden Hitler und seine Kumpane so enden? Auf dem Scheiterhaufen?

Alexander brachte Veronika nach Hause. Sie sprachen kein Wort. Immer wieder ging es ihm durch den Kopf: Nein, aber da ist ein Feuer! Flammen! Verbrecher am Werk!«

Der nächste Arbeitstag begann mit einer Diskussion über seinen Beitrag zu dem Fest am Bauhaus in der Redaktionskonferenz. »Das sind Nestbeschmutzer, aus Dessau haben wir sie verjagt, jetzt verderben sie die Jugend in Berlin.« Wer mit wir gemeint war, musste Winfried Bergmeier zehn Tage vor den Reichstagswahlen nicht erklären. Es verging kein Tag, an dem er nicht zu einer Wahlkampfveranstaltung ging, um dort eine Rede zu halten und anschließend darüber zu berichten.

Alexander war unsicher, ob er einen Artikel über die Sitzung mit Hanussen vorschlagen sollte. Erst als der Chefredakteur in die Runde fragte, ob zufällig jemand bei der Veranstaltung war, meldete er sich.

»Ich habe gehört, dass Maria Paudler eine schöne Vorhersage gegeben hat.« Er verstand das breite, böse Grinsen von Winfried Bergmeier nicht, war aber erleichtert, dass er seine Position mit dem Artikel einen weiteren Tag retten konnte. »Wenn Sie dabei waren, wissen Sie ja, was wichtig ist.«

Obwohl er den Abend vor Augen hatte und wieder eine Gänsehaut bekam, als er an die Prophezeiung der Schauspielerin dachte, tat Alexander sich schwer mit dem Artikel. Am Ende wirkte er zusammengestoppelt, der Redaktionsleiter war zufrieden. Er rief sogar die Kollegen zu einer späten Konferenz und las vor, was Maria Paudler gesagt hatte. »Es ist klar, dass mit den Verbrechern die Kommunisten gemeint sind«, erklärte er. »Sie haben etwas vor, das ist klar. Auf der Schwäbischen Alb haben Sie am 31. Januar zu einem Generalstreik gegen den Führer aufgerufen. Natürlich ohne Erfolg. Aber wir sind auf der Hut und unsere Griffel sind gespitzt, oder?« Dabei blickte er einen Redakteur nach dem anderen an. Manche rückten ihr Revers zurecht, damit das Hakenkreuzabzeichen deutlich zur Geltung kam. Alexander stellte fest, dass er der einzige ohne den runden Anstecker mit dem Parteiemblem war. Gerade deshalb hielt er dem Blick des Chefredakteurs am längsten stand.

Er konnte kaum erwarten, dass die Zeiger der Uhr über der Tür endlich auf 21 Uhr rückten. Dann war seine Schicht beendet. In dem Redaktionsbüro fühlte er sich wie in einer braunen Wolke, die Beklemmungen hervorrief. Als er auf den Gehweg trat, holte er tief Luft. Plötzlich kam es ihm so vor, als hätte sich die braune Wolke über die ganze Stadt gelegt. In Gedanken darüber, ob er gegen seine Überzeugung für eine Stellung den Nationalsozialisten beitreten sollte, ging er durch das abendliche Berlin.

Die Stille der Stadt wurde durch Feuerwehrsirenen gestört. Er schaute sich um und bemerkte einen weißgelben Lichtschein, der aus dem Regierungsviertel zu kommen schien. Das Sirenengeheul übertönte alle anderen Geräusche. Alexander rannte auf den Lichtschein zu. Feuer, Flammen. Unversehens kam ihm die Vorhersage in den Sinn. An einer Absperrung wurde er aufgehalten. Auch sein Presseausweis verschaffte ihm keinen Zugang zu den Feuerwehrwagen und dem

Reichstag, aus dem Feuer loderte. Immer mehr Menschen standen hinter ihm und starrten auf das Feuer.

»Das waren die Kommunisten«, zischte der erste. Wie ein Lauffeuer verbreitete sich dieser Satz. Alexander stöhnte auf. Waren die Kommunisten die Verbrecher, von denen Hanussen gesprochen hatte? Wie Winfried Bergmeier es vorhergesagt hatte? Er drängte sich durch die Menge und ging nach Hause. Vermutlich war er der erste Journalist vor Ort und der erste Journalist, der eine solche Geschichte liegen ließ. Aber mit einem solchen Bericht wollte er sich keinen Namen machen, er gehörte keiner Partei an, eines hatte er jedoch als junger Redakteur der *Kieler Nachrichten* gelernt, Demokratie ist, wenn jeder denken und sprechen darf.

März 1933

Alexander betrachtete die Besucher im *Café Kranzler*. Das *Romanische Café* blieb auch nach den politischen Veränderungen Treffpunkt der Kulturszene. Seit die SA-Männer dort ständig auftauchten, fühlte Alexander sich allerdings nicht mehr wohl. Es ging auch früher hoch her in der Gaststube, aber diese Nazis hatten eine Art, die ihm Unbehagen bereitete. Vielleicht war es diese Überheblichkeit, als würden sie diese mit der braunen Uniform überstreifen. Die herrische Art, alles zu bestimmen, die einerseits jeglichen Widerspruch im Keim erstickte und diesen bei anderen erst anstachelte, was häufig zu gewalttätigen Auseinandersetzungen führte.

»Da bist du ja!« Ein Kollege aus dem Mosse-Verlag setzte sich zu ihm. Er winkte dem Ober zu und bestellte ein Kännchen Kaffee und ein Glas Cognac. »Wenn Sie es umgekehrt bringen, habe ich auch nichts dagegen.«

Der Kellner sah ihn irritiert an. »Na, ein Kännchen Cognac und ein Glas Kaffee!«

Mit hochgezogenen Augenbrauen schlich der Ober davon.

»Stell dir vor, Mosse hat Theodor Wolff gefeuert!« Ehe der Kollege das sagte, blickte er sich nach allen Seiten um und dann lag er beinahe auf dem Tisch, um Alexander die Nachricht ins Ohr zu flüstern.

»Wieso denn? Das kann ich nicht glauben.« Theodor Wolff war das Gesicht des *Berliner Tageblatts*, er hatte ihm kleine Aufträge zukommen lassen, ehe Winfried Bergmeier ihn für

Ullstein verpflichtete. Gerne hätte er beim Tageblatt einen Redakteursposten übernommen, aber die Positionen waren alle besetzt, obwohl es viele Stellen gab. Es hieß, dass nur in der Politikredaktion 90 Leute arbeiteten. Das *Berliner Tageblatt* galt als weltoffen und liberal und wurde als Speerspitze der Demokratie bezeichnet. So war das also, die Redakteure, die nicht ins Horn der Nationalsozialisten bliesen, wurden abserviert.

»Unter uns!« Wieder sah sich der Kollege aus dem Mosse-Haus aufmerksam um. »Viel zu sagen hatte Wolff seit der Juni-Wahl nicht mehr. Mosse hat ihm auf die Finger geguckt. Er war ein paar Tage in München, weil die Gefahr bestand, dass die Nazis sich ihn vorknöpfen. Als er heute zurückkam, wurde ihm sofort die Kündigung überreicht.«

»Glaubst du, dass die Braunen dahinterstecken?«, fragte Alexander leise.

»Offiziell wurde er entlassen, weil er angeblich den Verlag ruiniert hat, aber wer weiß, was wirklich dahintersteckt«, flüsterte der Kollege. Keine Sekunde später setzte er sich gerade hin und erkundigte sich in normalem Tonfall: »Was gibt es bei dir Neues?«

Alexander war verwirrt. Die beiden Männer in brauner Uniform mit Hakenkreuz-Armbinde bemerkte er erst, als sie bereits an ihrem Tisch vorbei waren.

»Alles gut«, antwortete er mit leicht zitternder Stimme. Die SA war schlimmer als die pöbelnden Nazis, die versuchten, die Kleidung der Männer der Sturmabteilung zu kopieren. Die SA-Männer konnten einen sofort mitnehmen, wenn man ihnen nicht in den Kram passte.

Aus den Augenwinkeln sah er, dass Herti Kirchner mit einem unbekannten Mann in einem schlechtsitzenden Anzug das Café betrat. »Ich schreibe gerade an einer Biografie über eine Schauspielerin«, erzählte er dem Kollegen.

»Ach, das ist interessant, über wen denn?«

Alexander zögerte. Wieso hatte er das gesagt? »Darüber möchte ich nicht sprechen, es ist eine Neu-Entdeckung. Wer weiß, vielleicht wird gar nichts aus ihr.« Das Zwinkern, mit dem er seiner Antwort eine ironische Note verleihen wollte, wirkte gekünstelt, erfüllte jedoch seinen Zweck. Der Kollege fragte nicht weiter und erzählte stattdessen von seinem jüngsten Sohn, der gerade Laufen lernte. Ein unverfängliches Thema, über das die beiden früher nie gesprochen hätten. Die Zeiten hatten sich geändert.

Wie sehr sich die Zeiten geändert hatten, erlebte Alexander am Tag nach der Reichstagswahl. Der Chefredakteur hatte es sich nicht nehmen lassen, persönlich über den Wahlausgang zu berichten. 43,9 Prozent für die NSDAP. Die Partei seines Führers war die stärkste Kraft im Parlament. Zusammen mit der Kampffront Schwarz-Weiß-Rot verfügte sie über die absolute Mehrheit. Was das bedeutete, bekamen zuerst die Mitarbeiter in den Behörden zu spüren. Wer nicht für die Partei war, musste damit rechnen, dass er die Arbeit verlor, vorher waren die jüdischen Mitarbeiter an der Reihe.

Alexander wurde Zeuge, wie diese von der Partei angeordnete Aufräumaktion aussah. Als er beim Bühnennachweis nach Herti Kirchners neuer Adresse fragen wollte, platzte er in einen

Überfall der Nationalsozialisten, die jeden Agenten, der jüdisch aussah oder dessen Namen jüdisch klang, vom Schreibtisch zerrte und auf die Straße warfen – im wörtlichen Sinn. Unverhofft kam Alexander ein Vers von Heine in den Sinn: »Denk ich an Deutschland in der Nacht, dann bin ich um den Schlaf gebracht.« Inzwischen war es nicht nur die Nacht, die ihm Angst machte. Da konnte der Vater von Adolf Hitler schwärmen, soviel er wollte, sein Misstrauen blieb.

Und sein Projekt stockte. Er wusste, dass Herti Kirchner in Berlin war, allerdings darüber nachdachte, die Schweizer Staatsangehörigkeit anzunehmen und Deutschland den Rücken zu kehren.

»Frag mich nicht, wie sie das schaffen will. Anscheinend gibt es da jemanden, der ihr helfen würde«, erklärte Johannes, als Alexander endlich wieder einmal das Bücherkabinett besuchte. »Vollmoeller ist es nicht. Sie will sich mit ihm besprechen, wenn er aus London zurück ist.«

»Wieso bespricht sie das nicht mit dir?«

Johannes verzog das Gesicht. »Er kann solche Schritte als internationaler Weltmann besser beurteilen, sagt sie.«

Alexander wusste nicht, was er darauf erwidern sollte. Wenn Herti Kirchner wirklich in die Schweiz ging, konnte er sein Buch vergessen und damit sein Ziel und seinen Traum. Wofür sollte er dann leben und kämpfen? Niedergeschlagen ging er nach Hause, wo ihn Bernhardine Wenning mit der Nachricht erwartete, er möge seinen Vater anrufen. Auch das noch! Vielleicht war etwas mit seiner Mutter. Die Wirtin erlaubte ihm, ihr Fernsprechgerät zu nutzen.

»Sag mal, hast du Kontakt zu diesem Arzt, von dem du erzählt hast?«, fragte Leopold Halbersberg, als er hörte, dass Alexander in der Leitung war.

»Von wem sprichst du? Ist mit Mutter alles in Ordnung?« Was wollte sein Vater von ihm?

»Du hast erzählt, dass ein Bekannter von dir Arzt und Schriftsteller ist. Dieser Döblin.« Leopold ging in seiner Antwort nicht auf die Frage nach Christine Halbersberg ein. Stattdessen klang er empört, als hätte Alexander ihn blamiert.

»Den sehe ich manchmal im *Romanischen Café*, das ist aber auch alles. Was soll das?«

»Ich habe gerade gehört, dass er es abgelehnt hat, der neuen Regierung die Treue zu schwören und aus Deutschland geflohen ist!«

Alexander hielt den Telefonhörer von sich weg, damit die Stimme seines Vaters nicht so laut klang. Er erinnerte sich, dass er bei den Eltern Alfred Döblin als Beweis dafür erwähnt hatte, dass es möglich war, die Berufe Arzt und Schriftsteller miteinander zu vereinbaren. Das war so lange her. Döblin gehörte nicht zu den Männern, mit denen er Kontakt pflegte. Er hatte *Berlin Alexanderplatz* gelesen und von Johannes Unger ein wenig über die Vita des Autors erfahren, das war alles.

»Pass auf, mit wem du dich einlässt!«, mahnte der Vater und legte auf, ehe Alexander sich erneut nach seiner Mutter erkundigen konnte.

Was war in den letzten Jahren in seinen Vater gefahren? Er war immer dominant gewesen und hatte stets darauf Wert gelegt, dass er der Herr im Haus war. Aber diese Gefühlskälte zeigte er erst, seit er sich für die Nationalsozialisten interessierte.

Alexander mochte nicht in seinem Zimmer bleiben, wo ihm die ganze Zeit sein Vater, seine Arbeit und die neue Politik durch den Kopf gingen. Vielleicht traf er in einer Stammkneipe jemanden, der ihn aufmunterte. Im besten Fall Herti Kirchner, allein an einem Tisch, versetzt und erfreut über sein Auftauchen.

Mit diesem Bild im Kopf begann er seinen Rundgang im *Café Hessler*, das er sonst selten aufsuchte. Er traute seinen Augen nicht, als er Herti Kirchner tatsächlich an einem langen Tisch entdeckte, in der Gesellschaft von Leuten, die er von der Leinwand kannte. Es waren so viele Menschen, dass nicht auffallen würde, wenn er sich dazu gesellte. Forsch nahm er auf einem freien Stuhl Platz und klopfte auf den Tisch. »Guten Abend!«

»Guten Abend«, erklang es von verschiedenen Seiten.

Herti Kirchner lächelte, ob sie ihn anlächelte oder ob sie sich einfach nur über die Gesellschaft freute, blieb offen, dennoch sorgte das Lächeln dafür, dass sich seine Stimmung hob. Neben ihm saß Fritz Oesterreicher, ein Wiener Schauspieler, der dafür bekannt war, dass er ständig über Geldmangel klagte, sich aber großzügig zeigte, wenn sein Geldbeutel gefüllt war. Sein Gegenüber schüchterte Alexander ein, Josef Schaper war ein schöner Mann, schwarze Haare, schwarze Augen, wer ihn auf der Bühne gesehen hatte, vergaß ihn nicht. Über Raul Lange musste Alexander schmunzeln, mit seiner riesigen Haartolle wirkte er immer so, als steckte er gerade in einer Rolle.

Der Mann, mit dem Alexander Herti Kirchner im *Café Kranzler* gesehen hatte, stellte sich als Gerhard Maier vor, er war Kapellmeister in Braunschweig und seitdem mit ihr bekannt.

»Prost, Alexander!«, sagte ein Mann, den er auf den ersten Blick nicht erkannte. Felix Winter, der vor Jahren in Kiel gespielt hatte, den ersten Helden, wenn er sich richtig erinnerte. Das Interview mit ihm war damals das erste in seiner Journalistenlaufbahn.

»Prost, Felix, was treibt dich nach Berlin?« Alexander tat, als wären sie lange und gut bekannt.

»Und? Hast du wieder Proben, Herti?«

Alexander konnte nicht ausmachten, wer am Tisch die Frage gestellt hatte. Das Strahlen, das über ihr Gesicht zog, nahm die Antwort vorweg. »Bitte noch keine Freude und keine Glückwünsche. Sonst geht's wie mit dem russischen Stück.« Anscheinend wusste jeder, was Herti Kirchner damit meinte.

»Huhu, hier sind wir«, rief eine der Frauen, die Alexander nicht kannte. Auch den Mann, der sich zu ihnen setzte, hatte er nie zuvor gesehen.

»Wie war deine Tournee?«, erkundigte sich einer aus der Runde.

»Unglaublich!«, antwortete der Mann mit einem amerikanischen Akzent. »Unser Stück lief monatelang in Berlin, in der Provinz ist es von den Nazis verboten worden.«

»Da muss ich euch was erzählen«, unterbrach ihn Herti Kirchner. »Plötzlich wache ich letzte Nacht um fünf Uhr auf und was sagt ihr: drei SA-Leute in Uniform und ein Polizist mit geladener Pistole neben meinem Bett. Ich dachte, ich wäre verrückt geworden und kniff mir die Ohrläpplein. Aber nein, ich träumte nicht. Es war Hausdurchsuchung.«

»Bei uns auch«, berichtete eine der Frauen. »In allen Pensionen hier im Westen.«

»Im Schrank, unterm Bett und überall haben sie gesucht, ob ich auch nicht einen Kommunisten versteckt hätte.« Herti Kirchner nahm einen Schluck aus ihrem Glas.

»Und das ist noch nicht das Ende, glaubt mir«, murmelte Alexander und spürte, wie sich alle Blicke auf ihn richteten. Er dachte kurz daran, von dem Abend mit Hanussen zu erzählen. Als die anderen ihre Gespräche wieder aufnahmen, ließ er es und erhob sich stattdessen. »Ich pack's dann!«, verabschiedete er sich und legte 25 Pfennig für das Bier auf den Tisch. Sein Herz war nicht leichter als vor dem Besuch, aber er hatte einige Neuigkeiten über Herti Kirchner erfahren, die er zu Hause notieren musste.

Auf der Straße blieb er stehen und schlug sich mit der Hand vor den Kopf. Was war er für ein Hornochse! Wieso hatte er nicht ausgehalten, bis alle nach Hause gingen? Er hätte Herti Kirchner anbieten können, sie nach Hause zu bringen. Er seufzte. Der Tag war sowieso im Eimer, da konnte er sich ebenso vor dem Café auf die Lauer legen anstatt sich schlaflos im Bett von einer Seite auf die andere zu wälzen. Es war spät und wenn sie Proben hatte, würde sie nicht bis in die Nacht feiern.

Müde und missmutig saß Alexander an seinem Platz in der Redaktion. Bis in die frühen Morgenstunden hatte er auf Herti

Kirchner gewartet und dann kam sie mit der ganzen Gruppe aus dem Café. Die Meldungen, die bei ihm gelandet waren, besserten seine Laune nicht. Die *Weltbühne* wurde für ein halbes Jahr verboten, die SPD-Presse bis auf Widerruf, keine gute Zeit für Journalisten. Für Künstler überhaupt, vor wenigen Tagen hatte Goebbels ein Konzert der Berliner Philharmonie absagen lassen, weil Bruno Walter am Dirigentenpult stand. Woher kam dieser Goebbels auf einmal? Kam, sah und zerstörte die Kultur Deutschlands.

Als hätte Winfried Bergmeier Alexanders Gedanken gelesen, legte er ihm eine Einladung auf den Tisch. »Hier, Sie sind unser Filmexperte, gehen Sie hin und hören Sie sich an, was Goebbels über die Zukunft des Films zu sagen hat.«

Alexander überflog die Einladung. Der neue Propagandaminister versprach den Filmschaffenden, ihnen am 26. März im *Hotel Kaiserhof* seine Vision vom deutschen Film zu erläutern.

»Passen Sie gut auf. Wie ich Goebbels kenne, wird er so manche Lektion über das wahre deutsche Denken vermitteln«, sagte der Chefredakteur und ging zurück an seinen Schreibtisch.

Alexander wusste, dass er keine Wahl hatte. Früher hätte er mit Winfried Bergmeier diskutieren können, ob ein Termin wirklich wichtig war für ihre Zeitung. Diese Zeiten waren vorbei, er konnte froh sein über jedes Thema, das er selbst wählen durfte und selbst das musste er vor dem Termin abstimmen. Wehe, einer der Beteiligten in Theater oder Film stand im Verdacht, gegen die Partei oder aus anderen Gründen unerwünscht zu sein. Zurzeit gab es kaum Filmpremieren, als hätten die

Filmfirmen ihr Pulver gezielt vor Hitlers Machtantritt verschossen und hielten sich nun zurück, bis sich die Lage geklärt hatte. Wenn es da etwas zu klären gab. Nach dem Reichstagsbrand, den Alexander am 27. Februar zufällig aus nächster Nähe miterlebt hatte, hatte Hitler nicht gezögert und die Gelegenheit genutzt, mit Verordnungen und Gesetzen seine Vorstellungen vom neuen Deutschland durchzusetzen. Die Wahl hatte ihm Recht gegeben und einen weiteren Gesetzeswust nach sich gezogen. Vielleicht war es gut, wenn er sich diesen Goebbels aus der Nähe ansah und aus erster Hand erfuhr, wie es mit dem Film weitergehen würde.

Wie immer auf Empfängen oder ähnlichen Veranstaltungen prüfte Alexander beim Betreten des Foyers im *Hotel Kaiserhof* zuerst, wen er von den Anwesenden kannte. Er entdeckte Renate Müller zusammen mit Hans Albers und Willy Fritsch. Ein Kollege vom *Börsen-Courier* winkte ihm zu, der Hausfotograf schlich mit der Kamera durch die Menge und hatte gerade Emil Jannings im Visier, den Partner von Marlene Dietrich in *Der blaue Engel*, im Gespräch mit Karl Vollmoeller.

Alexander zuckte zusammen. Neben Vollmoeller und Jannings stand Herti Kirchner. Die Art, wie sie sich unterhielten, verriet, dass sie die Veranstaltung gemeinsam besuchten. Das konnte nur bedeuten, dass es mit ihrer Karriere weiterging, egal, was Goebbels zu sagen hatte.

Ein Raunen in der Menge zeigte an, dass der Minister den Raum betrat. Begleitet wurde er vom Berliner SS-Leiter Graf Wolf-Heinrich von Helldorf, Prinz August Wilhelm von

Preußen und Carl Froelich, dem Regisseur von *Luise, Königin von Preußen*.

Carl Froelich begrüßte den Minister und seine Kollegen aus der Filmwirtschaft als offizieller Vertreter der Branche. »Dieser Tag gibt uns die Hoffnung, dass der Film jetzt Geltung bekommen wird. Bisher haben wir bei den Regierungsstellen wenig Verständnis gefunden. Wir hoffen, dass dieser Abend dazu führen möge, dass der deutsche Film im Inland und im Ausland Zeugnis geben kann von der neuen Kunst, die dem neuen Geiste im neuen deutschen Reiche entsprechen kann.«

Alexander wunderte sich über diese Töne von Carl Froelich, einem der renommiertesten Regisseure des 20. Jahrhunderts. Seine Anmoderation erweckte den Eindruck, als sei er ein Verfechter der Nationalsozialisten. Die Zuhörer, die nicht mit Hakenkreuz-Abzeichen am Revers erschienen waren, wirkten ebenfalls überrascht.

Ludwig Klitzsch, der Direktor der UFA, ließ in seiner Rede bei den Besuchern des Treffens ebenfalls keine Zweifel offen, welche Aufgaben dem deutschen Film zukommen würden. »Sie werden«, versprach er dem Minister, »um es vorwegzunehmen, bei allen in der Spitzenorganisation vereinigten Filmverbände eine freudige Bereitwilligkeit vorfinden, an den großen staatspolitischen Aufgaben mitzuarbeiten, welche die nationale Bewegung darstellt.« Münder klappten auf und wieder zu. Alexander fragte sich, ob Klitzsch Parteimitglied war oder nur versuchte, seine Position zu retten, indem er dem Minister vor dessen Rede solche Versprechungen machte. Der stürmische Applaus, mit dem nach Klitzsch der Minister empfangen wurde, verunsicherte ihn. War die Mehrheit der Filmschaffenden bereits auf Seiten der Partei? Dass man klatschte, wenn ein Redner das Pult betrat, gebot die Höflichkeit, aber dieser heftige Beifall war mehr als das.

Goebbels stellte sich an das Rednerpult und begann ohne Umschweife seine Ansprache: »Ich bin dankbar für die Gelegenheit, mich über die Situation des deutschen Films und die zu vermutenden Zukunftsaufgaben des deutschen Filmschaffens aussprechen zu können. Ich tue es als ein Mann, der niemals dem deutschen Film ferngestanden hat, vielmehr als ein leidenschaftlicher Liebhaber der filmischen Kunst.«

Alexander horchte auf. Ein Filmliebhaber als Propagandaminister, das ließ hoffen. Eine Hoffnung, die bereits Goebbels' nächster Satz zunichtemachte.

»Die Filmkrise ist vielmehr eine geistige, sie wird bestehen, solange wir nicht den Mut haben, den deutschen Film von der Wurzel aus zu reformieren. Seit 14 Tagen habe ich mich mit Vertretern aller Sparten des deutschen Filmschaffens unterhalten, ich habe dabei sehr belustigende Ergebnisse feststellen müssen. Diese Herren vom Film haben sich ein Bild von dem Nationalsozialismus gemacht, wie er sich in der gegnerischen Presse gespiegelt hat. Die nationalsozialistische Bewegung und ihre Träger sind den Herren des Films unbekannt, auch innerlich.«

Die Zuhörer sahen sich an und zogen die Schultern hoch. Alexander interpretierte das dahingehend, dass mit ihnen, die als Herren vom Film galten, niemand gesprochen hatte. Ganz bestimmt kein Minister Goebbels.

Am liebsten hätte er in den Saal gerufen: »Mit wem haben Sie denn gesprochen?« Er hielt sich zurück und konzentrierte sich auf den Fortgang der Rede. Wie genau stellte sich der Minister die Filme vor, in denen das richtige Bild vom Nationalsozialismus gezeichnet wurde?

Goebbels sprach über den Film *Panzerkreuzer Potemkin,* der Alexander nicht besonders gefallen hatte. »Er ist fabelhaft gemacht, er bedeutet eine filmische Kunst ohnegleichen«, fand Goebbels. »Das entscheidende ‚Warum' ist die Gesinnung. Wer weltanschaulich nicht fest ist, könnte durch diesen Film zum Bolschewisten werden.«

Auf die Idee war Alexander nicht gekommen. Hieß das, Filme im neuen Deutschland sollten so wie *Panzerkreuzer Potemkin* sein, nur statt für den Bolschewismus für den Nationalsozialismus werben?

»Je schärfer völkische Konturen ein Film aufweist, desto größer sind die Möglichkeiten, die Welt zu erobern«, fuhr Goebbels fort.

Alexander sah, dass einige Zuhörer unmerklich den Kopf schüttelten und andere den Mund öffneten, als wollten sie »Oh nein!« ausstoßen, doch es blieb still. Soviel hatten alle in den letzten Monaten mitbekommen, wenn ein Nationalsozialist am Rednerpult stand, sagte man besser nichts. Erst recht, wenn an den Wänden hinter einem SA-Männer auf ihren Einsatz warteten.

»Viele Filmschaffende gehen umher, als sei die Machtergreifung vom 30. Januar ein Phänomen, das man nur kopfschüttelnd feststellen könnte«, rief Goebbels. »Dadurch, dass man sich blitzschnell umzustellen versucht hat, kann man den Geist der neuen Zeit nicht begreifen. Nur wer von ihm durchflutet ist, kann sie gestalten, wer neben der Zeit lebt, kann es nie. Darum ist die Krise auch eine personelle. Viele müssen heute einsehen, dass, wenn die Fahne fällt, auch der Träger fällt.«

Für Alexander war dies eine unverhohlene Drohung an die Filmschaffenden und ein deutliches Signal, sich auf die neue Linie einzustellen. Bereits vorher hatte Goebbels klar gemacht, dass seine Regierung anders als die vorherigen keine Eintagsfliege sein würde, sondern vier Jahre im Amt bleiben und die Zeit nutzen wollte.

»Allerdings ist Kunst nur dann möglich, wenn sie mit ihren Wurzeln in das nationalsozialistische Erdreich eingedrungen ist«, mahnte Goebbels.

Wieder entstand eine leise Unruhe unter den Zuhörern. Alexander konnte nicht ausmachen, wer den Anstoß gegeben hatte. Keiner sagte etwas, aber jeder stieß den Nachbarn in die Seite oder sah ihn mich hochgezogenen Augenbrauen an. Deutlicher ging es nicht.

»Die Kunst ist frei und soll frei bleiben«, dieser Satz aus Goebbels Mund klang höhnisch, »allerdings muss sie sich an bestimmte Normen gewöhnen.«

Normen, das klang besser als Zensur, aber nichts anderes erwartete sie also künftig. Alexander mochte nicht daran denken, welche Filme ab jetzt auf der Premierenliste stehen würden. Vor allem, über welche Geschichten er zukünftig schreiben musste. Er sah zu Herti Kirchner hinüber, die blass geworden war. Sie hatte sich nicht öffentlich gegen die Partei gewandt, aber ihre Bemerkung darüber, die Staatsangehörigkeit zu wechseln, war deutlich. Da half auch nicht, dass Goebbels seine Worte relativierte. »Nicht parteimäßige Gebundenheit ist dazu notwendig, aber der Künstler muss die neue Grundlage klar erkennen und sich ganz auf das allgemein geistige Niveau der Nation erheben und die weltanschaulichen Forderungen anerkennen.«

Man musste also nicht Parteimitglied werden, um beim Film zu arbeiten, es reichte, wenn man die Ideologie der Partei verinnerlichte. War das nicht schlimmer, als ein Parteiabzeichen über einem parteifeindlichen Herzen zu tragen?

Nachdenklich verließ Alexander das Hotel. Dabei wäre er fast in Herti Kirchner hineingelaufen. Er grüßte sie kurz und ärgerte sich gleich darauf, dass er wieder eine Gelegenheit verpasst hatte, mit ihr ins Gespräch zu kommen. Wenn er richtig verstand, was sie zu ihren Begleitern sagte, würde es dafür in den nächsten Wochen keine Gelegenheit geben. Es sei denn, er reiste nach Scheveningen, Delft und Den Haag, wo sie mit Ernst Morgan und Siegfried Arno auf Tournee gehen würde.

Hatte sein Plan überhaupt Aussicht auf Erfolg? Diese Frage beschäftigte Alexander auf dem Heimweg und bis zum nächsten Morgen. So klar die Antwort nach dem Abend im *Hotel Kaiserhof* auch war, er mochte sich nicht damit abfinden.

April 1933

Am liebsten wäre Alexander im Bett geblieben. In der letzten Woche jagte eine Meldung die nächste und immer stand Winfried Bergmeier vor seinem Arbeitsplatz und erinnerte ihn daran, dass es Zeit wurde, ein Parteibuch vorzulegen.

»Nicht parteimäßige Gebundenheit ist notwendig.« Goebbels Worte waren bei seinem Vorgesetzten nicht angekommen.

Und dann diese Attacken gegen jüdische Künstler. Am Tag nach Goebbels denkwürdiger Rede im *Hotel Kaiserhof* hatte sich der Vorstand der UFA zu einer Sondersitzung getroffen. Obwohl das Protokoll intern verteilt wurde, kursierte es unter den Journalisten. Niemand schrieb etwas darüber, keiner wollte der erste sein, der sich verriet. Alle warteten unruhig, was als Nächstes passieren würde.

»Mit Rücksicht auf die infolge der nationalen Umwälzungen in Deutschland in den Vordergrund getretene Frage über die Weiterbeschäftigung von jüdischen Mitarbeitern und Angestellten in der UFA beschließt der Vorstand grundsätzlich, dass nach Möglichkeit die Verträge mit jüdischen Mitarbeitern und Angestellten gelöst werden sollen«, stand in dem Papier, das es den Vorstandsmitgliedern anheimstellte, wen sie außerdem sofort auf die Straße setzten.

Die ersten Opfer der Säuberungsaktion innerhalb der UFA waren bekannt, Produzent Erich Pommer gehörte ebenso dazu wie die Regisseure Erik Charell, Erich Engel, Ludwig Berger und Lazar Wechsler. Von den Filmstars, die im festen

Engagement bei der Ufa standen, traf es Julius Falkenstein, Rosy Barsony und Otto Wallburg.

Alexander wusste, dass Herti Kirchner mit Otto Wallburg befreundet war und hatte gehört, wie sie mit Erich Engel über Filmprojekte gesprochen hatte. Welche Konsequenzen brachten diese Kündigungen für ihre Laufbahn? Würde sie sich in der Branche halten können? Er dachte an den Kollegen, der schon früh das Hakenkreuzabzeichen getragen hatte. Es sah ganz danach aus, als würde er zum Feuilletonchef ernannt, eine Stelle, die neu geschaffen wurde. Vermutlich, damit die Kulturberichte besser auf die Partei und die Vorlieben des Propagandaministers abgestimmt wurden.

»Aber die Nationalsozialisten setzen auf Kultur und Unterhaltung, da müssen wir nachziehen«, hatte Winfried Bergmeier beiläufig fallen lassen und erwähnt, dass der Verleger sich nicht dagegenstellen könne. Vom Verleger hatte er so lange nicht gesprochen, dass Alexander bereits vermutete, dass dieser sich heimlich still und leise in den Ruhestand verabschiedet hatte.

»Kaffee ist fertig!«, trällerte die Stimme seiner Wirtin vor der Zimmertür.

Alexander ging zur Waschschüssel, um den Schlaf und die trüben Gedanken abzuspülen. Mit einem Lächeln erschien er in der Küche. Er belegte gerade sein Brot mit Dauerwurst, als es klingelte.

Bernhardine Wenning ging durch den Flur zur Wohnungstür. »Wer besucht uns so früh schon?«

»Mama!«

Alexander kannte Karolina, ihre 18-jährige Tochter, von gelegentlichen Besuchen. Sie war ein fröhliches, aufgewecktes Mädchen, das stolz darauf war, bei einem Goldschmied im Haushalt arbeiten zu dürfen. Manchmal, vor allem am Samstag, wenn die Mitarbeiterin des Inhabers Besorgungen für die Familie machte, durfte sie den Laden beaufsichtigen. Jetzt stand das Mädchen tränenüberströmt in der Küche. Keine Spur von ihrer sonstigen Fröhlichkeit.

»Was ist passiert? Bist du überfallen worden?«

Das war auch Alexanders erster Gedanke. Das Mädchen allein im Laden, er hatte wiederholt darauf hingewiesen, dass dies für Kriminelle eine willkommene Einladung war.

»Sie haben«, Karolina schniefte, »sie haben gesagt, ich darf dort nicht mehr arbeiten. Und wollten wissen, ob ich Jüdin wäre. Dann haben sie einen Zettel an die Tür geklebt und Schmuck mitgenommen.«

Er sah seine Wirtin an. Sie zog ratlos die Schultern hoch. Er schüttelte leicht den Kopf. Aus dem Gestammel des Mädchens konnten sie nicht ermitteln, was geschehen war.

»Nun mal langsam!«, sagte Bernhardine Wenning und hielt ihrer Tochter eine Tasse Kaffee hin. »Trink einen Schluck und dann erzähl von vorne. Ist jemand im Laden?« Das dumme Ding war nicht etwa weggelaufen und hatte den Juwelierladen unverschlossen zurückgelassen.

Wieder begann Karolina zu weinen. »Herr Goldmann ist nicht da. Es ist Schabbat. Frau Cypionka, die ihn vertritt, war nur kurz weg, eine Zeitung holen. Da kamen die Männer und haben mich aus dem Laden gezerrt.«

»Jetzt erzähl schon, was los war«, forderte Alexander die junge Frau auf. »Wer kam in den Laden?«

»Männer in braunen Uniformen«, antwortete Karolina und schluchzte. Die eindeutige Frage schien sie zu beruhigen. »An einem Arm hatten sie eine Binde mit Hakenkreuz.«

»Das klingt nach SA«, sagte Karoline Mutter besorgt.

»Was haben sie genau gesagt?«, wollte Alexander wissen.

»Sie haben gefragt, ob ich Jüdin bin. Da habe ich natürlich nein gesagt. Sie meinten, dass ich den Laden verlassen soll, weil das ein jüdischer Laden wäre und es verboten wäre, bei Juden zu kaufen«, berichtete Karolina. »Aber ich kaufe nicht, habe ich gesagt. Da haben sie mich am Arm gefasst und herausgezogen.«

Alexander wurde blass. Er erinnerte sich an eine Meldung, die versehentlich auf seinem Tisch gelandet war. Er hatte nur den Anfang lesen können, ehe der Chefredakteur heranstürmte und den Zettel an sich riss.

»Aufruf der Reichsleitung der N.S.D.A.P.«, hatte oben auf dem Blatt gestanden und dann: »Boykott-Komitees gegen das Judentum im ganzen Reich! Am 1. April Schlag 10 Uhr setzt der Boykott aller jüdischen Waren, Geschäfte, Ärzte, Anwälte ein.« Weiter war er nicht gekommen. Er war froh, dass sein Vater kein Jude war. Wie konnten sich Betroffene gegen solche Angriffe schützen, dann wurde ihm klar, dass sie vorab nichts von dem Aufruf erfahren sollten. Deshalb hatte Winfried Bergmeier die Meldung von seinem Tisch geholt. Er war der einzige in der Redaktion, der nicht in der Partei war und somit nicht vertrauenswürdig.

Die Uhr im Wohnzimmer schlug einmal für die halbe Stunde. Es war halb elf, die Nazis hatten nicht lange gefackelt. Er sollte längst in der Redaktion sein, um 10 Uhr begann sein Dienst. Immerhin konnte er als Ausrede vorbringen, dass er unterwegs Informationen gesammelt hatte.

Informationen waren es nicht, die seinen Weg zur Redaktion säumten, sondern Scherben, unglückliche Menschen auf den Treppenstufen vor ihren zerstörten Läden, SA-Männer, die vor Geschäften postiert waren und jeden darauf hinwiesen, dass es verboten sei, bei Juden zu kaufen. Und überall diese Plakate: »Jüdisches Geschäft! Hier kaufen keine Deutschen!«

Immer wieder blieb Alexander stehen und schüttelte ungläubig den Kopf. Er konnte nicht fassen, wer angeblich Jude sein sollte. Unabhängig davon, dass er nicht verstand, was an dieser Religion verwerflich war, hätte er nie vermutet, dass der Bäcker, dessen Brot ihm am besten schmeckte, der Schumacher, der Inhaber der kleinen Bank um die Ecke und der Betreiber des Porzellanladens neben der Redaktion Juden waren. Auf keinen von ihnen passten die Bilder, die seit Tagen im *Stürmer*-Kasten hingen, jenen Glasvitrinen der neuen Hetzschrift, die jetzt überall standen.

Als er die Redaktion betrat, war diese verwaist. Natürlich waren alle ausgezogen, um Bilder und Eindrücke von dem Überfall zu sammeln. Ihm konnte das nur recht sein, er brauchte täglich mehr Zeit, um unverfängliche Themen zu finden. Er hatte sich gerade vor den Papierstapel gesetzt, der im Posteingang lag, da klingelte das Redaktionstelefon.

»Halbersberg, Redaktion Berlin aktuell«, meldete er sich.

»Du musst sofort nach Hause kommen.« Die Stimme seiner Mutter klang schrill.

»Was ist passiert?« Seine Mutter hatte bereits aufgelegt. Alexander suchte einen Stift, um seinem Vorgesetzten eine Nachricht zu hinterlassen. Dabei fiel sein Blick aus dem Fenster auf den Haupteingang. Er musste zweimal hinsehen, ehe er begriff, was dort vor sich ging. Er war durch den Hintereingang ins Haus gelangt, weil sein Arbeitsplatz von dort aus schneller zu erreichen war.

Vor dem Verlagsgebäude stand ein Aufsteller mit einem Plakat, wie er es an den Geschäften gesehen hatte. »Jüdisches Geschäft! Hier kaufen keine Deutschen!« Neben dem Plakat stand mit wirren Haaren in Hemd mit Hosenträgern der Verleger.

Alexander musste sich setzen. Sein Verleger ein Jude? Das konnte nicht sein. Seine Zeitungen hatten seit Jahren einen herausragenden Ruf in Berlin. Jeder kannte sie.

Der Anruf seiner Mutter fiel ihm ein. Warum rief sie ausgerechnet heute an? Ohne zu erklären, worum es ging. Sie hätte zumindest sagen können, Vater ist krank, das Haus brennt oder was auch immer. Nur dieser panische Anruf, die wenigen Worte. Hatte er etwas mit der Aktion der Nazis zu tun? War eine der Arzthelferinnen Jüdin und sein Vater hatte deshalb den Boykott abbekommen?

Er erhob sich und ging auf direktem Weg zum Bahnhof. In seinem Jungenzimmer würde sich etwas zum Anziehen finden. Nur keine Zeit verlieren. Wo sich die Welt täglich ändert, ist Zeit kostbar.

Auf dem Bahnhof in Kiel herrschte ein unübersichtliches Durcheinander. Seine Eltern konnte Alexander nicht entdecken, deshalb machte er sich zu Fuß auf den Weg zur Praxis. Menschen mit mehr Gepäckstücken, als sie tragen konnten, SA-Leute mit Holzkarren voller Stoff, Porzellan und Schatullen kamen ihm entgegen.

Am Kolonialwarenladen, in dem seine Mutter bereits in seiner Kindheit Bananen gekauft hatte, hing ein Plakat, wie er es ähnlich in Berlin vor dem Verlagsgebäude und vielen Geschäften gesehen hatte. »Kauft nicht bei Juden!«, las er alle paar Schritte, bis er die Praxis seines Vaters im Wohnhaus der Eltern erreichte.

»Dies ist ein jüdisches Haus«, stand auf einem Zettel, der hinter den Streben des Gitters steckte, das ihr Grundstück umgab. Die Schrift kam ihm bekannt vor.

»Da bist du ja!« Christine Halbersberg fiel ihrem Sohn um den Hals. »Ich hatte solche Angst. Hast du gesehen, was sie in der Stadt angerichtet haben?«

»In Berlin haben sie Schaufenster eingeschlagen, die Tochter meiner Wirtin wurde gewaltsam aus dem Laden ihres Chefs gezerrt.« Alexander spürte, wie Zorn in ihm aufstieg. Seine Mutter hatte ihn nach Hause befohlen für eine solche Nichtigkeit. Er war gegen die Übergriffe und empörte sich über die Ausgrenzung der jüdischen Einzelhändler, aber was sollte er in Kiel dagegen tun. Das Schild vor der Tür war ein mieser Racheakt. In Zeiten wie diesen krochen die Neider aus allen Ecken.

»Hast du das Schild nicht gesehen?«

»Warum habt ihr es nicht weggenommen?«, wollte Alexander wissen. »Wir sind keine Juden, da erlaubt sich jemand einen üblen Scherz mit uns.«

»Genau das habe ich auch gesagt.« Leopold Halbersberg betrat den Hausflur und klopfte seinem Sohn zur Begrüßung auf die Schulter. »Deine Mutter hat völlig überreagiert. Außerdem ist der Spuk längst vorbei.«

»Mutter, du hast mich dafür aus der Redaktion geholt! Ich habe heute Dienst! Das kann mich meine Stelle kosten!« Alexander sah seine Mutter zornig an. Dass nicht klar war, ob die Zeitung eines jüdischen Verlegers überhaupt gedruckt werden würde, hatte er vergessen. Er konnte es nicht fassen, dass seine Mutter ihn wegen dieser Lappalie aus Berlin anreisen ließ.

»Aber, wir sind …«, setzte die Mutter an.

»… erfreut, dass du uns besuchst« Leopold Halbersberg schnitt seiner Frau das Wort ab. »Ich war gerade in der Stadt. Die Parteigenossen haben sich zurückgezogen, es hat einen schlimmen Vorfall gegeben. Aber das wird die Justiz klären.«

Alexander sah, dass seine Mutter etwas sagen wollte. Er war verärgert und fragte, ehe sie beginnen konnte: »Was ist denn passiert?«

»Bei der Aktion wurde ein Parteigenosse erschossen«, berichtete sein Vater. »Schlimm, der tut schließlich nur seine Pflicht. Na gut, ich finde es auch unsinnig, dass man die jüdischen Unternehmer derart bloßstellt. Da geht die Regierung zu weit, aber solche Fehler machen alle. Gerade am Anfang.«

Das waren ganz neue Töne aus dem Mund seines Vaters. »Denk nur, bei dem Juwelier haben schon meine Eltern ihre

Trauringe gekauft, das ist ein Traditionsgeschäft. Wer etwas auf sich hält, kauft dort seine Gold- und Silberwaren. Dass sie Juden sind, ist nicht wichtig.«

»Wir sind …«, Christine Halbersberg versuchte erneut, das Gespräch zwischen ihrem Mann und ihrem Sohn zu unterbrechen.

Leopold Halbersberg legte seinen Arm um Alexanders Schulter und schob ihn zur Haustür. »Was hast du vor, jetzt wo du in Kiel bist?«

Alexander blickte sich zu seiner Mutter um, die unglücklich wirkte, als sie ihnen mit offenem Mund nachsah.

»Ich habe keine Pläne, ich habe nicht einmal Gepäck. Nach Mutters Anruf bin ich aus der Redaktion direkt zum Bahnhof und hatte Glück, dass der Mittagszug gerade einfuhr. Am liebsten würde ich gleich wieder zurückfahren, aber heute geht keine Bahn mehr.«

Der Vater kramte in seiner Tasche, zog einen Geldschein hervor und steckte ihn Alexander in die Tasche. »Für die Fahrtkosten. Es tut mir leid, dass deine Mutter überreagiert hat. Sie war früh auf dem Markt, da hat sie die SA-Männer gesehen, die die Plakate an die Schaufenster geklebt haben. Der eine oder andere hat Leute aus den Läden geholt und was mitgehen lassen. Als sie zurückkam und das Schild am Gitter sah, war sie nicht mehr zu beruhigen. Du weißt, wie sie ist.«

Alexander nickte. »Hast du das Schild reingeholt? Die Schrift kommt mir bekannt vor.«

Sein Vater sog die Luft ein. »Das ist die Schrift von Xaver Müller. Er ist Hausmeister an deiner Schule und war Patient bei mir. Ich konnte ihm nicht helfen, seine Lunge ist vom Rauchen kaputt.«

An den Mann erinnerte Alexander sich gut. Wenn er über den Flur ging, folgte ihm stets eine Rauchschwade und immer roch er nach Zigaretten. Ein Grund, warum er sich vorgenommen hatte, nie mit dem Rauchen anzufangen. So wollte er nicht riechen. Kaum war er nicht mehr in diesem Dunstkreis, hatte es sich anders ergeben. Aber manchmal blieb er mit Zigarette vor einem Schaufenster stehen, um zu prüfen, ob ihn bereits eine Rauchwolke umgab.

»Jetzt macht er mich dafür verantwortlich, dass seine Tage gezählt sind. Er ist ebenfalls in der Partei und stänkert dort gegen mich. Man kann sich seine Parteigenossen nicht aussuchen.« Leopold Halbersberg seufzte.

»Ich hole das Schild herein!« Wenig später verstaute Alexander das Papier oben auf dem Medikamentenschrank in der Praxis, damit seine Mutter es nicht mehr zu Gesicht bekam. »Was gibt es denn heute im Theater?«, erkundigte er sich. »Da ich nichts vorhabe, könnten wir uns einen schönen Abend machen.« Auf die Spur von Herti Kirchner brauchte er sich nicht zu setzen. Er wusste, dass sie in Holland war. Und die Chance, jemanden zu treffen, der sie kannte, war im Theater genauso groß wie überall in Kiel.

»Das wird dich beruhigen!«, fand Leopold Halbersberg und legte einen Arm um die Schulter seiner Frau. »Du hattest heute keinen schönen Tag. Jetzt ist das vorbei und wir genießen, dass unser Junge hier ist.« Alexander kam es so vor, als drücke sein Vater den Oberarm der Mutter etwas fester als nötig. Wie eine

168

Drohung erschien ihm die vermeintlich fürsorgliche Geste. Er schüttelte den Gedanken ab. Die Ereignisse der letzten Tage hatten ihn paranoid gemacht.

Die Familie verbrachte einen ruhigen Abend. Christine Halbersberg schwieg die meiste Zeit. Sie äußerte sich nur, wenn Alexander Namen erwähnte, die sie kannte. Er verzichtete darauf, detailliert zu beschreiben, wo er Emil Jannings und Hans Albers gesehen hatte. Seine Mutter freute sich, dass er diese Schauspieler kannte und vergaß die Aufregung vom Vormittag. Am nächsten Morgen brachte sie ihn zusammen mit dem Vater im Auto zum Bahnhof. Als er aus dem Zugfenster blickte, wirkte sie auf Alexander bedrückt, als läge ihr etwas auf der Seele. Er konnte nicht zurück und wollte es auch nicht, ihm reichte der Ärger, der ihn in der Redaktion erwarten würde.

Alexander seufzte. Es fiel ihm jeden Morgen schwerer, in die Redaktion zu gehen. Der Betrieb wurde nach dem Boykott am 1. April zwar fortgesetzt, allerdings unter der Bedingung, dass die Redakteure aus der Partei das letzte Sagen bei allen Zeitungen hatten. Für ihn war das nichts Neues. Winfried Bergmeier hatte seit der Juni-Wahl damit begonnen, die Fäden an sich zu ziehen und hielt sie seit der März-Wahl straff in der Hand. Inzwischen durfte Alexander nur über Ereignisse schreiben, die ihm vorgegeben wurden. Letztlich formulierte er Überschriften für Pressemeldungen aus dem Propagandaministerium. Aus den Theatern kamen schlechte Nachrichten. Am 3. April hatte das *Deutsche Theater* verlauten lassen, dass Max Reinhardt nicht mehr künstlerischer Leiter war. Er war nach Österreich gegangen, obwohl die Nationalsozialisten ihn mit einer Ehren-Arierschaft halten wollten. In Vaduz war Alfred Rotter, der mit seinem Bruder Fritz viele Jahre erfolgreich das *Theater des Westens* und andere Bühnen in Berlin geleitet hatte, von Nazis erschossen worden.

»Mysteriöser Leichenfund«, las Alexander die Meldung, die auf seinem Tisch lag. Bekam er nun schon die Kriminalfälle auf den Tisch, damit er nichts falsch machte? Er überflog den Artikel. In einem Wald hatten Straßenarbeiter die Leiche von Erik Hanussen mit drei Kugeln im Körper gefunden. Was sollte er über dieses Ereignis schreiben? In Berlin wusste jeder, dass Hanussen die Gunst der Regierung verspielt hatte, nachdem bekannt wurde, dass er Jude war. Da halfen ihm auch seine nazifreundlichen Vorhersagen nicht.

Er blickte hinüber zu Winfried Bergmeier. Die Art, wie dieser über seine Brille hinweg zu ihm schaute, zeigte ihm, dass er auf seine Reaktion wartete. Glaubte er wirklich, er kannte die Gerüchte nicht, die in Berlin umgingen? Seit er am Tag des Judenboykotts verschwunden war, hatte sein Vorgesetzter ihn auf dem Kieker.

»Meine Mutter hatte einen Zusammenbruch«, hatte Alexander bei seiner Rückkehr ins Verlagshaus am Sonntagnachmittag erklärt.

»Interessant, ausgerechnet am Tag des Juden-Boykotts!«, hatte der Chefredakteur gesagt und ihn lange angesehen.

Wenn er das nächste Mal bei seinen Eltern war, würde er sie bitten, für ihn einen Ariernachweis zu besorgen. Er freute sich darauf, Winfried Bergmeier das Papier auf den Tisch zu knallen, um diesen unausgesprochenen Verdacht, er sei Jude, endlich aus der Welt zu schaffen. Er mochte diese Regierung nicht, aber er wollte schreiben und an seiner Karriere arbeiten. Nicht mehr, aber auch nicht weniger.

»Halbersberg! Hier habe ich einen Termin für sie!«, rief der Chefredakteur ihm zu. »Vertraulich! Das muss nicht jeder wissen!«

Was hatte er sich nun wieder für ihn ausgedacht? Alexander ging zu Bergmeier.

»Ich weiß aus zuverlässiger Quelle, dass es morgen eine Razzia in der alten Telefonfabrik in Steglitz gibt. Hier ist die Adresse, sehen Sie zu, dass Sie rechtzeitig vor Ort sind!«

Alexander schaute auf den Zettel mit der Anschrift. Birkbuschstraße 55/56. Dort war er vor sechs Wochen gewesen. Bei einem der Feste, von denen ihm Bekannte aus dem *Bauhaus* in Dessau erzählt hatten. Sollte er die Künstler warnen? Er sah zu Winfried Bergmeier, der etwas in seine Maschine tippte. War das eine weitere Falle, nachdem er zum Tod Hanussens nur angemerkt hatte, dass das kein Thema sei?

»Ach, können Sie die Meldung schön machen?« Der Chefredakteur warf ihm eine Nachricht aus dem Propagandaministerium zu. Adolf Hitler hatte den 1. Mai zum Staatsfeiertag erklärt, zum Tag der nationalen Arbeit. Unfassbar. Er griff das Thema der Sozialisten auf und machte daraus einen Feiertag. Manchmal konnte Alexander die Begeisterung seines Vaters für Hitler verstehen, Chuzpe hatte dieser Österreicher und wusste, womit er die Leute ködern konnte. Er redigierte den

Text und formulierte eine neue Überschrift, ehe er sich in den Feierabend verabschiedete.

Mit gemischten Gefühlen fuhr Alexander am nächsten Morgen nach Steglitz. Er hatte die halbe Nacht wachgelegen und darüber nachgedacht, ob und wie er die Studenten und Professoren am *Bauhaus* warnen könnte. Er wusste, dass sie in Dessau von den Nationalsozialisten drangsaliert und vertrieben worden waren. Bei dem Kostümfest Ende Februar hatte er gesehen, wie engagiert sie die Räume der alten Fabrik hergerichtet hatten. Als Alexander eintraf, war das Gebäude bereits umstellt. Polizisten trugen Akten aus dem Haus und führten einen Studenten nach dem anderen ab.

»Sie haben im Haus Kisten mit Akten gefunden, die die Polizei in Dessau beschlagnahmt hat«, erklärte ein Kollege, was er trotz seines frühen Erscheinens verpasst hat.

»Die Studenten und Dozenten, die sich nicht ausweisen können, werden mitgenommen«, wusste ein anderer.

Alexander zählte 32 Personen, die in Polizeiwagen verfrachtet wurden. Der Leiter der Kunstschule war nicht dabei, er konnte ihn nirgendwo entdecken.

»Es heißt, Mies van der Rohe, der das *Bauhaus* nach Berlin gebracht hat, sei gerade in Paris«, hörte er.

War der Künstler geflohen? Machte er dort Urlaub? Wollte er mit dem *Bauhaus* weiterziehen? Früher hätten solche Fragen Alexander motiviert, nach Antworten zu suchen. Heute behielt er sie für sich, allenfalls die Nachricht, dass der Professor geflohen war, hätte dem Chefredakteur ein Lächeln abgerungen. Wollte er das?

Er fuhr in die Redaktion und tippte einen kurzen Bericht, in dem er ausführlich auf die Maßnahmen in Dessau Bezug nahm. Auf eine Wertung der Kunst verzichtete er, sollte Winfried Bergmeier die einfügen, wenn er sie haben wollte. Allerdings wusste er aus sicherer Quelle, dass der Reichskanzler und andere Parteifunktionäre manchen *Bauhaus*-Werken nicht abgeneigt waren. Es gab sogar ein Bild von Hitler in einem der Freischwinger, für die die Kunstschule berühmt war.

»Gibt es etwas für mich zu tun?«, fragte Alexander, als er den Beitrag über die Razzia abgab.

»Hier! Eine Aktion von Studenten«, antwortete Winfried Bergmeier. »Gucken Sie sich das an. Da soll morgen ein Plakat an der Uni aufgehängt werden.«

Alexander nahm die Meldung entgegen. »Aktion wider den undeutschen Geist.« Er sehnte sich danach, endlich wieder über einen Film oder eine Theaterpremiere zu schreiben, aber da tat sich nichts. Wie auch, es wagte niemand etwas Neues zu bringen aus Angst, in ein Fettnäpfchen der Parteibonzen zu treten. Jetzt biederten sich die Studenten an. Er war gespannt, welche seiner Professoren und Kommilitonen sich auf die Seite der Partei geschlagen hatten.

Auf dem Heimweg stattete er dem Bücherkabinett einen Besuch ab. Vielleicht hatte er einen Tipp für eine Neuerscheinung, über die er ohne Gedanken an die Parteivorgaben schreiben konnte.

»Du, ich weiß auch nicht, was ich lesen soll. Die neuen Bücher von Blunck und Kolbenheyer finde ich unerträglich. Ich lese gerade wieder Heine, aber sein *Deutschlandmärchen* ist auch nicht dazu angetan, meine Laune zu heben«, sagte Johannes.

»Gibt es etwas Neues von Herti?«

»Ich weiß nur, dass sie in Holland war und über Ostern bei ihrem Vater. Sie hat mir eine Karte geschickt, demnächst geht sie auf Tournee, frag mich nicht, wo.«

Alexander wandte sich enttäuscht zur Tür und stieß mit Veronika zusammen.

»Ich habe gehofft, dass ich dich hier treffe«, zwitscherte sie. »In der Redaktion meinten sie, du wärst schon weg.«

»Bin ich auch!« Alexander hatte keine Lust auf ein Gespräch mit seiner ehemaligen Freundin. Er wollte das Bücherkabinett verlassen und in der Menschenmenge untertauchen, da sagte Veronika: »Ich dachte, es interessiert dich, etwas über deine heißgeliebte Herti Kirchner zu erfahren.«

Alexander kniff die Augen zusammen und sah abwechselnd von Johannes zu Veronika. »Was geht mich diese Frau an? Die hat ewig nichts gedreht und tingelt durch die Lande. Nicht meine Kragenweite.«

Johannes wandte sich ab, Veronika lachte. Sie konnte sich nicht beruhigen. »Mein lieber Alexander, ganz Berlin weiß, dass du hinter der Kirchner her bist wie der Teufel hinter der armen Seele.«

Er zog die Stirn kraus. Stimmte das? Kannte jeder seinen Traum, der erste Biograf von Herti Kirchner zu werden?

»Das sieht ein Blinder, dass du bis über beide Ohren in sie verschossen bist.« Veronika lachte weiter. »Männer! Glauben, sie wären wer weiß wie überlegen und in Wirklichkeit kann man ihnen die Gefühle an der Nasenspitze ablesen. Mir war gleich klar, dass du mir ihretwegen den Laufpass gegeben hast. Aber, was soll ich sagen, das war mein Glück.« Sie wedelte mit der linken Hand vor seinem Gesicht. Am Ringfinger prangte ein üppiger Ring, den sie sich sicher nicht selbst gekauft hatte.

»Ich sehe, mein Nachfolger ist gefunden«, spottete Alexander. »Eine gute Partie, wenn ich mir den Verlobungsring ansehe. Nun erzähl schon, was du über Herti Kirchner weißt, dann haben wir es hinter uns.«

»Sie ist mit unserem schönen Siegfried in Holland«, berichtete Veronika süffisant. »Fährt mit ihm im Auto durch Delft, umjubelt von 1.000 Leuten. Sie ist ganz erfolgreich, wie man hört, zumindest lachen die Leute und schicken Blumen und Konfekt auf die Bühne. Wenn sie nicht spielt, liegt sie in der Sonne, isst Austern und Hummer und spielt mit Siegfried, Ernst und den anderen Kollegen Rommé.«

Alexander hätte zu gerne gewusst, woher Veronika diese Informationen hatte, verkniff es sich aber nachzufragen. Immerhin waren ein paar wichtige Neuigkeiten dabei, dass sie mit Ernst Morgan unterwegs war, hatte er nach der Veranstaltung mit Goebbels erfahren. Dass Siegfried Arno mit von der Partie war, wunderte ihn. Er hatte nicht gedacht, dass der Schauspieler es nach seinen Filmerfolgen nötig hatte, durch die Lande zu tingeln. Andererseits konnte man heute weniger als je zuvor wissen, was die Zukunft brachte.

Mai 1933

Seine Eindrücke von dem Besuch seiner Alma Mater im April steckten Alexander noch in den Knochen, als Winfried Bergmeier ihn zum Schlossplatz schickte. »Da geht es weiter mit der Studentenaktion!«

Fieberhaft suchte er nach einer Ausrede, weshalb er diesen Termin nicht wahrnehmen konnte. Er wusste, dass der Chefredakteur nur darauf wartete, dass er ihm Anlass für eine Kündigung bot.

»Wann soll ich wo sein?« Alexander entschied sich, kein Risiko einzugehen. An der Uni hatte er erlebt, wie tief die nationalsozialistische Ideologie in der Gesellschaft verankert war. Fast alle seine Professoren und Kommilitonen hatten ein Parteiabzeichen getragen, als er mit Stift und Notizblock in der Fakultät erschien. Einige fehlten, unter der Hand erfuhr er, dass sie Juden waren und gleich zu Beginn der Studentenaktion aufgefordert wurden, das Gelände der *Humboldt Universität* zu verlassen.

Mit gemischten Gefühlen ging er zum Schlossplatz, dabei überholte er johlende Studenten, teils in SA-Uniform, teils in der Kleidung der Hitlerjugend oder einer Verbindung. Sie zerrten und schoben Kisten und Wagen mit Büchern. Die meisten Passanten applaudierten, einige wenige beugten sich zu den Büchern herab, die herunterfielen. Fast wäre er über die *Schachnovelle* von Stefan Zweig gestolpert, die er bereits als Jugendlicher zum ersten Mal gelesen hatte. Auf dem Wagen sah er Kästners *Fabian* und *Professor Unrat* von Heinrich Mann. Die anderen Titel konnte er auf die Schnelle nicht erkennen, musste er auch nicht, er kannte die Liste der Bücher, die Johannes Unger aus den Regalen nehmen musste. Nur er wusste, dass sie sicher versteckt waren, bis andere Zeiten kamen. Wenn andere Zeiten kamen.

In Gedanken versunken hatte er den Schlossplatz erreicht, wo ein riesiger Scheiterhaufen aufgetürmt war. Daneben ein Podium, auf dem sich der Propagandaminister in Position stellte. Tausende Menschen drängten sich um den Scheiterhaufen, als Goebbels einen abgefeimten Spruch nach dem anderen schrie. Alexander konnte den Anblick der Bücher, die ins Feuer flogen, nicht ertragen und wollte gerade gehen, als er Erich Kästner in der Menge entdeckte, als der Propagandaminister dessen Namen brüllte: »Gegen Dekadenz und moralischen Verfall! Für Zucht und Sitte in Familie und Staat! Ich übergebe der Flamme die Schriften von Heinrich Mann, Ernst Glaeser und Erich Kästner.«

Auch andere waren auf den Schriftsteller aufmerksam geworden, eine junge Frau rief: »Dort steht ja Kästner.« Sofort wandte der Autor sich ab und drängte sich durch die Schaulustigen.

Alexander wollte ihm folgen, die Menge schloss sich jedoch sofort wieder hinter Kästner. Er kannte die Liste der Bücher, die für die Verbrennung gesammelt werden sollten. »Alles außer Emil« stand hinter Kästners Namen.

Mit versteinertem Gesicht hörte Alexander die restlichen Feuersprüche über Schriftsteller, Psychologen und Redakteure.

Erich Maria Remarque war darunter und Theodor Wolff, dem er sogar einmal persönlich begegnet war. Alfred Kerr, Kurt Tucholsky und Carl von Ossietzky. Obwohl der Scheiterhaufen eine große Hitze abgab, fror er bei dem Gedanken, dass es Bücher waren, Bücher von engagierten, ehrenvollen Männern, die dort verbrannt wurden.

Nachdem Goebbels das Podium verlassen hatte, ging Alexander langsam nach Hause. Er hätte in der Redaktion den Artikel schreiben sollen, aber die morgige Ausgabe war bereits in Druck, da reichte es, wenn er dem Redaktionsleiter seinen Beitrag am nächsten Tag auf den Tisch legte.

In der Wohnung empfing ihn die Wirtin mit dem Telefonhörer in der Hand. »Ihr Vater ist am Apparat!«

Alexander seufzte, sein Vater war der letzte Mensch, mit dem er jetzt sprechen wollte.

»Ja?!« Er legte seine ganze Müdigkeit in die Stimme in der Hoffnung, dass der Vater sie wahrnahm.

»Mutter hat mich gebeten, nachzufragen, ob es dir gut geht.« Alexander starrte den Fernsprecher an, als säße dort sein Vater.

»Es ist alles in Ordnung. Hier ist heute viel los, deshalb bin ich auch ziemlich geschafft«, sagte Alexander.

»Ja, hier ist heute auch viel los. In der Stadt wurden Bücher verbrannt. Am Wilhelmsplatz. Professor Weinhandl, du weißt, das ist ein Freund von mir, hat eine Rede gehalten.«

Alexander wusste nicht, wie er diese Bemerkung interpretieren sollte. War sein Vater nun auf der Seite der Studenten oder fand er dieses Vorgehen unangemessen? Er dachte an die Warnung eines Kollegen, niemals am Telefon über Politik zu sprechen. War der Anruf eine verklausulierte Nachricht, dass sein Vater an den Maßnahmen seines Führers und dessen Unterstützer zweifelte. Er beschloss nicht weiter darauf einzugehen.

»Ist Mutter in der Nähe?«

Zögerte sein Vater, den Hörer weiterzugeben? Was war da los? Seit seinem letzten Besuch in Kiel war es immer der Vater, der ihn anrief. Früher hatte er sich nie bei ihm gemeldet.

»Alexander? Geht es dir gut?« Es kam ihm so vor, als spräche seiner Mutter langsam und bedacht, als stünde der Vater wachsam neben ihr.

»Mir geht es gut«, antwortete er und beendete das Gespräch mit dem Hinweis darauf, dass er nach dem anstrengenden Tag müde sei. Das war nicht geschwindelt, dennoch schrieb er nach dem Telefonat seinen Artikel mit der Hand auf, damit er sich morgen nicht zu stark erinnern musste. Er erwähnte Goebbels und die Feuersprüche in jedem zweiten Satz, warf hier und da SA und Hitlerjugend ein und hoffte, dass er sich damit genug bei seinem Chef angebiedert hatte.

Alexander war froh, dass er endlich wieder eine Premiere besuchen durfte, auch wenn sie nicht im großen Haus, sondern nur im *Deutschen Künstlertheater* stattfand, nachdem das Schillertheater Anfang des Monats angeblich aus Geldmangel geschlossen worden war. Das passte zu dem Wonnemonat, der allenfalls der SA Wonne bereitete. Für die deutsche Kultur war das ein Monat des Schreckens, der bereits im April begonnen hatte.

Er schüttelte die trüben Gedanken ab und suchte seinen Platz im Künstlertheater. Winfried Bergmeier hatte ihn zu einer Premiere geschickt.

»*Drei Apfelbäume*, ein Hafenstück von einem Jens Nielsen«, hatte er gesagt, »das klingt nach schöner Unterhaltung. Seemannslieder und einfache Scherze. Das hatten wir lange nicht.«

Nicht nur das hatten sie lange nicht in ihrem Blatt, es fehlten sämtliche Premierenberichte, weil es keine Erstaufführungen gab. Umso mehr freute sich Alexander, dass er für die Aufgabe ausgewählt wurde. Autor und Stück waren ihm nicht bekannt. Hauptsache, endlich wieder Theaterluft schnuppern nach all dem braunen Mief.

In seinem Sessel sichtete Alexander das Programmheft. Er las die Namen der Schauspieler ein zweites Mal. »Herti Kirchner«, stand dort ohne Zweifel. War das ein Wink des Schicksals? Gerade jetzt, wo er kurz davor war, seinen Traum aufzugeben und ernsthaft darüber nachdachte, sein Medizinstudium wieder aufzunehmen? Gespannt wartete er auf ihren Auftritt. Er hätte sie fast nicht erkannt, mit den blondierten Haaren wirkte sie völlig anders als sonst. Sie spielte eine Nebenrolle, aber sie war wieder auf der Berliner Bühne und er würde dafür sorgen, dass die Kulturwelt das mitbekam.

Obwohl das Stück mittelmäßig war, gab es 20 Vorhänge beim Schlussapplaus, als wollte das Publikum den Beifall aller verpassten Premieren der vergangenen Monate loswerden.

Im Foyer schwärmten die Besucher von dem Stück.

»Ich bin gespannt, wie lange das auf dem Spielplan bleibt«, sprach ein Kollege ihn auf dem Weg zum Ausgang an.

»Wieso? Das Publikum ist begeistert, die nächsten Ausstellungen sind ausverkauft. Die Leute wollen etwas zu lachen«, entgegnete Alexander.

Der Kollege drängte sich dicht an. »Weißt du denn nicht, wer das Stück geschrieben hat?«

»Ein Jens Nielsen, mir sagt der nichts, ist sicher einer der Autoren des neuen Deutschlands.«

»Das ist Heinz Liepman«, flüsterte der Kollege und achtete darauf, dass keiner ihr Gespräch mithörte.

Alexander stutzte. Heinz Liepman stand auf der Liste der verbotenen Autoren. Ein Lächeln glitt über sein Gesicht. Nun freute er sich besonders darauf, den Artikel in der Zeitung zu sehen. Sicher wusste Winfried Bergmeier nicht, dass der Autor des Stückes, das er in seinem Auftrag angeschaut hatte, ein Jude war, der dazu, wie ihm der Kollege auf dem Heimweg erzählte, öffentlich gegen die Diskriminierung eines jüdischen Kollegen in Hamburg protestiert hatte. Zum ersten Mal seit langer Zeit pfiff er fröhlich, während er die Treppen zu seinem Zimmer hinaufging.

Drei Apfelbäume im Hafen

Sonni arbeitet in der Hafenkneipe ihres Vaters auf Sankt Pauli. Ihr größter Wunsch ist ein Garten mit drei Apfelbäumen und mittendrin, sie mit dem Seemann Jonni, der mit seinem Freund Kuddel Stammgast in der Kneipe ist. Da erschlägt Jonni in Notwehr einen Mann. Was soll er tun? Sich auf einem Schiff verdingen und für den Rest des Lebens auf der Flucht sein oder sich Sonni zuliebe verhaften lassen? Jonni entscheidet sich für

Sonni, die nur darauf wartet, ihn zu verraten, um die Belohnung zu kassieren. Das Publikum ist begeistert und zollt bei der Premiere von *Drei Apfelbäume* am 29. Mai im *Deutschen Künstlertheater* allen Beteiligten mit langanhaltendem Applaus Respekt. Robert Adolf Stemmle hat wieder einmal auf der Klaviatur der Unterhaltung gespielt und schrammt ganz knapp am Rand des Kitschs vorbei. Aber das wollen die Menschen heute, Herz, Schmerz und Seligkeit, am besten musikalisch untermalt mit kleinen Rollen für bezaubernde Fräuleins wie Herti Kirchner. Wer auch immer dieser Jens C. Nielsen ist, der mit Stemmle zusammen das Epos verfasst hat, er kennt sich aus im Hamburger Hafen und sorgt dafür, dass auch die Berliner einen Eindruck davon gewinnen. Es ist immer gut, Neues kennenzulernen. (aha)

Juni 1933

Alexander folgte Renate die Treppe hinauf zu ihrer Wohngemeinschaft in der Luitpoldstraße, in der sie mit verrückten Menschen, wie sie selbst sagte, lebte, seit ihre Eltern verstorben waren. Sie hatten sich bei einem Tennis-Match kennengelernt, zu dem ihn Winfried Bergmeier entsandt hatte. Er wurde auch für Sportveranstaltungen eingeteilt, nachdem Aron Blumbach, der für die Sportseiten aller Zeitungen im Haus zuständig war, nicht mehr erschienen war. Er hatte sich nicht abgemeldet, sondern war eines Morgens nicht aufgetaucht. Der Chefredakteur hatte seine Kontakte spielen lassen, aber niemand wusste, wo er abgeblieben war. An seiner Stelle musste Alexander die Sportveranstaltungen besuchen. Seine Feuertaufe als Sportreporter hatte er beim Davis-Cup. Dass sein Artikel kein Flop wurde, hatte er Renate zu verdanken, die neben ihm auf der Tribüne saß und schnell bemerkte, dass er nichts von Tennis verstand. Sie hatte ihm geholfen, einen brauchbaren Artikel zu verfassen, den sein Chef radikal kürzte.

»Für unsere Niederlagen reichen vier Zeilen«, hatte Winfried Bergmeier ihm erklärt, in die Überschrift den Sieg von Gottfried von Cramm gegen Ryosuki Nunoi gepackt und die 1 zu 4 Niederlage gegen Japan in den Fließtext verbannt.

Seither war Alexander gelegentlich mit Renate unterwegs, sie hatten Ausflüge in den Grunewald unternommen, die Berliner Cafés besucht und waren durch den Tiergarten gebummelt.

»Katzenstein«, las Alexander an der Tür der Wohngemeinschaft in der Luitpoldstraße. Darunter hingen in kaum leserlicher Schrift kleine Zettel mit weiteren Namen.

Renate schloss die Wohnungstür auf und schob ihn durch den Flur in die Küche, wo mehrere Personen um einen großen Tisch saßen. »Das ist Alexander!«

»Guten Tag«, sagte er und wunderte sich, dass das Selbstbewusstsein, das er als Journalist stets an den Tag legte, hier auf einmal verschwunden war.

»Am besten stelle ich dir die Bande vor.« Renate zeigte auf einen blonden Mann mit blauen Augen, an dem die Nazis sicher ihre Freude hatten. »Das ist Harald Grünert.«

»Grüß Gott«, sagte Grünert mit unverkennbarem Wiener Akzent.

»Seine Frau Resi ist gerade verreist.« Renate sah Alexander in die Augen. »Zum Glück, sie ist nämlich sehr hübsch.«

»Das ist Vincent. Er ist Chemiker und hat mit Margarinekisten und Farbe viel zur Einrichtung der Wohnung beigetragen.« Ein dicker Mann mit dunklen Haaren, deren Augen durch eine Hornbrille riesig wirkten, nickte ihm zu. »So eine Wohngemeinschaft ist was Feines, nicht?«

»Das ist unser armer Poet.« Renate zeigte auf einen kleinen Mann.

»Guten Tag«, sagte er, »sagen wir, wie es ist. Ich bin das Mädchen für alles. Ich wohne in der Mädchenkammer und arbeite die Miete ab, indem ich das Geschirr abwasche, die Fußböden sauber halte und gelegentlich Besorgungen mache oder kleine Hunde vom Bahnhof abhole.« Dabei zeigte er auf einen kleinen weiß-schwarzen Hund, der eifrig zwischen den Füßen der Bewohner herumlief.

»Tami!« Aus dem Flur erklang eine Stimme, die er gut kannte.

»Und das ist Herti Kirchner«, sagte Renate. »Aufstrebende Schauspielerin, etwas schlanker als vor einigen Tagen, trägt, wie du siehst, am liebsten eine schwarze, lange Hose und ein Polohemd, dazu Turnschuhe. Ihr gehört unser WG-Hündchen.«

Alexander wusste nicht, was er sagen sollte. Er war froh, dass Renate ihm einen Platz zuwies und er sich in Ruhe von dem schönen Schreck erholen konnte. Seit Wochen bekniete er Johannes Unger, ihm die neue Anschrift von Herti zu verraten und nun brachte Renate ihn direkt in ihre neue Wohnung.

»Stellt euch vor«, sprudelte es aus Herti heraus. »Eben kriegte ich nach einigen Tagen einen Brief von Joczi, einem Schwarm aus meiner Jugend. Er und seine Eltern wollten nach Palästina auswandern. Er wollte dort eine Orangenplantage kaufen und kriegt ein Telegramm, dass sein Vater sein ganzes große Vermögen über Nacht verloren hat. Jetzt sitzt der Junge da unten im fremden Land, ohne Geld für die Rückreise.«

Während Herti die Geschichte erzählte, betrachtete Alexander die Runde. Die Menschen waren ganz unterschiedlich, erstaunlich, dass sie sich hier zusammengefunden hatten und das Leben unter einem Dach scheinbar so reibungslos klappte. Für ihn wäre das nichts, ihm reichte es, dass er mit den anderen Zimmermietern in der Küche der Wirtin frühstücken musste.

»Der verwöhnte Junge aus reichem Hause ernährt sich als

Arbeiter, fährt Sand und pflastert Straßen. Sowas ist grauenhaft.«

Die anderen schwiegen betroffen. »Das alles nur, weil er Jude ist«, murmelte der Schriftsteller, dessen Name Renate nicht genannt hatte. War er ebenfalls Jude? Auf den ersten Blick wirkte keiner in der Runde so, wie die Zeitungen Juden beschrieben.

»Haralds Frau ist auch Jüdin«, flüsterte Renate ihm zu.

»Hoffentlich schaffen es die Katzensteins, rechtzeitig aus dem Land zu kommen«, sagte Vincent leise.

Wieder beugte sich Renate zu Alexander. »Den Katzensteins gehört die Wohnung hier. Der Vater ist schon in der Schweiz, die Mutter und die beiden Söhne leben in zwei Zimmern, wir haben den Rest gemietet. Sie hat die restlichen Möbel verkauft und will diese Woche zu ihrem Mann in die Schweiz. Der eine Sohn geht nach Paris und Paul bleibt in der WG.«

»Kurz vor dem Umsturz hatte Joczi hier am Theater einen unerhörten Erfolg. Die Presse schrieb: Jozci Schaper, ein neuer Ernst Deutsch. Ein neuer Stern am Himmel der Schauspielkunst. Die Welt stand ihm offen, der Aufstieg zur großen Karriere stand ihm frei. Und nun, weil er Jude ist, nahm man ihm seinen Beruf, es ist furchtbar«, schloss Herti ihren Bericht.

Keiner sagte etwas. Alexander wunderte sich, wie offen hier gesprochen wurde. Renate musste ein großes Vertrauen genießen, dass sie in seinem Beisein so redeten.

Der kleine Mann seufzte. »Es ist unvorstellbar, aber inzwischen kennt jeder jemanden, der so etwas erlebt hat. Bekannte und unbekannte Schauspieler und andere Künstler haben das

Land verlassen, seit die Nationalsozialisten an der Macht waren.«

»Kommt Leute, lasst uns das Leben genießen!«, rief Harald nach einer erneut beklemmenden Stille schließlich.

»Wart's ab, Alexander, jetzt singt er gleich eine seiner Schnadahüpferln, mit denen er uns verrückt macht.« Renate seufzte theatralisch und warf Harald eine Kusshand zu.

»Aber schön verrückt, oder?«, gab Harald zurück und verscheuchte mit seinem Liedchen die trüben Gedanken aus den Köpfen seiner Mitbewohner.

Alexander ließ sich anstecken. Das war also der Unterschied zwischen Wohngemeinschaft und Untermiete, in der Wohngemeinschaft wurden Leid und Freud geteilt und wogen nicht mehr ganz so schwer.

Am nächsten Tag war Alexander müde, es war spät geworden in der Luitpoldstraße. Er unterdrückte mit Mühe sein Gähnen, als er den Verlag betrat und die Treppe zum Büro hinaufging.

»Ich habe hier einen schönen Auftrag für Sie«, empfing ihn Winfried Bergmeier in der Redaktion. »Sie sind unser Filmexperte und im Ufa-Palast gibt es heute Abend eine Premiere.« Er warf Alexander eine Eintrittskarte und eine Pressemeldung der Ufa hin.

Im ersten Moment freute sich Alexander, bis er den Titel des Filmes las: *SA-Mann Brand*. Eindeutiger konnte die Ufa nicht zeigen, wes Geistes Kind sie war. Er sah zum Chefredakteur, der bereits am Platz eines Kollegen stand und mit ihm eine

Meldung diskutierte. Sollte er den Auftrag ablehnen, einen wichtigen privaten Termin vorschützen? Er setzte sich an seinen Arbeitsplatz und dachte daran, was Herti Kirchner über ihren jüdischen Jugendfreund gesagt hatte. Lange würde es nicht mehr dauern, bis auch er seinen Lebensunterhalt mit Arbeiten im Straßenbau bestreiten musste. Allerdings hatte er eine Wahl, er brauchte nur an den Schreibtisch seines Vorgesetzten zu gehen und zu erklären, dass er Parteimitglied werden wollte. Alles in ihm sträubte sich dagegen. Erst gestern hatte er eine Meldung aus München gelesen, wo die SA den Gesellentag der katholischen Kolpingvereine überfallen hatte. Anschließend wurde in Bayern ein Demonstrationsverbot ausgesprochen. In Berlin wagte kaum jemand für seine Meinung auf die Straße zu gehen.

Er sah zu Winfried Bergmeier hinüber und kniff die Augen zusammen. Er würde die Premiere besuchen, alles Weitere würde sich zeigen.

Bereits vor dem Kino erkannte Alexander, dass der Besuch der Premiere ein Fehler war. Mit seinem Straßenanzug konnte er halbwegs in der Menge untertauchen, auch wenn viele Besucher in brauner Uniform erschienen, aber er sah keinen einzigen Mann ohne ein Hakenkreuz am Revers. Er hätte sich als Frau verkleiden sollen. Die Damen trugen die übliche Premierengarderobe, nur einzelne hatten ihr Parteiabzeichen neben das Dekolleté gesteckt.

Vom Film bekam Alexander kaum etwas mit, so sehr war er damit beschäftigt, keinen der eifrig mitschreibenden Männer in

Braunhemden neben sich zu berühren. Allein die Vorstellung weckte Ekelgefühle in ihm.

»Schreiben Sie nichts?«, fragte einer von ihnen mit kritischem Blick auf sein leeres Blatt. Daraufhin bedeckte Alexander seinen Block mit Kurzschrift-Kürzeln, an die er sich aus seinem Stenografie-Kurs erinnerte. Der Nachbar nickte zufrieden und widmete sich wieder seinen eigenen Notizen in schönster deutscher Schrift.

Nach dem Schlussapplaus schlängelte Alexander sich zwischen den Besuchern hindurch. Er versuchte aufzuschnappen, was die anderen zu dem Film sagten, und wunderte sich, dass wenig Begeisterung aufkam. Die Gespräche drehten sich ausschließlich um die Leistungen der Schauspieler, über die Handlung sprach niemand. Das hatte er anders erwartet und sein Chefredakteur vermutlich auch.

»Ich habe gehört, dass Goebbels den Film als nationalen Kitsch bezeichnet hat«, flüsterte ein Mann in der Uniform eines ranghöheren SA-Mitglieds seiner Frau zu.

Zufrieden ging Alexander nach Hause. Das würde er dem Chefredakteur unter die Nase reiben und mit seinem Beitrag warten, bis die erste Kritik in einem Parteiblatt erschienen war.

Eine kluge Entscheidung, wie sich am nächsten Tag zeigte, als Winfried Bergmeier ihm eine Filmkritik auf den Tisch warf. »Da haben Sie uns vor einem Schlamassel bewahrt!«

»*SA-Mann Brand* ist nicht ein Stück Zeitgeschichte, sondern ein Filmgemisch aus jüngster Vergangenheit, das dazu angetan ist, dem Beschauer, der heute noch abseits der Bewegung steht, vor allem aber der heranwachsenden Jugend, ein falsches Bild von den politischen Soldaten Adolf Hitlers zu geben!«, las Alexander laut.

»Das hat mir ein Kollege gerade geschickt, bei denen erscheint das übermorgen. Und was schreiben Sie?«

»Soll ich wirklich etwas dazu schreiben?«, fragte Alexander. »Ich habe gehört, dass sogar Goebbels den Film schlecht findet. Ist es nicht besser, darüber zu schweigen.«

Er sah, dass Winfried Bergmeier in Gedanken den Vorschlag abwog. Seine Miene wechselte von gerunzelter Stirn zu einem entspannten Lächeln.

»Sie haben recht«, befand er schließlich. »Besser gar nichts geschrieben, als einen ungeliebten Film gelobt oder einen Propaganda-Film kritisiert. Mutig dieser Kollege vom Filmdienst. Sehr mutig!«

Erleichtert wandte Alexander sich den Meldungen über Sportwettkämpfe in der Stadt zu, die neben kleinen alltäglichen Unfällen immer mehr Platz in ihrem Blatt fanden. Die Zeitung verlor dadurch ihre Einzigartigkeit, aber die interessierte in der Hauptstadt niemanden mehr. Was zählte war, den Kopf über Wasser zu halten und sich gleichzeitig zu ducken, um den neuen Machthabern nicht aufzufallen.

August 1933

Den Juli hatte die Partei genutzt, um im Land weiter aufzuräumen, wie sie es nannte. Herti Kirchner war auf Tournee, das wusste Alexander aus erster Hand. Johannes war leicht verärgert, weil er durch die Kontakte in die Wohngemeinschaft überflüssig war. Damit würde es allerdings bald vorbei sein, die WG löste sich auf, manche Bewohner verließen Berlin, andere sogar Deutschland. Wenn Herti von ihrer Tour durch Danzig, Memel und Kaunas zurückkehrte, musste sie sich ein Zimmer suchen. Schade, dass bei seiner Wirtin nichts frei war.

»Hier, damit Sie sehen, wie gut es Ihnen bei uns geht!« Winfried Bergmeier legte ihm die aktuelle *Tempo*-Ausgabe auf den Tisch.

»Auftakt zur SA-Parade«, las Alexander. Was wollte sein Vorgesetzter ihm damit sagen?

»Seite 10«, rief der Chefredakteur ihm auf dem Weg zu seinem Schreibtisch zu.

Alexander blätterte die Seiten um.

»*Tempo* heute zum letzten Mal«, stand da. Er überflog die Abschiedsworte. »Im Herbst 1928, in den Jahren stärkster öffentlicher Bewegung, gegründet, war das *Tempo* berufen, lebendiges Ausdrucksmittel einer bestimmten Entwicklungsstufe der letzten ‚Nachkriegsjahre‘ zu sein. Eine besondere Aufgabe erwuchs ihm aus dem gesteigerten Nachrichtenbedürfnis, das im Tempo der Zeit und in ihren sich oft überstürzenden Ereignissen begründet war; vorübergehend bestand für das *Tempo* sogar die Notwendigkeit mehrmaligen Erscheinens in der raschen Folge weniger Nachmittagsstunden. Die Ablösung dieser Epoche aus erregender Rastlosigkeit und kämpferischen Suchens durch die Stetigkeit der Entwicklung in einem neuen Deutschland hat auch die Voraussetzungen für den Dienst am Leser verändert. *Tempo* sieht seine Aufgabe als beendet an; es stellt somit das Erscheinen mit der heutigen Nummer ein.«

»Und das ist erst der Anfang«, prophezeite Winfried Bergmeier. »Warten Sie ab. Es wird nicht mehr lange dauern, dann sind die Juden aus den Chefetagen der Verlage verschwunden.«

Dieser Vorhersage traute Alexander mehr als jener des verscharrten Hanussen. Die Zeichen dafür, dass sich Bergmeiers Vermutung bestätigte, waren deutlich zu spüren. »Soll ich dazu was schreiben?«, erkundigte er sich.

»Nur zur Kenntnis«, gab der Chefredakteur zurück.

Alexander warf die Zeitung in den Papierkorb. Als Winfried Bergmeier den Raum verlassen hatte, holte er sie wieder heraus und verstaute sie in seiner Aktentasche. In dem Gefühl, wenigstens die Pietät gegenüber seinem früheren Arbeitgeber gewahrt zu haben, machte er sich daran, über den Weltrekord eines Königsberger Studenten im Segelflug zu schreiben. Kurt Schmidts Flug dauerte 36 Stunden und 37 Minuten. »Der Reichskanzler beglückwünschte den neuen Weltrekordinhaber«, schloss er den Artikel in dem Wissen, dass er seinen Verbleib in der Redaktion einen weiteren Tag gesichert hatte.

Alexander lehnte sich in dem Logenplatz zurück, den das *Deutsche Künstlertheater* an der Budapester Straße ihm als Pressevertreter zugewiesen hatte. Von hier aus hatte er einen guten Blick auf die Bühne und in den Zuschauerraum und damit nicht nur die Darsteller im Blick. Er konnte beobachten, wie die Herren der Partei auf die Inszenierung reagierten.

Don Juans Regenmantel, der Titel verriet nichts von dem Stück.

Der Name des Autors Gregor Schmitt war ihm gänzlich unbekannt? War das einer der Nazi-Dichter, die wie Phönix aus der Asche auftauchten? Oder ein Pseudonym wie Jens Nielsen, der am Abend der Uraufführung von *Drei Apfelbäume* als Heinz Liepman fast entlarvt worden wäre. Der *Angriff* kam der Wahrheit zumindest sehr nah, als er schrieb: »Der Zettel nennt also Autoren dieser Komödie mit Musik Jens C. Nielsen und Rudolf Adolf Stemmle. In Wahrheit hat das Stück sogar drei Verfasser, denn, wie man erfährt, ist auch der Literat Heinz Liepman wesentlich an der Sache beteiligt, der sich mit dem Matrosen Jens C. Nielsen zusammentat, um - versteht sich gegen entsprechende ‚Perzente' - das Ganze bühnengerecht aufzumachen.«

Bereits am Abend der Aufführung, hatte Alexander später erfahren, war das Pseudonym aufgeflogen und Heinz Liepman hatte wenige Minuten vor der Hausdurchsuchung aus Hamburg fliehen können. Es kursierte das Gerücht, er sei zunächst nach Paris gefahren.

»Entschuldigung, darf ich vorbei?« Ein Mann riss Alexander aus seinen Gedanken. Er drehte die Knie zur Seite und ließ die

Neuankömmlinge vorbei, um sich endlich dem Pressetext durchzulesen, den er mit der Eintrittskarte bekommen hatte.

»Mary liebt ihren Mann und erfüllt ihm jeden Wunsch. Da findet sie eines Tages ein blondes Haar in seiner Manteltasche. Wie soll sie darauf reagieren? Sich scheiden lassen?«, las er. Ein unverfänglicher Stoff, aber wenigstens keine Propaganda wie die Filme, die er zuletzt ansehen musste. Das Zugpferd für die Inszenierung war Lil Dagover. Er freute sich darauf, an ihrer Seite Herti Kirchner zu sehen. Das *Deutsche Künstlertheater* war zwar keine staatliche Bühne, aber es hatte einen guten Ruf und Heinz Saltenburg wurde nachgesagt, dass er ein Händchen für gute Unterhaltung und gute Künstler hatte.

Während der Aufführung blickte Alexander abwechselnd auf die Bühne und in den Zuschauerraum. Das Publikum amüsierte sich, immer wieder gab es Szenenapplaus und Lacher aus den Reihen, auch für Herti Kirchner.

»Kleines, du bist herrlich in der Rolle! Ich bin stolz auf dich«, hörte Alexander den Regisseur nach der Vorstellung zu Herti sagen. Auch viele Prominente aus dem Publikum standen um sie herum und erklärten ihr, dass sie den Charakter sehr gut getroffen hatte. Er konnte sich diesem Lob nur anschließen. Auf dem Heimweg freute er sich darauf, nach langer Zeit wieder einen schönen, unpolitischen Bericht über eine gelungene Theaterpremiere zu schreiben. Vielleicht war der braune Spuk bald vorbei.

In der Nacht schrieb Alexander seinen Bericht, das Lächeln blieb in seinem Gesicht, als wäre es dort festgeklebt. Wie schön das war, wie früher Lil Dagover, Herti Kirchner und die anderen Darsteller zu loben, das Stück und seinen Autor hervorragend zu nennen und von Lacherfolgen im Publikum zu berichten. Das gab es lange nicht mehr.

»Wenn das Stück gut ist, kriegen Sie Platz auf der zweiten Seite«, hatte Werner Bergmeier versprochen.

Alexander war sich sicher, dass die Leser dankbar sein würden, endlich wieder etwas Erfreuliches zu lesen. Zumal auf der ersten Seite fett über sechs erfrorene Italiener auf dem Montblanc berichtet wurde. Mit einem Pfeifen auf den Lippen und seinem Dauerlächeln im Gesicht brachte er den Artikel in den Satz und ging nach Hause.

Auf dem Heimweg zögerte er, sollte er im *Romanischen Café* einkehren? Wo mochten die Theaterleute den Abend ausklingen lassen? Eher im *Eden* oder *Adlon*?

Alexander wusste, dass er vor Freude über den schönen Abend, nicht einschlafen würde. Er ging von einer Bar zur nächsten, Herti Kirchner und ihre Kollegen traf er nirgends an. Dafür lag seine Zeitung bereits am Kiosk, als er zu Hause eintraf.

»Danke, stimmt so!«, sagte er zu dem Zeitungsjungen, der ihm sehr jung schien für die nächtliche Aufgabe. Er schlug die zweite Seite des Blattes auf und stutzte. Dort, wo sein Bericht stehen sollte, prangte eine Namensliste, die überschrieben war mit Aberkennung der Staatsbürgerschaft! Sein glückseliges Lächeln verwandelte sich in einen entsetzten Blick. Fassungslos ließ er sich auf eine Treppenstufe sinken. Dass sein Artikel nicht dort war, wo er sein sollte, enttäuschte ihn, aber für das, was an seiner Stelle stand, hatte er keine Worte.

Das Licht im Treppenhaus ging aus. Ohne groß nachzudenken, streckte er den Arm aus, um es wieder einzuschalten. Mit angehaltenem Atem las er die 33 Namen, die aufgelistet waren. Ob sie so vom Ministerium gekommen waren? Oder hatte es sich Winfried Bergmeier nicht nehmen lassen, genüsslich hinter jeden Namen zu schreiben, welchen Beruf die Person ausübte, damit jeder sich ausmalen konnte, weshalb diese Person nicht mehr deutscher Staatsbürger sein durfte?

Wieder ging das Licht aus. Als er es einschalten wollte, wurde die Tür zu seiner Wohnung aufgerissen.

»Ach, Sie sind das!«, herrschte seine Wirtin ihn an. »Ich denke, welcher Besoffene ist da unterwegs.«

Alexander bemühte sich, ein entschuldigendes Lächeln zustande zu bringen. Vergebens.

»Was ist denn los?«, erkundigte sich die Wirtin besorgt.

Er holte tief Luft. »Das war so ein schöner Abend«, sagte er und schüttelte den Kopf. »Und dann so etwas!«

Seine Wirtin nahm ihm die Zeitung aus der Hand. »Kennen Sie einen von denen, die vom Berg gestürzt sind?«

Alexander schüttelte weiter den Kopf. »Nächste Seite.«

Die Wirtin blätterte um. Alexander deutete auf den Kasten mit den Namen.

»Dr. Alfred Apfel, Anwalt«, las die Wirtin. »Kenne ich nicht.« Sie suchte in der Liste. »Stehen Sie auch darauf? Sie dürfen trotzdem bleiben.«

Alexander musste lachen. »Danke! Ich stehe nicht auf der Liste, aber Kollegen und Schriftsteller, die ich kenne. Schauen Sie.«

Er zeigte auf die Namen von Lion Feuchtwanger, Alfred Kerr, Heinrich Mann, Leopold Schwarzschild, Kurt Tucholsky. »Wenn das Beste weg ist, bleibt nicht mehr viel übrig, hat meine Oma Sara immer gesagt.«

»Ihre Oma heißt Sara?« Seine Wirtin sah ihn mit großen Augen an.

»Ja. Warum?« Alexander war irritiert.

Die Wirtin zögerte kurz. Dann schüttelte sie den Kopf, als wollte sie ihn zurechtrücken. »Ach, nur so. Lassen Sie uns jetzt schlafen gehen.«

Auf dem Weg zu seinem Zimmer dachte Alexander über die Ausbürgerungen nach, dazwischen schob sich der Gedanke an den merkwürdigen Blick seiner Wirtin.

Oktober 1933

Seit Kurzem blätterte Alexander jeden Morgen in der Redaktion als erstes die aktuelle Ausgabe der Zeitung durch. Ein Lächeln glitt über sein Gesicht, als er die Überschrift »Zwei bezaubernde Fräulein« las.

»Da haben Sie Glück gehabt«, begrüßte ihn Winfried Bergmeier. »Es war ruhig gestern, da konnte ich Ihren Artikel über die Premiere im *Deutschen Künstlertheater* stehen lassen. Die Geschichte klingt nett, auch wenn es heikel war, Max Hansen zu erwähnen.«

Alexander zog die Stirn kraus. »Was ist mit Max Hansen? Er ist der Publikumsliebling, nur ihm verdankt das Stück einen solchen Erfolg hier in Berlin.«

»Das weiß ich«, antwortete Winfried Bergmeier. »Aber Sie müssten am besten wissen, dass er bei seiner letzten Premiere mit Tomaten beworfen wurde.«

»Die letzte Premiere?« Konnte es sein, dass sein Vorgesetzter ihm Einladungen vorenthielt, weil er seinem Drängen, Parteimitglied zu werden, nicht nachgekommen war?

»Anfang September. *Das hässliche Mädchen* hieß der Film. Ich war selbst dort, weil meine Frau unbedingt den Hansen sehen wollte. Später stellte sich heraus, dass die Autoren Hermann Kosterlitz und Felix Joachimson Juden sind. Das Lied ‚War'n Sie schon mal in mich verliebt?' war ziemlich daneben, den Führer als homosexuell zu bezeichnen, ist unverzeihlich. Da ist er mit Tomaten gut weggekommen.«

Alexander war erleichtert. Es war nicht ungewöhnlich, dass Winfried Bergmeier einen Termin selbst wahrnahm, um bei seiner Frau gut Wetter zu machen. Man munkelte in der Redaktion, dass sie schwierig war und Bergmeier gut daran tat, sie bei Laune zu halten.

»Diese Herti Kirchner hat es Ihnen angetan, was?« Der Chefredakteur wechselte so abrupt das Thema, dass Alexander rot wurde.

»Äh«, stammelte er. »Rein beruflich.« Er ärgerte sich über die Hitze in seinem Gesicht. Sein Interesse an Herti Kirchner war rein beruflich.

Winfried Bergmeier klopfte Alexander auf die Schulter. »Lassen Sie man, das ist uns allen schon passiert. Wenn man den Stars begegnet, spürt man die Anziehungskraft stärker als auf der Bühne oder im Film.« Der Chefredakteur lehnte sich an den Schreibtisch. Eine Geste, die Alexander nicht erlebt hatte, seit die Partei das Sagen hatte. »Mir ging es genauso, als ich in Ihrem Alter war.« Winfried Bergmeier lachte. »Mein Herz schlug für Henny Porten.«

Alexander staunte. Henny Porten war ein angesehener Star, auch wenn Marianne Hoppe und Magda Schneider ihr gerade den Rang abliefen. »Wann war das?«

»Das erste Mal habe ich sie in der *Geierwally* gesehen«, erinnerte sich der Redaktionsleiter. »Getroffen habe ich sie bei der 75. Aufführung von *Rose Bernd*. Das war eine Geschichte! Henny Porten hat von Anfang an erkannt, welches Potenzial im Film steckt. Für sie war Film nicht, wie damals viele dachten, zweitklassiges Theater. Sie sah in der Technik neue

Möglichkeiten und sie hat es geschafft, Gerhart Hauptmann zu überzeugen, dass sein Schauspiel *Rose Bernd* verfilmt werden darf. Er erschien erst bei der 75. Aufführung im Kino und ich durfte dabei sein.«

Rose Bernd, den Titel kannte Alexander, aus dem Deutschunterricht, er staunte, dass das Theaterstück verfilmt worden war.

»Das war 1919. Schon ein paar Jährchen her. Ich war Mitte 20 und hatte gerade in der Redaktion begonnen.« Winfried Bergmeier lachte. »Ich war viel zu jung, um zu verstehen, was da vor sich ging. Meine Kritik über die Premiere ist zum Glück verschollen. Alfred Kerr behauptete damals in einem großen Artikel: ,Dieser Film ist ein Markstein in der Geschichte des deutschen Films'.«

Alexander staunte, dass sein parteigetreuer Chef den Namen Alfred Kerr, der erst kürzlich ausgebürgert wurde, mit einer leichten Hochachtung aussprach.

»Fritz Engel schrieb im *Berliner Tagblatt* über Henny Porten, was Sie vermutlich über Herti Kirchner denken: Auch ein berüchtigter Filmfeind muss sagen, und sagt es frei und laut, dass sie eine Künstlerin ist.«

Alexander war verblüfft, dass Winfried Bergmeier ihn durchschaut hatte. Er hatte sich so sicher gefühlt und war davon ausgegangen, dass niemand etwas von seinem Interesse an Herti bemerkte. Lange hatte er sich nicht so wohl an seinem Arbeitsplatz gefühlt wie in diesen Minuten, Bergmeiers Geschichte hatte ihn beeindruckt. Letztlich waren diese Minuten sogar Herti Kirchner zu verdanken, die in *Bezauberndes*

Fräulein neben Max Hansen und Lizzy Waldmüller eine wirklich bezaubernde Figur abgegeben hatte.

Zwei bezaubernde Fräulein

Im *Deutschen Künstlertheater* stehen derzeit gleich zwei bezaubernde Fräulein auf der Bühne. In Ralph Bernatzkys Operette *Bezauberndes Fräulein* sorgen Lizzy Waldmüller, Max Hansen und die junge Operettenhoffnung Herti Kirchner für temperamentvolle Unterhaltung. Das Stück, das am 24. Mai in Wien uraufgeführt wurde, hat auch die Herzen der Berliner im Sturm erobert. Gespannt fiebern sie mit, ob es dem Maler Felix und seinem Modell Rosette gelingt, Pauls langweilige Verlobte Luise zu vertreiben und eine neue Liebe zwischen Paul und dem bezaubernden Fräulein Annette anzufachen. Zum Glück haben sie in Pauls Dienstmädchen Julie eine Verbündete. Neben den Darstellerinnen und Publikumsliebling Max Hansen sind es auch die Lieder aus Bernatzkys Feder, die das Publikum bezaubert haben. Bei »Ach Louise, kein Mädchen ist wie diese!« und »Was hast du schon davon, wenn ich dich liebe?« wird im Zuschauerraum eifrig mitgesummt. (aha)

Wenige Tage später erinnerte Alexander sich an die glücklichen Minuten. Die Ruhe vor dem Sturm. Ob Winfried Bergmeier an dem Tag bereits wusste, worüber die Regierung verhandelte? Wollte er ihm mit den Momenten der Vertraulichkeit zeigen, wie schön die Arbeit in seiner Redaktion sein konnte?

»Schriftleitergesetz verabschiedet«, hatte der Chefredakteur lapidar für die Morgenausgabe getitelt. Das klang beim ersten

Lesen harmlos. Das Kabinett hatte ein weiteres Gesetz auf den Weg gebracht, für Schriftleiter eben. Aber wer waren diese Schriftleiter? Das offenbarte sich erst in dem Artikel.

»Die im Hauptberuf oder aufgrund der Bestellung zum Hauptschriftleiter ausgeübte Mitwirkung an der Gestaltung des geistigen Inhalts der im Reichsgebiet herausgegebenen Zeitungen und politischen Zeitschriften in Wort, Nachricht und Bild ist eine in ihren beruflichen Rechten und Pflichten vom Staat durch dieses Gesetz geregelte öffentliche Aufgabe. Ihre Träger heißen Schriftleiter.«

Alexander musste den Satz dreimal lesen. Was hatte Winfried Bergmeier sich dabei gedacht, seinen Artikel mit einem solchen Satzwurm zu beginnen?

»Ich sehe, Sie lesen meinen Artikel!« Er hatte nicht bemerkt, dass der Chefredakteur neben den Schreibtisch getreten war. »Dann wissen Sie, was Sie erwartet, besser gesagt, was ich erwarte.«

Alexander ließ die Zeitung sinken und sah seinen Vorgesetzten an. »Ich bin über Ihren ersten langen Satz nicht hinausgekommen.«

»Das ist der erste Satz aus dem neuen Schriftleitergesetz. Wir heißen ab sofort nicht mehr Journalist oder Redakteur, sondern Schriftleiter.« Winfried Bergmeier stellte sich gerade hin. »Ich bin Hauptschriftleiter. Ich habe meinen Ariernachweis längst in der Partei hinterlegt. Ihren Nachweis brauche ich so schnell wie möglich.«

Alexander war erleichtert. Er hatte befürchtet, dass von allen Schriftleitern verlangt wurde, dass sie Mitglied in der Partei wurde. »Ich bitte meine Eltern, sich umgehend um den Nachweis zu kümmern«, versprach er.

Der Chefredakteur nickte und ging an seinen Arbeitsplatz zurück.

Alexander wählte vom Redaktionstelefon die Nummer der Praxis, seine Mutter war am Telefon.

»Ach, mein Sohn, schön, dass du anrufst«, freute sich Christine Halbersberg. »Vater ist unterwegs zu einem Hausbesuch.«

Es war früher Vormittag, dass sein Vater um diese Zeit Hausbesuche machte, war ungewöhnlich. Vielleicht ein Notfall. Dass seine Mutter ans Telefon ging, war äußerst ungewöhnlich.

»Ist Johanna krank?« Sonst nahm um diese Zeit die Sprechstundenhilfe die Anrufe entgegen.

»Sie ist nicht mehr bei uns«, sagte Christine Halbersberg kurz angebunden. »Sag, wie geht es dir? Hast du wieder Schauspieler getroffen?«

Er war lange nicht in Kiel gewesen. Seit dem überflüssigen Hilferuf seiner Mutter. Er konnte die Lobeshymnen seines Vaters auf die neue Regierung nicht ertragen. In Berlin erlebte er jeden Tag, wie sich das Leben durch die Nationalsozialisten veränderte, das mochte in seiner Heimatstadt anders sein.

»Vorige Tage war ich in einer Premiere mit Max Hansen«, antwortete Alexander und wartete amüsiert, bis seine Mutter sich nach einigen Schweigesekunden wieder gefasst hatte. »Aber jetzt brauche ich einen Ariernachweis. Könnt ihr mir den bitte besorgen. Pastor Windmüller kann euch die Taufscheine ausstellen, meinen, eure und die eurer Eltern.« Er machte eine kurze Pause, damit seine Mutter fragen konnte, wenn sie etwas nicht verstanden hatte.

Christiane Halbersberg schwieg.

»Bist du noch da, Mutter? Am besten schreibst du dir auf, was ihr braucht: Taufscheine oder Geburtsurkunden von euch, den Großeltern und mir. Heiratsanzeigen von euch und euren Eltern. Moment!« Er legte die Hand über den Hörer.

»Es gibt Formulare, da kann man die Daten eintragen und dann alles beglaubigen lassen«, rief ihm Winfried Bergmeier über die Tische zu. »Das geht schneller. Die meisten Pfarrämter haben solche Formulare vorrätig.«

»Frag mal den Pastor, ob er ein Formular hat, in das die Daten eingetragen werden«, bat Alexander seine Mutter.

Wieder reagierte sie nicht.

»Mutter!«, rief Alexander. »Ist alles in Ordnung? Ist ein Patient gekommen?«

»Am besten kommst du am Wochenende und holst die Papiere ab«, sagte seine Mutter in einem seltsamen Ton.

Alexander hatte keine Zeit, den Hintergrund herauszufinden. Sein Vorgesetzter zeigte auf die Uhr, die Redaktionskonferenz begann in zwei Minuten.

»Das wäre schön, aber Pastor Windmüller hat seine Unterlagen sicher in Schuss, da müsste das schnell gehen.« Alexander verabschiedete sich von seiner Mutter und folgte Winfried Bergmeier in die Redaktionskonferenz.

Das Hauptthema in der Sitzung war der Eintopfsonntag, den die Regierung für den Winter eingeführt hatte. »Den ersten Eintopfsonntag hat keiner mitbekommen«, klagte Winfried

Bergmeier. »Eine Ankündigung reicht da nicht. Wir benötigen praktische Anregungen und Rezepte.«

Die Herren in der Runde sahen sich betreten an. Keiner von ihnen hatte je einen Eintopf gekocht und konnte auch nur annähernd erklären, wie er entstand. Nach langer Diskussion wurden alle aufgefordert, ihre Frauen um geeignete Rezepte zu bitten. Damit hatten sie eine halbe Stunde vergeudet. Die anderen Themen wurden rasch abgehakt.

Als er aus der Sitzung zurück an seinen Platz kam, verspürte Alexander ein Hungergefühl. »Ich gehe zur Mittagspause raus«, verabschiedete er sich bei den Kollegen. Im *Haus Vaterland* gab es ein günstiges Mittagessen und er konnte den Wirt nach seinen Rezepten für Eintöpfe fragen. Von den Kollegen war keiner auf die Idee gekommen, in Restaurants nachzufragen, dabei traf sie die Verordnung genauso wie Privathaushalte. Künftig durfte sowohl auf dem Tisch in der Familie als auch in der Gaststätte am ersten Sonntag im Monat nur ein Eintopfgericht stehen.

»Bei mir gab es Löffelerbsen mit Schweineohr als Einlage; Nudelsuppe mit Rindfleisch und durcheinandergekochtes Gemüse mit Fleischeinlage«, berichtete der Koch vom *Haus Vaterland*. Er schrieb Alexander die Rezepte auf. Die Idee mit den Rezepten von Berliner Köchen würde Winfried Bergmeier gefallen.

»Ich erwähne Sie natürlich«, versprach Alexander und setzte sich in die Gaststube, um nach all den Eintopfgesprächen genüsslich eine Frikadelle mit Bratkartoffeln zu verspeisen. Anschließend rauchte er eine Zigarette, trank einen Kaffee und belauschte die Gespräche an den anderen Tischen. Mehr als einmal hatte er hier interessante Neuigkeiten erfahren oder zündende Ideen für Artikel bekommen.

»Was mache ich nur«, hörte er hinter sich Herti Kirchner.

Alexander setzte sich aufrecht hin. Er hatte so intensiv über seine Eintopfidee nachgedacht, dass er sie nicht bemerkt hatte. Vor einigen Wochen hatte er sie in der Wohngemeinschaft aufsuchen wollen und erfahren, dass diese sich aufgelöst hatte. Bei der Premierenfeier zu *Bezauberndes Fräulein* ergab sich keine Gelegenheit, sie nach ihrer neuen Anschrift zu fragen.

Er wollte gerade aufstehen und zu ihr hinübergehen, als sie sagte: »Täglich kommen Leute zu mir, ich soll den *Angriff* halten, ich soll in die PSA, in die HfBO, in die Zelle und was weiß ich. Sogar im Theater werde ich verfolgt. Du kennst meine freche Schnauze. Ich seh' mich schon in Oranienburg!«

Alexander zuckte zusammen. Oranienburg war ein Lager, das die Nationalsozialisten eingerichtet haben. Es hieß, dort sammelten sie Sozialisten, Kommunisten und andere Menschen, die sich gegen ihre Politik auflehnten. Hertis Stimme wurde leiser. Aus den Augenwinkeln sah Alexander, dass ihre Begleiterin den Finger auf den Mund legte.

»Ich kann nicht eintreten. Ich kann mich nicht überwinden, eine Sache zu unterstützen, die mir alles genommen hat: Beruf und den einzigen Mann, den ich wirklich liebe! Jozci!«

»Aber du hättest damit gute Chancen beim Film.« Hertis Begleiterin redete eindringlich auf Herti ein.

»Sowas mach ich nicht«, beharrte Herti. »Lieber geh ich raus aus Deutschland. Ach, es ist schwer am toten Theater für eine

Anfängergage bei Nazi-Direktoren schlechte Stücke zu spielen.«

So schlecht fand er die letzten beiden Stücke, in denen er Herti gesehen hatte, nicht. Vor allem im Film gab es üblere Stoffe. Aber er konnte sie verstehen, ihm ging es ähnlich. Schöne Themen waren eine Seltenheit geworden, meist musste er irgendwie den Parteigedanken oder einen in den Ohren der Partei wohlklingenden Namen oder Begriff unterbringen, damit seine Artikel gedruckt wurden.

In Gedanken versunken hatte er einen Teil des Gesprächs verpasst. Jetzt drang ein Satz an sein Ohr. Hatte er das richtig verstanden? Hatte Herti Kirchner wirklich gesagt: »Lieber Gott, mach mich stumm, dass ich nicht ins Kola kumm!« Er sah sich um, sie war auf dem Weg zum Eingang, er konnte nicht klären, ob er fantasierte und die Gelegenheit, ihre neue Adresse zu erfragen, hatte er verpasst. Obwohl er dem Kellner sofort winkte, dauerte es zu lange, bis er ebenfalls auf die Straße treten konnte. Herti Kirchner war nirgends zu sehen. Der Zufall spielte mit ihm wie eine Katze mit der Maus.

Mit dem Frühzug fuhr Alexander am Samstag nach Kiel. Er hatte seinen Wochenenddienst mit einem Kollegen getauscht, um den Nachweis über seine arische Abstammung abzuholen. Als er bei den Eltern angerufen hatte, um seine Ankunft mitzuteilen, war der Vater am Telefon kurz angebunden. »Am besten kommst du zu Fuß.«

Die ganze Fahrt über fragte Alexander sich, was er ausgefressen hatte. Er war so lange nicht in Kiel gewesen, da hätten die Eltern ihn mit dem Auto abholen können, als Zeichen des Willkommens und der Freude. Grollte der Vater ihm wieder, weil er das Medizinstudium abgebrochen hatte oder weil er nicht Mitglied in der Partei seines geliebten Führers war?

Auf dem Bahnhof herrschte die übliche Geschäftigkeit am Beginn des Wochenendes. Menschen, die einen Zug erreichen wollten, hasteten an Reisenden vorbei, die nicht mehr weit bis zum Ziel hatten. Der Mann am Kiosk rief die neuesten Nachrichten und wedelte dabei mal mit dieser, mal mit jener Morgenzeitung. Beim Verlassen des Bahnhofsgebäudes wurde Alexander von der Sonne geblendet. Für einen Moment fühlte er sich in seine Kindheit versetzt. In die Zeit, als er die langen Ferien bei den Großeltern in Dänemark verbracht hatte. Die Eltern setzten ihn in den Zug und er durfte allein zwischen all den Erwachsenen in der Bahn reisen. In ein anderes Land. Er war der Einzige in seiner Klasse, der im Ausland Ferien machte. Das Gefühl, wenn er zurückkam, war etwas ganz Besonderes. Der erste Schritt auf den Bahnhofsvorplatz, am Ziel zu sein, aber mit neuen Erfahrungen und Erlebnissen im Gepäck. Damals waren es schöne Erlebnisse, die leicht wie Federn in seinem Herzen ruhten. Heute waren es Erfahrungen, Begegnungen und Gespräche, die sein Herz beschwerten. Die Herbstsonne machte sie nur wenig leichter.

»Da bin ich!«, rief Alexander gut gelaunt, als er durch die Gartenpforte schritt. Die Stühle im Wartebereich im Flur waren leer, das war an Samstagen nicht selbstverständlich. Es gab immer jemanden, der sich in den Finger schnitt oder ein Magenproblem hatte und bei seinem Vater Hilfe suchte.

»Ach, Alexander!« Christine Halbersberg fiel ihrem Sohn um den Hals. Sofort verspürte er ein schlechtes Gewissen. Seit seiner letzten Stippvisite war ein halbes Jahr vergangen. Er hätte nicht gedacht, dass seine Mutter ihn so sehr vermisste. Künftig würde er wieder alle zwei Monate nach Hause fahren.

»Alexander!« Leopold Halbersberg erschien in der Tür, die zur Praxis führte. Er sah seinen Sohn ernst an.

Was war hier los? Wieder ging er die Liste möglicher Verfehlungen durch, mit denen er seinen Vater erzürnt haben konnte.

»Lass ihn erst in Ruhe essen!«, herrschte die Mutter ihren Mann an. »Komm«, sie zog ihn mit sich in die gute Stube. »Ich habe extra eines deiner Leibgerichte zubereitet.« Sie zwinkerte ihm zu. »Rinderroulade mit Kartoffelpüree und Rotkohl. Setz dich schon, ich bringe es sofort.«

Er ließ sich auf dem Stuhl nieder, auf dem er bereits als Kind an Festtagen gesessen hatte. An den anderen Tagen blieb die gute Stube Besuchern vorbehalten. Sah seine Mutter ihn so? Als Besucher? Mit schweren Schritten kam Leopold Halbersberg durch die Tür.

Alexander erschrak, als er ihn genauer betrachtete, sein Vater war schmal geworden und fast grau im Gesicht. Im nächsten Jahr wurde er 50, aber er sah aus wie 60 oder älter. Verheimlichten seine Eltern ihm eine Krankheit?

»Nun lass es dir schmecken!«, bat Christine Halbersberg und stellte die Schüssel des besten Porzellans mit Rouladen auf den Tisch. Sie wollte ihrem Mann eine Fleischrolle auf den Teller legen, doch dieser wehrte ab. »Ich habe keinen Appetit.«

Schlagartig verging Alexander die Lust auf seine Lieblings-speise. Seiner Mutter zuliebe aß er, auch wenn der Gedanke daran, was ihn nach dem Essen erwartete, seine Geschmacks-nerven blockierten. Sein »Das ist wieder köstlich!« war eine auswendig gelernte Floskel, die nicht von Herzen kam.

»Nimm dir!«, drängte seine Mutter.

»Danke«, sagte Alexander. »Später. Jetzt will ich erst wis-sen, was los ist. Ist jemand von euch krank?«

Leopold und Christine wechselten einen Blick.

»Ich räume den Tisch ab, dann können wir besser sprechen«, sagte Christine Halbersberg. Sie stand auf und trug die halb-vollen Schüsseln und kaum benutzten Teller in die Küche.

Als nur noch ein Kerzenleuchter auf dem Tisch stand, setzte sie sich wieder. Leopold Halbersberg erhob sich. Er holte aus dem Schrank ein Blatt Papier. Was wurde das jetzt? Alexander spürte die Anspannung im Raum. Sein Vater legte das Blatt vor ihn hin.

»Ariernachweis«, las Alexander leise. Einige Kästchen auf dem Formular waren ausgefüllt. »Der ist nicht vollständig.« Der Ärger, dass er vergebens seinen Dienst getauscht und nach Kiel gefahren war, schob sich über die Sorge um den Vater.

»Deshalb müssen wir mit dir sprechen«, sagte Leopold Hal-bersberg in einem Ton, der Alexander aufhorchen ließ.

Sein Vater holte tief Luft, ehe er erklärte: »Es gibt keinen Ariernachweis für dich, weil mein Vater Jude ist.«

Alexander dachte, er hätte sich verhört. Er war protestan-tisch. Erst kürzlich hatte er mit einem Freund über die Konfir-mation gesprochen und das große Fest, dass seine Eltern dazu ausgerichtet hatten. Sie hatten gemeinsam darüber geklagt, dass sie jeden Sonntag in der Kirche sitzen mussten, statt den Fischkuttern beim Ausladen ihrer Beute zuzusehen. »Wieso ist dein Vater Jude? Er war immer mit uns im Gottesdienst in der Nikolai-Kirche!«

Christine legte eine Hand auf den Arm ihres Mannes und die andere auf den ihres Sohnes. »Ich bin evangelisch, schon immer, meine Eltern auch. Vaters Vater stammt aus einer jüdischen Familie aus Holland. Als er deine Großmutter geheiratet hat, ist er zu ihrem Glauben übergetreten. Und sie haben deinen Vater evangelisch erzogen.«

Alexander ließ sich gegen die Lehne fallen. In den letzten Monaten war oft genug davon die Rede gewesen, wer arisch war und wer nicht. Durch jüdische Großeltern wurde man von den Nationalsozialisten zum Juden abgestempelt. Sein Blick fiel auf das Formular. Er brauchte diesen Nachweis, um weiter als Journalist zu arbeiten.

»Hätte ich lieber Medizin studiert!«, flüsterte er.

»Das würde dir nichts nützen«, sagte sein Vater leise.

»Seit dem 1. April dürfen Ärzte mit jüdischen Wurzeln offiziell nur Juden behandeln«, erklärte Christine Halbersberg ihrem Sohn. »Hier in Kiel hält sich keiner daran. Aber wir müssen ständig aufpassen, dass uns niemand verrät.« Sie sah ihren Sohn an. »Und die Verräter werden täglich mehr.«

»Aber du bist ein Parteimitglied der ersten Stunde!« Alexander starrte seinen Vater an.

Leopold Halbersberg schnaubte verächtlich. »Die haben mich rausgeworfen. Die wollten dasselbe Formular von mir.«

Alexander verstand. Wo auf seinem Blatt ein leeres Feld für den jüdischen Großvater war, fehlten bei seinem Vater die Angaben in einer ganzen Reihe.

»Wir warten erst einmal ab«, sagte Christine Halbersberg. »Solange die Praxis läuft wie bisher, ist alles gut. Aber mein Onkel hat uns angeboten, dass wir zu ihm nach Dänemark ziehen können. Vater könnte in seiner Praxis mitarbeiten.«

Sein Blick ging durch das Wohnzimmer. Er schluckte. Das alles wollten seine Eltern aufgeben? Das hier war seine Geschichte, sein Leben.

»Das ist nur ein Notfallplan«, erklärte sein Vater. »Ich kann mir nicht vorstellen, dass Hitler will, dass Ärzte das Land verlassen. Die werden immer gebraucht. Ich bin sicher, es wird alles wieder rückgängig gemacht.«

Christine sah ihren Sohn an. Er las in ihrem Blick, dass sie weniger zuversichtlich war. Ein Gefühl, das er teilte. Die Ausbürgerungsliste mit Namen von Schriftstellern und Politikern, denen Deutschland vor wenigen Jahren zugejubelt hatte, kam ihm in den Sinn. Im Blick seiner Mutter stand auch die Sorge um den Vater und deshalb schwieg er.

»Dann muss ich mir eben einen neuen Beruf suchen.« Den Satz sprach er mit all dem Trotz, den er als Jugendlicher gegen die Eltern gerichtet hatte. Diesen Trotz würde er nun gegen eine andere Autorität richten. Ein Blatt Papier würde seinen Traum nicht zerstören.

Am Montag ging Alexander in die Redaktion, als wenn nichts wäre. Der Chefredakteur hatte einige Tage Urlaub, eine

Schonfrist, die ihm Zeit verschaffte, einen Plan zu entwickeln. Zunächst musste er zur Vorbesichtigung eines Filmes, den das Winterhilfswerk in Auftrag gegeben hatte. Die Einrichtung sammelte Geld für Notleidende und entwickelte dafür immer neue skurrile Maßnahmen aus.

Der Eintopfsonntag war eine solche Initiative. Nun gab es also einen Werbefilm, der in den Kinos gezeigt wurde und die Zuschauer an ihre Pflicht als deutsche Staatsbürger erinnern sollte.

»Alle machen mit«, hieß der Titel des sechsminütigen Streifens. Alle machen mit, lautete auch die Losung des Winterhilfswerks. Jeder konnte und musste etwas tun, damit es allen Deutschen gut ging.

Für Filmschauspieler hieß das, dass sie an diesem Film mitwirken mussten. Heinz Rühmann tauchte ebenso auf wie die von seinem Chefredakteur verehrte Henny Porten. Alexander nahm sich vor, sie besonders positiv zu erwähnen. Magda Schneider und der *Hitlerjunge Quex*-Darsteller Jürgen Ohlsen waren zu sehen.

Alexander hielt den Atem an. Da war auch Herti Kirchner. Er wusste nicht, ob er sich freuen sollte, dass sie in dem Kreis der bekannten Darsteller auftauchte, oder ob er es bedauern sollte, dass sie sich für den Film hergegeben hatte. Nun verstand er ihre Bemerkung, dass sie für eine geringe Gage für die Nazi-Direktoren arbeiten musste.

Genau das stand ihm auch bevor, sich anbiedern, wo es ging, nur dass er das nicht tun würde, um seinen Lebensunterhalt zu sichern, sondern um seinen Traum und sein Leben zu retten.

Bedrückt verließ er die Pressevorführung, mit Mühe schaffte er es, einige Zeilen über den Werbefilm zu schreiben, Henny Porten erwähnte er ebenso wie Herti Kirchner, vor allem aber ließ er sich über das lobenswerte Engagement des Winterhilfswerks aus.

Nachdem er den Artikel an den Setzer weitergegeben hatte, stöberte er in dem Korb mit den neuen Meldungen. Eine Filmankündigung erregte sein Interesse. An den Waschzettel, auf dem die wichtigsten Daten zum Film standen, war ein Foto geheftet. Es zeigte Fritz Schulz und Ursula Grabley, in der Liste der Darsteller entdeckte er auch Herti Kirchner und Werner Finck. Die Premiere am 25. Oktober durfte er nicht verpassen. Er war gespannt auf Werner Finck, der etwa zur selben Zeit wie er selbst nach Berlin gekommen war und mit Hans Deppe das Kabarett *Die Katakombe* gegründet hatte. Seine Programme waren bekannt für Wortspiele und Doppeldeutigkeiten. Wie der Film mit solch einem Darsteller die Zensurhürde schaffen würde, war zusätzlich reizvoll. Jetzt war ihm auch klar, wieso er Herti Kirchner gelegentlich mit Werner Finck, Rudolf Platte oder Theo Lingen gesehen hatte. Durch die gemeinsame Arbeit an dem Film hatte sie Werner Finck und über ihn die anderen kennengelernt. Er nahm sich vor, endlich wieder ein Kabarettprogramm in der *Katakombe* zu besuchen, vielleicht ergab sich ein Treffen mit Herti. Meister Zufall hatte lange nicht mehr zugeschlagen. Wenn er ihr nicht begegnete, dann vielleicht Erich Kästner, von dem angeblich der eine oder andere Text stammte, der auf der Bühne präsentiert wurde.

Dezember 1933

Alexander sah Herti Kirchner sofort, als er das *Romanische Café* betrat. Als sie ihm zur Begrüßung zunickte, zögerte er zu lange. Ehe er sich zu ihr an den Tisch setzen konnte, sprang sie auf und begrüßte eine junge Frau mit den Worten: »Mensch, ich bin ja so glücklich.«

Er nahm am Nebentisch Platz und versuchte, aus dem Gespräch der beiden herauszufiltern, weshalb sie so euphorisch war. Ob das mit dem gestrigen Abend zu tun hatte? Er hatte sie mit der Schauspielerin Lulu Basler, Erich Kästner und Erich Ohser in ausgelassener Stimmung gesehen.

»Hallo, Alexander, darf ich mich zu dir setzen?« Seine frühere Kollegin Sabine Ritter ließ sich auf den leeren Stuhl fallen, ohne seine Antwort abzuwarten. Sie plapperte so aufdringlich, dass er vom Nebentisch kein Wort verstehen konnte.

»Jede freie Minute mit …«, war die letzte Bemerkung, die er mitbekam. Jede freie Minute mit wem? Mit was? Das war entscheidend.

»Eine christliche Zeitung«, sagte Sabine Ritter in dem Augenblick, als er ihr seine Aufmerksamkeit widmete.

»Entschuldigung, ich habe den letzten Satz nicht verstanden«, beteuerte er und deutete mit den Händen an, dass es so groß und laut im Café war.

»Ich arbeite jetzt für eine christliche Zeitung«, wiederholte Sabine Ritter. »Die *Vossische Zeitung* hat ihr Erscheinen eingestellt. Für die habe ich zuletzt viel geschrieben.«

Alexander nickte. »Eine Unverfrorenheit, zuerst veröffentlichen sie dieses Treuegelöbnis, bei dem sich 88 Autoren zu Hitler bekennen, und drei Tage später stehen die Walzen still.«

»Die Liste ist der Hammer, ein Großteil der Autoren, die nicht auf der Schwarzen Liste der unliebsamen Schriftsteller stehen, taucht dort auf«, empörte sich Sabine Ritter. »Am liebsten würde ich bei allen nachfragen, ob sie wirklich unterschrieben haben. Ich glaube, dass die Akademie der Künste einfach alle Mitglieder aufgeführt hat, die sie nicht rausgeschmissen hat.«

»Das wäre ein starkes Stück.« Er konnte das kaum glauben, allerdings hätte er vor einem Jahr auch nicht geglaubt, dass Bücher verbrannt und Geschäfte von Juden boykottiert würden.

Sabine beugte sich zu ihm herüber. »Hast du das neueste Gesetz schon gelesen? Unfassbar, ein Tierschutzgesetz. Ehrlich, da verprügeln sie auf der einen Seite Menschen, weil sie Juden oder Kommunisten sind, und regeln in einem Tierschutzgesetz, dass ich meinen Hund nicht schlagen darf. Sorry, aber diese Regierung gehört in die Klapse.«

Alexander sah sich nervös um. Wenn jemand hörte, wie Sabine Ritter sich äußerte, konnte das auch ihn gefährden. Seit er wusste, dass er keinen lupenreinen Stammbaum besaß, geriet er schnell in Panik. Bisher brauchte man den Nachweis auf der Straße nicht, aber wenn jemand aus der Redaktion oder von deren Angehörigen erfuhr, dass er nach den neuen Bestimmungen Jude war, konnte das problematisch werden.

»Habt ihr den neuen Kästner schon bekommen?«, erkundigte sich Sabine Ritter. »Das ist auch so ein Beispiel für die

Schizophrenie dieser Regierung. Da verbrennen sie Erichs Bücher, bis auf Emil, das schreiben sie extra in die Liste, und dann veröffentlicht er ein halbes Jahr später *Das fliegende Klassenzimmer*. Das versteht kein Mensch.«

Das Buch lag auf Alexanders Nachttisch. Als der Chefredakteur im Urlaub war, hatte er es an sich genommen. Endlich eine Lektüre, auf die er sich freuen konnte.

»Hast du gesehen, dass die Signatur von Walter Trier auf dem Cover fehlt?«, fragte Sabine Ritter. »Er ist Jude und konnte gerade noch die Illustrationen zu ‚Tom Sawyer‘ fertig machen, ehe er Deutschland verließ.«

Das war ihm neu, solche Meldungen schob Winfried Bergmeier direkt nach Eingang in den Schredder.

»Ich überlege, das Land zu verlassen«, verkündete Sabine Ritter. »Deshalb habe ich mir Auftraggeber im Ausland gesucht. Die brauchen neue Redakteure, um im Zeitungsmarkt von außen mitzumischen.«

Das wäre auch für mich eine Option, dachte Alexander und beschloss Sabine Ritter einzuladen, vielleicht musste er bald auf ihre Kontakte zurückgreifen.

Am nächsten Tag war er froh über diese Begegnung.

»Dann kann ich Sie leider nicht weiterbeschäftigen«, erklärte der Chefredakteur ihm, als er ihm das dessen Rückkehr aus dem Urlaub den halb ausgefüllten Nachweis auf den Tisch legte.

Alexander war sich nicht sicher, ob in dem kleinen Monolog, der sich anschloss ein Tonfall des Bedauerns mitschwang.

»Vielleicht können Sie unsere Zeitung verkaufen oder austragen, die brauchen immer Leute und fragen nicht nach einer Bescheinigung«, schlug Winfried Bergmeier vor.

Alexander staunte und bedankte sich. Auf dem Rückweg zu seinem Tisch sah er sich in den Redaktionsräumen um. Wenn nicht ein Wunder geschah, war er ab dem 1. Januar ohne Arbeit.

Nach der letzten Wahl vor vier Wochen, hatte er die Zuversicht verloren, dass Hitlers Regierung genauso schnell scheiterte wie die vorherige. Er musste einen Weg finden, sich durchzulavieren, Zeitungen verkaufen und Artikel für die Auslandspresse schreiben, damit er wenigstens das Geld für die Miete verdiente.

Als wollte der Chefredakteur das Unrecht seiner Partei ein wenig ausgleichen, schob er ihm die Pressemeldung zum Start des Carl Boese-Films *Gretel zieht das große Los* am 21. Dezember hin und sagte mit einem Augenzwinkern: »Der ist mit Ihrer Herti Kirchner.«

Alexander wurde rot. Sein Interesse an der Schauspielerin war rein beruflich, das versuchte er seinen Kollegen seit Monaten begreiflich zu machen, heute verzichtete er auf eine Richtigstellung und freute sich über die Karte, vielleicht würde das sein letzter Premierenbericht.

Nach Feierabend ging er zum Bücherkabinett. Vielleicht hatte Johannes Unger Arbeit für ihn, die verhasste Inventur stand im Januar an. Als er die Buchhandlung betrat, entdeckte er Herti Kirchner, die mit seinem Freund so in ein Gespräch vertieft war, dass sie ihn nicht bemerkten.

»Erich hat mir sein neues Kinderbuch, welches erst in den nächsten Tagen erscheint, jetzt schon geschenkt mit einer goldigen Widmung. Ach, du kannst dir sicher vorstellen, wie ich vor Glück ganz meschugge bin. Wenn ich ihn sehe, hab' ich eiskalte Hände und glühheiße Backen. Und bei der ersten Begegnung war ich die erste Viertelstunde stocksteif und stumm und kriegte vor Hemmungen kein Wort raus. Jetzt quatschen wir schrecklich nett und alle Hemmungen sind weg. Er ist der herrlichste Mann der Welt. Direkt mit Vollmoeller in einer Ranglinie und das will was heißen.«

Es stimmte also, was er seit einer Beobachtung in der *Eden-Bar* vermutete. Dort hatte er sie nach der Vorstellung im *Deutschen Künstlertheater* mit Erich Kästner gesehen, sie wirkten sehr vertraut, nicht so, als handelte es sich um eine freundschaftliche Beziehung. Dazu passte, dass sie wusste, dass Kästners Konto beschlagnahmt worden war. Sie erzählte Johannes, dass er das erst feststellte, als er Geld abheben wollte.

In dem Augenblick bemerkte der Buchhändler ihn. »Ach, Alexander! Wie schön, dass du mal wieder vorbeikommst. Ich wollte dir immer schon Herti Kirchner vorstellen, sie kommt auch aus Kiel.«

Alexander verzog das Gesicht. Johannes wusste genau, dass er die Schauspielerin längst kannte. Ehe er antworten konnte, erklang ihr glockenhelles Lachen.

»Wir kennen uns!« Sie reichte ihm die Hand. »Wie geht es Ihnen? Was gibt es Neues in der Welt?«

Er wusste nicht, was er darauf antworten sollte. »Schön, Sie zu sehen«, quetschte er hervor und fügte hinzu, als er sich gefasst hatte: »Gerade heute habe ich die Einladung zu Ihrer nächsten Filmpremiere bekommen.«

»Ich bin gespannt, wie Ihnen der Film gefällt«, sagte sie. »Ich hoffe, wir sehen uns auf der Premierenfeier.« Danach ging sie zur Tür und war verschwunden, bevor er etwas erwidern konnte.

Johannes grinste. »Nun habe ich mein Versprechen eingelöst und euch bekannt gemacht!«

Alexander starrte auf die Tür. Jetzt fiel ihm ein, was er alles hätte sagen können. Er musste sich besser auf solche Zufälle vorbereiten.

»Hey, hier bin ich!« Der Buchhändler stupste ihn an. »Herti ist längst weg!«

Alexander nickte nur. In Gedanken war er bereits bei der Premierenfeier. Wenn er schon nicht mehr Journalist sein durfte, wollte er sich den Traum von der Biografie eines künftigen Weltstars erfüllen.

Gretel zieht das große Los

Gerade rechtzeitig zum Weihnachtsfest hat die Zensur den neuen Spielfilm mit Lucie Englisch freigegeben. Seit dem 21. Dezember können wir in *Gretel zieht das große Los* verfolgen, wie die junge Schauspielerin als Klavier-Verkäuferin in allerlei Verwicklungen gerät. Weil sie zu spät zum Dienst antritt, greift sie zu einer Notlüge. Sie behauptete, sie hätte in einer Lotterie gewonnen. Was für ein willkommener Anlass für eine Werbung in eigener Sache, denkt sich ihr Chef und meldet der Zeitung dieses Ereignis. Da Zeitungen immer froh über

Nachrichten von jungen hübschen Frauen sind, erscheint alsbald ein Artikel über dieses jähe Glück. Dem tatsächlichen Gewinner Willi Zinsler, gespielt von Hans Brausewetter, kommt diese Verwechslung gerade recht. Als Barpianist, der dem Klavierhändler eine Zeche schuldet, ist er nicht darauf erpicht, dass jeder von seinem neuen Reichtum erfährt. Einzig seine frisch erwachte Liebe zur lügenhaften Verkäuferin steht einem frühen Ende der Geschichte entgegen. Aber wer will schon nach 15 Minuten das Kino verlassen, wenn er sich auf einen langen Filmabend gefreut hat? Schließlich erwarten wir neben der bezaubernden Lucie Englisch und dem charmanten Hans Brausewetter Grete Weiser auf der Leinwand und das junge Talent Herti Kirchner, das in diesem Jahr durch einige Filme von sich reden machte. Gut also, dass Carl Boese, der für Regie und Drehbuch verantwortlich zeichnete, die Ideen für eine amüsante Komödie nicht ausgingen und Hans Carste und Gustav Althoff mit ihren Liedtexten dem Ganzen einen zusätzlichen Reiz verliehen haben. (aha)

Januar 1934

Am ersten Arbeitstag im neuen Jahr wachte Alexander mit einem unguten Gefühl auf. Nun war es also soweit, er gehörte zu dem Heer von arbeitslosen Kulturschaffenden, das die neue Regierung produzierte. Die Arbeiter, die durch die Maßnahmen Hitlers und die Entscheidungen seiner Minister wieder Stellen hatten, ahnten nicht, dass die neue Regierung die Arbeitslosigkeit nur verlagerte. Vermutlich hätte es sie nicht gestört, Gedankenarbeiter waren für viele Menschen Tagediebe. Darüber, wie die Artikel in ihre Zeitung kamen, scherten sie sich nicht, und ob diese Berichte von der Meinung des Redakteurs gefärbt oder objektiv waren, war vielen einerlei. Hauptsache, sie hatten zum Abend ihre Zeitung und auf dem Scheißhaus ihr Papier.

»Müssen Sie heute nicht zur Arbeit?«, begrüßte die Wirtin Alexander, als er später als sonst zum Frühstück in die Küche kam.

Er zögerte. Sollte er ihr erklären, dass er keine Arbeit mehr hatte?

»Ach, sicher hatten Sie am Wochenende Dienst, da war ich die ganze Zeit unterwegs zum Neujahrskaffee. Ich sage Ihnen, bis man alle besucht hat, damit keiner beleidigt ist, weil man sich im neuen Jahr nicht vorgestellt hat, das ist anstrengend, da kann man besser arbeiten gehen.« Sie zwinkerte ihm zu. »Nur, dass die Arbeit weniger ansetzt.« Dabei deutete sie auf ihre nicht erkennbare Taille.

Alexander ließ Bernhardine Wenning erzählen. Es interessierte ihn nicht, dass die Frau nun bis Dreikönig zu Hause bleiben musste, um die Gegenbesuche nicht zu verpassen.

»Wundern Sie sich also nicht, wenn es heute ständig klingelt und Ihnen fremde Frauen auf dem Flur begegnen.« Sie zwinkerte ihm zu. »Vielleicht ist eine für Sie dabei. So ein fescher Bursche und keine Braut in Sicht, das geht nicht.«

Alexander schüttelte den Kopf, darüber machte er sich keine Gedanken, in diesen Zeiten erst recht nicht. Er hatte für seine Arbeit gelebt und in seiner Freizeit auf sein Ziel hingearbeitet, sein Buch über Herti Kirchner. Weit war er damit nicht gekommen, ein paar Filme, ein oder zwei Theaterproduktionen, ein Gerücht hier, eine Erinnerung da. Nun hatte er mehr Zeit, als ihm lieb war, er konnte sich intensiv um das Projekt kümmern und nachdem er sie bei Johannes getroffen und sie bei der Premierenfeier mit ihm geplaudert hatte, kam hoffentlich endlich das Interview zustande.

»Dann ist es besser, ich verschwinde«, scherzte Alexander. »Bevor sie mich an die erstbeste Dame verkuppeln.«

»Hitler würde es gefallen«, antwortete die Wirtin ernst. »Man sagt, er will sich dafür einsetzen, dass mehr Kinder geboren werden.« Sie senkte die Stimme, obwohl um diese Zeit niemand sonst in der Wohnung war. »Warten Sie ab, irgendwann werden die unverheirateten Männer und Frauen von der Straße aufgesammelt und zusammen ins Hotel gesperrt.«

Ideen hatte die Frau! Aber inzwischen wunderte einen nichts mehr, auch solche verrückten Gedanken konnten unter der neuen Regierung Wirklichkeit werden. »Ich schaue lieber, ob ich in einem Café eine hübsche, junge Dame finde.« Alexander verabschiedete sich mit einem Lächeln und sah, dass seine Wirtin die Betonung auf hübsch und jung durchaus verstanden hatte.

»Da haben Sie recht!«, sagte sie mit einem Lachen, während sie seine Tasse abräumte und mit einem Tablett Richtung gute Stube ging.

Alexander streunte ziellos durch die Stadt. Was sollte er tun? Von einer französischen Zeitung hatte er den Auftrag, ein Porträt über das neue Berlin zu schreiben. Jeder Gang durch die Straßen bedeutete Recherche und Suche nach der Zukunft.

Neben dem Bühneneingang der Oper fiel ihm ein Zettel auf. »Kassierer gesucht«. Er zögerte; es würde täglich schwerer werden, eine Stelle oder freie Aufträge als Journalist zu bekommen. Wenn er sich das Zimmer in der Küstriner Straße weiterhin leisten wollte, brauchte er eine Einnahmequelle, da war diese Arbeit auf jeden Fall besser, als sich auf dem Bau oder als Straßenarbeiter zu verdingen.

Die Tür zum hinteren Eingang der Staatsoper ließ sich ohne Weiteres öffnen. Hier war Alexander nie zuvor gewesen. Er ging langsam durch die Gänge, bis er endlich jemanden traf. »Ich habe Interesse an Ihrer Stelle als Kassierer«, sagte er. »Wo muss ich mich melden?«

Der Mann zog ein Formular aus einer Schublade. »Hier, füllen se det aus und kommen se dann wieda, denn klappt det schon«, erklärte er in dem gemütlichen Berliner Dialekt, der Alexander immer ein wenig an zu Hause erinnerte. Das Kieler Platt war anders, aber Dialekt klang nach Heimat.

Alexander bedankte sich und lächelte erfreut, bis sein Blick auf das Formular fiel: Ariernachweis.

Der Mann bemerkte sein Zögern. »Det ist 'ne Formsache, müssen Se nur ausfüllen lassen. Det geht schnell. Müssen jetz alle, die bei de Stadt arbeiten.«

Alexander rang sich ein Abschiedslächeln ab. »Bis dann!« Er schob das Formular in die Tasche und verließ mit hängenden Schultern das Theater durch den Hinterausgang. Dass er daran nicht gedacht hatte, alle öffentlichen Einrichtungen mussten von ihren Mitarbeitern den Nachweis verlangen.

Er lehnte sich an die Mauer neben der Tür. Soviel er wusste, galt die Regelung bisher nur für öffentliche Einrichtungen. Private Firmen mussten sich nicht an diese Vorgaben halten. Manche achteten darauf, besonders wenn die Verantwortlichen Parteimitglieder waren. Es konnte nicht schaden, bei den privaten Theatern und den Kinos nach freien Stellen zu fragen.

Sein erster Weg führte ihn zum *Deutschen Künstlertheater* an der Budapester Straße. Hier kannte er sich dank früherer Pressetermine hinter den Kulissen aus. Er betrat das Theater und blieb sofort stehen. Die Stimme kannte er. Er linste um die Ecke. Auf der Bühne stand Herti Kirchner und sang mit Käthe Dorsch und einer Kollegin ein Terzett.

»Was wollen Sie denn hier?«, herrschte ihn eine Frau im Arbeitskittel an.

»Äh, äh, ich wollte fragen, ob Sie jemanden suchen«, stammelte Alexander. »Ich meine, ich suche eine Stelle. Ich habe bis zum Ende des Jahres bei einer Zeitung gearbeitet, die eingestellt wurde.« Diese Halbwahrheit hatte er sich eigentlich für

Bewerbergespräche bei den ausländischen Zeitungen zurechtgelegt, aber ihm fiel so schnell nichts Besseres ein.

»Hier ist ein Theater, keine Zeitung!«, knurrte die Frau, dann sah sie ihn mitleidig an. »Na, kommen Sie, vielleicht kann Sie jemand gebrauchen.«

Alexander blickte ein letztes Mal auf die Bühne, gerne hätte er weiter zugesehen, doch jetzt war eine Arbeit wichtiger.

Ein Mann im Nadelstreifenanzug hörte sich die Geschichte an, die er sich zurechtgelegt hatte. »Von mir aus können Sie die Kasse machen«, sagte er schließlich. »Sie wissen aber schon, was das heißt, Künstlertheater?«

Bisher war Alexander davon ausgegangen, dass der Name für Qualität stand. »Hier stehen echte Künstler auf der Bühne.«

Der Mann lachte. »Stimmt. Echte Bühnenkünstler, echte Lebenskünstler, echte Hungerkünstler. Hier muss jeder daran mitwirken, dass Geld ins Haus kommt. Am Ende eines Abends werden die Einnahmen nach einem bestimmten Schlüssel geteilt. Kommen drei Leute, bleibt für jeden nicht viel.«

Das hatte Alexander nicht erwartet, aber nicht viel war besser als nichts und kündigen konnte er immer. Er versprach am nächsten Abend zur Stelle zu sein. Mit Käthe Dorsch als Zugpferd würde das Theater sicher voll werden.

»Was wird denn da gerade geprobt?«, erkundigte er sich, als die Frau ihn zurück zur Tür begleitet.

»*Lady Fanny*«, sagte die Frau. »Eine Operette. Der Vater der *Dubarry*, Theo Mackeben, hat die Musik geschrieben. Mit Käthe Dorsch und Ivan Petrovich haben die Direktoren zwei gute Leute an Land gezogen.«

Und mit Herti Kirchner, dachte er, bedankte sich aber nur überschwänglich bei der Frau, dass sie den Kontakt hergestellt hatte, und nahm sich vor, ihr am nächsten Abend eine Pralinenschachtel mitzubringen. Allerdings nur eine kleine, weil sie ihm partout nicht erlauben wollte, die restlichen Proben aus dem Zuschauerraum zu verfolgen.

»Die proben jeden Tag von 10 Uhr morgens bis 18 Uhr abends, das ist Knochenarbeit. Die Kleine da«, sie zeigte auf Herti Kirchner, »spielt ein junges Mädchen, welches dauernd im Kreis der Familie auf der Bühne ist. Sie hat in allen Akten zu tun, da braucht sie ihre Ruhe.«

Das war verständlich, aber es wäre schön gewesen, Herti Kirchner wieder einmal bei der Arbeit zu beobachten, und er hätte sich die Zeit vertreiben können, um nicht zu früh in der Wohnung zu sein. Er lachte in sich hinein, ab morgen war er Mitarbeiter des *Deutschen Künstlertheaters*, es würde ihm sicher niemand verwehren, dass er früher seinen Dienst antrat. Dann musste seine Wirtin sich auch nicht wundern, weshalb er die Tage plötzlich zu Hause verbrachte.

Februar 1934

»Telefon für Sie!« Die Stimme seiner Wirtin und das Klopfen an seiner Zimmertür rissen Alexander aus dem Schlaf. Er hatte geträumt. Herti Kirchner war mit ihm über das Parkett der *Eden*-Bar getanzt und hatte ihm erklärt, dass sie nur aus Enttäuschung darüber, dass er sie nie angesprochen hatte, mit Erich Kästner zusammengekommen war. Gerade, als er sie im Traum an sich zog, um sie zu küssen, weckte ihn seine Wirtin.

»Ich komme schon!«, rief er schlaftrunken. »Ich habe gestern lange gearbeitet«, entschuldigte er sich, als er im Morgenmantel an ihr vorbei zum Telefonapparat huschte. »Halbersberg!«

»Karlheinz Riethmüller, erinnern Sie sich an mich.«

Alexander war so überrascht, dass er sich auf den Hocker fallen ließ, auf dem sonst seine Wirtin ihre Telefongespräche führte. »Natürlich, wie geht es Ihnen?«

»Mir geht es gut und den *Kieler Nachrichten* auch«, antwortete der Chefredakteur der Zeitung, bei der Alexander sich die ersten journalistischen Sporen verdient hatte. »Was man nicht von allen Presseorganen sagen kann, wie ich höre.«

»Hier in Berlin stirbt eine Zeitung nach der anderen«, stimmte Alexander zu. Er sah die hochgezogenen Augenbrauen seiner Wirtin und wusste, dass er auf seine Worte achten musste.

»Ich habe gehört, Ihnen geht es nicht so gut«, sagte Karlheinz Riethmüller.

Kiel ist eben ein Dorf, dachte Alexander.

»Was halten Sie davon, wenn Sie mir den einen oder anderen Artikel aus der Hauptstadt schicken?«, erklärte der Chefredakteur den Grund seines Anrufs. »Jetzt, wo Berlin zum Nabel der Welt wird, würden wir gerne unser Blatt mit ein bisschen Hauptstadtkolorit aufpeppen. Da sind Sie mir eingefallen.«

Alexander war froh, dass er saß. Er konnte nicht fassen, dass ihm unverhofft eine Möglichkeit in den Schoß viel, weiter journalistisch zu arbeiten.

»Äh, gerne«, stammelte er. »Was wollen Sie denn?«

»Ach, ein bisschen Kultur, ein bisschen Sport, ein bisschen Politik, aber unterhaltsam. Ihr Bericht über die Schiffstaufe durch Hindenburg hat mir gut gefallen, so etwas in der Art.«

»Das kriege ich hin«, versprach Alexander, »im März ist die Automobilmesse, das interessiert Ihre«, er stockte kurz und fuhr dann fort, »unsere Leser bestimmt.«

»Genau, und ist nicht die kleine Kirchner gerade dabei, Karriere zu machen? Eine Kielerin in Berlin, das liest hier jeder gerne. Daraus können Sie sogar eine kleine Serie stricken.«

Alexander fragte sich, ob er bereits aufgewacht war oder noch träumte. »Danke«, stammelte er.

»Wir müssen uns bei Ihnen bedanken«, sagte der Chefredakteur. »Vielleicht können Sie gelegentlich vorbeikommen, damit wir das Rechtliche klären.«

Alexander zuckte zusammen. Das war's dann.

»Äh, im Moment ist es schwierig«, stammelte er. »Es kann sein, dass ich keine Arbeits- und Zureise-Erlaubnis bekomme, wenn ich aus Berlin weggehe. «

»Ach, stimmt, von dem neuen Gesetz gegen Zuwanderung in Berlin habe ich gehört. Warten Sie.«

Alexander bekam mit, wie der Hörer auf den Tisch gelegt wurde, jemand ein paar Schritte ging und sich eine Tür schloss.

»Da bin ich wieder«, meldete sich Karlheinz Riethmüller. »Ich wollte das nicht am Telefon klären, aber dann geht es nicht anders. Also: Ich kenne Ihre Situation. Deshalb kann ich Ihre Artikel nicht unter Ihrem Namen veröffentlichen. Wir werden uns ein Kürzel ausdenken.«

Alexander war sprachlos. Er hatte immer einen guten Draht zu seinem ersten Chef gehabt, aber dass dieser ihm nun half, hätte er nicht erwartet. »Danke!«, stammelte er immer wieder.

»Schreiben Sie was Ordentliches, das ist Dank genug!«, wehrte Karlheinz Riethmüller ab. »Haben Sie eine Idee für ein Kürzel?«

»Wie wäre es mit Mojo? Morten ist mein zweiter Vorname und Johansen der Geburtsname meiner Mutter.«

»Das klingt gut. Dann warte ich auf Ihren ersten Beitrag und passen Sie gut auf sich auf, wir brauchen Sie.«

Alexander konnte sich das spitzbübische Grinsen seines früheren Vorgesetzten bei dieser Verabschiedung vorstellen. Er legte den Hörer auf die Telefongabel.

»Mojo? Ist das ein neuer Schauspieler?« Die Stimme der Wirtin riss ihn aus seinen Gedanken. Wie lange stand sie schon neben ihm? Er ging seine Beiträge in dem Telefonat durch und war erleichtert, dass er nur unverfängliche Dinge gesagt hatte.

»Mein Freund hat mich nach einem Namen für seinen neuen Hund gefragt«, antwortete er.

Die Wirtin verschwand zufrieden in der Küche. »Der Kaffee ist gleich durchgelaufen.«

»Ich mache mich fertig.« In seinem Zimmer setzte er sich auf das Bett und starrte fassungslos vor Glück an die Decke.

Beim Frühstückskaffee ging er in Gedanken die Ereignisse durch, über die er den *Kieler Nachrichten* Beiträge schicken konnte. Schade, dass der neue Film mit Heinz Rühmann *So ein Flegel* nach dem Roman *Feuerzangenbowle* von Heinrich Spoerl ein Jugendverbot bekommen hatte. Das wäre ein schöner Einstieg gewesen. Aber die Zensurkommission hatte Sorge, dass die Jugendlichen ihre Lehrer nicht mehr ernst nähmen, wenn sie einen solchen Film zu sehen bekämen. Er hatte das Gutachten über den Film nicht gelesen, ein Bekannter, der bei der UFA die Pressearbeit betreute, hatte ihm gesteckt, dass von »Gefährdung der öffentlichen Ordnung und Sicherheit« und »Beschädigung des deutschen Ansehens« die Rede war.

Aber am Mittwoch war im *Atrium* die Premiere von *Der Doppelgänger*, der sechsten Edgar Wallace-Verfilmung, mit Theo Lingen und Camilla Horn. Daran würden auch die Kieler ihre Freude haben. Vorher die Premiere von *Lady Fanny* mit Herti Kirchner, im März der Bericht über die Internationale Auto- und Motorrad-Ausstellung. Das Leben konnte so schön sein.

Am nächsten Tag war Alexander im *Deutschen Künstlertheater*, ehe die Proben begannen.

»Was wollen Sie denn schon hier?«, erkundigte sich der Direktor. »Kartenverkauf ist erst nach der Probe.«

»Ich dachte, ich könnte mich hier nützlich machen«, bot Alexander an. »Ich könnte den Text für das Programmheft schreiben oder beim Bau der Kulissen helfen.« Dass seine handwerklichen Fähigkeiten eher kümmerlich waren, musste er dem Direktor nicht auf die Nase binden. Bei seiner ersten und einzigen Operation an einem Leichnam war es ihm nicht einmal gelungen, den Schnitt sauber zuzunähen.

»Von mir aus, schreiben Sie was fürs Programmheft, interviewen Sie die Schauspieler und bereiten das hübsch auf.«

Alexander jubelte innerlich. Das war seine Chance für das Interview mit Herti Kirchner. Natürlich waren Käthe Dorsch und Ivan Petrovich die Stars, aber über die wusste jeder alles, die konnte er in zwei Sätzen erwähnen.

Als die Tür aufging und Herti Kirchner das Theater betrat, schickte er ein Dankgebet zum Himmel oder ans Schicksal oder an Meister Zufall. Die Proben begannen in einer halben Stunde.

Er zögerte, wie er sie ansprechen sollte. In Gedanken und im Gespräch mit Johannes Unger nannte er sie immer Herti, bei den kurzen Begegnungen waren sie nie dazu gekommen, das zu klären, er blieb auf der sicheren Seite, um sie nicht bei den ersten Worten zu vergrätzen. »Guten Morgen, Frau Kirchner, der Direktor meinte, es wäre eine gute Idee, die Schauspieler fürs Programmheft zu interviewen, darf ich mit Ihnen anfangen?«

»Tss. Welcher Direktor war es denn?« Herti Kirchner schnaubte. »Unser Theater hat drei Direktoren. Das sind geriebene Burschen. Sie haben es tatsächlich fertiggebracht, dass ich während der ganzen Probenzeit, vom 25. Januar bis Mitte Februar, nur eine halbe Gage kriege.«

Er duckte sich unter den zornigen Worten.

»Und gemein, wie das immer so ist, habe ich in Fanny von Anfang bis Schluss zu tun, aber wirklich schöne Szenen. Einen Erfolg kann ich mir nicht holen, muss aber die Proben von Anfang bis Schluss mitmachen.«

Alexander starrte auf sein Notizbuch. Das konnte er kaum ins Programmheft schreiben. »Haben Sie denn jemanden, der Sie aufmuntert?« Auf diese Frage war er richtig stolz.

»Kästner hat mir die Verzweiflung aus dem Kopf geredet und sagt, ich soll nicht so verrückt heulen, sondern froh sein, dass ich im festen Engagement bin.«

Er frohlockte, diese Äußerung konnte er sicher im Programmheft unterbringen.

Herti Kirchner sprach weiter, als wäre er nicht da. »Neulich erzählte ich Dr. Diebold von der Frankfurter Zeitung, dass ich in *Lady Fanny* nur eine kleine Rolle spiele. Der sagte: ,Wenn Sie spielen, kann die Rolle noch so klein sein, trotzdem wird man Sie beachten. Sie sind längst allen aufgefallen und wir warten schon auf Ihre erste große Bühnenrolle mit gezückter Feder'.«

Das war ein guter Stoff für das Programmheft, er musste Bernhard Diebold anrufen, ob er das Zitat verwenden durfte, damit konnte er etwas anfangen.

»Herzlichen Dank.« Er war überwältigt von den Informationen, die ihm vor die Füße gefallen waren. Filmgesellschaften und Theater überschlugen sich, um gute Referenzen für ihre

Stücke oder Darsteller zu kriegen und er bekam eine auf dem Silbertablett serviert.

»Was sind denn Ihre nächsten Pläne?«, fragte er rasch, während die anderen Darsteller sich auf der Bühne einrichteten.

»Morgen filme ich bei Carl Froelich. Habe mir ein süßes Kleid arbeiten lassen«, rief sie ihm zu, während sie ihre Position einnahm. Sie filmte also mit Carl Froelich. Das würde auch die Schweizer Zeitung interessieren, an die ihn Sabine Ritter vermittelt hatte. Carl Froelich war eine große Nummer im Filmgeschäft, seit er 1929 nach zehn Jahren Stummfilm den ersten deutschen Tonfilm überhaupt produziert hatte.

»Was stehen Sie hier herum?« Die Frau im Arbeitskittel, die ihm die Stelle vermittelt hatte, tauchte neben Alexander auf. »Verkaufen Sie Karten oder arbeiten Sie etwas anderes, aber stehen Sie uns nicht im Weg.«

Alexander zog den Kopf ein. Mit dieser Frau war nicht gut Kirschen essen, aber sie hatte anscheinend etwas zu sagen. Da machte er sich besser auf die Suche nach seinem Arbeitsplatz und freute sich nur im Stillen über den guten Start in den Tag.

Kaum hatte er die Kassenloge erreicht, stand die Frau hinter ihm. »Wissen Sie, was Sie machen müssen?«

Er ließ seinen Blick durch die Loge schweifen, eine Rolle mit Billetts lag neben einer Kasse, das konnte nicht schwer sein. »Natürlich«, antwortete er großspurig. »Karten verkaufen ist ein Kinderspiel.«

Die Frau fixierte ihn mit zusammengekniffenen Augen. »Na, mit Ihnen haben wir einen Fang gemacht! Bitte! Probieren Sie es.« Sie verschwand hinter der Bühne.

Er setzte sich auf den Stuhl hinter der Scheibe, die ihn von den Besuchern trennen sollte und las das Zitat von Bernhard Diebold, einem der angesagten Kritiker in Berlin, erneut durch und Hertis Bemerkung über Kästner. Damit konnte er, ohne es extra zu betonen, verraten, dass es eine Beziehung zwischen ihr und Erich Kästner gab. Bisher hatte er nirgendwo etwas darüber gelesen, sicher auch deshalb, weil der Name in der Zeitung die Regierungspolitiker nicht begeistern würde. Aber in einem Programmheft konnte man so etwas erwähnen.

Jemand klopfte an die Scheibe und signalisierte Alexander, dass er Karten kaufen wollte. Er wollte die Scheibe öffnen. Aber wie? Wenn er an dem kleinen Knauf zog, um die Scheibe hochzuklappen, tat sich nichts. Zur Seite schieben ließ sich die Scheibe auch nicht. Endlich hatte er es geschafft. Die Scheibe musste nach oben geschoben werden.

»Das wurde aber auch Zeit«, schimpfte der Mann. »Zwei Billetts für die Premiere von *Lady Fanny*. Da singt der Petrovich, oder?«

Alexander nickte.

»Meine Frau ist begeistert von ihm.« Der Mann beugte sich zu der Öffnung herunter. »Und ich muss was wiedergutmachen, verstehen Sie.« Er zwinkerte ihm zu und lächelte anzüglich.

Alexander wollte nicht wissen, weshalb der Mann die Karten kaufte. Er zog zwei Billetts von der Rolle und stockte, als er sie durch das Fenster reichen wollte. Was kostete eine Eintrittskarte? In dem kleinen Kassenhäuschen fand sich keine Aufstellung darüber.

»Bitte entschuldigen Sie, aber ich bin neu und muss eben fragen, was die Karten kosten«, erklärte er mit hochrotem Kopf.

»Zwei Mark«, sagte der Mann. »Das steht hier!« Er zeigte auf eine Tafel neben dem Fenster.

Alexander schob seinen Kopf durch die Öffnung und versuchte die Preise zu lesen. Als er den Kopf zurückziehen wollte, blieb sein Ohr an der hochgeschobenen Scheibe hängen. Mit hochrotem Kopf öffnete er die Tür des Kassenhäuschens und stellte sich vor die Loge, um die Preise zu lesen. Zurück auf seinem Stuhl, nahm er wortlos das Fünf-Mark-Stück, den der Mann ihm hinlegte und öffnete die Kasse, um das Wechselgeld herauszugeben. Die Kasse war leer.

»Der Rest ist Trinkgeld!«, erklärte der Mann. »Das werden Sie brauchen, ich glaube nicht, dass Sie den Job lange machen.«

Kaum war der Mann mit den beiden Karten verschwunden, tauchte die Frau im Arbeitskittel hinter Alexander auf. »Und? Läuft alles?«, erkundigte sie sich.

»Ich habe zwei Karten für die Premiere verkauft«, verkündete Alexander und strahlte die Frau an.

»Die Premiere ist ausverkauft!«, schimpfte sie. »Was meinen Sie, weshalb hier keine Premierenkarten, sondern nur normale Billetts liegen!« Er sackte in sich zusammen.

»Es tut mir leid, aber ich fürchte, diese Arbeit entspricht nicht Ihrer Begabung«, sagte die Frau. »Ich denke, es ist besser, Sie suchen sich etwas anderes. Ich übernehme das wieder, das hat immer gut geklappt.« Dabei wedelte sie mit einem Beutel vor Alexanders Nase, in dem Kleingeld rappelte.

»Wieso haben Sie mich überhaupt dem Direktor vorgestellt?«, fragte er.

»Wir könnten gut jemanden gebrauchen, der bei den Kulissen hilft«, antwortete die Frau. »Ich konnte nicht wissen, dass
er Ihnen meine Arbeit gibt. Das ist die lukrativste Tätigkeit hier
am Theater, da fällt immer Trinkgeld ab oder die Leute vergessen, das Wechselgeld mitzunehmen.«

Alexander ärgerte sich, dass er auf die Frau hereingefallen
war. Er hätte sich nur von ihr die Aufgabe erklären lassen müssen, dann wäre sie die Angeschmierte. Er wagte jedoch nicht,
sich zu wehren. Nur zu oft hörte man von Fällen, bei denen
Juden wegen Kleinigkeiten angeschwärzt wurden. Dieser Frau
traute er das durchaus zu. Missmutig folgte er ihr zum Ausgang. Sie achtete darauf, dass er mit niemandem sprach und
erklärte, dass sie dem Direktor übermitteln würde, dass er eine
andere Arbeit hätte.

Ehe er verstand, was gerade geschehen war, fand er sich auf
der Straße wieder. Wie sollte er den Tag verbringen? In die
Pension konnte er um diese Zeit nicht, das würde seine Wirtin
misstrauisch machen. Er seufzte und steckte sich eine Zigarette
an. Die letzte in seinem Etui, danach musste er mit dem Rauchen aufhören. Das Wohnen konnte er sich nicht abgewöhnen.

Statt nach Hause zu gehen und sich den neugierigen Fragen
der Wirtin zu stellen, stattete er den angesagten Bars einen Besuch ab. Im *Romanischen Café* saß Erich Kästner an einem
Tisch und kritzelte in sein Notizbüchlein.

Alexander kämpfte mit sich, ob er ihn einfach ansprechen
sollte. Jemand kam ihm zuvor. Der Mann zeigte auf das

Notizbuch. »Ich habe gehört, dass dein Schreibverbot aufgehoben wurde. Glückwunsch.«

Dann wurde die Stimme leiser, Alexander hätte sich neben ihn stellen müssen, um etwas zu verstehen. Er beschloss, stattdessen in einer anderen Bar nach Kollegen Ausschau zu halten.

In der *Eden*-Bar wurde getanzt, als Alexander einen Blick hineinwarf. Sofort stand eine ältere Frau vor ihm und forderte ihn auf.

»Äh, ich wollte nur.«

Die Frau mit den hochgesteckten blonden Haaren interessierte sich nicht für seine Wünsche. Sie legte seine rechte Hand auf ihre Hüfte, drückte die Linke hoch und schob ihn durch den Saal.

Alexander war ein guter Tänzer, seine Mutter hatte auf einer fundierten Tanzausbildung bestanden. »Wenn du nicht Klavier spielen willst, wie es sich für Kinder aus gehobener Familie gehört, musst du wenigstens tanzen können. Eines ist so gut wie das andere bei der Suche nach einer passenden Braut.«

Während er versuchte, der Frau die Führung abzutanzen, fiel ihm ein Artikel von Billy Wilder ein. Der Regisseur hatte als Journalist bei dem Wiener Magazin *Die Stunde* angefangen. Der Chefredakteur hatte ihm vorgeschlagen, sich für eine Reportage als Eintänzer zu verdingen. Darüber amüsierte sich halb Berlin bis heute, obwohl das sechs Jahr her war.

»Sind Sie Berufstänzer?«, wollte seine Tanzpartnerin wissen, nachdem sie sich endlich seiner Führung überlassen hatte.

Alexander lachte. »Nein, aber meine Mutter hat darauf bestanden, dass ich Tanzen lerne. Tanzen öffnet Türen, hat sie immer behauptet.« Beim Versuch, ihn zum Klavierunterricht zu überreden, hatte sie noch »Musik öffnet Türen« gesagt. Er hätte auf sie hören sollen. Jede Bar in Berlin, die etwas auf sich hielt, beschäftigte eine Kapelle oder zumindest einen Pianisten. Er seufzte, das hätte ihm auch nicht geholfen, inzwischen mussten selbst Berufsmusiker einen Ariernachweis vorlegen. Er sah sich in dem Saal um. Viele Frauen warteten darauf, dass vor dem nächsten Tanz einer der wenigen Herren zu ihnen kam. Von einem Ariernachweis für Eintänzer hatte er bisher nichts gehört.

»Schade, dass das Lied zu Ende ist«, fand seine Tanzpartnerin, die im Alter seiner Mutter sein mochte. »Ich bin übrigens Isolde van Weyden, vielleicht sehen wir uns jetzt öfter.« Sie kramte in dem Billetttäschchen ihres Kostüms, zog etwas heraus und ließ es unauffällig in seine Jackentasche gleiten. »Vielen Dank für diesen wunderbaren Tanz«, flüsterte sie ihm ins Ohr.

Er blickte sich um, ob jemand die Geste mitbekommen hatte. Eine Frau mit roten Haaren, die ebenfalls mit einem deutlich jüngeren Mann auf dem Parkett gewesen war, strich wie zufällig über dessen Jackettasche. Alexander mochte nicht nachsehen, was seine Tänzerin ihm in die Tasche geschoben hatte, doch diese Art, ein bisschen Geld zu verdienen, ließ er sich gefallen.

»Was möchten Sie trinken?« Unbemerkt war der Kellner an ihn herangetreten. »Die Getränke gehen aufs Haus«, sagte der Ober leise. »Wenn Sie mit der einen oder anderen Dame tanzen.«

Das machte seine neue Arbeit besonders lukrativ. Er ging auf eine Frau mit viel glitzerndem Schmuck an Armen und Fingern zu. Sie war zwar doppelt so breit wie er und einen Kopf kleiner, tanzte dafür allerdings erstaunlich gut.

»Ich habe früher Tanzunterricht gegeben«, erzählte sie, während sie im Walzertakt übers Parkett schwebten.

Alexander schaute unwillkürlich an ihrem Körper herunter.

»Ja, gucken Sie nur. Wegen einer Krankheit musste ich einige Jahre pausieren und jetzt ist es schwer, neue Schüler zu finden. Nun komme ich manchmal hierher und tanze ein paar Runden, um das herrliche Gefühl der Schwerelosigkeit zu erleben«, fuhr die beleibte Tänzerin fort. »Mit Ihnen ist das wunderbar möglich. Sind Sie Berufstänzer?«

»Das hat die Dame gerade auch gefragt.« Alexander lachte. »Meine Mutter hat dafür gesorgt, dass ich Tanzen von der Pike lerne und trainiere.«

»Eine kluge Frau, Ihre Mutter«, sagte seine Partnerin. »Wer tanzen kann, braucht nie zu hungern.«

Als der Tanz zu Ende war, schob auch sie ihm etwas in die Jackentasche. »Kommen Sie wieder«, bat sie. »Ich bin einmal in der Woche hier.«

Als Alexander am späten Abend nach Hause ging, taten ihm die Füße weh vom Tanzen. Sobald er eine Partnerin zu ihrem Platz geleitet hatte, zwinkerte ihm bereits die nächste zu. »So gut wie Sie tanzt keiner der Herren hier«, hörte er stets aufs Neue.

Plötzlich entdeckte er Herti Kirchner vor sich auf der Straße. Obwohl seine Füße schmerzten, beeilte er sich, sie einzuholen.

Ehe er sie erreicht hatte, schloss sie eine Haustür auf. Hier wohnte sie jetzt also, an der Barbarossastraße. Er prägte sich die Hausnummer 49 ein. Seine neue Arbeit als Eintänzer fing erst am Nachmittag oder Abend an, da konnte er morgens gut wie zufällig am Haus vorbeigehen in der Hoffnung, dass Herti auf die Straße trat. Zumal er genau wusste, dass sie um 10 Uhr im Theater sein musste.

Auf dem restlichen Heimweg spürte er die schmerzenden Füße kaum. Er pfiff leise »Lass dein Herz entscheiden«, das Lied, das Ivan Petrovich am Morgen geprobt hatte. In seinem Zimmer stellte er fest, dass das Geld in der Tasche für eine Wochenmiete reichte. Einen Nachmittag tanzen für eine Woche wohnen. Darauf konnte er sich einlassen. Er musste es niemandem erzählen. Sein Vater wäre sicher wenig begeistert. Alexander konnte sich vorstellen, wie er klagte: »Jetzt hat diese Regierung aus meinem Sohn einen Tanz-Gigolo gemacht! Soweit ist es schon gekommen.« Dass er selbst dazu beigetragen hatte bei den letzten Wahlen, war ihm sicher längst entfallen.

Alexander war beeindruckt, als er das *Deutsche Künstlertheater* für die Premiere von *Lady Fanny* besuchte. Drei Porträts von Herti Kirchner und zwei Bilder im Kostüm hingen an den Wänden. Das hatte sie bisher in keinem anderen Theater erreicht. Und das wo sie, wie er erfahren hatte, eher aus Not für *Lady Fanny* besetzt worden war. Eigentlich war sie für die Hauptrolle in einem anderen Projekt vorgesehen, das sich zerschlagen hatte. Da sie bereits den Vertrag abgeschlossen hatte, mussten die Direktoren sie in einer Inszenierung unterbringen, um etwas für die vereinbarte Gage zu bekommen. Er vermutete, dass das der Grund war, weshalb sie für die Probenzeit kaum Geld erhielt. Für die Hauptrolle hatte sie sicher höher verhandelt, als die Nebenrolle dotiert war, die sie in *Lady Fanny* spielte.

»Herr Halbersberg, wo sind Sie denn geblieben?« Der Direktor, der ihn eingestellt hatte, tauchte vor ihm auf.

Alexander wollte erklären, dass die Frau im Arbeitskittel ihn nach Hause geschickt hatte, da wurde ihm erst klar, wie dumm er gewesen war. Wie hatte er denken können, dass eine Bühnenarbeiterin jemandem kündigen durfte, den die Direktion eingestellt hatte? Manchmal hatte er das Gefühl, dass das Wissen über seine jüdischen Wurzeln ihm das Gehirn vernebelt hatte.

»Bitte entschuldigen Sie, aber ich musste kurzfristig zu meinen Eltern«, schwindelte er. »Eine Krankheit, wissen Sie?« Das war nicht gelogen, in einer Arztpraxis gab es immer Krankheiten. Und war nicht das Nazi-Regime eine einzige Volkskrankheit?

»Wir hätten Ihren Text über das Stück gut fürs Programmheft brauchen können«, bedauerte der Direktor.

Alexander wurde rot. Den Text hatte er völlig vergessen. Durch seine Arbeit als Eintänzer war sein Rhythmus durcheinandergeraten, das Notizheft hatte bis heute Abend unberührt in seiner Aktentasche gelegen. »Oh nein! Den habe ich in dem ganzen Durcheinander vergessen!« Gut, dass er vorher die Krankheit erwähnt hatte, in solchen Fällen war Vergesslichkeit zu tolerieren.

Der Direktor klopfte ihm auf die Schulter. »Melden Sie sich nächste Woche bei mir. Ich habe eine Idee.« Alexander nickte und war froh, dass der Direktor von einem Gast angesprochen wurde. Welche Idee mochte das sein? Am liebsten hätte er den Mann zurückgeholt und ihn gebeten, jetzt sofort mit der Sprache herauszurücken. Das Foyer füllte sich und der erste Gong war bereits erklungen. Er suchte seinen Platz und zückte Stift und Notizbuch, gespannt, was ihn erwartete.

Lady Fanny

»Ach wie lieb ich dich Welt«, mag manch einer nach der Premiere von *Lady Fanny* im *Deutschen Künstlertheater* gedacht haben. Eine bezaubernde Operette, die Theo Mackeben nach dem Lustspiel von Jerome K. Jeroma geschrieben hat. Käthe Dorsch fliegen in der Titelrolle die Herzen zu, besonders wenn sie singt oder den herzerwärmenden Liedern des bekannten Tenors Ivan Petrovich lauscht. »Wenn ich Sie fragen dürfte«, singt er und bittet »Lass dein Herz entscheiden«. Auch die anderen Darsteller, besonders die aus verschiedenen Filmen bekannte Herti Kirchner begeistert das Publikum, vor allem, als sie zusammen mit Käthe ihre Stimme erklingen lässt. Eine unterhaltsame Herz-Schmerz-Komödie, die einen den Alltagsschmerz vergessen lässt. (mojo)

»Sie sind in der letzten Zeit immer so spät zu Hause.« Seine Wirtin fing ihn vor der Zimmertür ab.

»Ich habe viele Abendtermine«, sagte Alexander und wollte in seinem Zimmer verschwinden.

»In der Zeitung lese ich aber nichts mehr von Ihnen«, bemerkte Bernhardine Wenning.

Darauf war er nicht vorbereitet. Er zahlte dank der Tätigkeit als Eintänzer weiter pünktlich seine Miete und ging am späten Vormittag aus dem Haus, damit seine Wirtin nicht misstrauisch wurde. Einen Großteil der Zeit verbrachte er im Bücherkabinett und half Johannes, seine Bestände nach den immer neuen Listen der Nationalsozialisten zu durchforsten.

»Ihnen ist doch nicht gekündigt worden?« Mitleid schwang in ihrer Stimme mit.

Alexander schwieg. Sie hatte den Nagel auf den Kopf getroffen, aber wie sollte er ihr den Grund erklären.

»Ich dachte nur, weil Sie wie ein Jude aussehen.«

Er starrte seine Wirtin an.

»In der heutigen Zeit muss man damit rechnen, dass man herausgeschmissen wird, bloß weil man nicht groß und blond ist«, empörte sie sich. »Erst kürzlich hat eine Freundin erzählt, dass ihre Nichte, die BDM-Führerin ist, entlassen wurde, weil sie dunkle Haare und eine krumme Nase hat. Was denken die sich nur? Nachher war denen das peinlich. Aber eingestellt haben sie sie auch nicht mehr. Jetzt arbeitet sie im Sekretariat im Ministerium.«

Alexander wusste nicht, was er darauf antworten sollte. Das war auch nicht nötig, seiner Wirtin fielen zahlreiche Fälle ein, in denen jemand aus einer Nichtigkeit den Arbeitsplatz verloren hatte. »Hauptsache ist, man kann seine Miete und das Essen zahlen«, befand sie schließlich und gähnte mit offenem Mund. »Schlafen Sie gut. Ist schon spät.«

Als er im Bett lag, dachte Alexander darüber nach, sich ein neues Zimmer zu suchen. Aber musste er nicht damit rechnen, dass ein Ariernachweis verlangt wurde? Die Tochter seiner Wirtin arbeitete weiterhin in dem Geschäft des jüdischen Goldschmieds, da konnte sie nicht auf klarer Parteilinie sein. Bei diesem Gedanken schloss er die Augen und fiel in einen Traum, in dem Herti Kirchner ihn in einer Wohngemeinschaft versteckte, weil er sein Zimmer verloren hatte.

März 1934

Sein erster Artikel als mojo in den *Kieler Nachrichten* war gut angekommen. Alexander hatte dafür die Notizen zum Interview mit Herti Kirchner verwendet und seine Beobachtungen geschildert, dass man sie in der Woche vor der Premiere von *Lady Fanny* jeden Abend mit Erich Kästner in einem anderen Theater gesehen hatte.

Erich Kästner war auch in Kiel ein Name, trotz Bücherverbrennung und Schreibverbot. Er hatte sogar gehört, dass verbotene Bücher, die in Berlin nicht zu haben waren, in Kiel weiterhin verkauft wurden.

»Unter uns, Herti wohnt die meiste Zeit bei Kästner«, verriet ihm Johannes Unger, als sie gemeinsam die Regale nach frisch verbotenen Autoren durchforsteten. Das Buchgrab, das Johannes im Garten für die indizierten Bücher geschaufelt hatte, füllte sich zunehmend.

»Nein!« Alexander sah den Schulfreund ungläubig an.

»Wenn ich es dir sage. Sie ist kaum in der Barbarossastraße«, Johannes schlug sich mit der Hand vor den Mund, »Mist, die Adresse sollte ich für mich behalten.«

»Ich wusste schon, dass sie da wohnt«, beruhigte Alexander ihn, »außerdem steht sie im Telefonverzeichnis, du kannst dich entspannen. Erzähl lieber mehr über sie und Kästner.«

»Wehe, du schreibst das irgendwo. Glaub nicht, dass ich nicht weiß, dass du jetzt für die Kieler arbeitest, mir entgeht nichts.«

Alexander hätte gern gewusst, woher Johannes so gut informiert war, aber interessanter fand er die Beziehung zwischen Herti Kirchner und Erich Kästner.

»Am Freitag hat sie gesagt: Ich bin schon eine ganze Weile Strohwitwe, da Kästner in Dresden bei seiner Mutter ist«, berichtete der Buchhändler. »Sie meinte sogar: Ich durchlebe also meine zweite Ehe. Heinrich Weidinger - Erich Kästner! Das ist ein guter Fortschritt.«

Alexander bedauerte, dass er diese Information nicht für einen Artikel verwenden durfte. Aber eine alte journalistische Regel besagte: Wenn du weißt, wonach du suchst, findest du auch Beweise. Er würde das herausbringen. Die Adresse von Erich Kästner stand sicher im Telefonbuch.

»Aber das ist vielleicht was für dich«, fand Johannes. »Sie hat einen anonymen Brief bekommen, in dem stand, dass sie sich hüten solle.«

»Wovor?«

»Weiter nichts. Nur, dass sie sich hüten solle. Aber der Brief kam erst, nachdem sich in Berlin herumgesprochen hat, dass sie mit Kästner zusammen ist.«

»Für einen Artikel reicht das nicht«, beschwerte er sich.

Johannes lachte. »Soll ich etwa deine Arbeit machen?«

Alexander lachte ebenfalls und winkte mit den Büchern von Nelly Sachs und Lisa Tetzner. »Ich mache schließlich auch deine Arbeit! Allerdings muss ich jetzt ohnehin weg. Geld verdienen.« Dabei schwang er die Hüfte.

»Dann wünsche ich dir viel Spaß mit deinen Tänzerinnen, vielleicht ist eine gute Partie dabei!«

»Wer weiß«, orakelte Alexander. »Morgen musst du übrigens deine Bücher allein sortieren. Ich bin auf der Avus und schaue, was Hans Stuck da vollbringt.«

Nachdem seine beiden Artikel über den Dreifach-Rekord auf der Avus und die Internationale Auto- und Motorradausstellung bei den Kielern guten Anklang gefunden hatten, fand Alexander es an der Zeit, über eine Filmpremiere zu berichten.

Er schwankte zwischen *Die Welt ohne Maske* von und mit Harry Piel und Olga Tschechowa, einem Film über die Entwicklung des Fernsehers, und der deutschen Erstaufführung des englischen Films *Katharina die Große* mit Elisabeth Bergner. Die Premieren waren für denselben Abend angesetzt. Am Ende entschied er sich für *Die Welt ohne Maske.* Die Idee, das Kino in die Wohnzimmer zu bringen, faszinierte ihn mehr als die Zarin, obwohl die russische Königin deutsche Wurzeln hatte.

Als er amüsiert und elektrisiert nach dem Abspann das Kino verließ, bemerkte er die Unruhe vor dem Capitol, wo *Katharina die Große* erstmals dem deutschen Publikum gezeigt wurde. SA-Männer hatten sich dort postiert und vereinzelt schimpften Passanten: »Juden raus!« und »Skandal! Wie können die einen Film zeigen mit einem jüdischen Regisseur und dieser Judenschlampe Elisabeth Bergner.«

»So ging das schon während des Films«, erzählte ein Kollege, den er auf der Straße traf. »Krawall, Randale, Pfeifkonzert. Dabei haben die Regisseure dafür gesorgt, dass es im Film ausreichend Parademärsche und Heilrufe gibt.«

So schnell konnte ein Star also in diesem neuen Deutschland fallen. Es war nicht lange her, da hatten die Menschen Elisabeth Bergner zugejubelt. Wie mochte das im Kino gewesen sein? Er war entsetzt und froh, dass er das nicht miterlebt hatte.

Die Welt ohne Maske

Ein Thema beschäftigt seit Jahren alle auf der Internationalen Funkausstellung: das Fernsehgerät, das das Kino in die Wohnzimmer bringen soll. Harry Piel hat diese Vision in seinem neuen Film *Die Welt ohne Maske* Wirklichkeit werden lassen. Er schlüpft selbst in die Rolle des arbeitslosen Harry Palmer, der von der Erfindung seines Nachbarn Tobias Bern, schön schrullig dargestellt von Kurt Vespermann, fasziniert ist. Mit seinem Fern-Seh-Apparat lassen sich Bilder von der ganzen Welt auf den Bildschirm bringen, ein Gerät, mit dem die beiden vor allem den allmächtigen Elektrokonzernen ein Schnippchen schlagen wollen, die solche Geräte bislang zu horrenden Preisen anbieten, die sich kein Normalverdiener leisten kann. Gemeinsam wollen die beiden diese Idee bekannt machen, indem sie an einem Wettbewerb der Internationalen Sendegesellschaften um die beste Erfindung auf dem Gebiet der Rundfunk-Fernsehübertragung teilnehmen. Dafür muss ein Prototyp her und um diesen herzustellen, braucht es Geld. Bei der Suche nach einem Finanzier gerät Harry an den windigen Geschäftsmann E. W. Costa, gespielt von Hubert von Meyerinck, der die Erfindung für sich ausschlachten möchte. Ein spannendes Rennen beginnt, gegen die Zeit und gegen Costa und seinen Diener Jean. Eine in vielerlei Hinsicht spannende Geschichte, die

Story hält einen in Atem und die Vorstellung, diesen Film irgendwann zu Hause ohne Wispern vom Nebensitz anzusehen, ist faszinierend. (mojo)

Alexander war froh, dass sich in der *Eden*-Bar niemand für seine Papiere interessierte. Er tauchte in keiner der Mitarbeiterlisten auf, die immer strenger kontrolliert wurden. Seine Freunde, die ihn beim Tanzen erwischt hatten, machten ihre Späße. Aber er war nicht der einzige, der versuchte, sich abseits behördlich kontrollierter Einrichtungen durchzubringen.

Das Theaterleben ging weiter, allerdings wurde es schwieriger, Eintrittskarten zu Premieren zu bekommen, wenn man nicht Mitglied in der Reichspressekammer war. Im Kino nahm ihn der Filmvorführer gelegentlich mit in seine Kabine. Im Theater verschaffte ihm Wilma Müller, die energische Frau im Arbeitskittel, oft Zutritt zum Zuschauerraum.

Ende März gab es dennoch wieder Terminüberschneidungen. *Gold*, der neue Film mit Hans Albers wurde am selben Abend uraufgeführt wie der Froelich-Film *Frühlingsmärchen*. Albers war natürlich das Zugpferd, aber im *Frühlingsmärchen* hatte Herti Kirchner eine kleine Rolle. Für Alexander war klar, in welchem Kino er einen Platz suchen würde, deshalb war er überglücklich, dass Johannes Unger von Herti zwei Karten bekam und er den Freund begleiten durfte.

»Worum geht es überhaupt?«, erkundigte sich Johannes leise, als sie in dem abgedunkelten Zuschauerraum saßen.

»Es geht um einen Operntenor, der sich in eine Operettensängerin verliebt«, flüsterte Alexander, da tauchten der Titel des Filmes und die Namen der Darsteller auf der Leinwand auf. Er lehnte sich zurück und wartete gespannt auf Herti Kirchner.

»Berauschend fand ich das nicht«, stellte Johannes fest, als sie nach dem Abspann und Schlussapplaus für die Darsteller ins Foyer gingen.

Dem konnte Alexander nicht widersprechen. Er verstand jetzt, wieso die Schauspielerin sich danach sehnte, dass endlich wieder ein Film mit ihr in einer anspruchsvollen Rolle in die Kinos kam. Sie hatte erzählt, dass Carl Froelich mit ihr an einem Kurzfilm mit dem Titel *Bei Durchsicht unserer Bücher* arbeitete, der verschoben werden musste, weil neue Außenaufnahmen nötig waren.

»Hast du neuen Klatsch für mich?«, fragte er Johannes Unger auf dem Heimweg. »Über das *Frühlingsmärchen* kriege ich keine 1.200 Zeichen zusammen.«

»Nichts«, antwortete der Buchhändler. »Seit Herti mit Kästner zusammen ist, kommt sie nicht mehr so häufig. Sie ist oft bei *Maria Fein* und im *Quartier Latin* oder macht mit ihm Ausflüge im Auto oder im Flugzeug.«

In gedrückter Stimmung ging Alexander nach Hause. Wäre er nur in den Albers-Film gegangen. Als er am Aushang seiner Zeitung vorbeikam, sprang ihm die Überschrift in die Augen. »Albert Einstein ausgebürgert.« Soweit war es schon gekommen, dass Deutschland seine Nobelpreisträger rauswarf.

Am nächsten Morgen kabelte er Karlheinz Riethmüller, dass er aus Krankheitsgründen die Premiere mit Herti Kirchner nicht besuchen konnte. Schon wieder eine Lüge. Es kam ihm so vor, als baute er sich einen Käfig aus Lügen.

Mai 1934

»Wollen Sie nicht mitkommen zum Tag der Arbeit«, drängelte seine Wirtin am 1. Mai, ehe sie das Haus verließ. Seit einem Jahr war der 1. Mai ein Feiertag, was für ihn keinen Unterschied zu vorher machte. Als Redakteur war er auch an Feiertagen unterwegs gewesen und jetzt saß er an Feiertagen zu Hause, wenn seine Wirtin unterwegs war, und ansonsten in Cafés oder im Bücherkabinett, bis der Pianist in der Bar zum Tanz und zum Geld verdienen aufspielte.

»Lassen Sie nur, viel Spaß«, lehnte Alexander das Ansinnen der Wirtin erneut ab. Angeblich wurden zwei Millionen Menschen auf dem Tempelhofer Feld erwartet, um Hitler und seinen Parteigenossen zuzujubeln. Nichts für ihn.

Er machte es sich gerade auf dem Sofa gemütlich, als es an der Tür klingelte. Ob einer der anderen Pensionsgäste reagieren würde? Vermutlich waren alle auf dem Tempelhofer Feld.

»Bernhardine, bist du da?«, hörte er eine Frauenstimme, als er den Flur betrat.

»Bernhardine ist nicht da!«, verkündete er.

»Ich muss ihr was erzählen!«, beharrte die Frau.

Alexander ging zur Tür. »Frau Wenning ist nicht da. Bitte kommen Sie später wieder.«

Die Frau schien nicht zu stören, dass ihre Freundin nicht zu Hause war. »Ich kenne Sie!«, meinte sie. »Sie sind der junge Bursche, der früher für die Zeitung geschrieben hat und gekündigt wurde, weil er Jude ist.«

»Wie kommen Sie denn darauf, dass ich Jude bin?«

»Ach, das habe ich nicht so gemeint, Sie sehen so aus. Gucken Sie sich die Bilder in den Büchern an.«

Er bereute es, dass er die Tür geöffnet hatte. »Frau Wenning ist zur Maitagsfeier, sie kommt erst am Nachmittag zurück.«

»Das ist egal. Ich muss unbedingt loswerden, was passiert ist.« Die Frau ließ sich nicht abwimmeln. Sie ging, ohne dass er sie aufforderte, in die Küche. »Ich nehme einen Kaffee.«

Was bildete die Frau sich ein? Er wollte bereits aufbrausen und handgreiflich werden, da fiel ihm die Bemerkung ein, dass er Jude sei. Immer wieder hörte man von Menschen, die verhaftet wurden, weil jemand sie denunziert hatte. Ergeben schob er den Wasserkessel auf den Herd, füllte Kaffeepulver in den Filter und setzte diesen auf die Kanne, in der seine Wirtin immer den Kaffee aufbrühte.

»Was ist denn los?«, wollte er von der Frau wissen, als sie jeder eine Tasse starken Kaffee vor sich hatten.

»Ich heiße übrigens Thea Krämer«, stellte die Frau sich vor. »Mein Künstlername ist Theadora.«

Alexander musterte sie mit zusammengekniffenen Augen. Künstlername! Dieses kleine, runde Trampeltier?

»Wissen Sie, ich bin Wahrsagerin. Ich könnte Ihnen auch die Zukunft vorhersagen«, Thea Krämer lächelte ihn mit ihrem ganzen runden Gesicht an.

»Danke, das interessiert mich nicht. Außerdem«, er machte eine kleine Kunstpause, »ist Wahrsagen gefährlich, oder? Ich erinnere mich, dass ich im letzten Jahr über Hanussen geschrieben habe. Wurde er nicht ermordet?«

Die soeben noch forsche Frau zuckte zusammen. »Ich habe Angst, dass mir das auch passiert.«

»Wie kommen Sie darauf? Sie werden nicht gerade Hitler ein kurzes Leben prophezeit haben, oder?«

»Hitler nicht.« Thea Krämer sah ihn unglücklich an. »Aber es kommen so viele Frauen und lassen sich von mir erzählen, welcher Männertyp bei ihnen anklopfen wird und so etwas. Und jetzt ist Wahrsagen verboten!« Bei jedem Satz wurde die Frau kleiner auf dem Küchenstuhl.

»Ach, das glaube ich nicht. Wahrsagen gehört zum Jahrmarkt, da haben Sie sicher etwas missverstanden.«

»Wenn ich es Ihnen sage, am 23. April hat die Berliner Polizeibehörde die Wahrsagerei verboten. Jetzt habe ich Angst bei jedem, der bei mir klingelt, dass es ein Polizist ist.« Sie stützte sich auf den Tisch, um ihren schweren Körper anzuheben. »Am besten komme ich wieder, wenn Bernhardine da ist. Wissen Sie, ob ein Zimmer frei ist?«

Das fehlte noch, dass diese unsympathische Person bei ihnen einzog. Er schüttelte heftig den Kopf. »Ich glaube nicht.«

Die Frau fixierte ihn mit einem durchdringenden Blick. »Vielleicht wird bald was frei.« Als er ihr beim Abschied die Hand reichte, drehte sie diese so, dass die Handfläche nach oben zeigte. »Die Lebenslinie ist jedenfalls nicht ausgeprägt.«

Alexander spürte, wie es ihm eiskalt den Rücken herunterlief. Er versuchte, das Gefühl abzuschütteln, obwohl es in ihm saß wie ein Widerhaken. Um sich abzulenken, ging er doch zu der Kundgebung. Deshalb verstand er auch, was die ausländische Presse meinte, als sie sich beeindruckt zeigte von der

Disziplin und Ordnung der Veranstaltung, an der tatsächlich zwei Millionen Deutsche teilnahmen.

Er war froh, dass die Erinnerung an diese Präsentation der Macht schon drei Tage später überlagert wurde von einem Erlebnis, das seine Seele zum Klingen brachte. Am 4. Mai startete *Pappi*, der neue Film mit Herti Kirchner, im Kino. Das Besondere war jedoch, dass er die Karte für die Aufführung direkt von ihr persönlich bekam.

Pappi

Nachdem die kleine Lilly zur Waise geworden ist, nimmt ihr Onkel, Angestellter in einer Weinhandlung, das Mädchen bei sich auf. Er weiß allerdings nicht, dass das Kind Erbin eines großen Vermögens ist, das manche Schurken auf den Plan ruft. Was für eine rührselige Geschichte mit Kind und Hund, da schmilzt jeder dahin und vergisst für 100 Minuten seinen Alltag. Arthur M. Rabenalt hat mit seinem Regiedebüt bei *Pappi* eine deutsche Version der in Amerika so beliebten Kinderfilme mit Shirley Temple geschaffen. Viktor de Kowa als Onkel Hans ist schon ein Garant für ansehnliches Kinovergnügen, aber auch die kleine Petra Unkel, unser Pendant zu Shirley Temple, spielt ihre Rolle ganz reizend. Unter den übrigen Mitspielern gibt es Namen, die wir aus dem Theater oder aus anderen Filmen kennen und die wir uns merken sollten, Rudolf Platte und die Kieler Schauspielerin Herti Kirchner tauchen ebenso auf wie Hilde Weissner, Josef Sieber und viele andere. Wer einen vergnüglichen Abend erleben möchte, sollte sich den Film anschauen. (mojo)

Juli 1934

»Möchten Sie eine Rose kaufen?« Alexander sah das Mädchen in der BDM-Uniform an, das ihm mitten auf dem Oranienplatz eine Rose offerierte.

«Heute ist der Tag der Rosen«, erklärte das Mädchen, das etwa 12 Jahre alt sein mochte. «Wir verkaufen Rosen für das Hilfswerk Mutter und Kind.«

Die Marschmusik im Hintergrund übertönte, was das Mädchen darüber hinaus sagte.

Er sprang zur Seite, als angeführt von einem Spielmannzug eine Fußgängergruppe über den Platz marschierte, die Arme hatten die Männer zum Hitlergruß erhoben. Scheinbar dauerte die Parade bereits etwas länger. Manchen Marschierern fehlte die Kraft, den Arm gerade auszustrecken, sodass er wie eine Fahne auf Halbmast in der Luft hing.

Schade, dass er den Eindruck nicht in einem Artikel beschreiben durfte. Er und seine Kollegen waren vorsichtig geworden, seit im Juni ein Redakteur der Wochenschau zu einer Geldstrafe verurteilt worden war, weil er über angetrunkene SA-Männer berichtet hatte.

«Wer ist denn das?«, wollte er von dem Mädchen wissen und drückte ihm eine Münze für eine Rose in die Hand.

»Die kommen aus Kleingartenanlagen in Lichtenburg und Köpenick«, antwortete die Kleine. »Mein Vater ist auch dabei. Er hat die schönsten Rosen in seinem Garten.« Dabei wedelte sie mit den Rosen in ihrer Hand.

»Dann gib mir noch eine«, bat Alexander. Seine Wirtin würde sich freuen und eine Aktion für Mutter und Kind sollte man unter jeder Regierung fördern. Er ließ die Parade an sich vorbeiziehen und dachte in der Straßenbahn darüber nach, wie er das Erlebte in einem Artikel verarbeiten konnte. Bis zu seinem Einsatz als Eintänzer hatte er ein wenig Zeit. Vielleicht traf er im *Haus Vaterland* jemanden beim Mittagstisch.

Als er den Raum betrat, winkte ihm Peter Weishaupt zu, ein Kollege aus seinem alten Verlag. »Wie geht es dir? Ich habe gehört, du schreibst jetzt für die Kieler.« Alexander erschrak. Wie konnte der Kollege das wissen? Das war eine Vereinbarung zwischen ihm und den *Kieler Nachrichten*.

»Keine Panik!«, beruhigte der Kollege ihn. »Ich kenne Karlheinz Riethmüller, er hat das fallen lassen. Ich find's gut, dass er dir Arbeit gibt. Für mich war das eine Unverfrorenheit, dich rauszuwerfen.«

Alexander sah Peter Weishaupt an, von dem er wusste, dass er Mitglied in der NSDAP war. Allerdings prangte das Parteiabzeichen nicht mehr wie vor einem Jahr auf dem Revers. Trotzdem blieb er vorsichtig und wechselte das Thema. »Ich habe gerade am Oranienplatz die Parade zum Tag der Rosen gesehen. Was hat es denn damit auf sich?«

»Die Regierung braucht wieder Geld. Nun lassen sie Millionen Rosen für Mütterschulungen verkaufen.«

»Mütterschulungen?« Bei dem Mädchen hatte sich das anders angehört.

»Die Mütter müssen wissen, wie sie mit den künftigen Nazis umgehen und ihre Kinder im Sinne des Systems erziehen.«

Alexander ließ den Blick durch die zum Glück fast menschenleere Gaststube schweifen. Was redete sein ehemaliger Kollege da? Als Parteimitglied musste er wissen, dass er mit solchen ironischen Äußerungen nicht nur sich, sondern auch ihn in Gefahr brachte.

»Huhu, Alexander!«, rief jemand.

Alexander war selten so froh gewesen, dass Veronika sich aufdrängte, wann immer sie ihn sah. »Da bist du ja!«, begrüßte er sie überschwänglich.

Sie sah ihn verwundert an, reagierte jedoch, als er mit dem Kopf leicht auf seinen Tischnachbarn zeigte, schnell: »Es tut mir leid, dass ich mich verspätet habe.« Sie nickte dem Mann neben Alexander zu, setzte sich an den Tisch und nahm die Speisekarte in die Hand.

»Ich muss dann auch«, sagte Peter Weishaupt. »Schön, dass wir uns getroffen haben.«

»Ja, alles Gute«, sagte Alexander und atmete erleichtert aus, als der Kollege den Tisch und kurz darauf auch den Gastraum verließ.

»Wer war denn das?«, erkundigte sich Veronika, nachdem sie eine Suppe bestellt hatte.

Er erzählte ihr von dem seltsamen Gefühl, das sich bei dem Gespräch eingestellt hatte. »Entweder wollte er mich aushorchen für die Partei oder er suchte einen Verbündeten gegen die Partei.«

»Vergiss ihn«, meinte Veronika.

Dieser Hinweis war nicht nötig, denn in dem Augenblick setzte sich eine Frau mit Herti Kirchner, die ihm freundlich zunickte, an den Nebentisch. Gut, dass Veronika ohne Unterbrechung erzählte, was sie seit ihrer letzten Begegnung erlebt hatte. Er musste nur gelegentlich nicken und konnte sich ansonsten auf das Gespräch am Nebentisch konzentrieren.

»Hast du gehört, Max Pallenberg ist tot!«, sagte die Frau.

Herti Kirchner starrte sie an.

»Ein Flugzeugabsturz in der Nähe von Karlsbad!«

Alexander sah, wie die Frau ihre Hand auf den Arm ihrer Begleiterin legte. »Bitte entschuldige, ich habe völlig vergessen, dass du vor zwei Jahren mit ihm gespielt hast.« Die Frauen schwiegen.

»Meine Pallenbergiade«, sagte Herti schließlich. »Ich habe nicht mit ihm gearbeitet. Wir kannten uns. Er spielte damals am Operettentheater in Braunschweig. Ich erinnere mich, dass die Nazizeitungen gegen ihn gehetzt haben und die Vorstellungen unter polizeilichem Schutz stattfinden mussten. Ich konnte nur eine Aufführung sehen, weil ich mit der *Csárdásfürstin* in Peine war.«

»Wo ist denn Peine?«, erkundigte sich ihre Begleiterin.

Alexander war beeindruckt, wie geschickt sie dem Gespräch eine Wendung gab.

Herti erklärte ihrer Freundin den Norden. »Am 28. erscheine ich in Kiel!«, berichtete sie freudestrahlend. In Gedanken notierte er sich den Termin, es war ohnehin Zeit, sich wieder bei den Eltern sehen zu lassen.

»Und am 29. oder 30. trudel ich nach Segeberg, wo ich mich drei bis vier Wochen in schwarze Matschbäder tauchen lasse.« Er strich die Kielreise wieder aus seinen Gedanken. Für einen

Tag musste er die Fahrt und die angespannte Stimmung in seinem Elternhaus nicht auf sich nehmen.

»Was macht denn deine Schriftstellerkarriere?«, wollte Hertis Begleiterin wissen, nachdem die beiden sich ausgiebig über Für und Wider von Kur und Matschbäder ausgelassen hatten.

»Ich war gestern sehr fleißig und habe zwei neue Gedichte gemacht«, berichtete Herti Kirchner. »Den Tag vorher schrieb ich ein wirklich nett gewordenes Feuilleton. Morgen kommt Kästner zurück, der einige Tage verreist war. Ich will ihn fragen, ob er es für die B.Z. geeignet findet.«

»Das klingt gut«, fand die Freundin. »Kann ich etwas davon lesen?«

Alexander beobachtete, wie Herti nickte und ihr zur Auswahl anbot: »Feuilleton: ‚Immer frivol, immer frivol!‘, zwei Tiererzählungen, ‚Spatzen‘, ‚Uhlenhorst‘, ein Großstadtmärchen, ‚Es war einmal …‘, eine Blumenlegende, eine große Kindergeschichte für Erwachsene, die noch nicht heißt, Gedichte.«

Ihre Begleiterin lachte. »Bring einfach einen Text mit, am besten einen, den ich gut lesen kann.«

»Max Simon hat seine Schreibmaschine repariert. Da habe ich meine gesamten Werke in den letzten Tagen fein sauber abgetippt«, erklärte Herti. »Noch zwei Werke: ‚Jim, der schwarze Wüstling‘, Humoreske, ‚Warum der Fliegenpilz die vielen weißen Punkte hat‘, auch humorig.«

Alexander bedauerte es, dass er die Titel ihrer Werke nicht mitschreiben konnte, ohne Veronikas Aufmerksamkeit zu erregen. Seine frühere Verlobte löffelte ihre Suppe, erzählte dabei und merkte nicht, dass sein Besteck achtlos neben dem

Teller mit Bratkartoffeln lag, weil er so gebannt den Frauen am Nebentisch lauschte. Dass Herti Kirchner schrieb, war etwas Neues, das interessierte sicher auch Karlheinz Riethmüller.

»Isst du nichts? « Fast hätte er Veronikas Frage überhört, weil er sich so auf die Stimmen der beiden Frauen konzentrierte. Rasch griff er zur Gabel und schob einige der inzwischen lauwarmen Bratkartoffeln in den Mund.

»Doch, ich musste nur nachdenken«, sagte er.

»Worüber?«

»Ach, was ich als Nächstes schreibe. Welchen Film ich im Kino besuche, Arbeit halt.«

Veronika gab sich damit zufrieden und winkte dem Ober. »Ich hätte gerne einen Kaffee Melange.«

Alexander lächelte. Seit sie einige Monate mit einem Österreicher liiert war, bestellte sie eine Wiener Melange statt Kaffee mit Milch, wenn sie gelegentlich zusammen ausgingen. Wie es aussah, hatte sie sich damit abgefunden, dass zwischen ihnen nicht mehr war als Freundschaft.

»Eben habe ich mir mit Kästner den neuen Paul-Kemp-Film *Charleys Tante* angesehen, im Atelier, im Vorführraum, gemütlich im Klubsessel, eine Zigarette rauchend«, sagte Herti gerade, als Alexander wieder auf den Nebentisch achten konnte. »Stemmle, der Regisseur, ist nämlich ein guter Freund und zeigt uns immer seine Filme bevor sie aufgeführt werden. Adolf Wohlbrück ist jetzt oft mit uns zusammen, er spielt in *Viktor und Viktoria*. Hast du den Film gesehen?«

Hertis Begleiterin nahm das Stichwort auf und berichtete von ihren Kino-Erlebnissen. Dabei standen die beiden Frauen auf und verließen das *Haus Vaterland*. Alexander bat den Ober, ihm einen Kaffee zu bringen und erkundigte sich bei Veronika nach ihren Plänen für die nächsten Tage. Während sie berichtete, was sie vorhatte, ließ er die Neuigkeiten für sein Buch über Herti Kirchner Revue passieren. Dieser Besuch hatte sich auf jeden Fall gelohnt.

August 1934

Alexander ging mit schnellen Schritten zur *Krolloper*. Er hatte erst spät entschieden, an der Trauerfeier im Reichstag für den verstorbenen Präsidenten teilzunehmen.

Fast wäre er über die Werkzeugkiste gestolpert, die mitten auf dem Platz vor dem Brandenburger Tor stand.

»Passen Se doch uff!«, maulte ein Mann von einer Leiter herab, die neben dem Pfahl für das Straßenschild stand.

»Was stellen Sie auch Ihre Sachen in den Weg!«, schimpfte Alexander zurück. »Was machen Sie da überhaupt?«

»Haben Se Tomaten uff de Ojen?«

Alexander schaute nach oben.»Hindenburg-Platz«, las er auf dem Straßenschild, das der Mann gerade an dem Pfahl montierte. Wenigstens nicht Hitler-Platz, dachte er und ging wortlos weiter.

In der Krolloper fand er nur schwer einen Platz. Mit einem Presseausweis hätte er sich auf die Pressetribüne quetschen können, aber den bekamen nur Mitglieder der Reichspressekammer. Karlheinz Riethmüller hatte von Kiel aus versucht, einen Blanko-Ausweis für Berlin zu bekommen. Ohne Erfolg.

Bis jetzt hatte Alexander sich gut durchlaviert. Beim Avus-Rennen im Mai hatte er seine Kontakte spielen lassen und zu Premieren im Theater nahm ihn seine ehemalige Kollegin Sabine Ritter mit.

Der Verleger seines alten Pressehauses hatte den Verlag abgegeben. Man munkelte, die Regierung habe ihn unter Druck gesetzt und den Verlag bereits im Juni verkauft. Mit rechten Dingen war das sicher nicht zugegangen.

Das Philharmonische Orchester beendete seinen Auftakt zur Trauerfeier. Auf dem Zettel in der Hand seines Nachbarn las Alexander, dass die Musiker die *Coriolan-Ouvertüre* von Beethoven gespielt hatten, der Bonner Komponist machte sich in seinem Artikel auf jeden Fall gut. Hitler gab einen Abriss über das Leben Hindenburgs, das musste Alexander nicht mitschreiben, in allen Zeitungen waren die Fakten seit dem Ableben des Präsidenten am 2. August wiederholt aufbereitet worden. Nach dem Trauermarsch aus Wagners *Götterdämmerung* übernahm Göring in seiner Funktion als Reichstagspräsident das Wort und schloss die Trauerfeier.

Alexander fragte sich, wieso er überhaupt gekommen war. Den Artikel hätte er schreiben können, ohne anwesend zu sein. Immerhin konnte er nun die Titel der Musikstücke in seinen Text einfließen lassen, das wirkte authentisch. Er durfte nicht vergessen, an die Gedenkminute zu erinnern, die für den nächsten Tag anberaumt war. Um 11.45 Uhr sollte für eine Minute der Verkehr zum Stillstand kommen und die Arbeit in Betrieben niedergelegt werden.

Zehn Tage später hetzte Alexander vom Messegelände in die Innenstadt. Der Rundgang mit dem Reichskanzler hatte länger gedauert, als von der Presseabteilung angekündigt. Er hatte versprochen, pünktlich im *Eden* zu sein, um mit seiner Stammkundin ein paar Runden zu tanzen, ehe er mit ihr zur Premiere von *Charleys Tante* ins *Atrium* ging.

Während sie anfänglich nur getanzt und sich über die Schritte und Drehungen unterhalten hatten, war irgendwann das Gespräch auf seinen wahren Beruf gekommen. Dabei stellte sich heraus, dass der Mann seiner Tanzkundin ein hoher Beamter im Propagandaministerium war.

»Glauben Sie bloß nicht, dass ich deshalb Nazi bin«, hatte Isolde van Weyden ihm erklärt und ihn an sich gezogen, dabei war sie aus dem Takt geraten.

Er war nicht auf ihre Bemerkung eingegangen, sondern nur gescherzt: »Aber Ihr Foxtrott hat schon auch einen Viervierteltakt, oder?«

Vor Lachen mussten sie den Tanz abbrechen und bis das nächste Stück begann, hatte sie ihn gefragt, ob er Interesse hätte, sie in Theater- oder Kino-Premieren zu begleiten. »Mein Mann findet Kultur zum Gähnen, den können nur Pferdchen oder Autos mit viel PS locken.«

Manchmal musste Alexander sich kneifen, weil er kaum glauben konnte, dass das Glück ihm seit seiner Kündigung hold war und seit der Gewissheit, dass ihm als Vierteljude ein Teil der Zukunft versperrt war. Jetzt hatte ihm der Zufall sogar einen Premierenbesuch jenes Films beschert, über den Herti Kirchner vor einigen Wochen gesprochen hatte.

Charleys Tante

Wer wieder einmal kräftig lachen möchte, der sollte den neuen Film von Robert A. Stemmle *Charleys Tante* nach der gleichnamigen Komödie von Brandon Thomas nicht verpassen. Charley, gespielt von Erik Ode, und Jack, dargestellt von

Albert Lieven, sind zwei Studenten in Oxford, die alles im Kopf haben, nur nicht ihr Studium. Vor allem die Mädchen aus dem Nachbarhaus haben es ihnen angetan. Die werden streng bewacht von einem Onkel, verkörpert von Paul Henckels, und einer Haushälterin, schön resolut gegeben von Fita Benkhoff.

Zum Glück sind die Herren nie um eine Idee verlegen, sie machen sich auf die Suche nach einer Anstandsdame, die ihnen gegenüber beide Augen zudrückt und den Drachen im Nachbarhaus vertrauenswürdig erscheint. Dass dabei ein Lachstück herauskommt, wird niemanden verwundern.

Regisseur Robert A. Stemmle weiß schließlich, was er tut, auch wenn er die Hauptrolle dem unbekannten Erik Ode überträgt. Er hat Harald Böhmelt beauftragt, für Paul Kemp das eingängige Abschlusslied »Ich hab' dir zu tief in die Augen gesehen« zu schreiben und auch sonst den Film angenehm musikalisch untermalen lassen. Wer's skurril und lustig mag, ist in dem Film genau richtig. (mojo)

»Hach, ich liebe Paul Kemp«, schwärmte Alexanders Tanzkundin, als sie an seinem Arm durch das Foyer steuerte. »Überhaupt waren einige erfrischende Talente dabei. Paul Henckels sehe ich immer gerne, über Albert Lieven kann ich mich köstlich amüsieren und Erik Ode und Carola Höhn werden sicher ihren Weg machen.«

Alexander bedauerte, dass Herti Kirchner nicht unter den Darstellern war, dann hätte er ihren Namen an einflussreicher Stelle platzieren können.

»Was sehen wir uns als Nächstes an?«, fragte Isolde van Weyden auf den Stufen vor dem *Atrium*. »Ich habe Karten für einen Film namens *Maskerade*. Kennen Sie den?«

Er schüttelte den Kopf und ärgerte sich; bis zum Ende des letzten Jahres war er immer auf dem Laufenden über neue Filme und Entwicklungen im Theater.

»Der Film spielt in Wien Anfang des Jahrhunderts, das wird sicher schön, mit Kaiserin Elisabeth. Würden Sie mich begleiten?«

»Wann ist die Premiere?« Er musste darauf achten, dass er sich nicht zu sehr von der Frau abhängig machte.

»In vier Tagen«, antwortete Isolde van Weyden. »Der Regisseur ist übrigens Willi Forst, den kennen Sie, oder?«

Der Name Willi Forst gab den Ausschlag, ein beliebter Schauspieler, über den er schreiben konnte, was er wollte, die Leute liebten ihn.

»Die Hauptrolle hat eine völlig unbekannte Schauspielerin, Petra oder Paula Wessely.«

Sie verabredeten sich für den nächsten Dienstag wie immer im *Eden*-Dachgarten zum Tanz mit anschließendem Kino-Besuch.

September 1934

Mit gemischten Gefühlen war Alexander auf dem Weg nach Kiel zum 50. Geburtstag seines Vaters. Neun Monate war er nicht in seiner Heimatstadt gewesen. Seit seine Eltern ihn über seine jüdischen Wurzeln aufgeklärt hatten, durfte er wieder mit seiner Mutter telefonieren, ohne dass sein Vater jedes Wort überwachte. Daher wusste er, dass sich der Alltag nach der Aufregung des letzten Jahres wieder eingespielt hatte. Einige Patienten waren nicht erschienen, nachdem sie das Schild am Gartenzaun gesehen hatten. Die meisten kamen weiter wie zuvor und meinten: »Sie können kein Jude sein, ich sehe Sie sonntags immer in der Kirche.« Seine Eltern hatten den Brauch in der Tat beibehalten, sie lebten weiter als Protestanten und niemand verwehrte es ihnen.

»Wie geht es dir?« Die Umarmung, mit der er seine Mutter begrüßte, kam von Herzen. Es tat ihm leid, dass er sie so lange nicht gesehen hatte, und er wusste, wie sehr sie unter der räumlichen Entfernung litt.

»Nicht schlecht«, antwortete er. »Sogar richtig gut«, setzte er dann nach. Ihm ging es besser, als er am Anfang des Jahres erwartet hatte und wenn er länger nachdachte, musste er zugeben, dass es ihm sogar besser ging als in der Redaktion unter den Parteigenossen.

»Ich schreibe für die *Kieler Nachrichten*«, verriet er und freute sich über das Staunen in den Augen seiner Eltern. »Inoffiziell, guckt nach dem Kürzel Mojo.«

Kollegen hatten ihm eingeschärft, dass er auf keinen Fall geheime oder wichtige Informationen in einem Brief oder per Telefon übermitteln durfte. Es gab zwar keine Beweise dafür, aber man musste damit rechnen, dass das System irgendwann auch das Postgeheimnis kippte oder es nicht so genau nahm. Seit Hindenburg Adolf Hitler sein Amt vererbt hatte, war dieser Alleinherrscher in Deutschland. Die gegnerischen Parteien hatte er sukzessive zerstört, an der Entmachtung der Kirchen arbeitete er und demokratische Parteien arbeiteten allenfalls im Untergrund.

»Mojo, da habe ich kürzlich was gelesen«, erinnerte sich Christine Halbersberg. »Über einen Film mit dieser jungen hübschen Schauspielerin, Paula Wessely, genau. Das war ein schöner Beitrag. Hast du den Film gesehen?«

Im Auto erzählte Alexander ihr von der Filmpremiere und den anderen Terminen, die er in den letzten Wochen wahrgenommen hatte.

»Gestern war ich in Bremen«, berichtete er. »Da wäre ich sonst nicht hingefahren, aber auf dem Weg hierher war das nur ein kleiner Umweg.«

»Was wolltest du denn in Bremen?«, fragte Leopold Halbersberg unwirsch. »Du hättest früher kommen können, dann hättest du die dänische Verwandtschaft getroffen. Deine Tante und dein Onkel hätten dich gerne wieder einmal gesehen.«

Alexander schwankte. Er wollte gerne von seinem Termin in Bremen erzählen, fürchtete jedoch, dass die Stimmung umkippen würde. »Schade, dass die Dänen wieder weg sind. Wieso sind sie nicht bis zur Feier geblieben?«

Sein Vater hatte recht, wäre er direkt nach Kiel gefahren, wäre er gerade passend zum echten Geburtstag gekommen. Gefeiert wurde am Sonntag mit zweitägiger Verspätung.

»Ich hatte eine Einladung zur Premiere des neuen Stücks von Erich Kästner«, verteidigte er sich. »*Das lebenslängliche Kind. Von Erich Kästner* persönlich, das konnte ich nicht ablehnen. Das weiß nämlich keiner, dass das Stück von Kästner ist. Robert Neuner ist als Autor angegeben, die Geschichte ist als Roman in Zürich erschienen.«

Sein Vater schüttelte verständnislos den Kopf, die Mutter drehte sich zu ihrem Sohn nach hinten und strich ihm über die Wange. »Das verstehe ich. Arbeit geht vor. Das ist bei deinem Vater nicht anders.«

Das lebenslängliche Kind

Geheimrat Schlüter hat alles, was ein Mensch sich wünscht. Ihm gehört ein großes Unternehmen, bei dessen Leitung ihn seine hübsche Tochter unterstützt. In seiner Villa sorgen eine Haushälterin und ein Diener dafür, dass alles zu seiner Zufriedenheit läuft. Und trotzdem verspürt er gelegentlich den Drang, etwas Ausgefallenes zu tun. Er ist eben *Das lebenslängliche Kind.* So bewirbt er sich inkognito als Texter in seinem eigenen Unternehmen und gewinnt einen Aufenthalt für zwei Wochen in einem Luxushotel. Dort tritt er als armer Schreiberling auf, um den Menschen auf den Zahn zu fühlen. Allerdings hat er die Rechnung ohne seine Tochter gemacht, die hinter seinem Rücken die Hoteldirektion warnt. Was sie dabei nicht bedacht hat, dass es einen zweiten Preisträger gibt, einen jungen gutaussehenden, arbeitslosen Werbetexter, der viel besser zu dem Bild eines Inkognito-Millionärs passt als der plump erscheinende Geheimrat. Eine vergnügliche Verwechslungskomödie hat uns das *Bremer Schauspielhaus* da beschert, aus der Feder eines unbekannten Dichters namens Robert Neuner, von dem wir gerne viele weitere Stücke sehen möchten. (mojo)

November 1934

»Na, dich habe ich ewig nicht gesehen«, wurde Alexander im Bücherkabinett empfangen. »Ich habe mich gefragt, ob dir schlecht ist vom Essen am Eintopfsonntag oder ob du Herti im Krankenhaus das Händchen hältst«, flachste Johannes Unger.

Alexander erschrak. »Was hat sie denn?«

»Blinddarm! Die Ärmste musste die Tournee unterbrechen.«

»So ein Mist! Ausgerechnet jetzt, wo sie mit Rühmann unterwegs ist. Das hätte ihr Durchbruch sein können.«

»Ein paar Tage hat sie mit ihm gespielt. Eine Woche in Hamburg, in der Zeit hat sie sich mit Kästner im Hotel Reichshof einquartiert«, berichtete der Buchhändler.

Alexander lächelte knapp über den Scherz. »Seit wann ist sie denn in der Klinik.«

»Seit Dienstag ist sie wieder in Berlin, Kästner pflegt sie. Die Wunde hatte sich entzündet, aber jetzt ist sie auf dem Weg der Besserung.«

»Kann ich sie besuchen?«

Sein Freund verdrehte die Augen. »Du hast es nicht kapiert, dass sie nichts von dir will, oder? Such dir endlich eine Freundin.«

»Du kannst ihr sagen, ich wäre wieder mit Veronika zusammen und sie nur als guter Freund besuchen möchte«, schlug Alexander vor.

Johannes tippt sich an die Stirn. »Das weiß ganz Berlin, dass Veronika einen neuen Verlobten hat.«

»Ich wusste das nicht«, sagte Alexander. »Ich war ein paar Wochen bei meinen Eltern. Mutter wollte, dass ich ihr helfe, mein altes Zimmer aufzuräumen.« Er verzog das Gesicht. »Ein Glück, dass ich da war, sonst hätte sie meine Dampfmaschinen-Modelle weggeworfen und meine Karl May-Bücher hätten sicher auch nicht überlebt.«

Das war keine Ausrede, er hatte in der Tat seiner Mutter beim Aufräumen geholfen. Sie hatten für den Notfall sämtliches Inventar gesichtet und geprüft, welches Porzellan wertvoll war und was sie mitnehmen mussten, wenn sie gezwungen waren, Deutschland zu verlassen.

»So weit wird es nicht kommen!«. Sein Vater war nicht müde geworden, das zu betonen, er hatte sich allerdings nicht dagegen gewehrt, dass sie in seinem Arbeitszimmer und in der Praxis nach wichtigen Unterlagen und Wertgegenständen suchten.

Während Leopold Halbersberg weiter darauf hoffte, dass seine ehemaligen Parteigenossen zur Vernunft kamen, plante Christine den Umzug zu ihrer Familie nach Dänemark.

Alexander war froh, dass seine Mutter aktiv wurde und dass sie ihre dänische Staatsbürgerschaft bei der Heirat nicht abgelegt hatte. Als Kind und Jugendlicher war es ihm nicht bedeutsam erschienen, dass seine Großeltern mütterlicherseits in einem anderen Land lebten. Sie sprachen Deutsch mit ihm und nur untereinander Dänisch, eine Sprache, die für ihn wie ein Geheimcode klang.

»Hast du Zeit, mir zu helfen?«, riss Johannes ihn aus seinen Gedanken. »Ich muss umsortieren. Es gibt eine neue Liste von

Büchern, die in jeder Leihbücherei vorhanden sein müssen. Die will ich zusammentragen.«

»Eine gute Idee«, fand Alexander, der wusste, dass der Buchhändler unter dem Ladentisch weiterhin Bücher von Thomas Mann und natürlich Erich Kästner aufbewahrte und halb Berlin ahnte, dass sie bei ihm zu haben waren. Ein Stapel Bücher von Nazi-Autoren konnte ein gutes Bollwerk sein. Einträchtig arbeiteten sich die beiden durch die Liste, bis Alexander einfiel: »Ich sollte mich im *Eden* sehen lassen, vielleicht ist eine meiner Stammkundinnen da.«

»Du hast Ideen, glaubst du, die kommen wochenlang und halten Ausschau nach dir?« Johannes lachte. »Außerdem ist der Schnee nicht weggetaut, da bleiben die Damen mit ihren Tanzschühchen sicher im warmen Zuhause.«

Alexander gab seinem Freund einen Klaps mit einem Buch von Hans Grimm, ehe er es auf den Stapel legte.

»Ich werde dir berichten, wie es war.« Er zeigte mit der Hand auf die Bücherregale, die sich im Laufe der letzten beiden Jahre deutlich gelichtet hatten. »Wenn du nichts mehr verdienst, kann ich dir Tipps geben, wie man sich seine Miete verdient. In Ehren natürlich! Damit gar nicht erst Gerüchte aufkommen!«

Damit ließ er Johannes Unger mit seiner Liste und den Büchern zurück, neugierig, wer im *Eden*-Dachgarten auf ihn warten würde.

Die erste, die ihn entdeckte, war Isolde van Weyden. »Ich habe Sie vermisst«, raunte sie ihm auf der Tanzfläche zu und presste sich enger an ihn, als schicklich war.

»Meine Eltern brauchten mich«, sagte Alexander und versuchte, die Frau auf Abstand zu bringen.

»Was ist? Mögen Sie mich nicht?« Der Satz schlingerte aus ihrem Mund. Er bemerkte, dass sie nach Alkohol roch und verstärkte seinen Druck in der Hoffnung, dass der Tanz bald zu Ende war. Aus den Augenwinkeln nahm er das Zeichen einer anderen Kundin wahr.

Als er Isolde zu ihrem Platz brachte, klammerte sie sich an seinen Arm. »Lass mich nicht alleine?«

»Vielleicht sollten Sie besser nach Hause gehen«, schlug er vor.

»Ich ruhe mich aus, bis ich wieder dran bin«, meinte sie und ließ sich in einen breiten Sessel sinken.

»Darf ich bitten?« Alexander hatte keine Zeit, sich Gedanken über Isolde van Weyden zu machen. Kaum hatte eine Tanzpartnerin ihm diskret ihr Tanzgeld in die Tasche geschoben, stand die nächste bereit.

»Wo sind die anderen alle«, wollte er vom Oberkellner wissen, der ihm zwischen zwei Tanzrunden ein Getränk brachte.

»Die haben Angst. Vor ein paar Wochen gab es eine Razzia, da wurden ein paar hopsgenommen.«

Alexander sah ihn erschrocken an.

Der Oberkellner lachte. »Nicht wegen des Tanzens, wegen Sie wissen schon.« Dabei bewegte er seine Hüfte in eindeutiger Pose vor und zurück.

»Nein!«

»Manche Ihrer Kollegen haben die Damen zu Hause besucht. Wenn die werten Gatten unterwegs waren. Einer der

Ehemänner ist, so hört man, ein hohes Tier in der Partei. Das hat für einigen Ärger gesorgt.«

Alexander schüttelte sich. Unfassbar, wie weit manche Männer gingen, um Geld zu verdienen. Da würde er lieber … Aber was würde er lieber? Die Arbeitsplätze für Männer mit jüdischen Wurzeln wurden täglich weniger. Wer selbstständig war, konnte darauf hoffen, dass Patienten, Klienten oder Käufer nach einigen Tagen zurückkamen, aber wer keine Stelle hatte, wurde nirgendwo mehr angestellt.

»Schätzchen, bringst du mich nach Hause!« Isolde van Weyden hängte sich an ihn.

Der Oberkellner zuckte die Achseln, als wollte er sagen: Sehen Sie, so fängt das an.

Alexander sah ihn eindringlich an.

»Tut mir leid, Madame«, sagte der Oberkellner zu Isolde. »Der junge Herr hat einen Termin beim Chef. Ich rufe Ihnen eine Droschke, die bringt Sie heim.« Dabei pfiff er durch die Finger, woraufhin ein Junge erschien und den Befehl entgegennahm, die Frau zum Ausgang zu bringen und in eine Taxe zu setzen. »Aber achte darauf, dass du nur ein Auto mit schwarzweiß kariertem Band unter dem Fenster und dem Hinweis Taxe frei rufst«, wurde dem Jungen eingeschärft. »Nicht, dass du wieder einen Wagen der Polente erwischst!«

»Danke!« Alexander schob dem Oberkellner ein Trinkgeld über die Theke. »Sie haben mich gerettet.«

»Ja, heute. Aber ich empfehle Ihnen, für solche Fälle einen Plan in der Tasche zu haben, sonst geht es Ihnen wie Ihren Kollegen. Lassen Sie sich abholen«, schlug der Oberkellner vor.

Alexander seufzte. Wer käme dafür in Frage? Wenn Veronika solo wäre, um ihn zu treffen, ließ sie sich auf so etwas ein. Aber sie war wieder verlobt. Er holte seinen Mantel und machte sich auf den Heimweg.

»Alexander!«, hörte er hinter sich eine Stimme. »Alexander!«

Das konnte nicht wahr sein. Das war Veronika und sie war allein unterwegs. »Ich komme gerade aus dem *Adlon*, da ist immer Tanztee, weißt du«, sagte sie und hakte sich bei ihm unter. »Wir könnten auch tanzen gehen.«

»Wieso gehst du nicht mit diesem Grafen Sowieso?«

»Ach, das ist längst vorbei.« Sie schmiegte sich an ihn. »An dich kommt keiner ran.«

Er ging stumm neben ihr her und fragte sich, welche geheimnisvolle Kraft Gedanken hatten.

Dezember 1934

Seit seiner Rückkehr aus Kiel und dem deutlichen Angebot von Isolde van Weyden, holte Veronika Alexander von seinen Tanzzeiten im *Eden* ab. Sie versuchte zwar pausenlos, ihn zurückzugewinnen, war aber nicht verärgert, wenn Alexander ihren Annäherungen widerstand.

»Wenn ich es nicht versuchen würde, wärst du enttäuscht, oder?«, fragte sie, als er ihr erneut erklärte, dass sie gute Freunde sein konnten und nicht mehr.

»Aber es ist zwecklos!«, sagte er. »Und nervenaufreibend.«

»Für dich vielleicht«, lachte sie. »Ich sehe das sportlich. Außerdem komme ich so nicht aus der Flirtübung.« Sie zog einen Zeitungsartikel aus der Tasche und schob ihn über den Tisch. »Gib es zu, wäre ich Herti Kirchner, wärst du nicht so standhaft, oder?«

»Dresden, 17. November 1934«, las Alexander. »Neben Rühmanns Prachtleistung, die Stürme der Heiterkeit hervorrief, verdient auch das frische Bühnentalent seiner Hauptgegenspielerin, Herti Kirchner (als Gattin), hervorgehoben zu werden«, las er. »Die Rolle der liebebedürftigen, von ihrem Gatten Jack stark enttäuschten Frau Nelly erfordert viel Takt, um nicht anstößig zu werden. Eine gesunde Naivität des Spiels bewahrte die junge Künstlerin vor dieser Gefahr.« Er steckte den Artikel in seine Tasche und bedankte sich bei Veronika.

»Bestimmt hat Kästner sie seinen Eltern vorgestellt«, unkte sie. »Die wohnen in Dresden, oder?«

Er wollte mit ihr nicht über Herti und Kästner reden und fragte: »Was isst du denn am nächsten Sonntag?«

Veronika starrte ihn an. »Na, du hast die eleganten Themenwechsel drauf. Machst du das bei deinen Tänzerinnen genauso?«

»Ich weiß nicht warum, aber ich musste gerade an den Eintopfsonntag denken. In allen Zeitungen steht: Nicht vergessen! Am kommenden Sonntag Eintopf essen! Das klingt so albern.«

»Und ich hasse Eintopf!« Veronika seufzte. »Lass uns lieber über Weihnachten sprechen. Bist du in Berlin?«

Darüber hatte er sich bisher keine Gedanken gemacht. Für den 21. Dezember hatte er eine Premierenkarte von Isolde van Weyden. *Liebe, Tod und Teufel* mit Brigitte Horney. Früher war der 23. Dezember traditionell Premierentag in Theater und Kino, die Zeiten waren vorbei. Dafür hatte die Regierung am Tag vor Heiligabend einen verkaufsoffenen Sonntag ausgerufen, überall hingen Plakate zum Goldenen Sonntag, an dem die Bürger sich mit letzten Geschenken eindecken konnten.

»Ich weiß es noch nicht«, antwortete Alexander und das war nicht geschwindelt. Er hatte tatsächlich keine Pläne. Die Reise nach Kiel war unsicher und ob seine Eltern dann schon in Dänemark waren, war nicht geklärt.

»Wir könnten uns den neuen Film von Hans Deppe ansehen. *Herr Kobin geht auf Abenteuer*«, schlug Veronika vor. »Der läuft zwar seit Ende September, aber ich habe ihn verpasst.«

»Sagt mir nichts.«

»Das ist aber seltsam, wo du sonst jeden Film mit deiner Herti kennst«, bemerkte Veronika süffisant.

»Es ist nicht meine Herti und wenn ich den Film nicht kenne, spielt sie da nicht mit«, konterte Alexander barsch.

»Sie hat eine unbedeutende Nebenrolle«, entgegnete Veronika, »aber sie ist dabei.«

Er ärgerte sich, dass er das nicht wusste. Die ganze Zeit wartete er auf den Froelich-Film *Bei Durchsicht unserer Bücher*, der jetzt *Der Kuckuck am Steuer* hieß, es hatte zuerst Probleme mit den Außenaufnahmen und dann mit der Zensur gegeben. Aber von Herrn Kobin war nie die Rede gewesen. Trotzdem, so leicht ließ er sich nicht ködern. »Ich entscheide das kurzfristig«, erklärte er. »Es gibt Zeiten, in denen es nicht ratsam ist, langfristige Pläne zu machen.«

Herti fällt immer auf

»Egal, welche Rolle Herti spielt, die Zuschauer schließen sie ins Herz und vergessen sie nie wieder«, hat ein bekannter Kritiker über die junge Kieler Schauspielerin Herti Kirchner gesagt, die seit einiger Zeit auf der Leinwand zu sehen ist. Das gilt auch für zwei Filme, die sich nicht in den Vordergrund gedrängt haben.

In der Kriminalkomödie *Herr Kobin geht auf Abenteuer* von Hans Deppe verfolgt sie mit Werner Finck die Flucht des Bankangestellten Lutz Kobin, der seinem Leben dank einer Erbschaft ein wenig Spannung verleihen möchte.

Lange warten musste man auf den Kurzfilm *Der Kuckuck am Steuer* aus dem Hause Carl Froelich. Erforderliche Außenaufnahmen wurden mangels passender Witterung ins Frühjahr verschoben und dann gab es andere Gründe, die den Start des ursprünglich mit *Bei Durchsicht unserer Bücher* betitelten Films verzögerten. Jetzt endlich konnten wir den Kampf eines jungen Mannes für seine Angebetete und gegen den Gerichtsvollzieher hautnah miterleben. Die Beispiele zeigen, dass man keinen Film auslassen sollte, weil sich in jeder Filmdose eine Entdeckung auf Zelluloid verbergen kann. (mojo)

Januar 1935

Alexander war mit Veronika im Kino verabredet. Sie hatte nicht lockergelassen. »Meine Freunde finden Charlie Chaplin blöd.« Schließlich hatte er sich bereit erklärt, mit ihr zusammen den Film *Goldrausch* anzusehen, der erneut in Berliner Kinos gezeigt werden sollte.

»Der Film steht gar nicht auf der Anzeigetafel«, stellte Veronika fest, als sie sich vor dem Kino begegneten.

Er blickte auf die Leuchtbuchstaben über dem Eingang. *Petersburger Nächte*, stand dort und *Glückspilze*, Filme die jetzt neu in die Lichtspielhäuser kamen. Aus dem letzten Jahr waren *Ferien vom Ich* und *Herz ist Trumpf* übriggeblieben. Hatten sie sich im Kino geirrt? Bei den vielen Kinos in Berlin wäre das möglich, allerdings war ihm das noch nie passiert.

»Wir fragen an der Kasse«, sagte er. »Vielleicht funktioniert die Technik nicht oder jemand hat sich vertan.«

»*Goldrausch* gibt's nicht«, erklärte ihnen der Kassierer mürrisch.

Die beiden blickten sich an. »Aber der sollte hier gezeigt werden«, bemerkte Veronika schnippisch.

Der Kassierer sah sie mit zusammengekniffenen Augen an. »Wenn ich sage, den gibt's nicht, dann gibt's den nicht. Ist das klar, junge Dame?«

Veronika zuckte zurück. Alexander fiel das Parteiabzeichen auf der Jacke auf. Bevor sie sich Ärger einhandelten, zog er sie zur Seite. »Sicher haben wir uns im Kino vertan.«

»Wollten Sie *Goldrausch* anschauen«, sprach ein Mann sie an.

»Ja, und dieser ungehobelte Kassierer behauptet, der liefe hier nicht. Sie haben das auch gelesen, oder?«

Der Mann machte ihnen ein Zeichen, dass sie ihm nach draußen folgen sollten.

»*Goldrausch* und alle Chaplin-Filme sind abgesetzt«, berichtete er leise. Er prüfte, ob jemand in der Nähe stand, ehe er ergänzte: »Weil Chaplin Jude ist.«

Alexander schüttelte den Kopf. »Was man gar nicht genau weiß. Er macht selbst ein Geheimnis daraus.«

»Es ist nicht wichtig, wer man ist, sondern was andere behaupten, wer man ist«, sagte der Mann, hob seinen Hut zum Abschied und verschwand die Straße hinunter.

»Sollen wir uns einen anderen Film anschauen?«

Veronika schüttelte den Kopf. »Mir reicht's für heute. Lass uns lieber was trinken.«

»Was ist denn los?«, erkundigte sich Alexander, während sie die paar Schritte zum *Café des Westens* gingen. Im *Eden* wollte er sich nicht blicken lassen, nachdem er sich dort für einige Tage abgemeldet hatte. Aus gesundheitlichen Gründen, obwohl ihm nichts fehlte. Er brauchte Abstand zu den Tanzkundinnen, die immer aufdringlicher wurden. Manch eine ließ nebenbei fallen, dass seine Nase sehr jüdisch wirke und ob Juden überhaupt als Eintänzer arbeiten dürften. Deshalb war er froh, auch wenn er das Veronika gegenüber nie zugegeben hätte, dass sie ihn aus dem Haus holte. Seine Wirtin war bereits misstrauisch geworden.

»Ich hatte mich so auf den Film gefreut«, jammerte Veronika, als sie im Café vor einem Glas Wermut saß. »Der hätte mich auf andere Gedanken gebracht. Ich hatte ein Gedicht an die *Junge Dame* geschickt, für einen Wettbewerb. Das war so schön. Heute habe ich gesehen, dass das Gedicht von einer Marie-Luise Kaschnitz gewonnen hat.«

Er verzichtete darauf, nach dem Gedicht zu fragen, ihre Lyrik erinnerten sehr an die ersten Verse, die Grundschulkinder reimten.

»Es ging um den ersten Schultag«, berichtete Veronika und holte einen Zettel aus der Tasche. »Soll ich es dir vorlesen?«

Er sah sich hilfesuchend um. Er hatte ebenfalls einen blöden Tag hinter sich, der musste wirklich nicht mit einem dieser Gedichte enden.

»Alexander, wie geht's!«, rief ihm wie vom Schicksal gesandt Johannes Unger zu, der suchend über die Tische blickte.

»Setz dich zu uns!«, schlug er dem Freund vor und beobachtete mit einem heimlichen Vergnügen, dass Veronika ihr Gedicht in der Tasche verstaute.

»Ich bin verabredet«, erklärte Johannes, nachdem er sich Veronika vorgestellt hatte. »Aber ein paar Minuten habe ich. Was gibt es bei dir Neues?«

Alexander zog die Schultern hoch. »Alles beim Alten. Man schlägt sich so durch. Und bei dir?«

»Dito!«, antwortete Johannes. »Hast du vom *Tingel-Tangel* gehört?«

»Gehört, aber mehr auch nicht.« Alexander nickte bedauernd. »Ich kriege leider keine Pressemeldungen mehr in Berlin.

Die Redaktion der *Kieler Nachrichten* schickt mir einiges, die ausländischen Zeitungen warten darauf, was ich ihnen gebe.«

»Das ist das Kabarett, wo Werner Finck auftritt, oder?« mischte sich Veronika ein. »Im Keller des *Berliner Theaters* an der Kantstraße.« Dabei rückte sie dicht an ihn heran.

Alexander versuchte, den Abstand zu vergrößern. Er ärgerte sich, dass er sich überhaupt auf den Abend mit ihr eingelassen hatte. »Werner Finck leitet *Die Katakombe*«, sagte er abweisend. »Aber das *Tingel-Tangel* war früher in der Tat an der Kantstraße.«

Veronika verzog das Gesicht. Ehe sie etwas erwidern konnte, berichtete Johannes: »Nachdem Hollaender weg war, lief es schleppend. Aber jetzt starten Günter Lüders und Trude Kolman mit einem neuen Programm.«

»Mutig«, fand Alexander. Er erinnerte sich daran, dass schon zu Zeiten von Friedrich Hollaender über Spitzelbesuche der Nazis gesprochen wurde. Sowohl im *Tingel-Tangel* als auch in der *Katakombe*. Vor allem Werner Finck schaffte es durch Wortspiele, Gestik und Mimik seine Kritik an der aktuellen Politik kongenial in Szene zu setzen.

»Auf jeden Fall. Besonders, da die Kolman Jüdin ist. Sie scheint gute Beziehungen zu haben«, sagte Johannes Unger. »Es gibt unter anderem Texte von Kästner und Herti ist auch mit von der Partie.«

»Ist sie wieder da? Ich dachte, sie wäre mit Rühmann unterwegs.«

»Keine Ahnung, ob die Tournee weitergeht, jetzt probt sie jedenfalls für die Neueröffnung im *Tingel-Tangel*.« Der

Buchhändler stand auf und winkte einem Mann, der suchend zwischen den Tischen umherirrte. »Ich muss, bis bald.«

»Klar!«, versprach Alexander mit schlechtem Gewissen. Er hatte das Bücherkabinett absichtlich die ersten Wochen des Jahres gemieden, damit er nicht bei der Inventur helfen musste. Ihm war nicht danach, die Bücher dieser neuen Autoren, deren Werke seit Kurzem die Schaufenster fluteten, zu zählen. Er wandte sich zu Veronika. »Können wir uns auf den Weg machen?«

»Wenn wir im Kino wären, könntest du auch nicht gehen«, stellte Veronika irritiert fest. »Lass uns noch etwas trinken. Ich lese dir das Gedicht vor.«

»Ich möchte nach Hause!« Alexander wusste, dass er Veronika damit verletzte, aber er wollte das Gedicht nicht hören. Er wollte in sein Zimmer und in Ruhe nachdenken.

Februar 1935

Alexander öffnete den großen Briefumschlag, den jemand vor die Tür gestellt hatte. Seine Mutter schickte ihm in unregelmäßigen Abständen die Artikel aus den *Kieler Nachrichten*. Im Januar hatte er einige Beiträge über Berliner Filmpremieren unterbringen können. Innerhalb einer Woche hatte es gleich drei Erstaufführungen mit namhaften Schauspielern gegeben. Leider merkte man dem Film *Hermine und die sieben Aufrechten* mit Heinrich George an, dass er nicht nur als künstlerisch, sondern auch als staatspolitisch besonders wertvoll angesehen wurde. Unterhaltsamer ging es dagegen trotz der vielen Uniformen in der Kriminalkomödie *Oberwachtmeister Schwenke* von Carl Froelich zu. Marianne Hoppe war auf der Leinwand immer gut anzusehen, auch als Blumenverkäuferin und Gustav Fröhlich verkörperte die Titelfigur souverän und unterhaltsam wie alle seine Filmpersonen. In seinem Artikel hatte Alexander Emmy Sonneborn, die eine Nebenrolle spielte, besonders hervorgehoben, nicht, weil sie so überragend war, sondern weil jeder in Berlin von ihrer Liaison mit Hermann Göring wusste.

Unter den Artikeln aus den *Kieler Nachrichten* fand Alexander ein Flugblatt. Jemand hatte darauf notiert, dass es aus einem großen Unternehmen in Kiel stammte. Darin rief die Deutsche Arbeitsfront dazu auf, jüdische Ärzte und Geschäfte zu boykottieren. Fast zwei Jahre war es ruhig gewesen, sein Vater hatte unbehelligt seine Praxis weitergeführt und sogar manch einen Parteigenossen kuriert.

Würde das jetzt wieder losgehen? Er schluckte und versuchte den Gedanken beiseitezuschieben. Die Woche war so gespickt mit Terminen, da durfte er sich von solchen Sorgen nicht herunterziehen lassen, seine Kundinnen im *Eden* spürten sofort, wenn er nicht gut gelaunt war. Er steckte Artikel und Flugblatt wieder in den Umschlag und schob beides in die Kommode unter die Wäsche. Seine Mutter konnte nicht wissen, wann der Brief eintraf und musste auf den Anruf warten.

Stattdessen stellte er sich vor den Spiegel und lächelte. Das übte er seit einiger Zeit jeden Tag: ein Lächeln, das auf Kommando natürlich wirkte. Veronika hatte ihm gezeigt, wie sie das auf der Bühne machte. Sein Lächeln wirkte inzwischen so echt, dass er sich selbst die Fröhlichkeit glaubte. Verrückt. Er hatte gelesen, dass sich die Stimmung besserte, wenn man sich selbst anlächelte und war täglich erstaunt, dass es funktionierte. Mit einem Lächeln verabschiedete er sich von seiner Wirtin, mit einem Lächeln begrüßte er den Kellner im *Eden*-Dachgarten und mit einem Lächeln reagierte er auf die erste Frau, die ihn zum Tanz aufforderte.

»Ich habe Sie vermisst«, wisperte Isolde van Weyden und schmiegte sich auf unangenehme Weise an ihn.

»Ich habe viel zu tun. In Berlin passiert ständig etwas«, entschuldigte Alexander sich vage.

»Wir leben in bewegten Zeiten«, fand auch Isolde. »Irgendwann können wir unseren Enkeln erzählen, dass wir dabei waren, als sich das neue Deutschland konstituiert hat.«

Alexander blickte auf seine Füße, als müsse er die Tanzschritte kontrollieren, und korrigierte seine Körperhaltung.

»Ich glaube, ich habe den langsamen Walzer verlernt«, scherzte er und setzte sein Bühnenlächeln auf.

»Sie machen das sehr gut«, beruhigte Isolde ihren Tanzpartner. »Wo haben Sie das eigentlich gelernt?«

»Als junger Mann in der Tanzschule«, antwortete Alexander und erzählte wortreich wahre und erfundene Begebenheiten aus der Tanzstundenzeit in Kiel, bis die letzten Töne des Walzers ausklangen.

Die nächste Tanzpartnerin wartete bereits, sodass er sich ohne Ausrede von Isolde van Weyden verabschieden konnte, nachdem sie ihm sein Salär in die Tasche geschoben hatte.

Erschöpft verließ er nach zwei Stunden früher als sonst das Parkett. Karlheinz Riethmüller hatte ihn gebeten, über die Premiere des neuen Waschneckfilms *Mein Leben für Maria Isabell* zu schreiben. Neben Bernhard Minetti, dessen Laufbahn seinen Kieler Chefredakteur besonders interessierte, und Veit Harlan war Viktor de Kowa in einer der Hauptrollen zu sehen, vielleicht kam Herti Kirchner zur Premiere, sie hatte mit ihm früher gedreht.

Alexander wartete vergebens auf eine Begegnung mit Herti Kirchner, auch bei der Filmpremiere *Frühjahrsparade* mit Paul Hörbiger am nächsten Abend war sie nicht zu sehen.

»Du hier?«, sprach ihn im Foyer nach der Aufführung stattdessen ein Kollege an.

Er zuckte zusammen. Wusste der Kollege, dass er Jude war?

»Ich dachte, du wärst im *Tingel-Tangel* bei deiner Herti.« Er seufzte erleichtert, zwar hasste er es, wenn Kollegen ihn wegen seiner Leidenschaft für Herti Kirchner aufzogen, aber das war besser, als über seine jüdische Herkunft zu spotten.

»Was ist im *Tingel-Tangel*?«

»Da ist jetzt Premiere, gestern oder heute, ich weiß es nicht genau.«

Wie konnte er das verpassen? Johannes Unger hatte ihn darauf hingewiesen, dass Herti Kirchner dort probte. Durch die Aufträge aus Kiel und den Ärger mit der französischen Zeitung wegen einer Filmrezension, die dem Redakteur nicht gefiel, hatte er das aus den Augen verloren. Er sah auf die Uhr. Um die Zeit war sicher niemand mehr im Theater, nicht einmal jemand, der ihm eine Karte für den nächsten Abend verkaufte.

Alexander blieb nichts anderes übrig, als sich am nächsten Abend in die Schlange vor dem *Tingel-Tangel* zu stellen. *Ein bisschen glücklich sein*, lautete der Titel des Programms, in dem außer Günter Lüders und Trude Kolman Herti Kirchner, Walter Lieck, Walter Groß, Ekkehard Arendt und andere Kabarettisten auftraten. Unter den Zuschauern waren die Spitzel auszumachen, die darauf achteten, dass keine Kritik an der Regierung laut wurde. An der Art, wie sie sich teilweise lachend auf die Schenkel klopften, wurde deutlich, dass sie nur die vordergründigen Botschaften verstanden und nicht wie das restliche Publikum die Doppeldeutigkeiten mancher Pointen. Wie lange würde das gut gehen?

März 1935

Mit gemischten Gefühlen machte sich Alexander auf den Weg in den *Gloria-Palast*. Der Artikel über den Film *Barcarole* bildete den Auftakt einer Serie von Filmberichten, die die *Kieler Nachrichten* von ihm erwartete. Das war einer der wenigen Auftraggeber, die ihm verblieben waren. Den Probeauftrag für eine Emigranten-Zeitung hatte er nicht erfüllen können. Nicht, weil er nicht wollte oder nicht das Richtige geschrieben hatte. Ohne Presseausweis hatte er keine Informationen über die Hinrichtung von Benita von Falkenhayn-Berg und Renate von Natzmer in Plötzensee bekommen. Die Frauen waren zwei Tage vorher vom Volksgerichtshof wegen Verrat militärischer Geheimnisse verurteilt worden. Die Öffentlichkeit hatte kaum etwas darüber erfahren. Welchen Kollegen er auch fragte, jeder betonte, dass seine Redaktion nicht über dieses Urteil und seine Vollstreckung berichten würde. Die Emigrantenzeitung war die einzige, die Interesse an einem Artikel zeigte, aber schon bei der ersten Anfrage war sein Presseausweis abgelehnt worden. Das hätte er sich denken können, aber die Chance wollte er nicht ungenutzt lassen.

Jetzt konnte er nur hoffen, dass die deutschen Filmgesellschaften weiter fleißig Filme produzierten, damit er sich das Leben in Berlin leisten konnte. Das Eintänzer-Dasein wurde immer gefährlicher, inzwischen trugen viele Frauen das Hakenkreuz an ihrer Garderobe und auf der Tanzfläche tauchten junge Männer in Uniformen auf. Sie sorgten dafür, dass die

Damen ihr Tanzvergnügen bekamen und verfolgten, so schien es Alexander, welche Musik die Kapelle spielte. Seit die *Comedian Harmonists* verboten waren, wurde besonders darauf geachtet, dass in den Bars nur Musik von arischen Komponisten oder zumindest solche aus befreundeten Ländern gespielt wurde.

Die Rezension von *Barcarole* mit Gustav Fröhlich, Willy Birgel und Hilde Hildebrandt war ein schöner Auftrag, er konnte sich berieseln lassen und am Schluss einige heitere Zeilen über die *Stürmische Nacht in Venedig* von Günter Lamprecht schreiben. So würde das die nächsten Tage weitergehen, Ufa und Co. hatten dafür gesorgt, dass alle paar Tage frische Unterhaltung auf den Markt kam. *Alle Tage ist kein Sonntag* mit Adele Sandrock lief ebenso im März an wie *Die Artisten* von und mit Harry Piel und der Kriminalfilm *Der blaue Diamant* mit Adele Sandrock und Ursula Grabley.

Herti Kirchner war überraschend nach Kiel abgereist, sie hatten sich verabredet, gemeinsam *Barcarole* anzusehen. Dann hatte sie die Nachricht erhalten, dass ihr Vater erkrankt war.

»Und? Was macht Ihre Kleine?« Ein Mann beugte sich von hinten über Alexanders Schulter. Winfried Bergmeier, sein ehemaliger Vorgesetzter. Die Alkoholfahne ekelte ihn an. Er ging in die Hocke und drehte sich aus dem Arm des Mannes.

»Nichts!«, sagte er barsch und verschwand, ehe Bergmeier ihm folgen konnte.

»Man hört, sie sei jetzt beim *Tingel-Tangel*«, rief sein früherer Vorgesetzter ihm hinterher. »War wohl nichts mit der Filmkarriere, was?«

Er versuchte, das Erlebnis abzuschütteln. Auch Winfried Bergmeier hatte inzwischen seine Stelle verloren, trotz des funkelnden Parteiabzeichens. Die Zeitung gab es ohnehin nicht mehr, manche Kollegen waren den Redaktionen der NS-Organe untergekommen.

Alexander drehte sich um und sah dem Mann nach, der im Zickzack über den Gehweg schwankte. Fast tat er ihm leid. Zum Schluss hatte sein Vorgesetzter sich von seiner besten Seite gezeigt.

In Gedanken versunken ging er nach Hause, wo er sich an die Schreibmaschine setzte und seine Eindrücke vom Film zu Papier brachte. Er steckte den Beitrag in einen Umschlag und beschloss den Brief direkt zum Postkasten zu bringen. Auf dem Weg würde er beim *Tingel-Tangel* vorbeischauen, vielleicht traf er dort jemanden. Seine Sammlung über Herti Kirchner wuchs zu langsam. Marlene Dietrich hatte seit *Der blaue Engel* sechs große Filme gedreht, sie war ein Weltstar. Herti Kirchner dümpelte weiter in Berlin zwischen *Deutschem Künstlertheater* und *Tingel-Tangel* herum. Zum ersten Mal, seit er sie in Berlin gesehen hatte, zweifelte Alexander an seinem Vorhaben und dem ganzen Plan von der Autorenkarriere. Die Idee war gut, sie passte nur nicht in die Zeit.

Am 29. März saß Alexander zusammen mit den anderen Premierenbesuchern im *Tingel-Tangel* und wartete gespannt auf den Auftritt von Herti Kirchner. Nach der Erstaufführung von Leni Riefenstahls *Triumph wider Willen*, die er am Abend zuvor mit viel innerem Widerstand auf Wunsch des Kieler

Chefredakteurs besucht hatte, würde das hier ein Kontrastprogramm werden. Herti hatte Johannes Unger verraten, dass die eine oder andere Nummer nicht ungefährlich war. Damit rechneten anscheinend auch die Nazispitzel, die leicht daran zu erkennen waren, dass sie keinerlei Vorfreude zeigten, sondern ihrem Gesicht zwanghaft einen neutralen Ausdruck gaben. Er fragte sich, ob die Spitzel diese Mimik genauso vor dem Spiegel übten wie er sein Tanzlächeln.

Der Vorhang öffnete sich für die erste Szene. Am Ende des Abends wusste Alexander nicht mehr, in welcher Reihenfolge die Szenen gespielt worden waren, sie hatten ihn so gefesselt, dass er vergaß, sie zu notieren, immer begleitet vom Gelächter im Publikum und dem Kritzeln der Spitzelstifte.

»Die Miesmacher auf Herrenpartie« wurde anmoderiert als Front gegen die Miesmacher in der Gesellschaft, wie es die offizielle Propaganda wiederholt verlauten ließ. Walter Gross, Walter Lieck und Günther Lüders saßen unter einem Baum und spielten Karten. 18, 20, 22, 23, 24, 27, 30, reizten sie, wie es beim Skat üblich war. Bei 30 reckte Lüders den Arm und rief: »So steh'n wir da.«

Als Gross »33« sagte, ließ Lüders den Arm sinken.

»Was ist los?«, wollte Gross wissen.

»Na, passen wird man doch wohl noch dürfen«, antwortete Lüders, wobei der letzte Teil des Satzes im Gelächter der meisten Zuschauer unterging.

Alexander ließ seinen Blick über die Zuschauerreihen schweifen. Die Spitzel schrieben und einige Besucher, die er für völlig harmlos und ganz sicher nicht für Nazis gehalten hätte, schwiegen mit zusammengekniffenen Lippen. Man konnte den Menschen nur bis vor den Kopf sehen. Die Mienen der Nazis verfinsterten sich am Ende des Sketches.

Lüders sagte: »Ei, bloß wegen Bube, Dame, König und des As?«

Daraufhin wiederholten Lieck und Gross mit einer kleinen Änderung in der Betonung: »Ei, bloß wegen Bube, Dame, König, dummet Aas!«

»Mit so einem Idioten muss man nun Skat spielen«, fügte Gross hinzu und erntete Applaus von den meisten Zuschauern.

Besonders aufmerksam hörte Alexander zu, als Herti Kirchner zusammen mit Walter Lieck, Walter Gross, Günther Lüders, Vilma Beckendorf und Elisabeth Lennartz die Bühne betrat.

Winter a. D. lautete der Sketch, in dem die Schauspieler die Personen Winter a. D., Betty Holle, Die Windsbraut, Schüttelfrost, Celsius und Röschen Lenz darstellten. Nach einem Eingangslied erklärt der Schüttelfrost: »Melde gehorsamst, Ortsgruppe Zoo des Berliner Frostbundes zur Stelle. Ein Eisblockwart und drei Eisbomben.«

Das Publikum bog sich vor Lachen. Alexander lachte ebenfalls und ließ Herti Kirchner nicht aus den Augen.

»Der Schneemann hatte die Flocken nicht geliefert, und da konnte ich nicht reinschnei'n«, klagte Frau Holle.

»Immer wieder dieselben«, schimpfte der Winter. »Den Kerl stoße ich noch mal aus der Fachschaft aus.«

»Verzeihung, der Schneemann ist von selbst ausgetreten und hat sich entwässert«, ließ Celsius verlauten.

Alexander sah zu seinem Nachbarn, der eifrig mitschrieb. »Jetzt Eiszustand, Hoffnung auf Frühling«, las er und erschrak. Die Spitzel wirkten so, als ignorierten sie die subtilen Botschaften. Im letzten Programm hatten sie mit- oder vorausgelacht, an diesem Abend verzogen sie keine Miene und notierten die Quintessenz der Darbietung. Diese Erkenntnis legte sich wie ein grauer Filter über den Abend, der so fröhlich begonnen hatte. Während er am Ende des Programms klatschte, blickte er sich suchend um. Erich Kästner war nicht unter den Gästen. Sollte die Liaison mit Herti Kirchner bereits zu Ende sein. Hieß es nicht sogar, manche Texte seien von ihm.

Im Foyer entdeckte er eine der Frauen, mit denen er Herti vor einigen Wochen im Café gesehen hatte. »Das war ein gutes Programm, nicht wahr«, sprach er sie an.

Im ersten Moment schaute sie irritiert. »Ach, wir haben uns im *Haus Vaterland* gesehen, mit Herti«, fiel ihr dann ein. »Ein gutes Programm, wenn auch ein wenig explosiv.«

Alexander prüfte, ob keiner der Spitzel in der Nähe war. »Aber gelungen, oder?«

»Gelungen und gefährlich«, fand die Frau. »Ich mache mir Sorgen um Herti und die anderen Darsteller. Ich glaube nicht, dass man das auf sich sitzen lässt.«

»Die Hoffnung stirbt zuletzt«, murmelte er und dachte, dass sich diese Floskel gut als sein Lebensmotto eignen würde. Und als Motto für viele in der heutigen Zeit.

Die Frau lachte. »Das habe ich in den letzten Wochen oft gesagt. Sie können sich nicht vorstellen, welches Chaos im Vorfeld herrschte. Eigentlich sollte Herti einen eigenen Text vortragen, ‚Kanapee‘, sie hat ihn sich im Januar extra von der Familie schicken lassen. Kurz vor dem Start der Proben wurde alles umgeworfen. In dem Chaos ist ihr Vater verstorben, sie ist nachts nach Kiel gefahren, als sie ankam, war er schon tot und drei Tage später probte sie wieder. Sie stand kurz vor einem Nervenzusammenbruch. Erich und ich haben ihr gut zugeredet.«

»Ich habe Erich Kästner gar nicht gesehen.« Die Bemerkung der Frau klang nicht danach, als wäre es aus zwischen Herti und Kästner. War er vielleicht während der Aufführung hinter der Bühne?

»Er kommt nie zu Hertis Premieren, weil sie dann so nervös ist«, erklärte die Frau lachend und wandte sich einem Paar zu, das sich neben sie stellte.

Er war abgemeldet, hatte aber wenigstens etwas über die Hintergründe erfahren. Eigentlich hatte er geplant, Herti Kirchner nach der Premiere anzusprechen, als sie sich jedoch unter die Gäste mischte, war klar, dass sie kaum Zeit haben würde. Also ging er nach Hause und versuchte die Unruhe, die diese Spitzel in ihm geweckt hatten, zu verdrängen.

April 1935

Alexanders Tag begann stets damit, dass er sich ein Programm überlegte, das ihn bis zum Tanztee im *Eden* außerhalb der Wohnung auf Trab hielt. Wenn er dennoch nach dem Frühstück zurück in sein Zimmer ging, erkundigte sich Bernhardine Wenning stets, ob er nicht arbeiten müsse. Bis jetzt war es ihm gelungen, das Geld für die Miete aufzutreiben und wenn er zu Hause blieb, eine Ausrede zu finden.

Seit ihre Tochter wieder bei ihr wohnte, nachdem deren jüdischer Arbeitgeber ausgewandert war, blieb die Wirtin auf der Hut. Unverhofft kam gelegentlich die Frage nach einem Nachweis. Obwohl sie nur das Wort erwähnte, wusste er, was sie meinte. Es wurde immer schwerer, neue Ausflüchte zu finden Ihm kam zugute, dass er lange nicht in Kiel gewesen war und vorschützen konnte, dass er die Papiere vor Ort unterschreiben musste.

Deshalb war er froh über jeden Auftrag, der ihn aus Kiel oder von einer der verbliebenen Kirchenzeitungen erreichte. Während die Redaktion der *Kieler Nachrichten* an aktuellen Ereignissen interessiert war, wünschten sich die Kirchenzeitungen politisch neutrale Berichte über Sehenswürdigkeiten in Berlin. Ein Geschenk des Himmels, so kam er endlich in die Museen, die er in seinen ersten sechs Jahren in der Hauptstadt vernachlässigt hatte. Eine der Zeitungen hatte ihm eine Bescheinigung ausgestellt, dass er im Auftrag des Vatikans über Kultureinrichtungen berichtete. Manchmal verschlug es ihm den Atem, wenn er über diese seltsame Kapriole des Schicksals nachdachte, er, der protestantische Jude, war im Auftrag des Vatikans unterwegs!

»Und? Was haben Sie heute vor? Arbeiten Sie?«

Alexander zwang sich, ruhig zu bleiben. Obwohl er stets die Augen aufhielt, ob sich woanders eine neue Bleibe auftat, war er nicht fündig geworden. Wenn seine Wirtin ihm kündigte, musste er nach Kiel zurück. Lange hatte er auf einen Schlafplatz im Bücherkabinett gehofft, aber man wusste nicht, ob Buchhandlungen im Visier der Regierung waren. Johannes Unger vermutete unter den Kunden Testkäufer, wenn diese auffällig unbekümmert nach einem der verbotenen Bücher fragten. Dort wäre er nicht sicher. Es hieß also, durchzuhalten und den Ärger herunterzuschlucken.

»Natürlich arbeite ich!« Er gab sich empört. »Sie wissen doch, dass ich für verschiedene Zeitungen schreibe. Meine alte Zeitung gibt es zwar nicht mehr, aber der Verlag hat viele andere Blätter.« Was er verschwieg, war nur, dass er nicht mehr für den Verlag arbeitete.

»Heute besuche ich das Postmuseum.« Das war der Grund, weshalb er sich das Tagesprogramm überlegte, ehe er sein Zimmer verließ. Er hatte festgestellt, dass seine Wirtin sich entspannte, wenn er von einem konkreten Vorhaben berichtete. »Was gibt's dort?«, wollte sie wissen, als sie ihm endlich den frisch aufgebrühten Kaffee einschenkte.

»Die Geschichte der Post«, antwortete Alexander. »Jeder schreibt Briefe, da ist doch interessant zu wissen, wie die Post entstanden ist.«

»Und das gibt es in Berlin?« Bernhardine Wenning sah ihn an, als ob sie das für einen Scherz hielt.

»Ja, an der Leipziger Straße, vor 60 Jahren war an der Stelle das Reichspostamt, später wurde daraus das Museum.«

»Da bin ich gespannt, was Sie schreiben.« Die Frau wandte sich zum Schrank und sah den Schreck in Alexanders Gesicht nicht. Schnell nahm er den letzten Schluck aus der Tasse. Dann regte er sich ab. Er würde ja einen Bericht über das Museum schreiben, allerdings einer katholischen Kirchenzeitung.

»Sind Sie katholisch?«, fragte er und sah, wie sich der ganze Körper der Wirtin anspannte. Das wirkte so, als hätte er sie mit einem Zauberspruch in Stein verwandelt. Ihm kam es vor, als dauerte es Minuten, bis sie sich mit einem Lächeln zu ihm umdrehte.

»Wieso?« Zitterte ihre Stimme leicht bei der Antwort?

Alexander schob den Gedanken beiseite. Vermutlich war sie protestantisch und hatte wie er in der Kirche gelernt, Katholiken abzulehnen.

»Den Bericht über das Postmuseum schreibe ich für eine Kirchenzeitung«, sagte er. »Aber ich kann Sie den Beitrag lesen lassen, ehe ich ihn abschicke.«

Die Wirtin lächelte weiter. Ein Lächeln, das Alexander an sein eigenes Tanzlächeln erinnerte. Er lächelte zurück und verabschiedete sich. Vor der Tür atmete er tief durch. Wann würde dieses Versteckspiel endlich ein Ende haben?

Als er das ehemalige Reichspostministerium betrat, wunderte er sich über die vielen Besucher. Die anderen Museen waren an Werktagen meist menschenleer, hin und wieder schlich eine Touristengruppe durch die Säle, aber oft war er allein. Ein Grund, weshalb er den Auftrag der Kirchenzeitung so liebte. Hier allerdings waren bestimmt 30 oder 40 Männer. Ob die alle wie er eine Zuflucht brauchten, um zu Hause nicht aufzufallen?

Sie strömten in einen Raum, in dem mehrere Reihen mit Stühlen aufgestellt waren, auf eine Kiste am Kopf des Raumes ausgerichtet. Im oberen Teil der quadratischen Holzkiste befand sich graues Glas, darunter ein Lautsprecher wie beim Rundfunkempfänger. Rechts und links daneben waren Holzpaneele mit Knöpfen.

»Was ist hier los?«, erkundigte er sich bei einem Mann, der einen Stuhl am Rand besetzte.

»Hier wird ferngeguckt.«

»Das heißt fernsehen«, beschied ihm sein Nachbar. »Da vorne, das ist ein Fernsehgerät. Ich hätte nicht gedacht, dass ich das jemals zu sehen kriege. Die gibt's sonst nur bei den Großkopferten. Wir kleinen Leute können uns das nicht leisten.«

»Das ist ein Fernsehgerät,« erklärte ein anderer Mann. »Damit kann man Sendungen von Paul Nipkow empfangen.«

Im März war ein Fernsehsender namens Paul Nipkow eröffnet worden. Alexander hatte ohne Presseausweis keinen Zutritt zu der Veranstaltung bekommen und nur von Kollegen erfahren, dass der Sender Programme ausstrahlte, die an Fernsehgeräte übertragen werden sollte. Zukunftsmusik wie in dem Film *Die Welt ohne Maske*. Er war davon ausgegangen, dass die Idee eines Fernsehers reine Fiktion war.

»So ein Fernsehgerät kostet ein paar Tausend Mark. Damit wir armen Schlucker das Programm auch sehen können, wird heute die erste Fernsehstube eröffnet«, erfuhr er von den anderen Gästen. Er konnte sein Glück kaum fassen. In Berlin geschah etwas so Spektakuläres und er war dabei. Zufällig, weil er vor seiner Wirtin und ihren Fragen flüchten wollte.

»Ach, Alexander!« Eine Kollegin von der Filmpresse riss ihn aus seinen Gedanken.

»Guten Tag, Helga. Was machst du hier?«

»Wer weiß, vielleicht werden Filme künftig im Fernsehen und nicht mehr im Kino gezeigt«, antwortete Helga Dürkopp. »Man muss auf dem Laufenden bleiben.«

Er blickte skeptisch auf das kleine Fenster, nicht so groß wie sein Notizblock, auf dem nur schwach Bewegungen zu erkennen waren.

Sie folgte seinem Blick und lachte. »Ich weiß, dazu braucht man Fantasie. Diese Jonglagen und Zauberkunststücke sind nicht besonders interessant. Aber die Idee der Fernseher und auch der Fernsehstuben finde ich so gut, dass ich auf jeden Fall etwas über sie schreiben werde.«

Alexander gab sich Mühe, seine Enttäuschung zu verbergen. Wenn seine Kollegin über das Ereignis berichtete, war es schnell in der ganzen Welt. Sie hatte Kontakte zu allen großen Zeitungen.

»Hast du übrigens mitgekriegt, dass es Ende Mai einen neuen Film mit deiner Freundin Herti Kirchner gibt?« Helga wechselte so abrupt das Thema, dass Alexander seine übliche Bemerkung »Herti Kirchner ist nicht meine Freundin!« vergaß.

»Das wusste ich nicht«, gab er zu. »Aber seit ich nicht mehr fest in einer Redaktion bin, geht einiges an mir vorbei.«

»Wenn du möchtest, kann ich dir interessante Meldungen zukommen lassen«, bot Helga an.

Augenblicklich hatte Alexander ein schlechtes Gewissen, weil er sich über ihre Konkurrenz geärgert hatte. Sie war hilfsbereit und freundlich wie immer und hatte nie eine Bemerkung über seine Nase gemacht. »Das wäre nett.« Er nannte ihr seine Adresse und die Fernsprechnummer seiner Wirtin. »Falls du eine eilige Meldung loswerden möchtest.«

Helga lachte. »Ist notiert. Die wichtigste Nachricht kennst du sicher. Morgen heiratet Emmy Sonnemann ihren Hermann.«

Wer wusste das nicht in Berlin? Alle schienen auf diese Hochzeit von Hermann Göring und Emmy Sonnemann hinzufiebern. Seltsam, dass seine Wirtin, die Expertin für Klatsch und Tratsch, nicht darüber gesprochen hatte. Sie ließ sonst nichts aus der Welt der Reichen und Schönen aus.

»Bist du dabei?«, fragte Alexander. Die *Kieler Nachrichten* wünschten sich einen Bericht über diese Verbindung zwischen Politik und Film, hatten es aber nicht geschafft, einen Pressezugang ohne Ausweis der Pressekammer zu erwirken.

»Klar!«, lachte Helga. »Das ist das Ereignis des Jahres.« Sie senkte die Stimme. »Ich begleite Emmy seit ihren ersten Tagen in Berlin und habe sogar eine persönliche Einladung bekommen. Sie hat mich gefragt, ob ich ihre Biografie schreiben möchte.«

Alexander zuckte zusammen. Genau davon träumte er. Wieso hatte sich keiner der Nazis in Herti Kirchner verliebt?

Sofort tadelte er sich für den Gedanken. Herti war sicher kein Kind von Traurigkeit und man wusste nicht, wie ihre Beziehungen zu Vollmoeller, Rühmann und anderen waren. Aber einen Parteifunktionär als Liebhaber oder Ehemann wünschte er ihr nicht.

»Wenn du magst, nehme ich dich mit!«, schlug Helga vor. »Es macht sich sowieso besser, wenn ich in Herrenbegleitung erscheine. Hast du einen ordentlichen Anzug?«

Alexander nickte. Sagen konnte er nichts. Nur wenige Kollegen hatten ihn seit seiner Entlassung unterstützt, dass ausgerechnet Helga Dürkopp, die er immer als Konkurrenz empfunden hatte, ihm so selbstlos half, machte ihn sprachlos.

»Dann sehen wir uns morgen«, verabschiedete sie sich und ließ ihn stumm und starr vor Ehrfurcht vor den Wegen des Schicksals zurück.

Mai 1935

Alexander rückte seine Fliege zurecht. Er bereute es, dass er Helga zugesagt hatte, sie in die Staatsoper zu begleiten. Seit er sie in der Fernsehstube im Postmuseum getroffen hatte, waren sie ab und zu miteinander ausgegangen und sie hatte dafür gesorgt, dass er die Premiere des Operettenfilms nach Johannes Strauß *Zigeunerbaron* besuchen konnte. Auch die Uraufführung von *Das Mädchen Johanna* im *Ufa-Palast*, bei der Gustaf Gründgens, Heinrich George und René Deltgen als Hauptdarsteller zugegen waren, hätte er ohne ihre Kontakte nicht erleben können.

Die Ansprechpartner bei der Ufa hatten gewechselt, dort zählte in erster Linie der Ariernachweis. Helga als schlanke, blonde, junge Frau, die jedem Schauspielsternchen Konkurrenz machen konnte, bekam immer, was sie wollte. Bei ihrem Anblick prüfte niemand, ob ihre Nase jüdisch anmutete. Wie auch, ihre ganze Familie war blond und blauäugig, wie Hitler sich das vorstellte.

Alexander hatte die Familie Dürkopp bei einem Besuch kennengelernt, sogar die Großeltern, die in derselben Villa lebten wie Helga und ihre Eltern. Er hatte nicht gefragt, welchen Beruf der Vater hatte, es musste ein gut bezahlter sein.

Helgas Eltern saßen weiter hinten in der Staatsoper. Die Verleihung des Nationalpreises für den deutschen Film wollte sich keiner entgehen lassen, obwohl bereits feststand, dass dieser Preis an Leni Riefenstahl ging *Triumph wider Willen*, ihren

Film über den Reichsparteitag in Nürnberg 1934. Welcher Streifen hätte stattdessen ausgezeichnet werden können, der *Hitlerjunge Quex* vielleicht oder ähnlich politisch gefärbte Filme, aber so dicht an Hitler und seiner Partei war kein Film wie der von Leni Riefenstahl.

Die Veranstaltung begann damit, dass alle Besucher aufstanden, um Hitler zu huldigen. So empfand Alexander die Begeisterungsstürme, die dem Reichskanzler entgegenschlugen – und jubelte mit, weil er sonst aufgefallen wäre. Seit dem Rundgang auf der Automobilausstellung hatte er den Herrscher über Deutschland nicht mehr so nah gesehen. War Hitlers Blick starrer geworden? Spiegelte sich sein Überlegenheitsgefühl in der Mimik des Diktators?

Wäre er Weltmeister im Weitspucken, hätte Alexander den Parteiführer mitten ins Gesicht treffen können. Aber er war ein jüdisch-stämmiger Ex-Journalist und konnte sich die Konsequenzen für Spucken oder Nicht-Jubeln ausmalen. Also versuchte er, nicht aufzufallen.

Trotz des Jubels schienen alle erleichtert, als Hitler endlich mit seinen Ministern in der ersten Reihe Platz nahm. Nie hätte er gedacht, dass er sich einmal über einen Auftritt von Goebbels freuen würde, aber eine Rede des Propagandaministers konnte nicht schlimmer sein als in die arrogante Visage Hitlers zu gucken, während dieser minutenlang regungslos mit ausgestrecktem Arm auf der Bühne stand.

Goebbels legte in seiner Rede dar, wie besonders und erfolgreich die Kulturpolitik seiner Partei war und welche Ziele er für das kommende Jahr anstrebte.

Alexander musste sich zusammenreißen, um nicht laut zu lachen, als Goebbels von der edlen Dichtung sprach, die er von den neuen Dichtern erwartete. Ihm kamen die Bücher in den Sinn, die sich im Bücherkabinett jeden Tag weiter nach vorne schoben und die Literatur der verjagten und verbotenen Schriftsteller verdrängten.

»Es kann nur von neuen Menschen mit neuen Ideen praktisch durchgeführt werden«, rief Goebbels und das Publikum applaudierte. Alexander tat, als müsse er seine Fliege zurechtrücken, damit nicht auffiel, dass er nicht mitklatschte.

Endlich überreichte der Propagandaminister Leni Riefenstahl den Preis, nachdem er ihren Film zuvor als großartige Leistung im Filmschaffen des letzten Jahres gerühmt hatte, die sich gegen *Die heilige Johanna* durchgesetzt hatte.

Der Nationalpreis für Literatur ging an den Lyriker Eberhard Wolfgang Moeller, dessen Werke Alexander nicht gelesen hatte, der Titel des Gedichtbändchens, das ausgezeichnet wurde, *Berufung der jungen Zeit*, ließ erahnen, worum es in den Texten ging.

Als Goebbels sagte: »An der Spitze des Reiches steht wieder ein künstlerischer Staatsmann. Wir empfinden das alle mit tiefer Beglückung«, bekam Alexander ein Hustenanfall, der ihm einen Rippenstoß von Helga und tadelnde Blicke von der Bühne einbrachte. Es schien so, als fixiere ihn der Reichspropagandaminister, um sich sein Gesicht einzuprägen. Wäre er nur nicht auf Helgas Vorschlag eingegangen.

Nachdem sie fast fluchtartig die Staatsoper verlassen hatten, wollte Alexander sich verabschieden. »Es tut mir leid, aber das war unerträglich, ich brauche frische Luft«, entschuldigte er sich.

Helga hakte sich bei ihm unter und drängte sich mit ihm in die nächstbeste Straßenbahn. An der ersten Haltestelle neben einer Grünanlage schubste sie ihn aus dem Wagen und folgte ihm. Sie zog ihn in den Park und atmete tief durch. »Glaubst du etwa, nur du bekommst Atemnot bei brauner Luft?«, fragte sie nach ein paar Minuten.

Alexander hob die Achseln. Was sollte er sagen? Sie lebten in einer Zeit, in der die Guten böse wurden und die vermeintlich Bösen Gutes taten.

»Komm, wir schaukeln!«, rief Helga und rannte los.

Alexander folgte ihr. Sie schaukelten sich die braunen Gedanken aus dem Kopf.

Niedergeschlagen traf Alexander im *Eden* ein. Die Aufträge aus Kiel wurden spärlicher, seine Mutter hatte erzählt, dass die Partei die *Kieler Nachrichten* immer mehr unter Druck setzte. Einmal hatte er mit dem Chefredakteur aus der Praxis seines Vaters telefoniert, weil Karlheinz Riethmüller der Anschluss in der Redaktion nicht sicher erschien. Da hatte dieser durchblicken lassen, dass er die Zusammenarbeit bald beenden müsse, weil die Partei auf Umsetzung des Schriftleitergesetzes in allen Bereichen pochte. Selbst die Zeitungsausträger mussten einen Abstammungsnachweis vorlegen. Es würde nicht lange dauern, dann blieb ihm nur das Tanzgeld, das gerade für die Miete reichte.

»Alexander! Huhu! Hier bin ich!« Beim Klang der Stimme von Isolde van Weyden lief ein Schauer über seinen Rücken.

Aus der anfänglichen Sympathie war inzwischen tiefe Abneigung geworden, die umso schwerer wog, als die Frau häufiger vergaß, ihm das Tanzgeld zuzuschieben. Nachfragen konnte er nicht, das Ganze war nicht offiziell, ein Honorar, das ebenso wenig einklagbar war wie seine Honorare bei den Zeitungen. Von der französischen Zeitung war das Geld für den letzten Artikel nicht eingetroffen, eine Kirchenzeitung schuldete ihm das Honorar für drei Filmberichte.

Er warf einen Blick in den Spiegel am Rand des Tanzparketts und lächelte sich an. Auf ihn wirkte sein eigenes Lächeln täglich künstlicher, aber für Isolde van Weyden, die sowieso nur sich und ihre Pläne im Kopf, reichte es.

»Ich habe Ihnen etwas mitgebracht«, zischte sie ihm beim ersten Tanz zu. Was hatte sie sich nun wieder ausgedacht? Ihre Penetranz war unerträglich. Sanft schob er sie von sich, um den Abstand zu wahren, der für den Foxtrott vorgeschrieben war.

»Möchten Sie denn nicht wissen, was es ist?«, flüsterte seine Tänzerin ihm ins Ohr und drückte sich dabei an seinen Körper.

Nein, hätte er am liebsten geschrien, er zwang sich, ruhig zu atmen, sie erneut sanft zurückzuschieben und zu lächeln.

Als die Musiker ihre kleine Pause zum nächsten Lied machten, zischte Isolde van Weyden eine Frau, die auf ihn zukam, an wie eine Schlange: »Ich bin dran!«

Alexander hob mit Blick auf die andere Frau entschuldigend die Schultern.

Isolde van Weyden zerrte ein Blatt Papier aus ihrer Tasche. »Das habe ich meinem Mann abgeschwatzt. Extra für Sie. Er denkt, ich wollte mir das in Ruhe durchlesen, und hofft, dass ich den Spaß am Kabarett verliere. Ich habe Sie in der Premiere von *Liebe, Lenz und Tingel-Tangel* gesehen. Das ist Ihre Welt, was? Dann interessiert Sie sicher, warum sie zerplatzt.«

Der Pianist begann das nächste Lied und Isolde van Weyden schmiegte sich an ihn. Er musste tanzen, sonst wären sie mitten auf dem Parkett aufgefallen. Was war das für ein Papier, das sie mitgebracht hatte? Warum war die *Tingel-Tangel*-Welt zerplatzt? Erst vor einer Woche hatte er sich das Programm in Ruhe angeschaut und sich köstlich über die Schneemann-Szene amüsiert.

Endlich war auch dieser Tanz vorbei. Alexander warf der Frau, die ihn für die nächste Runde auffordern wollte, einen Blick zu und zeigte hinter dem Rücken von Isolde van Weyden zwei Finger und dann den Daumen, um zu signalisieren, dass sie zwei Tänze für einen bekommen würde.

»Was ist mit dem Papier?«, herrschte er Isolde an, nachdem er sie von der Tanzfläche in ihre Nische geführt hatte.

Isolde zierte sich kurz und schob ihm dann das Blatt hinüber. »Aussageprotokoll von Max Elsner, Geschäftsführer des *Tingel-Tangel*, vom 15. Mai 1935«, las Alexander. »Wie mir bekannt ist, verkehrt Herti Kirchner mit dem Kommunisten Dr. Kästner, der ihr Freund ist, und da ihm das Schreiben für Bühnen verboten ist, schreibt er getarnt und gibt diese Texte Autoren.« Er ließ das Papier sinken. »Was bedeutet das?«

»Haben Sie nicht mitbekommen, dass die Gestapo am 10. Mai *Die Katakombe* und das *Tingel-Tangel* geschlossen hat?«

Wie vom Donner gerührt fiel er in den Sessel neben Isolde van Weyden. »Das wusste ich nicht. Was ist mit den

Darstellern?« Was ist mit Herti Kirchner?, hätte er lieber gefragt, aber das würde Isolde van Weyden nur irritieren. Oder nicht? War es kein Zufall, dass sie ausgerechnet diesen Passus aus dem Protokoll mitbrachte, in dem Herti Kirchner erwähnt wurde?

»Wer ist diese Herti Kirchner?«, fragte Alexander, um sich Gewissheit zu verschaffen.

»Eine der Schauspielerinnen, die Freundin von Erich Kästner. Warum nur sie erwähnt wird, weiß ich nicht.« Dabei wirkte sie ehrlich verwundert. Er widmete sich dem Aussageprotokoll und den Anmerkungen, die darunter standen. Wenn er diese richtig interpretierte, war es vor allem der Sketch mit den Kartenspielern, der die Nazis empört hatte. »Eiszeit.« Das hatte er schon irgendwo gelesen. Sein Nachbar bei der Premiere war also tatsächlich ein Spitzel. Unfassbar, Spitzel vor und hinter der Bühne, dagegen konnte niemand ankommen.

»Im *Tingel-Tangel* wurden Walter Tieck, Walter Gross und Eckehard Arendt verhaftet. Sie wurden im Columbia-Haus verhört«, berichtete Isolde van Weyden, während die Musik zum nächsten Tanz einsetzte. »Es geht das Gerücht, dass Käthe Dorsch und Viktor de Kowa sich für die Kollegen eingesetzt haben, die Dorsch hat angeblich Beziehungen zu Göring. Arendt ist nach ein paar Tagen freigekommen, weil er Österreicher ist und Parteimitglied.«

Er überlegte, ob Käthe Dorsch mit der Sonnemann gespielt hatte. Beide, Dorsch und de Kowa, waren auf jeden Fall Bekannte von Herti Kirchner. Er musste herausfinden, was geschehen war.

»Sollen wir weitertanzen?«, erkundigte sich Isolde van Weyden. »Die nächsten Damen warten schon, da würde ich die Gelegenheit für ein paar letzte Schritte mit Ihnen gern nutzen.«

Letzte Schritte, das klang endgültig, aber er hatte keine Lust nachzufragen, wie das gemeint war. Er führte sie kurz über das Parkett und verabschiedete sich von ihr. Als er mit der nächsten Tanzpartnerin den Tanzboden betrat, war Isolde van Weyden bereits verschwunden. In seiner Jackentasche knisterte nur das Aussageprotokoll.

Juli 1935

Alexander sortierte die Artikel, die er geschrieben und nie abgeschickt hatte. Wohin sollte er sie auch schicken? Die *Kieler Nachrichten* waren jetzt in der Hand der Nazis, die Kirchenzeitungen verboten und die französische Zeitung hatte nach dem letzten Filmbericht die Zusammenarbeit gekündigt. Trotzdem schrieb er weiter, vielleicht tat sich eine neue Möglichkeit auf. Seine Mutter hatte die Verwandten in Dänemark angeschrieben. Er heftete die Beiträge chronologisch in einen schmalen Ordner, obenauf den Bericht über die Premiere von *Der Himmel auf Erden* mit Heinz Rühmann, Hans Moser und Theo Lingen, zu der er Helga begleitet hatte.

Dahinter befand sich der Artikel über den Autokorso, in den er zufällig hineingeraten war. Mitte Juni rollten 60 Fahrzeuge durch die Stadt. »Wir fahren nur mit heimischen Treibstoffen«, stand auf Transparenten und die Droschken knatterten holzgasbetrieben die Straße entlang. Der Artikel hätte dem Kieler Chefredakteur gefallen, aber Karlheinz Riethmüller war ins Archiv versetzt worden, obwohl er jede Parteiaktion ausführlich bejubelt und Alexander jede Gelegenheit wahrgenommen hatte, die Regierung zu erwähnen.

Den neuen *Brockhaus* hatte ihm Johannes Unger geschenkt, das erste bebilderte Wörterbuch der deutschen Sprache. Es war im Juni erschienen und hätte gut in die Kirchenzeitung gepasst, so etwas mochten die Abonnenten. Sein Bericht über den Boxkampf von Max Schmeling im Berliner Poststadion hätte die

Leser ebenfalls begeistert, drei Nachmittage hatte er dafür mit Isolde van Weyden tanzen müssen.

Für den Besuch von Hertis Kurzfilmen *Ida die Perle* und *Das Geschenk* hatte er Himmel und Hölle in Bewegung gesetzt und nun trocknete seine Rezension für den Rest der Zeit in einem dünnen Leitz-Ordner wie ein Blatt im Herbst, das der Wind hat liegen lassen. Einen Artikel über einen Film mit Werner Finck würde nach der peinlichen Verhaftung in der *Katakombe* ohnehin kein Blatt veröffentlichen. Der Schauspieler war zunächst mit zwei anderen Künstlern aus der *Katakombe* wie die drei Männer aus dem *Tingel-Tangel* verhaftet worden. Käthe Dorsch war es gelungen, ihnen eine ordentliche Gerichtsverhandlung zu verschaffen, die Helga im Zuschauerraum verfolgt hatte. Er hätte das Schauspiel gern miterlebt, hatte jedoch nicht gewagt, als Jude den Gerichtssaal zu betreten.

»Die Männer haben ihre Chansons und Sketche vorgetragen«, hatte Helga berichtet. »Den Richtern fiel es sichtlich schwer, ernst zu bleiben, am Ende haben sie die Männer freigesprochen.« Das Berufsverbot wurde aufgehoben, allerdings sollten alle in die Provinz versetzt werden. Alexander war Zeuge, wie Werner Finck dennoch kurz darauf wieder in Berlin auf der Bühne stand. Er bewunderte seinen Mut.

»Ich bin der Finck - leicht gedrosselt«, stellte der Schauspieler sich zum Vergnügen des Publikums vor.

Sehr viel Applaus bekam die Szene, als er auf die Armbanduhr blickte und sagte: »Der Direktor hat mir nämlich gesagt, ich dürfe nicht über die Zeit reden. Aber wer darf heute schon über die Zeit reden…!«

Das *Tingel-Tangel* wurde inzwischen von Edmund Nick und anderen fortgeführt, aber den Biss von früher, der in der *Katakombe* zu spüren war, fand man im Keller an der Kantstraße nicht mehr.

Alexander seufzte. Herti Kirchner machte es richtig. Sie hatte Berlin verlassen und verbrachte einige Tage mit Kästner an der Ostsee. Er selbst musste sich mit kleinen Auszeiten begnügen wie dem Kinobesuch, zu dem Helga ihn überredet hatte.

Als Alexander am Abend mit Helga aus dem *Gloria-Palast* kam, wurde er von Männern in SA-Uniform und Jungen aus der Hitlerjugend angepöbelt. »Juden raus!«, brüllte einer.

»Rassenschande!«, schrie ein anderer.

»Weg mit dem Gesindel.«

Helga zog ihn hinter sich her aus dem Getümmel, das immer dichter wurde. Der braune Halbkreis, der ihnen auf dem obersten Treppenabsatz aufgefallen war, wurde immer kleiner. Mit jedem Ruf rückten die Männer näher.

»Weg hier!«, zischte Helga, sie nutzte den Moment, in dem sich die Männer an die nächsten Besucher aus dem Kino wandten, und rannte los.

Alexander hetzte hinter ihr her. Die ganze Zeit meinte er die Hand des SA-Mannes auf seiner Schulter zu spüren. Helga hatte ihn im letzten Moment aus der Gruppe gezogen. Er mochte nicht daran denken, was hätte passieren können.

In der Tauentzienstraße verschnauften sie. Hier war es ruhig wie immer, als könne die Welt kein Wässerchen trüben.

»Puh, das war knapp!«, stieß Helga hervor.

Alexander sagte nichts. Sollte er ihr gestehen, dass er jüdische Wurzeln und sie mit dem gemeinsamen Kino-Besuch gefährdet hatte?

»Der Film, der dort lief«, sagte Helga, während sie nach Luft schnappte. »*Pettersson und Bendel* kommt aus Schweden.« Ihr Atem beruhigte sich wieder. »Ich hätte das wissen müssen. Seit Tagen gibt es Ärger. Meist behaupten die Angreifer, jüdische Zuschauer hätten die Filmvorführung gestört, weil der Film ziemlich antisemitisch ist.«

Den Eindruck hatte Alexander während der Vorführung auch gewonnen. Er hatte sich gewundert, warum Helga ausgerechnet diesen Film ausgewählt hatte, war dann aber davon ausgegangen, dass sie darüber berichten musste.

»Ich wollte den Film unbedingt sehen«, erklärte Helga. »Ich dachte, wenn ich mit dir hingehe, passiert uns nichts.«

Alexander starrte sie an. »Wie kommst du denn darauf? Du siehst aus, als wärest du gerade aus einem Buch für Rassenlehre entstiegen. Mich spricht jeder auf meine jüdische Nase an. Es war doch klar, dass wir auffallen.«

Helga schüttelte den Kopf. »Aber ich bin Jüdin. Die Eltern meiner Mutter sind Juden.« Alexander schwieg. Er hatte Helgas Eltern und Großeltern gesehen. Groß, blond, mit blauen Augen, wie sich Hitler die Deutschen vorstellte.

»Es tut mir leid, dass ich dich in Gefahr gebracht habe.« Helga schmiegte sich an ihn.

»Mir tut es leid, dass ich dich in Gefahr gebracht habe.« Er zog sie an sich. Was für eine Zeit!

September 1935

»Sie denken an die Miete, Herr Alexander?« Das war das erste Mal, dass seine Wirtin ihn erinnern musste. Der Sommer war ruhig gewesen. Nicht, dass in Berlin nichts los gewesen wäre. Elly Beinhorn war in 13 Stunden von Istanbul nach Berlin geflogen. Die Deutschen Leichtathletik-Meisterschaften wurden in der Hauptstadt ausgetragen. Die Funkausstellung präsentierte das erste Magnetophon-Aufnahmegerät und endete nach einer pompösen Eröffnung mit einem Großbrand. Genug Stoff, um eine ganze Zeitung zu füllen.

Helga war im Dauerstress, eine Filmpremiere jagte die andere. Inzwischen wusste er, dass sie nur dank ihres Verhältnisses mit dem Verleger weiterhin bei der Zeitung arbeiten durfte. Ihr Liebhaber hatte es durch Beziehungen geschafft, ihr einen Presseausweis zu verschaffen. Da diesen eigentlich nur Journalisten mit einem Ariernachweis bekamen und sie wie das Muster einer Arierin aussah, fragte niemand nach, wenn sie die Pressekarte vorlegte.

Gelegentlich hatte sie ihn mitgenommen. So war er wenigstens auf dem Laufenden über die aktuellen Filme wie *Die blonde Carmen* von Wolfgang Liebeneiner, Carl Boeses *Der Gefangene des Königs* und *Episode* mit Paula Wessely, dem dunkelhaarigen Star aus Österreich. Als Fingerübung schrieb er kurze Kritiken für den Ordner. Den Beitrag über *Stradivari* mit Gustav Fröhlich hatte er testweise einer jüdischen Zeitung angeboten. Ohne Antwort.

In allen Hotels und Gaststätten, die einen Tanztee anboten, war er vorstellig geworden. Dunkelhaarige Eintänzer waren nicht gefragt. »Dann haben wir sofort die Gestapo am Hals. Dunkelhaarig und krumme Nase, das sind typische Merkmale von Juden und die dürfen wir nicht beschäftigen.«

Dem hatte Alexander nichts entgegenzusetzen, er hätte sich die Haare färben können, die Nase blieb. Bei jedem Boxkampf mit Max Schmeling erwog er, den Meisterboxer zu bitten, ihm die Nase zu brechen. Ein kurzer Anflug von Galgenhumor. Die Idee war schon deshalb nicht zu realisieren, weil ihn kein Krankenhaus in Berlin aufnehmen würde.

Im *Eden*-Dachgarten wurde er geduldet, weil die tanzverrückten Frauen nach ihm fragten, er vermutete, dass Isolde van Weyden mit einem großzügigen Trinkgeld dafür sorgte, dass ihn niemand behelligte. Der Frau eines Parteifunktionärs wagte niemand etwas abzuschlagen. Fast niemand. Bisher hatte er sich gegen ihre Avancen erfolgreich gewehrt. Zum Glück schien sie eine gute Verliererin zu sein, seit einigen Tänzen steckte sie ihm wieder Geld zu statt knisternder Protokolle oder Kinokarten.

Alexander schluckte den Ekel, den er inzwischen ihr gegenüber entwickelt hatte, herunter. Er brauchte das Geld, es war wenigstens eine Anzahlung für die Miete. Isolde van Weyden hatte ihm mitgeteilt, dass sie immer mittwochs im *Eden* sei.

»Heute Abend bekommen Sie die Miete«, versprach er seiner Wirtin.

»Es tut mir leid, dass ich drängeln muss.« Das schlechte Gewissen stand Bernhardine Wenning ins Gesicht geschrieben.

»Seit meine Tochter nicht mehr arbeitet und das Geld für ihr Zimmer fehlt, muss ich genau rechnen.«

Es war ihm aufgefallen, dass die Tochter, die bis vor wenigen Monaten bei dem Juwelier gearbeitet hatte, nun immer zu Hause war. Hatte Hitler nicht allen einen Arbeitsplatz versprochen? »Muss sie nicht zum Arbeitsdienst?« Eine neue Verordnung verlangte von jungen Menschen zwischen 18 und 25, dass sie einen Zwangsdienst für die Allgemeinheit leisteten. Er war gerade 26 geworden, als das Gesetz in Kraft trat, aber vermutlich galt diese Regel für Juden nicht. Er fragte sich ohnehin, wie die Behörden Juden und Nicht-Juden sortierten. Gingen sie alle Karteikarten durch und prüften die Religionszugehörigkeit. Bisher waren seine Eltern und er, auch Helga und ihre Familie, von direkten Angriffen der Behörden verschont geblieben. Sie hatten allerdings keinen Nachweis eingeholt und keinen Ausweis verlängert. Spätestens dann würde man wahrscheinlich in die Fänge der Behörden geraten.

»Nein!«, beschied ihm die Wirtin kurz angebunden und verließ den Raum.

Alexander wusste nicht, wie alt Karina war, er schätzte sie auf 20, vielleicht sah sie besonders alt oder jung aus. Er schob den Gedanken beiseite und übte vor dem Spiegel sein Tanzlächeln, das heute besonders gut wirken musste, da er viele Tanzkundinnen brauchte, um das Geld für die Miete zusammenzukriegen.

Als Alexander den Dachgarten vom *Eden* betrat, sah er Isolde van Weyden von weitem in einem der tiefen Sessel, sie hielt ihre Zigarettenspitze in der Hand und starrte auf den Eingang wie eine Katze auf ein Mauseloch. Kurz schloss er die Augen und ging die Alternativen durch. Heim zu Mutter, Straßenlager oder sein gemütliches Pensionszimmer. Er schob ein Pfefferminzbonbon in den Mund, das seinen Ekel nicht beseitigen, aber lindern konnte.

»Herr Alexander! Hier!« Isolde van Weyden hatte ihn entdeckt. Sie legte die Zigarette auf den Rand des Aschenbechers, stand auf und tänzelte auf ihn zu.

Er lächelte und ging ihr entgegen. »Frau Isolde, wie schön, Sie zu sehen.«

»Ich freue mich!« Isolde van Weyden strahlte. »Von mir aus kann es gleich losgehen.«

»Ich bin bereit«, sagte Alexander und kam sich vor, als hätte sich eine Lächelmaske auf sein Gesicht geklebt.

»Dann kommen Sie.« Isolde ergriff seine Hand und zog ihn mit sich. Allerdings nicht zum Tanzparkett, sondern zum Ausgang.

»Das Tanzparkett ist aber dort.« Alexander zeigte auf die spiegelnde Fläche in der Mitte des Cafés.

»Ich weiß«, sagte Isolde van Weyden. »Aber ich habe uns etwas Besseres vorbereitet.«

Er schluckte. Die Frau hatte wiederholt davon gesprochen, dass man sich abseits der Öffentlichkeit treffen könne, um über gemeinsame Projekte zu sprechen. Die Art, wie sie sich dabei an ihm rieb, verriet deutlich, an welche Projekte sie dachte.

»Ich bin zum Tanzen gekommen.« Alexander gelang es, sich aus ihrem Griff zu lösen und sie mit einer lockeren

Tanzbewegung, bei der er die Arme und gespreizten Hände zum Takt bewegte, zur Tanzfläche zu locken. Er hoffte, dass dies den Eindruck eines Spiels vermittelte.

Isolde van Weyden stand für einen Moment starr am Ausgang, ehe sie ihm tänzelnd folgte und sich gekonnt in seinen Arm drehte.

»Das möchte ich nie wieder erleben!«, zischte sie und verzog den Mund zu einem künstlichen Lächeln.

Er führte sie, als wenn nichts gewesen wäre. Dabei prüfte er, welche Frauen auf dem Parkett waren und in den Nischen saßen. Er erkannte einige Stammkundinnen. Einer nickte er zu, um ihr zu signalisieren, dass er als nächstes mit ihr tanzen würde.

Als der Pianist eine kurze Pause zwischen den Stücken einlegte, stand die Frau bereits neben Alexander. Es war ihm egal, was Isolde van Weyden ihm in die Jackentasche schob. Hauptsache sie verschwand und ließ ihn in Ruhe. Erst abends in seinem Zimmer, als er die Tasche ausleerte, besorgt, ob das Geld für die Miete reichte, fand er Isoldes Zettel.

»Du kommst auch noch zu mir!«, war alles, was darauf stand. Er legte den Zettel beiseite und überschlug die Summe der Geldscheine, die er von den anderen Frauen bekommen hatte. Er hatte wieder einen Monat gewonnen.

Oktober 1935

Am Sonntagnachmittag lud seine Wirtin ihn gelegentlich zum Sonntagskaffee ein. Seit in ihrem Wohnzimmer ein Rundfunkempfänger stand, lauschten sie bei Kaffee und selbstgebackenem Kuchen den Programmen.

»Das ist jetzt direkt«, erklärte Bernhardine Wenning ihm. »Die stehen jetzt gerade im Funkhaus und dann kommt das irgendwie bei uns an.«

Alexander lachte. »Ich habe einmal über den Rundfunk geschrieben. Man hat mir erklärt, wie das Ganze funktioniert, aber ich verstehe es auch nicht.«

»Es geht los!« Die Wirtin legte ihren Finger auf den Mund. Ab sofort wurde schweigsam gegessen.

Für ihn waren diese Nachmittage eine gute Gelegenheit, seinen Gedanken nachzuhängen, ohne einen Platz zu suchen, der nichts kostete. Für seine Wirtin war jeder ein Tagedieb, der nachmittags zu Hause auf der Couch lag. Die Sonntage vor dem Rundfunkempfänger waren kleine Geschenke, von denen sie nichts ahnte.

Was im Rundfunk gesprochen wurde, plätscherte auch heute an ihm vorbei, bis er eine bekannte Stimme hörte. Herti Kirchner. Er konzentrierte sich auf die Übertragung. Darüber hatte sie also kürzlich gesprochen, als er sie an der Straßenbahnhaltestelle traf.

»Ich muss weg«, sagte er und trank hastig den letzten Schluck Kaffee.

»Aber es ist gerade so schön«, fand die Wirtin.

Genau deshalb musste er weg. Zum Funkhaus. Wenn das eine Direktübertragung war, dann war Herti jetzt dort und er hatte Gelegenheit, sie endlich anzusprechen. Im Kino und Theater war sie immer umringt von Kollegen oder Anhängern, die Autogramme wollten und wann immer er im *Romanischen Café* oder *Haus Vaterland* ein Wort mit ihr wechseln wollte, kam jemand dazwischen. Er musste wissen, ob es sinnvoll war, auf ihren Durchbruch zu warten oder ob er sich lieber nach Kiel zurückziehen sollte.

»Guten Tag, Herti, ich habe Sie im Rundfunk gehört, sehr schön«, sprach er sie an, als sie das Funkhaus verließ, froh über ihre kleinen Begegnungen in den letzten Monaten, in denen sie eine Stufe der Förmlichkeit hinter sich gelassen hatten. »Hätten Sie Zeit für ein Gespräch über unsere«, er stockte und ärgerte sich über den Versprecher, »über Ihre Zukunft?«

Kaum hatte er das letzte Wort ausgesprochen, stand ein Mann neben ihnen und erklärte: »Der Wagen steht da drüben.«

Herti Kirchner zog die Schultern hoch, ehe sie in das Fahrzeug stieg. Mit gutem Willen konnte er das als Bedauern interpretieren.

»Fahren wird direkt zum Theater?«, hörte Alexander noch die Frage des Fahrers, dann war der Wagen weg. Er trat gegen ein Steinchen auf dem Gehweg. Das wäre die Gelegenheit gewesen.

»He, Sie da, was machen Sie da?« Ein Polizist sprach ihn an. »Steine schießen auf der Straße ist verboten.« Ihm stockte der Atem. Die letzten Monate hatte er es geschafft, jeglichen

Kontakt mit der Polizei oder anderen Behörden zu vermeiden. Nun sollte ein Steinchen, das er wie ein kleiner Junge getreten hatte, alles zunichtemachen.

»Entschuldigung, das wusste ich nicht.« Er bückte sich, hob den Stein auf und legte ihn an den Straßenrand, um den Beamten gnädig zu stimmen.

»Ist ja Sonntag!«, sagte der Mann und tippte sich grüßend an die Stirn. Als wäre ihm erst dann eingefallen, dass das nicht der passende Gruß war, reckte er den Arm und rief: »Heil Hitler! Einen schönen Sonntag.«

Alexander legte seine Hand auf den Rücken, als hätte er beim Aufheben des Steins einen Hexenschuss erlitten. Er nuschelte etwas, das man als Heil Hitler interpretieren konnte und stieg in die Straßenbahn, die direkt vor ihm hielt. Er wusste nicht, wohin sie fuhr, Hauptsache weg.

Alexander saß in der letzten Reihe im Zuschauerraum des neuen Theaters am Kurfürstendamm. Er genoss es, allein im Dunkel zu sitzen und darauf zu warten, dass der Vorhang aufging. So sehr er Helga mochte und so sehr es ihn freute, sich mit ihr über Theater- und Filmerlebnisse auszutauschen, es ging nichts darüber, sich in sich selbst zu versenken und in die Welt des Stückes einzutauchen. Er schüttelte sich, als er an die Premierenbesuche mit Isolde van Weyden dachte. Sie hatte ununterbrochen geplappert und ihren Arm an seinen gedrückt. Egal, wie er sich hinsetzte, sie schaffte es stets auf Tuchfühlung zu gehen. Der Vorhang öffnete sich und schob die aufdringliche Tanzkundin aus seinen Gedanken.

Dame Kobold, das Stück von Pedro Calderón, war die zweite Premiere im *Agnes-Straub-Theater*. Die Schauspielerin hatte im Sommer das Theater übernommen und startete mit drei Premieren. Nach *Sappho* von Grillparzer, nun das Stück, in dem Herti Kirchner mitwirkte, und am 4. Oktober *Gespenster* von Ibsen. Die Karte für die Premiere verdankte er Johannes Unger. Am Montag hatte er ihn im Bücherkabinett aufgesucht und ihm erzählt, dass er Herti am Sonntag im Radio gehört hatte.

»Da ist sie seit dem Sommer, um Geld zu verdienen«, berichtete der Buchhändler. »Letzte Woche hatte sie Aufnahmen für ein Hörspiel, das am 20. Oktober ausgestrahlt wird. Oft arbeitet sie mit Hans Brausewetter, das ist ein bekannter Rundfunkmensch.« Mit einem breiten Grinsen hatte der Freund ihm die Theaterkarte überreicht. »Ich kann da leider nicht.«

So konnte Alexander endlich wieder Herti Kirchner auf der Bühne erleben, in einem amüsanten Stück über die junge Witwe Doña Angela, die von ihren Brüdern Don Luis und Don Juan vor der Welt versteckt wurde. Manchmal gelang es ihr, mit Hilfe ihrer Zofe Isabel in Verkleidung aus dem Haus zu schleichen. Bei einem solchen Ausflug wurde sie belästigt und von einem Freund ihres Bruders gerettet. Aus Dankbarkeit durfte er im Haus der Familie wohnen. Eine willkommene Abwechslung für Doña Angela, die ihrem Retter einige Streiche spielte, sodass dieser glaubte, im Haus spuke ein Kobold.

Alexander hatte sich lange nicht so amüsiert, beschwingt ging er nach Hause, wo ihn eine Nachricht seiner Wirtin daran erinnerte, dass die Miete für den Oktober fällig war. So eng lagen Freud und Leid beieinander.

Dezember 1935

Missmutig rückte Alexander seine Mütze zurecht. Er blickte in den Rückspiegel des Mercedes und lächelte. Veronika hatte ihm diese Arbeit besorgt. Als Chauffeur bei ihrem Vater, dem großen blonden Herrn Professor Pauly, der an der Universität Jura lehrte und eine Anwaltskanzlei besaß.

Als sie ihm den Vorschlag unterbreitete, hatte er sich geärgert, dass er nicht selbst auf die Idee gekommen war. Es gab viele Schauspieler, die nicht Auto fahren konnten und sich nichts sehnlicher als ein Auto wünschten. Er hatte das früh gelernt, weil sein Vater als Arzt zu den ersten Kielern gehörte, die mit mehr als einem PS unterwegs waren. Dieses Angebot konnte er nicht ablehnen. Die Mieten für Oktober und November hatte er sich von Helga, Johannes und Veronika geliehen und wollte sie bald zurückzahlen, die nächsten Mietzahlungen standen vor der Tür.

Es gab unangenehmere Tätigkeiten. Er saß die meiste Zeit im Auto und wartete darauf, dass der Herr Professor Frau und Töchterchen zum Abschied küsste. Das war sein Signal, den Wagen zu starten. Dann chauffierte er den feinen Herrn zur Universität und hatte die Wahl: Er konnte warten, konnte seiner Wege gehen oder den Professor in seine Vorlesungen begleiten.

Je nach Stimmung entschied er sich für einen Spaziergang oder die Vorlesung. Zu Hause wartete die neugierige Wirtin, Geld für einen Café-Besuch hatte er nicht und selbst Johannes

Unger im Bücherkabinett begrüßte ihn nicht mehr so freudig wie früher.

»Und? Welchen Eintopf gab es bei Ihnen am Sonntag«, erkundigte sich Professor Pauly bei Alexander, als dieser ihn am Morgen nach dem zweiten Advent zur Universität fuhr.

»Erbsensuppe«, antwortete Alexander.

Bernhardine Wenning hatte ihn am Sonntag mit den Worten »Sie kochen sich sicher keinen Eintopf!« zum Essen statt zum Kaffee eingeladen. Wieder ein Mittagessen gespart.

»Unsere gute Fee hat Königsberger Eintopf gezaubert«, berichtete der Professor mit einem Lächeln. »Haben Sie gehört, Jazzmusik wird im Rundfunk verboten.«

Er schaute auf die Straße und schwieg, das war die beste Art, die Fahrten entspannt zu überstehen, hatte er festgestellt.

»Ich habe mich immer gewundert, was diese Negermusik bei uns im Rundfunk soll«, fuhr Professor Pauly fort. »Da lob ich mir so einen schönen Wagner. Waren Sie schon im neuen Opernhaus? Wir waren zur Eröffnung bei einer fulminanten Aufführung der *Meistersinger von Nürnberg*.«

Alexander fragte sich wie schon oft in den letzten Wochen, was Veronika ihrem Vater erzählt hatte. War er so dumm oder weltfremd, dass er davon ausging, dass ein Chauffeur sich eine Eintrittskarte für die Deutsche Oper leisten konnte?

Der Professor lachte. »Aber Sie sind jung. Sicher interessieren Sie sich eher fürs Kino wie unsere Vroni. Sie hat uns überredet, sie am Nikolausabend in die Premiere des *Ammenkönig* von Hans Steinhoff zu begleiten. Gustav Knuth kann man wirklich gut anschauen. Ansonsten kann ich mit dem Film nichts anfangen. Was sagen Sie dazu?« Alexander schwankte. Er war nicht in der Premiere des Films gewesen, hatte aber Helga am Tag danach begleitet. Ihr Geschenk zum Nikolaustag, wie sie betont hatte. Seit er chronisch pleite war, dachte sie sich immer neue Gründe aus, warum sie seine Karte bezahlte, wenn sie über die Redaktion keine Karten bekommen konnte.

»Mir hat *Mazurka* besser gefallen«, erklärte Alexander dem Professor, der sollte bloß nicht denken, dass er nicht auf Augenhöhe mit ihm sprechen konnte. »Pola Negri war sehr gut in ihrer ersten Rolle im deutschen Tonfilm und Willi Forst ist für einen Schauspieler ein wirklich guter Regisseur.«

»Das klingt interessant, den Film kenne ich nicht.« Aus der Stimme des Professors war keinerlei Spott, nur echtes Interesse zu spüren. »Worum geht es?«

Alexander umriss die Geschichte und vergaß nicht, darauf hinzuweisen, dass der Film als künstlerisch wertvoll eingestuft worden war.

»Den merke ich mir«, versprach Professor Pauly. »Ich hoffe, er ist auch zwischen den Jahren zu sehen. Das ist eine schöne Zeit für Kultur, finde ich.«

»Ja. An dem Wochenende vor Weihnachten laufen gleich zwei interessante Filme an. *Kirschen aus Nachbars Garten* mit Karl Valentin und Liesl Karlstadt und die Ibsen-Verfilmung *Stützen einer Gesellschaft* mit Heinrich George.«

Professor Pauly sah ihn überrascht an. »Sie sind gut informiert.«

Alexander biss sich auf die Lippe. Wie konnte er sich von dem Überschwang so überwältigen lassen. Er hatte sich fest vorgenommen, nie seine Rolle als Chauffeur zu verlassen, damit ihm nicht Ähnliches geschah wie als Eintänzer, wo er plötzlich aus seiner Rolle herausgezerrt wurde.

»Bis später«, sagte der Professor und warf Alexander einen langen Blick zu, als er aus dem Wagen stieg.

Alexander saß im *Romanischen Café* vor einem Milchkaffee, von dem einzig die Reste des Schaums zu sehen waren. Er war nur kurz über die Weihnachtstage zu Hause gewesen, die Stimmung dort war ebenso gedrückt wie in Berlin. Immer mehr Patienten wechselten zu einem anderen Arzt und erklärten es seinem Vater damit, dass ihnen die Behandlung bei ihm angekreidet würde. Bisher gab es gut zahlende Privatpatienten und viele neue Kunden, die wie sie selbst davon überrascht worden waren, dass sie als Protestanten wegen ihrer jüdischen Vorfahren diskriminiert wurden.

Das Fest war überschattet worden von der Nachricht, dass sein Lieblingsautor Kurt Tucholsky sich in Schweden das Leben genommen hatte. Seit seine Bücher verbrannt wurden und er ausgebürgert worden war, war es um ihn ruhig geworden. Die Zeitungen und Magazine, an denen er mitgewirkt hatte, gingen weiterhin im Verborgenen von Hand zu Hand, aber davon spürte der große Kollege in Göteborg nichts.

Helga hatte ihm zu Weihnachten einen gemeinsamen Kinobesuch geschenkt. *Schwarze Rosen*, der Titel hätte ihn stutzig machen müssen. Willy Fritsch, Willy Birgel und Lilian Harvey gaben ihr Bestes, um das Publikum gut zu unterhalten. Die beschwingte Stimmung verflog nach dem Abspann, als Helga ihm verkündete: »Wir wandern aus. Wir gehen nach Frankreich.« Damit hatte er nicht gerechnet. So musste es sich anfühlen, wenn Max Schmeling jemanden k.o. schlug. Er musste sich hinsetzen und Helga fächelte ihm allen Ernstes mit ihrer Eintrittskarte Luft zu.

»Es ist höchste Zeit«, sagte Helga. »Wer jetzt nicht geht, kommt vielleicht nicht mehr raus.«

Alexander schüttelte den Kopf. »Im nächsten Jahr guckt die ganze Welt auf Deutschland. Wenn bei den Olympischen Spielen so viele Nationen in Berlin sind, wird nichts passieren. Kannst du nicht hierbleiben?«

»Ich möchte meine Eltern nicht mit meinen Geschwistern allein ins Ausland reisen lassen. Ich habe Französisch gelernt und war nach dem Schulabschluss einige Zeit dort, ohne mich sind sie hilflos.«

Als ob er das nicht verstehen konnte, er hatte sich jedoch an sie gewöhnt und insgeheim gehofft, dass aus ihrer Freundschaft mehr werden würde. Sie waren sich in vielem so ähnlich, sie hatten dieselben Interessen und vielleicht lag es auch an denselben Problemen, mit denen sie sich im Alltag herumschlagen mussten.

»Masel tov! Viel Glück!«, sagte er und umarmte Helga.

»Masel tov!«, wiederholte sie und stellte fest: »Das ist das erste Mal, dass ich jiddisch spreche.«

»Für mich ist es auch das erste Mal.« Alexander vergrub sein Gesicht an ihrer Schulter, damit sie seine Tränen nicht sah. In den letzten drei Jahren waren viele gegangen. Aber kein Abschied fiel ihm so schwer wie dieser.

Am nächsten Tag saß er allein im *Haus Vaterland* und dachte über den Namen der Gaststätte nach. Welche Bedeutung hatte ein Vaterland, das seine Kinder verstieß. Wenn er nicht praktizierte, saß sein Vater zu Hause und starrte die Verdienstorden an, die er neben einer leichten Knieverletzung aus dem Krieg mitgebracht hatte.

»Herti! Wie geht es dir?« Am Nebentisch stand eine Frau und winkte.

Herti Kirchner kam und umarmte die Frau, ihm nickte sie grüßend zu.

Er bestellte einen weiteren Milchkaffee, als der Kellner erschien, um ihre Bestellung aufzunehmen. Scheinbar teilnahmslos starrte er auf den Tisch und lauschte, wie Herti Kirchner von ihrem Weihnachtsfest mit Erich Kästner berichtete, wie sie erzählte, dass sie sich bei Nachtaufnahmen im dünnen Kleidchen fast den Tod geholt hatte und wie sie klagte, dass sie vor Weihnachten ständig unterwegs war zwischen Theater und Außenaufnahmen in Neustrelitz.

Als sie ein Buch aus der Tasche zog, versuchte er den Titel zu lesen. Ohne Erfolg. »Der lieben Herti Kirchner vom Vater von *Vater und Sohn* Erich Ohser, November 35«, las Herti stolz vor. Dann stimmte es also, dass Erich Ohser zu der Clique um Erich Kästner und Herti Kirchner gehörte.

»Läuft dein neuer Film schon?«, wollte Hertis Begleiterin wissen. »Soviel ich weiß, ist er am 19. durch die Zensur gegangen. *Schnitzel fliegt*, oder?«

Die Antwort hörte Alexander nicht mehr, weil sich mit lautem Geschnatter Veronika an seinen Tisch setzte.

»Guck mal. Mein Weihnachtsgeschenk!«, sagte sie, als wären sie fest jetzt und hier verabredet. Dabei legte sie ihm Billetts für die Premiere von *Der höhere Befehl* hin, einem Film mit Lil Dagover, der am Tag vor Silvester im *Ufa-Palast* anlief. »Meine Eltern gehen mit. Mein Vater ist völlig begeistert von dir. Er findet, dass du zwar ein guter Chauffeur bist, aber dir unbedingt einen anderen Beruf suchen solltest.«

»Was hast du ihm über mich gesagt?«

»Nur, dass du gerade eine Arbeit brauchst und er sowieso schon lange einen Chauffeur engagieren wollte.«

Alexander seufzte, als sie einen Milchkaffee bestellte. Veronika war nett, trotzdem wäre es ihm lieber, wenn sie auswandern und Helga bleiben würde.

Schnitzel fliegt

Franz Schnitzel ist Kellner in einem Restaurant am Flughafen. Tagein, tagaus sieht er Flugzeuge starten und landen. Kein Wunder, dass er davon träumt, Pilot zu sein. Für die echten Piloten und seine Kollegen ist das ein unerfüllbarer Traum, sie machen sich über ihn lustig und nehmen seinen Wunsch nicht ernst. Da fällt eines Tages eine Stewardess aus. Da könnte er einspringen, kellnern im Flugzeug ist nicht anders als im Restaurant. Die Flughafenleitung ist dagegen, Franz Schnitzel soll an seinem Platz bleiben.

Franz bringt seine Verlobte Mary ins Spiel und ahnt nicht, was er mit dieser Idee auslöst. Der Pilot findet Gefallen an Mary und Mary verrät, dass sie nur einen Flieger heiraten will. Schlechte Karten für Franz und Zeit für eine zündende Idee.

Ein verrückter Film, bei dem die Zuschauer mit dem armen Franz Schnitzel leiden, der mit seinem Traum vom Fliegen seine Braut fliegen sieht. Ob hier gilt: Wer zuletzt fliegt, lacht am besten? Lassen Sie sich überraschen und genießen Sie den amüsanten 17-Minuten-Film *Schnitzel fliegt* von Eduard von Borsody mit Ernst Waldow als Franz und Herti Kirchner als Mary und viel Fliegerkolorit. (mojo)

Februar 1936

Wie Veronikas Vater es geschafft hatte, Alexander diese Stelle zu vermitteln, wusste er nicht. Mit rechten Dingen konnte es nicht zugehen, dass er trotz jüdischer Wurzeln in der gerade neu eröffneten Ufa-Lehrschau arbeiten durfte. Seine Aufgabe war es, den Besuchern die Exponate rund um Filmgeschichte, Filmwirtschaft, Filmproduktion und Filmtechnik zu erklären. In besucherfreien Zeiten half er im Archiv, das alles sammelte, was mit Film zu tun hatte, Drehbücher, Patentschriften, Dekorationsentwürfe, Musik und Werbung.

Wehmütig klebte er eine Filmkritik, die er selbst geschrieben hatte, aus der *Berliner Zeitung* auf ein Blatt Papier und heftete sie in einem Ordner ab. Wenigstens war er hier dicht am Film und bekam aus erster Hand mit, was sich in der Filmwelt tat. In seiner Tasche trug er stets ein Oktavheft bei sich.

»Kommen Sie voran?«, erkundigte sich sein neuer Vorgesetzter Manfred Schneider. »Eine schöne Sisyphus-Arbeit, was? Wir haben überlegt, ob wir die Sachen in Lichtenburg sortieren, kleben und einheften lassen. Aber wer weiß, was die da mit den wertvollen Papieren machen. Zerreißen, zerknüllen, verbrennen, als Klopapier nutzen.«

Alexander zuckte zusammen. Die da, das waren die Häftlinge im Konzentrationslager Lichtenburg, vor allem politisch unliebsame Männer, viele von ihnen waren in den ersten Jahren des Hitler-Staates im 1934 aufgelösten Konzentrationslager Oranienburg eingesperrt worden.

»Gut, dass in der Chefetage einer die Idee hatte, Sie einzustellen. Es muss sowieso jemand den Besuchern erklären, was es mit den Geräten auf sich hat. Ich kann ja nicht alles machen.«

Alexander tat, als wäre er intensiv damit beschäftigt, das Datum eines Zeitungsartikels zu finden, um seine Abscheu über den Mann zu verbergen, der sicher dreimal so viel verdiente wie er und bisher noch keinen einzigen Besucher betreut hatte.

»Dann machen Sie weiter«, verabschiedete sich Manfred Schneider. »Der Stapel soll schließlich kleiner werden. Hier ist die Mappe mit den Unterlagen für die Filme aus dem letzten Monat. Vielleicht arbeiten Sie die zuerst ein, immer abwechselnd von heute nach gestern und zurück.«

Alexander öffnete die Mappe. Sie enthielt sämtliche Pressematerialien, die er früher als Redakteur auf den Schreibtisch bekommen hatte. Einen Waschzettel mit den Daten zum Film und einer kurzen Inhaltsangabe, Fotos vom Filmset und Porträts der Hauptdarsteller. Sogar Eintrittskarten für die Premieren lagen dabei.

»Wenn Sie sich einen Film im Kino angucken wollen, sagen Sie Bescheid, dann besorge ich Ihnen eine Karte. Oder auch für eine Premiere, wenn Sie wissen, wann und wo die stattfindet.« Manfred Schneider zwinkerte ihm zu. »Ich habe da so meine Beziehungen.«

Endlich war sein Vorgesetzter verschwunden und er konnte ungestört in der Mappe blättern. Das waren also die Filme, über die er berichtet hätte, wenn seine Großeltern nicht Juden wären. *Der Dschungel ruft* von Harry Piel, mit Erik Ode und Paul

Henckels, die beiden hatten schon in *Charleys Tante* ein gutes Gespann abgegeben. Den Artikel über die deutsch-französische Koproduktion *Die klugen Frauen* hätte er an die französische Zeitung verkaufen können. Die Idee erinnerte ihn an Kästners Gedicht »Fantasie von übermorgen«. Allerdings strebten in dem Film Männer und Frauen das gleiche Ziel an. Die Männer wollten nicht gegen die spanischen Truppen kämpfen, sie versteckten sich und überließen ihren Frauen die Verhandlungen. Mit Erfolg, ein Krieg wurde verhindert. Eine geschickte Hommage an den Frieden, erstaunlich, dass der Film die Zensur passiert hatte.

In den Unterlagen entdeckte er den Hinweis auf ein Jugendverbot. Er lachte bitter. Genau, die Jugend sollte gar nicht erst auf die abwegige Idee kommen, ohne Waffen einen Konflikt zu lösen. Das passte nicht zu Wehrpflicht und Kriegsandrohung der Regierung. Erstaunlich, dass der Film trotzdem das Prädikat Künstlerisch wertvoll bekommen hatte, vielleicht ein Versuch, sich mit der französischen Regierung im Olympia-Jahr gut zu stellen.

Er lochte Pressemeldungen, Waschzettel und andere Papiere, klebte die nicht entwerteten Eintrittskarten mit einem leichten Bedauern auf ein Blatt. Die Fotokarten und Plakate wurden in einem Kasten aufbewahrt und bekamen einen Reiter mit dem Titel des Filmes.

»Hier steckst du!« Veronika wirbelte in den Archivraum.

Er konnte sich in letzter Sekunde über die Papiere werfen, die er auf dem Tisch sortiert hatte. »Pass auf! Ich habe zwei Stunden gebraucht, um die Sachen zu ordnen.«

»Entschuldigung«, sagte Veronika kleinlaut. »Ich dachte, du freust dich, mich zu sehen.«

Er lehnte sich auf dem Stuhl zurück und sah seine frühere Verlobte an. Sie war hübsch mit ihren dunkelblonden Locken und ihrer kleinen Nase, keine Frage. Sie war hilfsbereit und meist fröhlich, wenn auch oft zu aufgedreht. Aber im Vergleich zu der klugen Helga war Veronika ein dümmliches Mädchen. Er konnte nicht verstehen, dass er ernsthaft erwogen hatte, sie zu heiraten. Sie hingegen wusste anscheinend genau, was sie an ihm gefunden hatte, und ließ keine Gelegenheit aus, ihn an sich zu binden. Nachdem immer mehr Freunde das Land verlassen oder die Seiten gewechselt hatten, konnte er sich nicht leisten, sie zu vergrätzen. Immerhin hatte er es geschafft, sich gegen eine erneute Verlobung zu wehren.

»Ich dachte, wir gehen zur *Grünen Woche*, die endet heute.« Veronika hatte diese besondere Fähigkeit, jeglichen Groll an sich abperlen zu lassen. »Heute Abend läuft ein amerikanischer Film an, *Anna Karenina,* den würde ich gern ansehen, das ist bestimmt spannend, wie ein Amerikaner ein russisches Buch verfilmt, oder?«

Die *Grüne Woche* interessierte Alexander nicht. Früher hätte er den gemeinsamen Besuch für eine Artikel-Recherche genutzt, aber was sollte er da. »Ich muss arbeiten. Aber heute Abend habe ich Zeit, den Film möchte ich auch anschauen.«

Seinen Gedanken: Wer weiß, ob die Nazis ihn nicht verbieten wie die Filme mit Charlie Chaplin, schluckte er herunter. Politische Themen und erst recht, Anflüge von Kritik an der Regierung verkniff er sich im Beisein von Veronika und ihrer

Familie. Er hatte keinen Grund, misstrauisch zu sein, aber sie lebten in Zeiten, in denen Misstrauen das Leben retten konnte.

»Na gut«, Veronika schmollte, gab sich aber zufrieden und wechselte, wie er es von ihr kannte, das Thema. »Hast du gehört, dass die Bücher von Erich Kästner im Verlag beschlagnahmt wurden?«

Das überraschte Alexander nicht. Ihn hatte es gewundert, dass in manchen Buchhandlungen, nicht in Berlin, aber in Kiel, weiterhin der *Fabian* und die Gedichtbände erhältlich waren; die Kinderbücher sowieso.

»Ich verstehe das nicht, die Kinderbücher sind reizend«, meinte Veronika und strich ihm über die Wange. »In Emil hätte ich mich glatt verliebt, wenn mein Herz frei wäre.«

Ihr Blick und die Berührung sorgten dafür, dass sich die Härchen auf Alexanders Armen aufstellten. Er spürte das und war froh, dass Winter war und er ein langärmliges Hemd trug. Vermutlich hätte als Zeichen von Zustimmung und Begierde interpretiert, was in Wahrheit, Unbehagen war.

»Bis heute Abend dann!« Veronika tänzelte aus dem Atelier.

Dieses Mal war Alexander vorbereitet, er hatte die alten Papiere mit den Unterlagen beschwert, die Manfred Schneider gebracht hatte. Beim Zusammenräumen fiel ihm ein blaues Heft in die Hand, das er achtlos zur Seite gelegt hatte.

»Das Programm von heute. *Soldaten - Kameraden*«, las er. Darüber, dass er den Film verpasst hatte, war er nicht traurig. Kriegsfilme hatte er nie gemocht. Mit Künstlerpostkarte. Das würden Schauspieler sein, die in solch einem Streifen mitspielten.

Er wendete das Heft. »Tss! Gesungen wird auch«, sagte er zu sich selbst.

»Wo wird gesungen?« Vera Maier, die sonst Besucher durch die Ausstellung führte, trat zu ihm, in einem Kostüm, das an eine SA-Uniform erinnerte.

»In dem Film hier.« Alexander hielt ihr das blaue Heftchen hin.

Die Frau nahm das Heft und schlug es auf. »Der Gestellungs-befehl der neuen deutschen Wehrmacht erreicht zwei junge Menschen, die im privaten Leben durch Welten voneinander getrennt sind und führt sie zusammen in ein Regiment«, las sie laut. »Das klingt nach einer unterhaltsamen Geschichte.«

Alexander fragte sich, was an einem Film über die Wehr-macht unterhaltsam sein sollte. »Wer spielt mit?«, erkundigte er sich, um Interesse zu heucheln. Dass Vera Maier in dieser Kleidung auftauchte, sagte alles.

»Ich kenne die nicht. Ralph Arthur Roberts, nie gehört, klingt nach einem Engländer. Was macht der in einem deut-schen Film? Herti Kirchner spielt seine Tochter. Wer ist das denn?«

Am liebsten hätte er ihr das Heft aus der Hand gerissen. Herti Kirchner, in einem solchen Film? Im letzten Jahr fast verhaftet wegen der Auftritte im *Tingel-Tangel* und jetzt Nazi-Propa-ganda!

»Ach, der läuft erst an«, stellte Vera Maier fest. »Da frage ich gleich, ob ich eine Premierenkarte kriege, ist egal, wer mit-spielt, Hauptsache das Kino setzt sich endlich dafür ein, dass mehr junge Leute Soldaten werden möchten.«

Aus dem Ausstellungsraum waren Stimmen zu hören. Vera Maier wandte sich ab und er atmete erleichtert aus. Fassungslos starrte er der Kollegin nach. Wie konnte sie es gutheißen, dass Menschen in den Krieg geschickt wurden? Hatte sie denn *Im Westen nichts Neues* nicht gelesen oder gesehen. Da wurde deutlich, dass ein Krieg kein Sonntagsausflug war. Er setzte sich hin und las den Text in dem Programmheft. Herti Kirchner spielte die weibliche Hauptrolle, daran gab es nichts zu deuteln. Was sollte er dann noch in Berlin?

Soldaten - Kameraden

Der arrogante Unternehmersohn Willi Holzhausen und der Zimmermann Gustav Menke aus der Firma von Vater Holzhausen werden gleichzeitig eingezogen, um im Krieg für Deutschland zu kämpfen. Bei einem Standortwechsel verlieben sich beide in die Hella, die Tochter eines Fotografen, die ihr Herz eindeutig an Gustav verloren hat. Das kann Willi nicht auf sich sitzen lassen, er spinnt Intrigen und ersinnt Lügen, um das Mädchen umzustimmen. Ohne ein Wort kämpfen Willi und Gustav nebeneinander, bis ein tragisches Unglück die beiden zusammenbringt und Willi auf die rechte Bahn führt.

Was soll ich zu der Geschichte schreiben, der Beitrag wird sowieso nicht mehr veröffentlicht, es ist so traurig, dass Herti sich für solchen Mist hergibt. (Alexander Halbersberg, Journalist a. D.)

April 1936

»Hier, die können Sie zeigen!« Manfred Schneider setzte einen Stapel blecherner, runder Filmkisten mitten auf die Papiere, die Alexander sortierte. »Die da oben haben entschieden, dass wir Kurzfilme laufen lassen, damit die Leute sehen, was Kino ist. Es soll immer noch welche geben, die Tonfilme für Teufelszeug halten.«

Alexander grinste. Erst kürzlich hatte er eines der Flugblätter, das in den Kinos verteilt worden war, als die ersten Filme mit Ton zu sehen waren, fein säuberlich aufgeklebt und abgeheftet.

»In der Hauspost steht eine Kiste mit Material über die letzten Filme. Die sollten Sie abholen.« Manfred Schneider lachte. »Aber erschrecken Sie nicht, das ist Arbeit für ein paar Wochen. Unglaublich, was die an Filmen produzieren. Und dann die amerikanischen Filme. Die finde ich völlig unnötig. Ich habe letztens einen angeguckt. *Gold nach Singapore* oder so ähnlich. Da kann ich schon die Namen der Schauspieler nicht aussprechen. Clark Gable und John Harloff.«

Alexander stutzte und beugte sich schnell über die Filmrollen. Nicht jeder hatte Englisch in der Schule gelernt, aber den Namen der bezaubernden Jean Harlow so zu verhunzen, war lächerlich.

»Da lobe ich mir einen Film wie *Der Kurier des Zaren* mit Adolf Wohlbrück und Theo Lingen, das sind schöne deutsche Namen«, fuhr Manfred Schneider in seinen Überlegungen fort.

»Genau, und *Mädchenjahre einer Königin* mit Jenny Jugo«, warf Alexander ein.

Manfred Schneider sah ihn scharf an. »Wollen Sie mich verarschen? Jugo, das ist kein deutscher Name.«

Noch nicht, lag Alexander auf der Zunge, er schluckte es herunter. »Jenny Jugo ist gebürtige Ungarin, sie ist in Österreich aufgewachsen. Eine Freundin von Goebbels.« Das konnte er sich nicht verkneifen.

Sein Vorgesetzter wandte sich ab, dass sein Gesicht rot anlief, entging Alexander nicht. Gerne hätte er den Film *Der Favorit der Kaiserin* mit den Hauptdarstellern echt deutschen Namens wie Olga Tschechowa und Anton Pointer erwähnt, aber man musste wissen, wann eine Grenze erreicht war. Lieber sah er die Filmrollen durch, als sei nichts geschehen.

Horch, horch, die Lerch im Ätherblau, stand auf dem weißen Etikett auf der runden Blechschachtel. Das klang fröhlich, genau passend für die Besucher der Ausstellung. Laut dem beiliegenden Waschzettel war er jugendfrei und dauerte 18 Minuten, eine schöne Länge für die Lehrschau. Der Film über Franz Schubert war sicher im Sinn der Regierung. Er überflog die Liste der Darsteller, Hans Henninger war dabei, der auch in der deutsch-französischen Filmproduktion über die klugen Frauen mitgespielt hatte, und Herti Kirchner. Als Klavierschülerin. Sollte das ein Wink des Schicksals sein, seinen Plan nicht aufzugeben?

Kurz nachdem ihm die Information über *Soldaten - Kameraden* in die Hände gefallen war, hatte er sie im Rundfunk gehört. In dem Hörstück *Collegium lusticum* trat sie neben Günther

Neumann, Tatjana Gais und Walter Bluhm auf. Ein Foto davon hatte er in der Zeitung gesehen, mit ihrem Namen. Er ging in den kleinen Vorführraum und legte den Film ein. Ehe er ihn abspielen konnte, tauchte Veronika auf. Wieso durfte sie hier ein und aus gehen?

»Stell dir vor«, fing sie sofort an zu plappern. Egal, was er gerade tat, sie redete, ohne das zu beachten. »Ich war mit Papa bei einer Veranstaltung. Da wurde die Deutsche Gesellschaft für Tierpsychologie gegründet. Stell dir das vor!«

Es fiel ihm in der Tat schwer, sich das vorzustellen. Auf der einen Seite wurden die Bücher von Psychologen und Psychotherapeuten verbrannt und verboten, auf der anderen Seite Tierpsychologie erfunden.

»Die Gesellschaft soll Erkenntnisse darüber sammeln, wie man Tiere am besten halten und züchten kann, damit sie nicht verrückt werden.«

Er bezweifelte, dass dies der offizielle Wortlaut der Gesellschaft war. Aber das war auch nicht wichtig, das Beispiel zeigte nur, wie verrückt ihre Welt war. »Und was hat dein Vater damit zu tun?« Darauf ging Veronika nicht ein. Stattdessen erzählte sie von einer Premiere im Staatstheater, zu der sie ihren Vater begleitet hatte, weil ihre Mutter wegen Migräne zu Hause bleiben musste. *Friedrich Wilhelm I*, ein Schauspiel von Hans Rehberg, einem jener Autoren, die vor 1933 kein Mensch kannte. Solche Stücke über die Größen Preußens waren seine Spezialität und sie kamen bestens an bei den Nationalsozialisten. Bei solchen Filmen war Alexander froh, dass er darüber nicht mehr schreiben durfte. Es hatte eben alles zwei Seiten.

»Ich habe übrigens Premierenkarten für *Arzt aus Leiden-schaft*«, meinte Veronika, nachdem sie ihren Bericht beendet hatte. »Am 30. April. Wenn du nicht in den Mai tanzt, könnte ich dich mitnehmen.«

Er verzog das Gesicht. Auch wenn ihm die Arbeit in der Lehranstalt Spaß machte und er am Puls der Filmwelt blieb, tat es ihm leid, dass er dafür seine Tätigkeit als Eintänzer größtenteils einstellen musste, so riskant diese auch war. Der 30. April war ein Donnerstag, da fanden sich meist einige Stammkundinnen im *Eden* ein, sodass er sich ein kleines Taschengeld verdienen konnte.

»Mit Karin Hardt und Hans Söhnker«, lockte Veronika.

Karin Hardt interessierte ihn tatsächlich, sie hatte in Hertis erstem Film die Hauptrolle gespielt und damals hatte er sie interviewt. Lohnte es sich dafür auf das Tanzen und ein gutes Trinkgeld zu verzichten? »An dem Abend kann ich leider nicht.«

»Dann nicht«, sagte Veronika schnippisch. »Ich werde schon jemanden finden, der sich darüber freut, mich zu begleiten.« Damit verließ sie den Vorführraum. Nicht ohne sich so schnell um sich selbst zu drehen, dass ihr Rock wehte. Zum Glück konnte nur der Waschzettel aus der Filmdose durch die Luft fliegen.

Juni 1936

»Was machen Sie eigentlich immer? Früher sind Sie den ganzen Tag und oft die halbe Nacht weg gewesen. Dann haben Sie tagsüber so getan, als wären Sie arbeiten und waren abends unterwegs.« Alexander hatte damit gerechnet, dass seine Wirtin ihn irgendwann darauf ansprechen würde. Als er nicht mehr schreiben durfte und erst nachmittags als Eintänzer arbeiten konnte, war er ihrer Tochter begegnet, obwohl er sich weit von der Wohnung entfernt hatte. Ausgerechnet im Zoologischen Garten. Sie hatte so getan, als würde sie ihn nicht kennen. Zum Glück hatte Bernhardine Wenning gewartet mit ihrer Frage, jetzt konnte er wahrheitsgemäß antworten: »Ich arbeite in dem neuen Filmmuseum in Babelsberg.«

Seiner Wirtin klappte im wahrsten Sinne des Wortes die Kinnlade herunter. Filmmuseum war vielleicht etwas übertrieben, aber Babelsberg stimmte und das war für alle der Ort, an dem Träume wahr wurden, wenn nicht in Wirklichkeit, so wenigstens im Film.

»Was machen Sie da?«

»Ich führe die Besucher durch die Räume und erkläre ihnen die Geräte und sortiere die ganzen Filmsachen«, berichtete er. Wie schön das war, wieder einmal nur die Wahrheit zu sagen und nichts zu erfinden oder großzügig zu interpretieren.

»Das ist interessant. Das würde ich gerne sehen.«

Er hatte Bernhardine Wenning selten so begeistert erlebt. »Kommen Sie mit, ich zeige Ihnen alles.«

Das Strahlen in ihrem Gesicht erlosch. »Das geht ja nicht.«

»Warum nicht?«

»Ach, das erzähle ich Ihnen später!« Ihr Lächeln wirkte gezwungen.

Er hatte keine Zeit, nachzubohren, wer ihr ein solch harmloses Vergnügen verbieten sollte. Oder lag es am Geld für den Eintritt?

»Das kostet Sie nichts. Ich darf jemanden mitnehmen.« Er dachte an Veronika, für die es selbstverständlich war, dass sie ohne Eintritt in die Lehranstalt kam und sich alle Filme mehrfach ansehen durfte.

»Bald«, nuschelte die Wirtin und drehte sich um. Waren es Tränen, die er auf ihren Wangen sah?

In Gedanken versunken fuhr er mit der Straßenbahn zur Lehranstalt. Der Weg von seinem Zimmer zur Arbeit war weit, Babelsberg lag fast in Potsdam. Aber, er nutzte die Zeit. Beim Betreten des Waggons suchte er als erstes jemanden, der Zeitung las oder eine Zeitung in der Hand hielt. Er platzierte sich hinter dem Mitfahrer und sobald die Fahrt losging und der Mann die Zeitung auspackte, studierte er die aktuellen Schlagzeilen.

»Papst XI lobt den Film«, las er. Was hatte das katholische Kirchenoberhaupt mit dem Film zu tun? Er überflog den Artikel über die *Enzyklika Vigilanti Cara*, die Enzyklika über die Lichtspiele. Der Papst erinnerte an seine Ausführungen vor den Filmschaffenden 1934. Der Pontifex der katholischen Kirche hatte darauf hingewiesen, wie wichtig es sei, dass moralische Grundsätze nicht verletzt würden. Heute beklagte er sich über die fehlende Selbstkontrolle der Filmwirtschaft. Weiter kam Alexander nicht, weil der Mann mit seiner Zeitung ausstieg.

»Halbersberg, hier sind neue Materialien, von *Der geheimnisvolle Mister X* hat uns die Produktionsfirma sogar eine Filmkopie geschickt. Aus Versehen, glaube ich, eigentlich sollen nur die Kurzfilme archiviert werden.«

»Äh, Herr Schneider kann ich Sie sprechen!« Alexander spürte, wie sein Herz pochte, hoffentlich hörte sein Chef das nicht. Bum bum bum, machte es unregelmäßig.

»Ja?«

»Ich habe heute Morgen einen Auszug aus der Enzyklika über den Film vom Papst gelesen.«

»Mich interessiert nicht, was Sie in der Zeitung oder im Bett lesen. Worum geht es?«

Er gab sich einen Ruck. »Ich dachte, es wäre ein schönes Angebot für die Besucher, wenn wir Reden über den Film kurz zusammenfassen und verteilen würden.«

Manfred Schneider betrachtete ihn mit zusammengekniffenen Augen. »Mhm.«

Das war zumindest keine sofortige Ablehnung. »Ich erinnere mich an eine Rede von Minister Goebbels vor der Filmfachschaft, so etwas gehört zur Filmgeschichte« , ergänzte Alexander und merkte, dass seine Anwesenheit bei der Ansprache des Propagandaministers Eindruck machte.

»Sie haben Recht. Das ist eine gute Idee. Trauen Sie sich das zu? Ich muss die Texte natürlich lesen, bevor wir sie verteilen, aber wenn Sie das vorbereiten würden.«

Alexander nickte. Ja, ich war …« Journalist, wollte er sagen, doch das hätte Misstrauen geweckt, deshalb beendete er den Satz mit »… gut im Aufsatz«.

»Dann legen Sie los«, bat sein Vorgesetzter und verschwand durch die Tür. Niemand wusste, was er arbeitete, aber solange er Alexander in Ruhe ließ, war ihm das egal. Er würde auf dem Heimweg die Zeitung kaufen, in der die Enzyklika im vollen Wortlaut abgedruckt war und zu Hause auf seiner Maschine eine Zusammenfassung schreiben. Seine Wirtin würde staunen, dass er abends nicht unterwegs war, sondern in seinem Zimmer saß und tippte.

Vorher musste er die neuen Materialien einsortieren, er zog die ersten Werbemittel aus der Kiste und staunte über Konterfei von Herti Kirchner auf der Postkarte zu *Der geheimnisvolle Mister X*.

Der geheimnisvolle Mister X

Lord Wilford (Ralph Arthur Roberts) besitzt nicht nur ein Schloss, sondern auch eine Leidenschaft: Kriminalfälle. Er sammelt alles, was damit zu tun hat und bindet auch seine Sekretärin Nelly Taylor (Mady Rahl) ein, damit er immer auf dem Laufenden ist und den Überblick behält. Kein Wunder, dass er einen Kriminalfall wittert, als eines Tages geheimnisvolle Briefe ankündigen, dass ein gewisser Mister X auf Schloss Wilford eine wertvolle Statue stehlen will. Das muss der Lord verhindern! Wann hat er je wieder die Gelegenheit, in einem echten Kriminalfall zu ermitteln. Damit ihm keine Spur entgeht, lässt er sich von seiner Sekretärin überreden, einen berühmten Detektiv aus London kommen zu lassen. Wenig später trifft dieser ein in Gestalt des Verlobten (Hermann Thimig) von Frau Taylor, der endlich Zeit mit seiner Zukünftigen verbringen möchte. Dumm nur, dass kurz nach seinem Eintreffen ein wertvolles Perlencollier verschwindet und sich auch Lilian, die Tochter des Lords, (Herti Kirchner) in die Ermittlungen einschaltet. Eine wilde Jagd auf Verbrecher und Beute beginnt, in der Herti Kirchner als Lilian ihr komödiantisches Talent ausspielen kann. Ob es ihr Hund Tami ist, der durch das Schloss bellt, ist der Darstellerliste von *Der geheimnisvolle Mister X* nicht zu entnehmen. Er wird es verschmerzen, Hauptsache, die Zuschauer amüsieren sich. (mojo)

August 1936

Im Schatten der zahllosen Menschen aus allen Nationen, die Berlin rechtzeitig zum Beginn der Olympischen Spiele überschwemmten, wagte Alexander es wieder öfter, sich ins *Romanische Café* zu setzen, sogar ins *Eden* ging er am Sonntag zum Tanzen. Es hieß, Hitler habe befohlen, dass während der Spiele niemand kontrolliert oder verhaftet werden dürfe. In den Tagen vor der Eröffnung waren SA-Männer durch die Straßen marschiert, um zu überprüfen, ob irgendwo Plakate hingen, auf denen Juden raus oder ähnliche Parolen standen. Manche Stürmerkästen wurden sicherheitshalber abgebaut.

»Mariannes Hochzeit soll ein Traum gewesen sein«, schwärmte eine Frau am Nebentisch. War das schön, wieder solch harmlosen Klatsch zu hören. Im Juni hatte die Filmschauspielerin Marianne Hoppe Gustaf Gründgens geheiratet. Alexander beneidete die Kollegen, die über die Hochzeit schreiben durften. Bei dem Thema interessierte weder Herkunft noch Parteibuch, eine Hochzeit in der Filmwelt schlug alles, sogar den Sieg von Max Schmeling über den Amerikaner Joe Louis in New York wenige Tage zuvor.

Das Paar am anderen Nachbartisch tauschte sich über die Eröffnung der Olympischen Spiele aus. Sie schwärmten von den Aufmärschen, Tänzen und der Rede Adolf Hitlers, der sich als Weltmann inszenierte. Alexander bedauerte es nicht, dass er die Karten von Isolde van Weyden ausgeschlagen hatte. Die Gegenleistung, die sie erwartete hätte, war indiskutabel.

»Ach, der Herr Alexander!«

Er zuckte zusammen. Ausgerechnet heute, wo er sich einen freien Nachmittag gönnte, musste Isolde van Weyden das *Café des Westens* besuchen.

»Dachte ich es mir, dass ich Sie in einer der Künstlerkneipen finde, Sie Tanzkünstler!« Sie ließ sich ohne Rückfrage an seinem Tisch nieder und winkte dem Ober. »Zwei Sekt bitte!«

Der Kellner schaute ihn fragend an. Alexander zuckte hilflos die Schultern.

»Möchten Sie wirkliche keine Eintrittskarten für die Olympischen Spiele?«

Er seufzte. Was für eine Frage? Natürlich wollte er die. »Nicht zu dem Preis.«

»Ich schenke sie Ihnen, einfach so, weil Sie ein sympathischer junger Mann sind. Ich habe nichts für Sport übrig, ich nehme lieber die Karten fürs Kino. Mein Mann fängt mit beidem nichts an. Wenn der nicht hinter seinen Akten sitzen kann, wird er unleidlich.«

Zu gerne hätte er gewusst, hinter welchen Akten ihr Ehemann saß. Er hatte sie einmal gefragt und war statt einer Antwort mitten im Tanz auf dem Parkett stehen gelassen worden. Seither beschränkte er sich auf Mutmaßungen.

»Am 4. August wird der erste deutsche Farbfilm gezeigt, *Das Schönheitsfleckchen*, mit Lil Dagover, darauf bin ich schon sehr gespannt.« Sie sah ihn von der Seite an.

»Schade, an dem Tag muss ich arbeiten«, sagte Alexander rasch. Daran, wie sie ihren Blick von ihm abwendete, erkannte er, dass er ihrer Einladung zuvorgekommen war.

Isolde van Weyden holte aus ihrer Handtasche einen Briefumschlag und schob ihn über den Tisch. Alexander starrte ihre Hand mit den Glitzerringen an. Was sollte das werden? Nun dachte jeder, der die Szene mitbekam, dass sie ihm Geld zusteckte. Wie auch immer er reagierte, es würde das Ganze schlimmer machen. Er legte die Speisekarte auf den Umschlag.

»Zwei Sekt, die Herrschaften!« Der Ober setzte die beiden Sektkelche vor sie und nahm die Speisekarte, um sie wieder in den Aufsteller zu stecken.

Alexanders Gesicht lief rot an. Ehe es abgekühlt hatte, hörte er hinter sich Herti Kirchner. Er war selten so froh gewesen, dass sie in Gesellschaft war und ihn nicht bemerkte. Dennoch versuchte er, den Inhalt des Gesprächs mitzubekommen. Danach hatte Herti Kirchner mit Erich Kästner einige Tage am Plauer See in Mecklenburg verbracht. Sie empörte sich über den Pensionswirt, der plötzlich statt der vereinbarten vier Mark pro Tag, fünf Mark haben wollte.

»Ich sagte, zum Wohl!«, bemerkte Isolde van Weyden spitz und so laut, dass die Gäste am Nebentisch zu ihnen schauten.

»Zum Wohl«, erwiderte Alexander und hob das Glas zum Mund.

»Wie ist Theo Lingen denn so?« Die Frage am Tisch in seinem Rücken ließ ihn aufhorchen. Was hatte Herti mit Theo Lingen zu tun?

»Hier spielt die Musik!«, zischte Isolde van Weyden, als er sich zurücklehnte, um Hertis Antwort zu verstehen.

Er beugte sich vor und sagte barsch: »Die Musik spielt da, wo ich will!«

Sie stand auf und warf das Sektglas um, dessen Inhalt sich über den Umschlag ergoss. »Zahlen!«, rief sie in den Raum.

Alexander überlegte kurz, ob er reagieren sollte. Dass sie zahlte, war ein weiterer Versuch, ihn zu demütigen. Dann entschied er, dass es darauf nicht mehr ankam. Das Geld für die beiden Sekt konnte er gut anderweitig anlegen.

»Drei Mark fünfzig«, sagte der Kellner und zwinkerte ihm zu.

Alexander überschlug die Rechnung und grinste. Der Kellner hatte ihr auch seinen Kaffee berechnet, was sie in ihrem Zorn nicht bemerkte. Manchmal tauchten Freunde auf, wo man sie nicht vermutete.

Das Gespräch am Tisch hinter ihm war leider fortgeschritten. Er hatte Hertis Antwort verpasst. »Dann werde ich die Augen aufhalten, ob ich den Film über Till Eulenspiegel mit dir zu sehen kriege«, sagte ihre Begleitung gerade. »Die Geschichte klingt amüsant.« Till Eulenspiegel also. Es würde nicht schwer sein, den Film zu finden, schließlich landeten alle neuen Filme irgendwann auf seinem Tisch.

Alexander hatte es geschafft, die Karten für die Olympischen Wettkämpfe zu trocknen. Da der Umschlag, in dem Isolde van Weyden sie über den Tisch geschoben hatte, mit Seide gefüttert war, waren die Karten kaum nass geworden.

Die Auswahl war äußerst seltsam, von sich aus wäre er nie auf die Idee gekommen, den Military-Wettbewerb anzuschauen, bei dem die Deutschen ganz oben auf dem Treppchen standen.

Auf dem Weg zum Stadion hatte Alexander das Gefühl, in einer anderen Stadt zu sein. Die Schilder mit dem Schriftzug Juden unerwünscht!, die kürzlich noch vor vielen Lokalen hingen, waren verschwunden. Auch vor dem *Kranzler* an der Ecke Friedrichstraße Unter den Linden. Anstelle der Schilder flatterten an der Straße unzählige Hakenkreuzbanner, die die Olympiagäste nicht zu stören schienen. Ihn überkam stets ein beklemmendes Gefühl, wenn er unter einer Fahne hindurchging. Er meinte, jeder müsse ihn als Fremdkörper erkennen, dabei fiel er unter den Sportlern, Journalisten und Touristen nicht auf. Berlin war vor 1933 immer eine bunte Stadt gewesen, die Olympischen Spiele brachten diese Farbigkeit zurück.

Alexander fragte sich, wie Isolde van Weyden an die Karten gekommen war. Vielleicht wurden einfach nur die Restkarten an verdiente Parteimitglieder verteilt. Jede Karte führte ihn in eine andere Umgebung, manchmal war er umringt von braunen Uniformen, manchmal saß er mitten zwischen ausländischen Gästen, wo er sich wohler und sicherer fühlte. Er verstand zwar die Sprache nicht, aber er musste auch keine offenen Schuhbänder oder verlorenen Stifte vortäuschen, um dem Hitlergruß zu entgehen. Sobald der Reichskanzler oder ein Minister die Tribüne betrat, sprangen die Zuschauer in den deutschen Blöcken auf, reckten den Arm und riefen »Heil Hitler!«. Das wiederholte sich bei der Medaillenübergabe, wenn ein deutscher Sportler ganz oben auf dem Treppchen stand.

Solange die Wettkämpfe in Gang waren, vergaß Alexander die Parteigrößen und ihre Anhänger. Gerade bei den Entscheidungen in der Leichtathletik war überall etwas zu sehen,

Weitsprung, 1.500 Meter-Lauf und Hochsprung wurden gleichzeitig ausgetragen.

»Ja! Jesse, Jesse!«, rief ein kleiner Junge neben ihm. »Papa, ich glaube, er schafft es wieder.« Die beiden sprachen akzentfreies Deutsch miteinander und freuten sich trotzdem über Owens Sieg. Alexander war froh, dass er im ungarischen Zuschauerflügel gelandet war. Hier durfte er mitjubeln und sich darüber freuen, dass manche Braunhemden das Stadion verließen, als der Sieg des Schwarzen bekannt gegeben wurde.

»Das wird Hitler aber nicht freuen«, sagte der Vater des Jungen.

»Ein doppelter Grund zur Freude«, bemerkte Alexander.

Der Mann sah ihn erschrocken an. »Äh«, er blickte sich nervös um, »äh, hier sind alles Ungarn. Ich dachte nicht, dass jemand Deutsch spricht.«

»Keine Sorge«, beruhigte Alexander ihn schnell. Er kannte diese hektische Prüfung, ob auch keine SA-Männer in der Nähe waren. «Ich freue mich auch, dass Mister H. sich ärgern wird.«

Der Mann entspannte sich sichtlich. »Ich war so froh, dass die Karten, die ich vor vier Jahren in Budapest gekauft habe, für den ungarischen Flügel gelten.« Er wies mit dem Kopf auf eine Stadion-Ecke, die sich von dem Rest dadurch unterschied, dass sie von weitem einfarbig braun wirkte. »Da wollte ich nicht sitzen.«

»Ich war vorgestern dort, das ist kein Vergnügen«, bestätigte Alexander.

»Papa, guck mal«, unterbrach der Junge das Gespräch. Alexander suchte die Stelle, auf die der Kleine zeigte. Jesse Owens lief eine Ehrenrunde, er wirkte dabei elegant, als wäre der schnelle Lauf für ihn so selbstverständlich wie für alle anderen das Gehen.

»Vielleicht sehen wir uns wieder«, verabschiedete sich der Vater des Jungen und forderte das Kind auf, Alexander ebenfalls die Hand zu geben und einen Diener zu machen.

Alexander war gerührt. »Ich würde mich freuen.« Das war keine Floskel, der Kleine mit seiner Begeisterung hatte ihn mit seinem Enthusiasmus angesteckt und die Zeit vergessen lassen.

Beim Lauf der 4 x 100-Meter-Staffel traf er die beiden wieder. Sie begrüßten ihn wie einen Verwandten, den sie lange nicht gesehen hatten.

»Der Weltrekord über 100 Meter liegt bei 10,3 Sekunden«, erklärte der Junge und ließ die Augen nicht von der Startlinie. »Da, Jesse Owens läuft als erster!«

Alexander und der ganze ungarische Flügel hielten den Atem an, als nacheinander die Amerikaner Ralph Metcalfe, Foy Draper und Frank Wykoff ihre 100 Meter liefen. Hitler würde nicht begeistert sein, dass drei Schwarze und ein Weißer seinen Ariern den Rang abliefen.

»Weltrekord!«, schrie der Junge, als die Zeit von 39,8 Sekunden auf der Anzeigetafel erschien. Das Publikum im Stadion tobte, bis auf die braune Ecke, in der sich die Reihen lichteten. Ebenso laut, aber mit mehr Häme in der Stimme jubelte der Junge, als die amerikanische Frauenmannschaft das Staffel-Gold holte.

»Tja, man muss nicht nur laufen können, sondern auch rechtzeitig den Stab übergeben«, spottete der Vater, der in ihrem

Flügel als erster bemerkt hatte, dass der Schlussläuferin der deutschen Mannschaft der Stab aus der Hand gerutscht war.

Alexander war hin- und hergerissen. Er freute sich, dass bei der Siegerehrung einmal weniger der Arm gereckt wurde. Aber es tat ihm für die jungen Frauen leid, die in ihrem eigenen Land nach sicher harten Trainingswochen den Sieg verpasst hatten.

Für die Abschlussfeier der Olympischen Spiele hatte Alexander keine Eintrittskarte, was er nicht bedauerte. »Du kannst dir nicht vorstellen, wie sich die Nazis da präsentiert haben«, hörte er später von einem Kollegen, der es trotz seiner kritischen Haltung der Partei gegenüber geschafft hatte, sich als Journalist durchzumogeln.

Alexander nutzte die Gelegenheit, dass weniger kontrolliert wurde, für einen Ausflug zu seinen Eltern nach Kiel.

»Wir gehen bald«, erklärte seine Mutter ihm schon auf dem Bahnhof. »In Tinglev ist alles vorbereitet. Wir haben einen kleinen Ferienbungalow angemietet. Auch für dich gibt es ein Zimmer dort.« Was sollte er in Dänemark? Alexander bezweifelte, dass sie in Tinglev auf einen deutschen Journalisten oder Eintänzer warteten. Sonst konnte er nichts, Autofahren, aber er hatte bei seinen Ferienbesuchen als Kind nie erlebt, dass jemand chauffiert wurde.

»Ich überleg's mir«, versprach Alexander.

»Überlege nicht zu lange«, drängte sein Vater. »Ich hätte nie gedacht, dass die Partei, von der ich mir eine große Zukunft versprochen habe, uns den Boden unter den Füßen wegzieht.«

Oktober 1936

»Ich glaube, die Filmfritzen arbeiten jetzt alles ab, was im Sommer liegen geblieben ist«, schimpfte Manfred Schneider und stellte ihm eine riesige Kiste mit Papieren und Filmdosen auf den Tisch. »Da saßen die feinen Herren vermutlich alle im Stadion, um sich die Spiele anzugucken und unsereins hat nichts davon mitgekriegt.«

Alexander war froh, dass er die freien Tage im August nicht mit dem Besuch der olympischen Wettkämpfe begründet hatte. Seine Eltern in Kiel waren immer für eine Ausrede gut, aber das war jetzt vorbei. Die Praxis war an einen Nachfolger übergeben und das Haus vermietet, die Eltern lebten seit einigen Wochen in Tinglev, der dänischen Heimatstadt seiner Mutter. Die dänische Herkunft seiner Mutter hatte nie eine Rolle gespielt in seinem Leben. An der Küste gingen die Länder ineinander über, Dänen arbeiteten und lebten in Deutschland, Deutsche lebten und arbeiteten in Dänemark. Das änderte sich auch jetzt nicht. Immer mehr Juden zogen über die Grenze und arbeiteten weiter in Deutschland, sofern ihre Arbeitgeber keinen Ariernachweis verlangten. Seine Eltern hatten diese Lösung diskutiert, allerdings war sein Vater so bekannt, dass sie nicht in Frage kam. Nun praktizierte er als Dorfarzt in Dänemark und war froh, dass er von seiner Frau ein paar Brocken Dänisch gelernt hatte.

»Ach nee! Da sind alte Sachen von 1932.« Manfred Schneider hatte sich neben ihn gesetzt und in der Kiste gestöbert.

Alexander erkannte die Filmbilder von *Acht Mädels in einem Boot*. War das wirklich erst vier Jahre her?

»Die Hardt mit dem Kionka«, sein Vorgesetzter wedelte mit einem Foto, das eine junge Frau mit Hut im Gespräch mit einem dunkelhaarigen Mann zeigte. »Der ist auch nicht mehr.«

»Wieso? Was ist mit Herrn Kionka? Den habe ich vor einiger Zeit erst gesehen.«

»Das muss dann aber länger her sein«, widersprach Manfred Schneider. »Der ist seit zwei Jahren weg. Jetzt haben sie ihn hingerichtet.«

»Hingerichtet?« Alexander starrte ihn an. Helmut Kionka war etwas älter als er, aber sicher keine 30.

»Es heißt, er wäre als Kurier zwischen Widerstandsgruppen unterwegs gewesen und geflohen«, erklärte Manfred Schneider und lachte hämisch. »Aber nicht mit uns. Dafür haben wir unsere Leute. Ein Bekannter von mir hat eingefädelt, dass der Kionka nach Berlin kommt.« Er steckte seine Daumen hinter die Hosenträger und ließ diese zufrieden schnappen. »Ich sag nur: Augen auf bei der Rollenauswahl. Sie haben ihm angeboten, auf der neuen Dietrich-Eckart-Bühne zu spielen und schon schnappte die Falle zu. Anklage Landesverrat.«

Alexander beugte sich diensteifrig über die Kiste, damit sein Vorgesetzter nicht sah, dass die Farbe aus seinem Gesicht gewichen war. Was würde Manfred Schneider sagen, wenn er wüsste, dass sich ein Jude unter seinem Schutzschirm befand? Er versuchte, das Zittern seiner Hände in den Griff zu kriegen.

»Hier, den Film habe ich auch gesehen.« Der Mann hielt ihm die Werbematerialien für den Film *Meuterei auf der Bounty* hin. »Ich finde es nicht gut, dass ausländische Filme gezeigt werden, aber der hier war wirklich spannend. Und dieser Clark Gable spielt ordentlich, da kann man nichts sagen. Heute Abend habe ich meine Frau in die Premiere von *Wenn wir alle Engel wären*, den neuen Rühmann-Film eingeladen. Die Unterlagen bringe ich Ihnen später.«

Manfred Schneider stand auf und winkte ihm zu. »Viel Erfolg bei der Arbeit.«

Alexander schluckte. Das Gespräch musste er erst einmal verdauen. Am liebsten hätte er sich eine Zigarette angesteckt, aber diesen Luxus konnte er sich nicht mehr leisten. Um sich abzulenken, stapelte er die Filmdosen. Er schmunzelte, als er das Etikett eines Filmes las: *Wie Eulenspiegel den Landgrafen malt*. Wer anders als Theo Lingen konnte die Hauptrolle spielen. In *Wie Eulenspiegel zu Erfurt einem Esel das Lesen lehrte* waren die Reime zwar anstrengend gewesen, aber er hatte trotzdem herzhaft gelacht. Er legte den neuen Film ein und sah vergnügt zu, wie Theo Lingen als Till den Landgrafen narrte.

»Das ist ja Herti«, rief er überrascht und nahm den Waschzettel aus der Dose. Das war der Film, von dem sie kürzlich gesprochen hatte. *Wie Eulenspiegel zu Marburg den Landgrafen malte*. Rasch schrieb er den Werbetext ab. Lieber hätte er den Zettel für seine Sammlung mit Belegen aus Herti Kirchners Karriere mitgenommen, aber das wäre aufgefallen und Aufmerksamkeit musste er unbedingt vermeiden.

Dezember 1936

»Komm Alexander, wir waren so lange nicht zusammen im Kino«, quengelte Veronika, die ihn zum letzten Mal in der Lehranstalt besuchte. Zwischen den Jahren war das Institut geschlossen und danach durfte er ohne Nachweis nicht mehr hier arbeiten. Da halfen auch die Kontakte von Veronikas Vater nicht.

Wäre sein Vorgesetzter zugänglicher und hätte er sich nicht in dem Gespräch über Kionka so eindeutig positioniert, hätte Alexander ihm sein Problem geschildert. So hatte er nur überrascht getan, als hätte er nicht an den Nachweis gedacht und vorgeschoben, dass er über Weihnachten zu den Eltern fahren und das Papier mitbringen würde. Anfang Januar würde er mitteilen, dass er wegen einer Krankheit seiner Mutter vorübergehend in Kiel bleiben müsse.

»Das ist dann unsere Weihnachtsfeier«, lockte Veronika weiter. »Am Tag vor Heiligabend. *Unter heißem Himmel*, das ist ein Ufa-Film mit Hans Albers. Komm.«

»Aber nur, wenn du mich jetzt in Ruhe arbeiten lässt, ich will die Kisten vor Weihnachten leer haben.«

Sie schüttelte den Kopf. »Du weißt aber schon, dass der 23. Dezember ist und morgen Heiligabend. Da ist hier sicher geschlossen. Das heißt, du willst bis heute Abend das alles erledigen.«

Er nickte. »Das sieht nur so viel aus. Die Filmdosen muss ich ins Regal stellen. Aber was ist mit dir?«

Veronika verzog das Gesicht. »Ich habe dem alten Drachen gesagt, Papa will, dass ich heute nach Hause komme.« Sie grinste. »Papa habe ich gesagt, dass der alte Drachen heute bei der Familie ist.« Seit einigen Wochen betreute sie eine alte Generalswitwe als Hausdame. Nachdem sie fast nichts verdient hatte als Schauspielerin, hatte ihr Vater ihrem Traumberuf einen Riegel vorgeschoben und sie vor die Wahl gestellt: Hausdame und großzügiges Taschengeld oder Schauspielerin und keinerlei Unterstützung. In den 20er-Jahren hätte man sich für die zweite Alternative entscheiden können, da gab es immer etwas zu tun und notfalls griff man sich gegenseitig unter die Arme. In jüngster Zeit war diese Entscheidung lebensgefährlich. Es gab kaum Filmrollen, bei denen nicht zuerst der Nachweis verlangt wurde, an öffentlichen Theatern war ein Engagement ohne die Bescheinigung über die judenfreie Ahnengalerie undenkbar.

»Soll mich der Drachen rauswerfen«, sagte Veronika. »Ehrlich, dieses ständige Geschwafel vom Krieg und den einzigartigen Heldentaten ihres Mannes kann ich nicht mehr hören. Am liebsten würde ich denen was aus Remarques Buch vorlesen.«

»Und direkt im Gefängnis oder in Oranienburg landen«, warnte Alexander. »Denk an Ossietzky!« Der Redakteur der *Weltbühne* befand sich seit Jahren in Haft. Zunächst im Konzentrationslager, seit ihm der Nobelpreis verliehen wurde und die Welt auf ihn schaute, war er im Krankenhaus untergebracht. Lediglich eine andere Form des Gefängnisses, wie Alexander von Johannes Unger wusste, der es von einem der *Weltbühne*-Autoren gehört hatte.

»Hast du mitgekriegt, dass Göring angeordnet hat, Ossietzky zu keinem Zeitpunkt und unter keinen Umständen ausreisen zu lassen?«, fragte Veronika. »Er soll ständig unter Bewachung gehalten werden.«

»Was findet deine Ex-Kollegin Emmy an diesem Kerl?«

Sie seufzte. »Das ist uns allen ein Rätsel. Vielleicht ist es wirklich die Macht.«

Die beiden schwiegen und starrten auf die Kiste mit dem Material, das Alexander einsortieren musste.

»Ich hole dich ab«, sagte Veronika schließlich. »Viel Erfolg beim Jahresabschluss.«

Alexander lächelte. Es gab Momente, da wusste er, warum er sich vor fünf Jahren in Veronika verliebt hatte. Seit sie bei der Witwe arbeitete, waren diese Eigenschaften wieder häufiger aufgeblitzt.

Nachdenklich lochte er Pressemeldungen und Waschzettel, steckte Filmkarten und Plakate in die zugehörigen Kisten und schrieb Reiter für den Karteikasten zu Filmen, von denen er noch nie gehört hatte. Seit Veronika nicht mehr zur Filmwelt gehörte und er den Kontakt zu Isolde van Weyden abgebrochen hatte, war er nicht im Kino gewesen. Dass fleißig weiter Filme produziert wurden, wusste er nur, weil die Materialien dazu bei ihm auf dem Tisch landeten. Das aktuelle Zeitgeschehen erfuhr er aus der Zeitung. Dass Thomas Mann ausgebürgert wurde, hatte ihn getroffen, auch wenn dessen Bücher längst aus den Buchläden verschwunden waren.

Schließlich brachte er den Stapel mit den Kurzfilmen in den Vorführraum. Seine letzte Amtshandlung hier. Er würde einen

Film für die Besucher aussuchen. Vera Maier interessierte sich nicht dafür. Wenn er nicht zurückkam, würde sie den Projektor anwerfen, egal, welcher Film darin war. Schade, dass er keinen der inzwischen verbotenen Filme einlegen konnte.

Du bist so schön Berlinerin, das war der passende Film für den Vorführraum. Erfreut stellte Alexander fest, dass Herti Kirchner in dem Streifen mitgespielt hatte.

Sie war fleißig gewesen im letzten Jahr, es gab außerdem *Wir gratulieren*, dort spielte sie eine Hausdame, *Spezialist für alles*, in dem sie als Braut von Rudolf Platte auftrat und *Blinder Eifer*. Der Waschzettel verriet nichts über den Film, aber der Titel passte in die Zeit.

Januar 1937

Als Alexander den Dachgarten des *Eden* betrat, kamen von der einen Seite Isolde van Weyden und von der anderen Seite der Ober. Der Kellner gewann den ungewollten Wettstreit und teilte ihm mit, dass für die Eintänzer seit dem 1. Januar ein Nachweis erforderlich war.

»Ach das wusste ich nicht.« Er starrte noch auf die Tanzpaare, als Isolde van Weyden ihn erreichte und auf die Tanzfläche zog. Den Ober würdigte sie keines Blickes. Stattdessen presste sie sich an ihn und versprach ihm wieder einmal Geld, Eintrittskarten und ein Dach über dem Kopf, wenn er sich nur etwas zugänglich zeigte. Er fühlte sich wie vor den Kopf geschlagen, die Nachricht des Obers und die Avancen von Isolde van Weyden, mit beidem hatte er nicht gerechnet, das musste er erst einmal verdauen. Er war froh, als der Pianist das Tanzlied ausklingen ließ und er seine Partnerin unter den wachsamen Augen des Kellners zu ihrem Platz geleiten konnte.

Auf der Straße fasste er in seine Tasche, Isolde van Weyden hatte ihm neben einem üppigen Tanzgeld, das für zwei Wochen Miete reichte, ihre Adresse in die Tasche gesteckt. »Da ist immer ein Plätzchen für dich«, las er auf der Rückseite. »Mit oder ohne Nachweis.«

Nun war also auch diese Geldquelle versiegt, wenn er sich nicht prostituieren wollte. Mit schleppenden Schritten ging er zum *Romanischen Café* und bestellte einen doppelten Pernod.

Er starrte auf die Tischdecke, übersät mit Unterschriften und kleinen albernen Versen, die manche der Dichtergäste hinterlassen hatten, als könnte er dort eine Lösung für sein Problem finden. Wie sollte es weitergehen? Keine Arbeit, kein Geld, keine Miete. Wie machten die anderen Leute das? Er war nicht der einzige, der seine Arbeit verloren hatte. Er konnte nicht der einzige in Berlin ohne Nachweis sein!

»Hier ist Platz!«, rief eine junge Frau und stellte sich vor den Nachbartisch. Ihr folgten einige Männer und Frauen, die in wenigen Sekunden die Stühle besetzten.

»Das reicht nicht«, stellte ein Mann fest. Die neuen Gäste blickten auf Alexander, der allein an dem großen Tisch hockte.

Er zögerte. Ehe er etwas sagen konnte, fragte einer der Männer: »Dürfen wir Sie zu einem Glas einladen und Ihren Tisch an unseren Tisch schieben, dann könnten wir alle zusammensitzen.« Alexander nickte ergeben. Etwas Gesellschaft würde ihm guttun.

»Wir kommen gerade von einer Probe im Theater«, erklärte die Frau, die als erste eingetroffen war. »Wir erwarten weitere Kollegen.«

Alexander nickte erneut, er kannte niemanden in der Gruppe, aber das Geplapper munterte ihn auf.

»Huhu, Rudi, Herti, hier sind wir!«, rief die junge Frau und rückte näher an ihn heran, um den Neuankömmlingen Platz zu machen.

Er traute seinen Augen nicht und nickte Herti Kirchner zu, als sie sich zu ihnen setzte.

»Schön dich zu sehen. Wie geht es dir? Ist die Grippe weg?«, wollte die junge Frau wissen. »Bei deinem Rundfunk-Auftritt vor Weihnachten hat man nichts davon gemerkt.«

Alexander starrte in sein Weinglas und lauschte Hertis Bericht, der verriet, dass sie die Weihnachtstage bei ihrer Familie in Kiel verbracht hatte. »Ich habe das neue *Vater und Sohn*-Buch von Erich Ohser bekommen, mit einer süßen Widmung. Der lieben Herti Kirchner vom Vater von Vater und Sohn.«

Um das Geschenk beneidete er sie. Seit die kleinen Bildergeschichten in der *Berliner Illustrierten* erschienen waren, hatte er sich auf jede neue Geschichte gefreut. In der Redaktion hatte die Zeitung überall ausgelegen und er hatte jederzeit Zugang zu den neuen Ausgaben. Im letzten Jahr brauchte er einige Fantasie, um die Bildergeschichten zu sehen. Er hatte sogar im Zug einen Mann angesprochen, ob er kurz auf die Seite mit den Zeichnungen schauen dürfe. Dadurch waren sie gemeinsam ins Schwärmen geraten über den gutmütigen Vater und seinen cleveren Jungen.

Während er in Erinnerungen schwelgte, hatte Herti weitergesprochen. Aus ihren letzten Sätzen schloss er, dass sie den Jahreswechsel in Berlin mit Erich Kästner und Freunden verbracht hatte. Sie holte ein kleines Notizbuch aus der Tasche und las vor: »Meiner süßen kleinen Herti. Harald Böhmelt Musikhersteller (ehemals Komponist). Kunst geht nach Knäckebrot. Stemmle. Für die liebe kleine Herti Kirchner Silvester 1936.«

»Hey, ihr beiden, hört auf mit dem Getuschel«, rief ein Mann vom anderen Ende des Tisches. »Hier möchte jemand eine

Rede halten.« Daraufhin bedankte er sich bei den Schauspielern für ihr Engagement und wünschte eine gute Premiere.

Alexander hätte zu gern gewusst, um welches Stück und welches Theater es ging, nach der Rede setzten die Gespräche zunächst wieder ein. Wie auf ein geheimes Kommando wurden plötzlich alle still oder sprachen leise. »Habt ihr das gehört, Hitler verbietet den Deutschen für alle Zukunft, einen Nobelpreis anzunehmen!«, sagte eine Männerstimme, die er nicht zuordnen konnte.

»Konsequent ist er jedenfalls«, meinte ein anderer trocken. »Er geht davon aus, dass sein Reich ewig hält, auch wenn er immer nur von 1000 Jahren spricht.«

»Daran mag ich nicht denken«, murmelte die Frau neben Herti und trank den restlichen Wein in einem Zug aus.

Auch die anderen wirkten bedrückt und für einen kurzen Moment saßen sie alle am Tisch wie vor einer halben Stunde Alexander.

Februar 1937

Mit gemischten Gefühlen begleitete er Veronika zum Presseball. Ihre Eltern hatten kurzfristig einen anderen Termin wahrnehmen müssen und ihre Tochter gebeten, sie auf dem Ball zu vertreten. Ob sie ahnten, dass sie sich als Begleitung ausgerechnet einen Halbjuden ausgesucht hatte? Nicht einmal sie wusste, dass Alexander jüdische Wurzeln hatte. Als sie verlobt waren, hatten sie sich über ihre evangelische Jugend ausgetauscht und köstlich darüber amüsiert, dass sie zur Konfirmation fast die identischen Geschenke bekommen hatten. Woher sollte sie ahnen, was er selbst erst seit wenigen Jahren wusste?

»Halbersberg, guten Abend, schön Sie zu sehen«, begrüßte ihn der Korrespondent der *Frankfurter Zeitung*, mit dem er in seiner aktiven Zeit gelegentlich im *Adlon* oder *Haus Vaterland* gegessen hatte.

»Guten Abend, Herr Halbersberg, das ist wirklich schön, dass wir uns wieder treffen«, rief ihm ein Kollege zu, mit dem er bei der *Vossischen Zeitung* zusammengearbeitet hatte.

Alexander war glücklich darüber, dass die alten Kollegen ihn nicht vergessen hatten. Als sie endlich den Saal des Restaurants am Zoo durchquert hatten, verzog Veronika das Gesicht. »Du kennst hier mehr Leute als ich.«

»Das hier ist nun mal ein Presseball«, entschuldigte sich Alexander. »Es tut mir leid. Verstehst du, wie wichtig es für mich ist, dass ich nicht ganz vergessen bin?«

Veronika strich ihm über die Wange. »Ich freue mich mit dir. Ich hatte nur gehofft, dir ein paar Kontakte zu verschaffen. Vielleicht jemanden, der dir eine Stelle anbieten kann, und jetzt kennst du mehr Leute als ich.«

Er hatte ihr erklärt, dass er wegen eines längeren Kiel-Aufenthaltes die Stelle in der Lehranstalt kündigen musste und sie inzwischen von jemand anderem besetzt war. Das passte zu dem, was er auch Manfred Schneider gesagt hatte, sodass sie und ihr Vater keinen Verdacht schöpften. Sie ließen zwar beide gelegentlich fallen, dass es unverantwortlich sei, eine so gute Stelle aufzugeben, aber gegen eine kranke Mutter konnten sie nichts sagen.

Sie ahnten zum Glück nicht, dass seine Mutter in Tinglev aufblühte wie eine Christrose, die nach langer Dürre Wasser bekam. Bei den seltenen Ferngesprächen spürte er ihren Frohsinn und ihr Glück durch das Telefon.

Veronika wusste ebenfalls nicht, dass seine Eltern veranlasst hatten, dass die Miete für das Haus in Kiel an ihn überwiesen wurde. Davon konnte er seine Miete in Berlin zahlen und ohne Sorgen leben. Er nahm das nicht gern an, aber seine Arbeitssuche ohne Nachweis war erfolglos und letztlich waren seine Eltern mitverantwortlich für die Situation. Hätten sie ihm früher gesagt, dass er zu denen gehörte, die Hitler neben den Kommunisten am meisten hasste, hätte er sich mehr Gedanken über seine Zukunft gemacht und frühzeitig Kontakt zur ausländischen Presse gesucht.

»Hör mal!«, sagte Veronika. »Ich dachte, Swing wäre verboten.« Auf der Bühne standen über 50 Musiker, manche davon

schwarz. Was sie spielten, war ohne Zweifel Swing vom Feins-
ten.

»Ihr Minister hat an nichts gespart, was?«, rief ein britischer
Kollege ihm zu, als er mit seiner Partnerin an ihnen vorbei-
tanzte. »Das ist unser Jack Hylton mit seiner Band.« Staunend
sahen Veronika und Alexander zu, wie sich neben den unzäh-
ligen Gästen auch Goebbels und Göring auf der Tanzfläche den
modernen Rhythmen hingaben, während gleichzeitig in vielen
Tanzlokalen Schilder hingen mit der Aufschrift Swing Tanzen
verboten.

»Sollen wir auch tanzen?«

Er zog Veronika weit weg von den Ministern in eine Ecke
und vergaß die beiden, als er sie über das Parkett führte. Hätte
er gewusst, dass aus seiner Reporterkarriere nichts werden
konnte, hätte er es als Tänzer versucht. Tanzen war internatio-
nal, das konnte man überall. Außer vielleicht in dem kleinen
Tinglev, in dem seine Eltern nun lebten.

Juli 1937

»Komm schon, du musst unter Leute.« Wie hatte es Veronika wieder geschafft, in sein Zimmer zu kommen? Er hatte seiner Wirtin eingeschärft, keinen Besuch zu ihm durchzulassen, und sie hatte ihm eingeschärft, niemanden in die Wohnung zu lassen. Nicht ohne Grund, denn die Zimmer leerten sich zusehends.

Inzwischen kümmerte sich Bernhardine Wenning nicht mehr darum, ob Alexander morgens aus dem Haus ging oder in seinem Zimmer blieb. Sie sagte nichts dazu, dass er immer öfter im Bett lag und döste, wenn sie seine Post brachte.

Ostern hatte sie ihm erklärt, dass sie die Wohnung aufgeben und aus Berlin wegziehen würde und ihm angeboten, bis zum Ende wohnen zu bleiben, ohne ihm zu sagen, wann das sein würde. Er wagte nicht mehr, die Wohnung zu verlassen, aus Angst, dass sein Zimmer nach seiner Rückkehr ausgeräumt sein würde. Bisher hatte er sich nie Gedanken darüber gemacht, was es bedeutete, möbliert zu wohnen. Wenn es schlecht lief, stand man von heute auf morgen mit seinem Hab und Gut in einem Koffer auf der Straße.

In Berlin war es immer schwer gewesen, ein schönes und bezahlbares Zimmer zu bekommen, ohne den Abstammungsnachweis war das jedoch völlig aussichtslos. In seiner alten Kinderstube in Kiel lebten fremde Menschen, er hatte dort kein Zuhause mehr. Ihm blieb allenfalls dieser kleine Ort in Dänemark, in dem er sich schon als Jugendlicher eingeengt fühlte.

»Vielleicht wäre Detektiv ein guter Beruf für dich.« Alexander hatte vergessen, dass Veronika auf dem zweiten Stuhl saß, von ihr kam das sanfte Trommeln, das die ganze Zeit an sein Ohr gelangt war. Sie klopfte mit den Fingern der rechten Hand auf den Tisch, als wollte sie einhändig eine Klaviersonate üben.

»Was willst du?«, fragte er und seufzte.

»Du musst wieder raus. Seit Monaten verkriechst du dich hier und fährst höchstens zur Musikhochschule, obwohl du nicht Musik studierst.«

Was sollte er den ganzen Tag machen? Er frühstückte morgens in der Küche, die täglich leerer wurde. Ging durch die Stadt und beobachtete, wie sich das Stadtbild täglich änderte. Wenn seine Wirtin ihre Zeitung direkt nach der Lektüre für den Abort zugeschnitten hatte, las er im *Stürmer*-Kasten und in den Schaukästen der Verlage, was in der Welt passierte, vom Absturz der *Hindenburg,* von der Präsentation von *Hitlerjunge Quex* bei der Pariser Weltausstellung, von der Hinrichtung des 20-jährigen Amerikaners Helmut Hirsch, dessen Versuch eines Attentats auf Hitler leider fehl geschlagen war, und von der Beschlagnahme der Werke von Picasso, Gauguin und van Gogh im Kölner Museum. Über die Schrecken in der Welt war er bestens informiert.

Es gab einiges, das dort nicht zu lesen war, das verrieten ihm vor allem die ausländischen Kollegen, mit denen er sich seit dem Presseball gelegentlich traf. Sie hatten ihn zu ihrem Stammtisch eingeladen, nachdem er ihnen gestanden hatte, warum er nicht mehr als Journalist arbeiten durfte. Was sie beim

Stammtisch berichteten, war ein Gegenpol zu den öffentlichen Nachrichten. Von ihnen erfuhr er vom Selbstmord von Hans Henninger, den er in *Die klugen Frauen* gesehen und der mit Herti Kirchner in dem Schubert-Film gespielt hatte. Der Schauspieler war homosexuell und häufig im literarischen Salon von Richard Schultz anzutreffen, ehe ihn die Gestapo zum Verhör holte. Bei der Aufführung von Schillers *Don Carlos* gab es Zwischenapplaus, wann immer Marquis de Posa forderte: »Geben Sie Gedankenfreiheit.« Erstaunlich, dass das Stück bisher nicht abgesetzt wurde, in den parteinahen Gazetten war davon allerdings nichts zu lesen.

Die Kollegen hatten erzählt, dass Paul Hindemith seine Professur an der Musikhochschule gekündigt hatte. Dass das Ministerium ihn überhaupt zugelassen hatte, war ein kleines Wunder und zeigte, wie widersprüchlich dieses ganze System war. Selbst hörten die hohen Herren Jazzmusik, dem Volk verboten sie diese. Über Goebbels sagte man, dass er expressionistische Kunst liebte, trotzdem ließ er sie in einer Ausstellung als entartete Kunst zeigen. Alexander war neugierig, welche Künstler dort präsentiert wurden. Aus Hochachtung vor dem Entschluss von Paul Hindemith hatte er sich in dessen Vorlesungen gesetzt, in denen sich die Reihen der Studenten täglich lichteten.

»Alexander! Hörst du mir überhaupt zu?« Veronika schüttelte ihn.

»Entschuldigung, ich war in Gedanken.«

»Du bist seit Monaten in Gedanken, es wird Zeit, dass du da rauskommst.« Sie hielt ihm sein Sakko hin. »Wir gehen jetzt ins Kino! Mein Vater hat mir Karten für die Premiere von *Der*

Mann, der Sherlock Holmes war geschenkt. Mit Hans Albers und Heinz Rühmann. Die will ich nicht verpassen!«

Er schlüpfte in die Jacke, die an ihm hing wie ein Sack, weil er in den letzten Monaten abgenommen hatte. Wenn er in ein Café ging, trank er meist nur etwas, das Frühstück war seine einzige Mahlzeit, falls ihn kein Kollege zum Eintopf einlud.

Heinz Rühmann war gut im Geschäft, er spielte in vielen Filmen die Hauptrolle. Zuletzt hatte er ihn in *Lumpacivagabundus* an der Seite von Paul Hörbiger und in *Der Mann, von dem man spricht* mit Hans Moser und Theo Lingen gesehen.

Er begleitete Veronika auch deshalb zu der Premiere, weil er auf eine Begegnung mit Herti Kirchner hoffte. Schließlich hatte sie mit Rühmann gespielt und es wurde gemunkelt, dass in einem Sommer mehr zwischen den beiden war als kollegiale Freundschaft.

»Ich bin echt neugierig auf den Film«, sagte Veronika auf dem Weg. »Ich habe die Geschichten von Sir Arthur Conan Doyle über Sherlock Holmes gelesen. Was meinst du, wer spielt den Meisterdetektiv? Rühmann oder Albers?«

»Albers, schätze ich, er ist viel kompakter und größer als Rühmann. Kannst du dir einen kleinen Sherlock mit einem großen Holmes vorstellen?«

»Du hast Recht. Das würde nicht passen. Aber wir werden es gleich erleben. Siehst du schon irgendwelche Filmstars?«

Alexander hielt bereits Ausschau, allerdings nicht nach prominenten Schauspielern, sondern nach Herti Kirchner. Er konnte sie in der Menge nicht entdecken, vielleicht hatte sie zur gleichen Zeit ein Engagement im Rundfunk.

»Schade, ich sehe niemanden«, meinte Veronika mit Bedauern, als sie ihre Plätze einnahmen.

»Ich sehe viele, die Vorstellung scheint ausverkauft«, scherzte Alexander.

Seine Freundin sah ihn von der Seite an. »Du bist ja auf einmal gut gelaunt.«

Er nickte und war froh, dass er nicht reagieren konnte, weil sich der Vorhang bereits für den Kurzfilm als Vorprogramm öffnete. *Der Musikant von Dornburg* stand auf der Leinwand, Regie und Drehbuch: Kurt Rüpli. Den Namen kannte er nicht, aber einen Namen aus der Liste der : Herti Kirchner. Er spürte, wie sich sein Mund wie von selbst zu einem Lächeln verzog. Zum ersten Mal seit Monaten. Dankbar drückte er Veronikas Hand. Zum ersten Mal seit Jahren.

August 1937

Alexander staunte selbst über sich, als er am 19. August in der Menschenmenge an der Straße stand und den Blumenkorso zur 700-Jahr-Feier der Stadt verfolgte. Die Hakenkreuzfahnen, die die Prachtstraße Unter den Linden säumten, riefen zwar ein beklemmendes Gefühl hervor, die teilweise skurrilen, blumengeschmückten Wagen lenkten für kurze Zeit davon ab.

Veronika neben ihm jubelte den Wagen zu, etwas zu übertrieben für seinen Geschmack, aber er war ihr dankbar, dass sie ihn aus seinem Schneckenhaus geholt hatte.

In den Monaten, ehe sie unverhofft bei ihm aufgetaucht war, hatte er oft an Helga denken müssen, die sich mit ihrer Familie in Frankreich wohlfühlte. Ihre Briefe wurden seltener, weil sie so viel zu tun hatte, mit ihrer Arbeit für französische Zeitungen und den Übersetzungen für ihre Familie. Viele Emigranten nutzten ihren Service, Briefe und Dokumente zu übersetzen oder bei Behördengängen zu dolmetschen. Darunter Schriftsteller, Schauspieler und andere Künstler, sodass sie sich in Paris genauso zu Hause fühlte wie früher in Berlin.

Ihr Vater hatte einen Teil seiner Bücherei vor der Ausreise an die *Bibliothek der verbrannten Bücher* geschickt, die Alfred Kantorowicz in der französischen Hauptstadt ein Jahr nach der Bücherverbrennung an deutschen Hochschulen gegründet hatte. Alexander hatte Johannes Unger ihre Adresse gegeben, für den Fall, dass er die vergrabenen Bücher ins Ausland schaffen wollte.

»Guten Tag, Herr Halbersberg, schauen Sie sich auch an, wie sich Ihr Führer inszeniert?« Er erschrak, als ein Mann ihn mit leicht spöttischem Unterton und englischem Akzent ansprach, der Chefredakteur der *Times*, der gelegentlich den Berliner Korrespondenten vertrat.

»Einen Blumenkorso auf der Berliner Straße erlebt man nicht oft«, gab Alexander zurück. Er lächelte. »Und Sie lassen sich das auch nicht entgehen.«

»700 Jahre Berlin, dafür kann man aus London rüberkommen. Hier gibt es immer etwas zu berichten. Ich bin hier, seit Ihr Propagandaminister die Funkausstellung eröffnet hat.« Der Brite rückte näher an ihn heran. »Ich wohne in Dahlem. Sie verstehen?«

Alexander verstand nicht. Die Funkausstellung war Ende Juli eröffnet worden. Was hatte Dahlem damit zu tun?

»Niemöller«, flüsterte der Redakteur und sah ihn über seine Brille an. »Klingelt es da bei Ihnen?«

Dunkel erinnerte Alexander sich, dass er etwas über Martin Niemöller gelesen hatte, den Berliner Pastor, der gegen die Regierung predigte.

»Sagen Sie bloß, Sie haben von dem Gottesdienst in Dahlem nichts mitbekommen?« Der Redakteur zog ihn ein Stück zurück. »Am 8. August gab es eine Messe für die Freilassung von Niemöller. Sie war von der Gestapo verboten worden und die Teilnehmer haben sich anschließend zu einer Demonstration formiert. Die Polizei hat den Marsch mit Gewalt aufgelöst und 100 Leute verhaftet.«

»Haben Sie über die Demonstration geschrieben?«

»Natürlich. Glauben Sie etwa, wir lassen uns durch die Beschlagnahme unserer Zeitungen in Deutschland den Mund verbieten?«, antwortete der Chefredakteur.

Alexander fiel ein, dass vor einigen Wochen die französischen und britischen Zeitungen aus den Kiosken entfernt worden waren. Für wenige Tage, danach tauchten sie wieder auf. »Was war eigentlich der Grund dafür?«

»In Paris gab es ein geheimes Treffen, bei dem die Deutsche Volksfront vorbereitet wurde. Für uns war das eine deutsche Sitzung auf französischem Boden, wir ahnten nicht, dass das ein Geheimtreffen war, von dem keiner wissen sollte.«

»Chief, kommen Sie bitte schnell?« Ein Junge mit der Tasche eines Zeitungsverkäufers unterbrach ihr Gespräch. »Sie sollen sofort in die Redaktion kommen. Es ist etwas passiert.«

»Dann wünsche ich Ihnen einen schönen restlichen Tag«, sagte Alexander schweren Herzens, zu gerne hätte er sich wie der Brite auf die Spuren der neuen Meldung gemacht. Ihm waren die Hände und die Füße durch diese nationalsozialistischen Gesetze gebunden.

»Wir könnten zusammen Tee trinken«, schlug der Redakteur vor. »Morgen um 16 Uhr? Bei mir in der Redaktion?«

Alexander nickte. Endlich würde er wieder Redaktionsluft schnuppern.

Als er am nächsten Tag in dem Büro der Zeitung erschien, war der Chefredakteur nicht da. »Er kommt gleich wieder. Seit er alleine ist, muss er alle Termine selbst wahrnehmen«, erklärte ihm die Redaktionssekretärin.

Alexander nahm das hin und setzte sich auf den Besucherstuhl. Er hatte Zeit. Dass um 17 Uhr der Tanztee im *Eden* begann, durfte ihn sowieso nicht mehr interessieren. Statt zu Hause seiner Wirtin beim Packen zuzusehen, konnte er ebenso gut hier warten. Um sich die Zeit zu vertreiben, blätterte er in den Zeitungen, die auf einem kleinen Tisch in der Besprechungsecke lagen, dazwischen auch einige veraltete in deutscher Sprache.

20. Februar, las Alexander und öffnete das Blatt, mit einem halben Jahr Abstand waren die Nachrichten fast schon wieder amüsant. *Heute Abend im Astoria*, lautete eine Überschrift. Beim Lesen stellte Alexander fest, dass es nicht um das legendäre New Yorker Hotel ging, sondern um einen Kurzfilm mit diesem Titel. Als er den Beitrag las, stellte er fest, dass Herti Kirchner unter den Schauspielern war, wieder ein Film, wieder eine Stufe auf der Karriereleiter, die er verpasst hatte. »Entschuldigen Sie, dass Sie warten mussten.« Der Chefredakteur der *Times* rauschte ins Vorzimmer und bat um zwei Tassen Tee, ehe er Alexander in das Büro des Korrespondenten führte, das seltsam verwaist wirkte.

»Gut, dass Sie da sind. Sie sind Journalist, nicht wahr? Können Sie Englisch? Haben Sie Interesse, bei uns einzuspringen? Übergangsweise, als Vertretung, bis ein Nachfolger für Norman eingetroffen ist.«

Alexanders Hand zitterte, als er den Unterteller mit der dünnwandigen Teetasse entgegennahm. Er vergaß, Zucker und Milch hineinzugeben und verzog nach dem ersten Schluck den Mund, weil der Tee so heiß und bitter war. Was hatte der Mann da gesagt? »Äh, ich verstehe nicht. Ja, ich spreche Englisch. Was wollten Sie noch wissen?«

»Die Regierung hat unseren Korrespondenten ausgewiesen, weil er angeblich die deutsch-britischen Beziehungen gefährdet!« Der Chefredakteur schnaufte verächtlich. »Wer hier was und wen gefährdet hier, möchte ich wissen?«

Als Alexander weiter schwieg, erklärte er: »Ich muss morgen zurück nach London und kann die Redaktion nicht unbesetzt lassen. Ich brauche jemanden, dem ich vertraue und der mir die wichtigsten Meldungen übersetzt oder besser gleich englische Artikel für unsere Zeitung daraus macht.«

»Aber, aber, ich habe keinen Nachweis«, stotterte Alexander.

»Nachweis? Sie meinen ein Zeugnis? Das brauche ich nicht. Ich kenne ein paar von Ihren Artikeln und weiß, dass Sie für die Kirche und die Franzosen geschrieben haben, das reicht mir als Sicherheit, dass Sie kein Nazi sind.«

Alexander sah ihn an. Dann fing er an hysterisch zu kichern. Das konnte nur ein Traum sein. Der Engländer dachte tatsächlich, der Nachweis würde ihn als Nicht-Nazi ausweisen. Was er auch tat, allerdings in anderem Sinne, als der Mann dachte.

»Bitte entschuldigen Sie, aber mit so etwas habe ich nicht gerechnet«, bat Alexander, nachdem er sich beruhigt hatte. Er erklärte dem Chefredakteur, was es mit dem Nachweis auf sich hatte und warum er seit fast drei Jahren nicht mehr journalistisch gearbeitet hatte.

»Was schert mich, ob Sie Jude oder Hindu sind, Hauptsache kein Nazi«, winkte der Brite ab. »Und was das Schreiben angeht. Schreiben ist wie Fahrradfahren, das verlernt man nicht.« Er streckte ihm die Hand hin. »Abgemacht?«

Alexander schlug ein. »Sie können sich auf mich verlassen.«

»Um den Rest kümmert sich unsere Sekretärin. Sie könnten gleich heute anfangen. Ich habe gehört, dass Ihr Jugendführer verboten hat, dass Jungen gleichzeitig in der Hitlerjugend und in einem katholischen Jugendverein sind. Das würde ich gerne aufgreifen.«

Der Chefredakteur ging zu seinem Schreibtisch und nahm eine Karte aus einem Kästchen. »Ich fürchte, für Sie ist der Job nicht ungefährlich. Sind Sie damit einverstanden, dass wir Ihnen ein Pseudonym geben? Und hier ist die Karte der britischen Botschaft.« Er kritzelte einige Worte auf die Rückseite der Karte und setzte seine Unterschrift darunter. »Wenn Sie sich bedroht fühlen oder einer Story auf der Spur sind, die Ihnen gefährlich erscheint, melden Sie sich dort.«

Oktober 1937

Endlich konnte Alexander wieder durchatmen. Nie hätte er gedacht, dass die Arbeit eines Korrespondenten so anstrengend war. Selbst die Pausen in den Cafés fühlten sich völlig anders an. Und plötzlich kam sogar Bewegung in seinen Plan, die Biografie der berühmten Filmschauspielerin Herti Kirchner zu schreiben.

Als er zum Mittagskaffee ins Romanische Café kam und sich nach einem freien Tisch umsah, winkte Herti Kirchner ihm zu. Sie erzählte ihm von ihrem Urlaub in Bad Reichenhall, wo Erich Kästner sich für die Arbeit an einem neuen Buch aufhielt. Damit bestätigte sie das Gerücht, dass Kästner mit Walter Trier an einem Buch arbeitete. Der Illustrator war nach Salzburg ausgewandert und nun spazierte Kästner jeden Tag zu Fuß über die Grenze zwischen Bayern und Österreich. Das war nicht ungefährlich, spätestens seit der Verhaftung im *Tingel-Tangel* war er im Visier der Geheimpolizei. Kein Wunder, dass Herti sich Sorgen um ihren Freund machte. Sie erzählte von ihren Urlaubstagen, an denen sie mit Kästner und einem Verwandten von Trier am Fuchlsee, Wolfgangsee und Gaisberg gewesen war. Sie hatten den *Jedermann* und den *Rosenkavalier* bei den Salzburger Festspielen erlebt, während er sich in Berlin die Finger wund schrieb.

Viele Gedanken über den Fortschritt seines Buches konnte er sich in den nächsten Wochen allerdings nicht machen. Die Regierung ordnete Luftschutzübungen an, für die sein

Vorgesetzter in London sich besonders interessierte. Berichte über Filmpremieren wollten die Engländer nicht, sie hatten jedoch nichts dagegen, dass er über die Redaktionsadresse Presseunterlagen und Premierenkarten anforderte.

Endlich konnte er sich bei Veronika revanchieren, deren Vater ihr den Eintrittskartenhahn zugedreht hatte, nachdem sie sich mit der Offizierswitwe überworfen hatte. Und da Vater Pauly nicht schnell genug eine neue Stelle für sein Töchterchen auftreiben konnte, hatte sie sich kurzerhand selbst im Ufa-Filminstitut vorgestellt. Nun heftete sie Waschzettel ab und sichtete Kurzfilme. Sie hatte ihm sogar Informationen über den Film *Die Nichte aus USA* mit Herti Kirchner besorgt, der angeblich zweimal vorhanden war.

Premierenkarten erhielt sie nicht, er hatte den Verdacht, dass Manfred Schneider damit einen kleinen Handel betrieb, um sein Salär aufzubessern. Aber vielleicht waren die Filmgesellschaften weniger großzügig mit Ehrenkarten als früher oder vergaben diese eher an Vertreter von ausländischen Medien. Er hatte jedenfalls problemlos zwei Karten für den neuen Film *Zu neuen Ufern* mit Zarah Leander bekommen, von der Veronika so schwärmte.

»Wenn wir Ihnen helfen können, melden Sie sich bitte«, beteuerte der Chefredakteur aus London bei ihrem letzten Telefonat, nachdem der neue Korrespondent Alexanders Platz in der Redaktion eingenommen hatte. »Bewahren Sie auf jeden Fall die Visitenkarte auf. Man weiß ja nie«, bat er mit eindringlicher Stimme. Wusste er mehr über die Lage in Europa?

»Haben Sie einen Wunsch, den wir Ihnen erfüllen können? Ich bin so froh, dass Sie eingesprungen sind, da möchte ich Ihnen gerne etwas Gutes tun«, fragte der Engländer.

Alexander hatte zunächst gezögert, weil sein Wunsch nicht ungefährlich war. In Berlin wusste er, wo er sich im Notfall verstecken konnte, falls es neue Repressalien gegenüber Juden gab. In München kannte er niemanden, vor allem nicht die Gestapo-Spitzel, die er in Berlin inzwischen aus jeder Veranstaltung auf den ersten Blick herauspicken konnte.

»Ich würde mir gern ein Kabarett in München anschauen«, sagte er nach einigem Zögern. »Die Hofgartenspiele im *Annast*. Ich könnte natürlich einfach hinfahren, aber mit einem Pressevisum würde ich mich sicherer fühlen.«

»Wenn das alles ist, sagen Sie Mary Axley genau, was Sie brauchen.«

Alexander gab den Hörer an die Redaktionssekretärin weiter und hörte, wie der Chefredakteur sie anwies, eine Fahrkarte zu besorgen, ein gutes Hotel in München und wenn möglich eine Karte zur Premiere des Kabaretts zu buchen. Dabei hatte er nicht extra erwähnt, dass die Hofgartenspiele und das *Annast*, wo Herti Kirchner seit ein paar Tagen auftrat, eine Art Ritterschlag für Künstler bedeutete.

Zur Premiere war Alexander nicht mehr rechtzeitig in München, er traf kurz vor der Vorstellung am 2. Oktober in München am Odeonsplatz ein und war nicht der einzige, der erst für diese Aufführung aus Berlin eintraf. Als er an der Kasse seine reservierte Karte abholte, bemerkte er Erich Kästner. Die beiden verfolgten mit zig anderen Zuschauern, wie zunächst Lilli Welden tanzte und Karin Joens sang, ehe Conferencier Heinz Heimsoth Herti Kirchner als »Parodistin eigener Note ansagte«. Nach einem Ballett und Telefonsketch trat Herti mit Heinz Heimsoth auf, ehe der Täuschungskünstler Georg Ackermann zur Pause überleitete. Im Parkett gab es im zweiten Teil den Trocadero, bei dem Herti einen weiteren Einsatz hatte.

Beschwingt ging Alexander zu seinem Hotel und schlief so gut wie seit langem nicht. Auf der Rückfahrt am nächsten Tag träumte er davon, wie er seine Biografie über Herti Kirchner der Hauptstadt-Presse präsentierte. Als Moderator stellte er sich wahlweise Erich Kästner oder Heinz Heimsoth vor und bedauerte es, dass Karl Vollmoeller aus Deutschland verschwunden war und nicht an der Veranstaltung würde teilnehmen können. Vielleicht konnte Herti Kirchner einen ihrer Kollegen überreden, Heinz Rühmann zum Beispiel oder wenigstens Käthe Dorsch, ein Grußwort zu schreiben und bei dem Pressegespräch einige Sätze zu sagen.

Dezember 1937

Alexander half seiner Wirtin, das Altpapier aufzuschichten, was nicht leicht war, ständig blieb er an Artikeln hängen, die er nicht gelesen hatte. Im Oktober hatte er sich nach der stressigen Vertretung des englischen Korrespondenten einige freie Tage bei den Eltern in Dänemark gegönnt. Dass in dieser Zeit der Film *Der Mustergatte* angelaufen war, hatte er verpasst. Allerdings spielte darin Alexa Porembsky die Hauptrolle, die Südbesetzung für die Tournee mit Rühmann, bei der Herti Kirchner vor einigen Jahren dabei war. Er bedauerte, dass er den *Pat und Patachon im Paradies* nicht gesehen hatte, weil er gerne gewusst hätte, wie Lucie Englisch und Mady Rahl neben den beiden dänischen Komikern wirkten.

»Nun machen Sie aber voran!«, forderte ihn Bernhardine Wenning auf, bei der er weiterhin wohnte, obwohl sie ihm bei jeder Mietzahlung ankündigte, dass es jetzt schnell gehen könne. Worauf sie wartete, hatte sie ihm auf keine seiner Nachfragen verraten.

»Das reicht«, fand Alexander. Die Regierung hatte aufgerufen, Altpapier zu sammeln, und er hatte versprochen, das Altpapier wegzubringen. »Ich will das Papier unter dem Arm zur Sammelstelle bringen und nicht mit der Karre.«

»Mit der Karre könnten Sie aber Pluspunkte bei Ihrem Führer sammeln«, konterte die Wirtin und schlug sich sofort die Hand vor den Mund. »Das ist mir nur so rausgerutscht. Unserem Führer wollte ich natürlich sagen.«

»Geben Sie schon her!« Er sah sie nachdenklich an, klemmte sich den Papierstapel unter den Arm und machte sich auf den Weg durch den Schnee, der in diesem Winter besonders ergiebig fiel, als wollte der Himmel damit den braunen Sumpf auf der Erde zudecken.

»Mehr nicht?«, bekam er bei der Sammelstelle zu hören und beschloss, in den nächsten Tagen mit einer Handkarre voll Papier zu erscheinen.

Statt in sein Zimmer zurückzugehen, bummelte er durch die Stadt. Dank der großzügigen Bezahlung der Engländer musste er sich in diesem Jahr keine Sorgen um seinen Lebensunterhalt machen. Er hatte sogar die Miete vom Haus der Eltern auf die Seite legen können und ein kleines Polster für den Januar.

Vor ihm bildete sich eine Menschenansammlung. Als er näherkam, entdeckte er ein Plakat des Winterhilfswerks. Ein blonder Schopf war zwischen den Menschen zu erkennen. Herti Kirchner war also auch aufgefordert worden, an der Straßensammlung teilzunehmen. Ein Zeichen dafür, dass sie aus der zweiten Reihe der Schauspieler hinausgetreten war.

Er blieb am Rand der Menschenansammlung stehen, als sie ein Lied anstimmte. Vielleicht konnte er sie nach der Darbietung abfangen und zu einem Kaffee einladen.

Die Idee hatten auch andere. Als er seine Hände kaum noch spürte und seine Füße wie Eisklötze wirkten, kam Herti Kirchner, nickte ihm kurz zu und hakte sich bei einer Frau unter. Er folgte ihnen ins *Café Kranzler*, wo er sich wie die beiden Frauen unverzüglich einen Grog mit viel heißem Wasser bestellte.

»Ist dein Buch schon erschienen?«, wollte Hertis Begleitung am Nachbartisch wissen.

Alexander stutzte. Von einem Buch wusste er nichts, allerdings war er lange nicht im Bücherkabinett gewesen.

Herti Kirchner berichtete, dass sich ihr Buch *Lütte. Geschichte einer Kinderfreundschaft.* gut verkaufte. Sie zerrte ein Exemplar aus der Tasche und überreichte es ihrer Begleiterin.

Das Buch musste er sich umgehend besorgen, er rief den Ober, zahlte, verließ das Lokal und bemerkte erst vor der Tür, dass er sich nicht bei Herti verabschiedet hatte.

Lütte - Geschichte einer Kinderfreundschaft

Lütte, wie die kleine Lieselotte Junck meist genannt wird, wächst betreut von der Haushälterin Minna bei ihrem Vater, einem Kieler Unternehmer auf. Vormittags besucht Lütte die dritte Klasse, nachmittags tollt sie in Haus und Garten herum und stellt allerlei an. Fräulein Sorge, die neue Erzieherin, soll Abhilfe schaffen. Allerdings versteht sie vielleicht etwas von Kindern im Allgemeinen, aber ganz sicher nichts von Lütte. Das Mädchen ist ihr eher im Weg, sie interessiert sich mehr für den Vater und sein Vermögen, von dem sie sich bereits ein bisschen abzweigt in Form von Blumen für ihr Zimmer.

Lütte hingegen möchte ihrem Vater keine Sorgen bereiten, sie bemüht sich, ein braves Kind zu sein. Da reist Kalli, der kleine Bruder von Minna, aus Berlin an. Ein guter Spielkamerad für Lütte und ein echter Freund, wie sich schon bald zeigt, als Fräulein Sorge Lüttes Hahn Mathilde für den Sonntagsbraten aussucht. Wie gut, dass Lütte Freunde hat und auch Vater

Junck die Machenschaften der Hausdame durchschaut. Da ist Herti Kirchner eine aufregende Kindergeschichte gelungen mit einem selbstbewussten Mädchen, das sich nicht die Butter vom Brot und den Hahn aus dem Garten nehmen lässt und trotzdem das Herz auf dem rechten Fleck hat. Wer Kiel liebt, erkennt in *Lütte, Geschichte einer Kinderfreundschaft* sogar manch heimische Plätze. Ein Lesevergnügen. (mojo)

Januar 1938

Erschöpft zog sich Alexander nach der Redaktionssitzung in eine der Fernsehstuben zurück. Nachdem sich unter den Korrespondenten herumgesprochen hatte, dass er für die *Times* gut gearbeitet hatte, war im November die französische Nachrichtenagentur *Agence Havas* auf ihn zugekommen. Ihr Korrespondent war am 15. November von der deutschen Regierung wegen vermeintlich böswilliger Berichterstattung ausgewiesen worden. Wie zuvor die *Times* brauchten auch die Franzosen kurzfristig einen Ersatz und da er in der Schule neben Englisch und Latein Französisch gelernt hatte, weil die Lehrer ihn für sprachbegabt hielten, hatte er zugesagt, für die ersten Tage einzuspringen.

Der Einsatz hatte zum Glück nur drei Tage gedauert, aber seither wurde er gelegentlich für Aufträge herangezogen und zu den Redaktionssitzungen eingeladen.

Anfangs waren diese Besprechungen willkommene Abwechslungen in einem Alltag, der sich ansonsten wieder darin erschöpfte, die Zeit möglichst sinnvoll totzuschlagen. Allerdings musste er bald feststellen, wie wenig sein Schulfranzösisch mit der Realität der Franzosen zu tun hatte. Die Artikel zu verfassen oder Pressemeldungen zu übersetzen, das war ihm leichtgefallen. Aber dem Sprach-Stakkato der Redakteure zu folgen, ermüdete ihn und er bekam nur die Hälfte mit. Dass im Reich zum Jahresbeginn neue Verkehrsregeln in Kraft traten, hatte er nur deshalb verstanden, weil dazu Schilder gezeigt wurden. Außerdem gehörten *à droite* und *à gauche* für rechts und links zu den Vokabeln, die er gut beherrschte und die Diskussion über eine Pflicht, auf deutschen Straßen rechts zu fahren, war seit langem in Gang. Als Chauffeur von Veronikas Vater war er mehrmals knapp an einem Zusammenstoß vorbeigeschrammt, weil er oder der entgegenkommende Fahrer auf derselben Fahrbahnseite unterwegs waren.

»Na, Halbersberg, wollen Sie gucken, was die neuen Filmemacher so machen?« Alexander sah sich erschrocken um. Hinter ihm nahm sein ehemaliger Vorgesetzter aus dem Filminstitut Platz. »Schade, dass Sie nicht wiedergekommen sind«, fand Manfred Schneider. »Sie haben gute Arbeit geleistet.«

»Ich konnte wieder in meinem alten Beruf als Journalist zu arbeiten.« Das war nicht gelogen, auch wenn das nur für eine kurze Zeit im letzten Jahr stimmte.

»Die Kleine, die wir jetzt haben, ist auch nicht schlecht. Sie redet nur ziemlich viel.«

Alexander schmunzelte, dann quasselte Veronika also nicht nur in seiner Gegenwart pausenlos. Er konnte sich gut vorstellen, dass der alte Griesgram seine Not damit hatte. »Aber sie ist die Tochter eines Anwalts, der unsere Oberen berät.« Das erklärte endlich die Premierenkarten und die Stellenvermittlung, wenn auch nicht klar wurde, welche Oberen Vater Pauly beriet.

»Gucken Sie mal? Ist das nicht eine Kinoschauspielerin?« Manfred Schneider zeigte auf den winzigen Bildschirm.

Alexander musste sich erst daran gewöhnen, in dem grauen Einerlei etwas zu erkennen. Auf dem Bildschirm war tatsächlich eine Schauspielerin aus dem Film zu sehen und zwar eine, die er persönlich kannte und über die er seit ihren ersten Tagen in Berlin ein Archiv anlegte. Eine der Schauspielerinnen in dem Fernsehfilm *Grünkäppchen und der Detektiv* war Herti Kirchner.

Seit ihrer letzten Begegnung hatte er sie nicht mehr gesehen, von Johannes Unger wusste er, dass sie über Silvester mit Kästner, dem Drehbuchautor Peter Francke und Harald Böhmelt in Hamburg gewesen war, wo ein Singspiel von Böhmelt Premiere hatte.

»Mir ist das Bild zu klein«, verabschiedete sich Manfred Schneider nach ein paar Minuten.

Alexander harrte nur wegen Herti Kirchner aus, von der Geschichte hatte er nichts mitbekommen. Das Bild war winzig; wenn man direkt vor dem Schirm sitzen konnte, mochte es in Ordnung sein, aber aus der Ferne machte das keinen Sinn. Vielleicht gab es irgendwann solche Geräte zu erschwinglichen Preisen für zu Hause. Sicher nicht mehr, solange er bei seiner Wirtin wohnte.

Bernhardine Wenning hatte vor ein paar Tagen damit begonnen, sein Zimmer auszuräumen. Wo die Möbel und der Hausrat landeten, blieb ihr Geheimnis, vielleicht verkaufte sie alles und lebte davon. Er war der einzige Mieter, der ihr verblieben war und er konnte nicht weg, weil er ohne den Nachweis über arische Vorfahren keine andere Wohnung bekommen würde.

April 1938

Alexander kam von einer Redaktionsbesprechung nach Hause, in der es um den Tod von Bernd Rosemeyer ging. Der Rennfahrer hatte auch im Ausland einen guten Ruf, sodass darüber diskutiert wurde, ob und wann ein Interview mit seiner Witwe, der Pilotin Elly Beinhorn, schicklich war.

In Gedanken über den Anstand der Zeitungen versunken, nahm er den Schlüssel aus seiner Tasche. Überrascht stellte er fest, dass die Wohnungstür weit geöffnet und das Schloss aufgebrochen war.

»Frau Wenning«, rief er aus dem Treppenhaus. Türen, die aus den Angeln hingen, waren ein schlechtes Zeichen. Seine Wirtin antwortete nicht. Auch sonst war es in der Wohnung still, als ob niemand zu Hause war.

»Sie!« Die alte Frau aus der Wohnung im Stockwerk über ihnen, der er gelegentlich die Taschen hinauftrug, blickte vorsichtig um die Ecke.

»Was ist passiert?«

»Sie waren da!«, flüsterte die Frau und winkte ihn mit der Hand zu sich heran. »Kommen Sie mit.«

In einem Tempo, das er ihr nicht zugetraut hätte, ging sie in ihre Wohnung. Sie schloss hinter ihm die Tür ab und achtete darauf, dass der dunkle Vorhang vor dem Fenster in der Tür geschlossen war.

»Die Gestapo war da! Frau Wenning und ihre Tochter waren aus dem Haus, da kamen sie lärmend die Treppe herauf. Sie haben immer wieder geklingelt und ihre Namen gerufen, dann haben sie die Tür aufgetreten.«

Die alte Frau sank auf einen Stuhl am Esstisch und schüttelte den Kopf. »Sie haben auch bei mir geklingelt und gefragt, ob ich wüsste, wo das Judengesindel sei?«

Alexander erschrak. Hatten die Männer ihn gesucht? Hatte er sich in falscher Sicherheit gefühlt, weil er nicht in Berlin gemeldet war? Aber wie sollten die Behörden das mitkriegen? Sein Honorar wurde weiter auf das Konto bei der Kieler Sparkasse gezahlt, die Steuern gingen an das dortige Finanzamt. Wählen durfte er seit 1936 nicht mehr, dafür musste er sich nicht ummelden.

Die alte Frau beugte sich zu ihm vor. »Ich habe so getan, als wüsste ich nicht, dass Frau Wenning und ihre Tochter Juden sind.« Sie lächelte. »'Was? Juden in unserem Haus? Das gibt's nicht!', habe ich gerufen und sie haben mir geglaubt.«

Er staunte über den Mut dieser alten Frau und darüber, dass er in den ganzen Jahren nicht erkannt hatte, dass seine Wirtin Jüdin war. Sie hatten sich gegenseitig in Gefahr gebracht. Jetzt verstand er die Heimlichkeiten und die ständigen Bemerkungen, dass der Umzug schnell gehen könne. Da hätten seine Alarmglocken klingen müssen.

»Wo ist Frau Wenning denn?«

»Das weiß ich nicht. Die Möbel hat sie in einem Lager bei ihrem Schwager untergestellt. Ihr Mann war kein Jude. Er ist im Krieg gefallen. Er war ein wichtiger Mann bei der Stadt, deshalb hat sie die große Wohnung. Ich bin sicher, dass einer der Nazis aus der Verwaltung auf die Wohnung spekuliert.«

Er konnte für Bernhardine und Karina Wenning nur hoffen, dass sie bei ihrem Schwager in Sicherheit waren. Die Nazis würden wiederkommen, so leicht gaben sie nicht auf. Das hieß für ihn, dass er kein Dach mehr über dem Kopf hatte.

»Sie können heute Nacht bei mir bleiben«, bot die alte Frau an. »Ich habe zwar kein Zimmer zu vermieten, aber bis sie eine neue Bleibe haben, reicht der Diwan, oder?«

»Danke!« Er war erleichtert, dass er nicht sofort eine Lösung finden musste, und er war froh, dass er sich, seit das erste Mal von Umzug die Rede war, angewöhnt hatte, seine wichtigen Unterlagen immer bei sich zu führen. Das Archiv mit den Materialien über Herti Kirchner war bei Veronika eingelagert, dort waren der Ordner sicher, inzwischen hatte er erfahren, dass ihr Vater in der Partei zu den höheren Funktionären gehörte. Wenn Professor Pauly wüsste, dass er seit einiger Zeit einem Juden half!

Mai 1938

»Heute hatte ich sieben Stunden hintereinander Proben im Fernsehsender«, sagte Herti Kirchner.

Alexander schmunzelte, das erklärte, warum er sie zur Kaffeezeit im *Haus Vaterland* traf und sie statt Torte ein Mittagessen bestellte.

»Morgen habe ich den ganzen Vormittag Leseprobe zu einer neuen Sendung«, sprudelte es weiter aus ihr heraus. »Übrigens mit Agnes Straub zusammen. Dann muss ich mich schminken und anziehen und habe ab zwei Uhr Generalprobe der Opernparodie, die wir diese Woche den ganzen Tag proben. Ich habe, vom Dialog abgesehen, vier Duetts, drei Soli und ein großes Ensemble zu singen und komme das ganze Stück über nur drei Minuten von der Bühne. Die Sendung dauert über eine Stunde. Die Generalprobe bis sieben. Und eine Stunde später ist die Sendung.«

Hertis Begleiterin öffnete mehrmals den Mund, aber sie kam nicht dazwischen.

»Dadurch, dass die erst gegen neun Uhr aus ist, kann ich leider an einer reizenden Wochenendpartie zu Fritz Odemars Gut nicht teilnehmen, und dabei soll dort eine glückliche Scheidung gefeiert werden. Zu schade. Ich kann auch nicht nachkommen, da die Klitsche nur per Auto zu erreichen ist und die Wagen fahren sonnabendnachmittags schon ab, sonst lohnte sich die Zeit nicht. Erich ist heroisch genug, meinetwegen zu verzichten. Das ist mir gar nicht recht, denn er braucht frische

Luft so nötig, ist entsetzlich elend und nervös. Ich bin ernstlich in Sorge. Na ja, war auch keine reine Freude, die letzte Zeit für ihn.«

»Was war denn los?« Als der Ober das Essen brachte, gelang es ihrer Begleiterin, eine Frage einzuschieben, auf die Herti allerdings nicht einging. »In der nächsten Woche habe ich ein heilloses Durcheinander von drei Sendungen, die sich alle mit den Proben überschneiden. Ich möchte natürlich nirgends absagen, der Gage wegen. Nicht etwa aus künstlerischem Übereifer.«

Danach schwieg sie so plötzlich, dass Alexander sich zu ihrem Tisch umdrehte und lachen musste. Sie stürzte sich auf das Essen und hörte ihrer Freundin zu, die darüber klagte, dass sich die Regale im KaDeWe merklich gelichtet hatten, seit nur Waren mit dem Gütesiegel rein arische Herstellung verkauft werden durften.

»Wir nehmen manches vorsichtshalber aus dem Verkauf, man weiß gar nicht bei allem, wer an der Herstellung beteiligt war. Und ständig kommt jemand vorbei und kontrolliert.« Die Frau beugte sich zu Herti vor und flüsterte.

Alexander musste sich nach hinten lehnen, um sie zu verstehen. »Die glauben wirklich, wir merken das nicht. Was würdest du denken, wenn ein Mann in Hut und langem, schwarzen Mantel in der Miederwarenabteilung einen BH nach dem anderen in die Hand nimmt und das Etikett prüft.« Die beiden Frauen kicherten.

Alexander bemühte sich, nicht laut zu lachen, um sich nicht zu verraten. Die Vorstellung war grotesk. Er hatte von dem

Gütesiegel gehört, das seit dem 1. Februar galt, sich jedoch keine Gedanken gemacht, was es für ein Warenhaus bedeutete.

Herti Kirchner tupfte mit der Serviette ihren Mund ab. »Ich hatte übrigens vor wenigen Tagen die überraschende Freude, dass mein Verleger höchst vernünftig war.«

Sie sprach weiter, als hätte es keine Essenspause gegeben. »Wir sind uns völlig einig, bis auf zwei Streitpunkte, die von fast zwanzig übriggeblieben sind. Da bin ich hartnäckig, weil es sich dabei leider, wie das Schicksal es so treibt, um meine Hauptpunkte handelt. Aber ich bleibe dem Verlag nun auf alle Fälle treu und es ist keine Feindschaft mehr und das Buch geht zunächst in Druck, wie ich es will und soll nur vielleicht in den Fahnen geändert werden. Aber bis dahin vergeht viel Zeit. Und der Verlag ist so scharf auf mein drittes Buch, was im Erzgebirge bei den Figurenschnitzern spielt, dass ich dann einfach eine kleine Erpressung mache: Ich gebe ihm nur die gewünschte Option auf das Dritte, wenn das Zweite nicht mehr verändert wird.«

Das hieß, es kam bald ein zweites Buch von ihr heraus. Alexander musste es unbedingt bei Johannes Unger vorbestellen.

»Irgendwann im Mai, wenn Herr Trenker mir einige Tage hintereinander Zeit lässt, fahre ich eine Woche ins Erzgebirge und miete mich bei einer Schnitzerfamilie ein«, erzählte Herti. »Milieu studieren. Die Handlung steht lange fest, aber ich muss da auch vom Handwerk was verstehen, sonst wird der ganze Quatsch unecht.«

Er war überrascht, dass sie sich so viele Gedanken über ihr Buch machte. Das erste spielte in Kiel, er hatte manche Orte wiedererkannt und einiges erinnerte ihn daran, was seine Mutter über Herti Kirchner und ihre Kindheit ausfindig gemacht hatte. Worum mochte es in dem zweiten Buch gehen? Er ärgerte sich, dass er keine Zeit mehr hatte. Um 18 Uhr musste er in seiner neuen Wohnung sein. Zimmer mit Familienanschluss traf es besser. Veronika hatte ihre Eltern überredet, ihn in dem alten Gärtnerhäuschen unterzubringen, das sie bis dahin als Abstellkammer genutzt hatten. Gemütlich war es nicht, aber sie hatten in einer Nacht- und Nebelaktion sein Bett aus der alten Wohnung geholt, dort konnte es sowieso niemand gebrauchen. Inzwischen hatte er von der mutigen Nachbarin erfahren, dass seine Wirtin bei ihrem Schwager in einem Möbellager hauste, sein Bett brauchte sie dort nicht. Der einzige Nachteil seines neuen Heims war, dass Mutter Pauly ihn um 18 Uhr am Abendbrottisch erwartete. Was letztlich auch gut war, weil er dadurch mindestens eine Mahlzeit am Tag bekam. Seit die Regierung ein Auge auf das Geld der Juden geworfen hatte, kamen die Mietzahlungen für das Haus in Kiel nicht mehr pünktlich oder gar nicht und die wenigen Schreibaufträge brachten gerade genug für eine Tasse Kaffee im *Haus Vaterland* und das Straßenbahnticket ein.

Juli 1938

»Du musst endlich deine Papiere besorgen.« Veronika redete seit Minuten auf ihn ein. »Mein Vater bekommt Schwierigkeiten, wenn du dich nicht ummeldest. Die Behörden gucken immer genauer hin, gerade jetzt wo demnächst der neue Ausweis rauskommt.«

»Sobald ich Zeit habe, fahre ich nach Kiel, versprochen«, versuchte Alexander sie zu besänftigen. »Du weißt, dass ich die einmalige Gelegenheit habe, über den *Davis-Pokal* zu berichten. Danach fahre ich sofort.«

»Danach, immer heißt es danach«, schimpfte seine Freundin. »Du hast kaum was zu tun. Deinen letzten Bericht über die deutsche Verfilmung von *Nuits de feu* hast du vor Monaten geschrieben.«

Es war tatsächlich vier Monate her, seit der Film unter dem Titel *Eifersucht* in den deutschen Kinos angelaufen war. Er erinnerte sich gut an den Moment, als er feststellte, dass die Zofe mit Hertis Stimme sprach, seither wartete er auf die deutsche Fassung von *Big City* mit Spencer Tracy, für den sie im Synchronstudio war. »Jetzt sagst du nichts mehr, was?«, eiferte sich Veronika weiter.

»Darf ich dich daran erinnern, dass ich erst letzte Woche über die Weltmeisterschaft im Feldhandball geschrieben habe?«, konterte er.

»Einen Artikel, den keiner haben wollte, weil Feldhandball keiner kennt.« Veronika sah ihn an. »Na gut, ich sage meinem

Vater, dass du das klärst, sobald das Tennisturnier vorbei ist. Vielleicht kannst du ihn zu einem Spiel mitnehmen, um ihn gnädig zu stimmen. Ach ja«, sie hielt ihm einen Umschlag hin. »Diesen Film haben wir heute im Vorführraum gezeigt. Ich dachte, der interessiert dich.« Sie strich ihm mit dem Umschlag über die Nase. »Auch wenn du das nicht verdient hast.«

Er schnappte nach dem Umschlag und beachtete nicht, dass sie dichter vor ihm stand, als schicklich war. Sie versuchte immer wieder, ihn anzumachen, obwohl er ihr wiederholt erklärt hatte, dass er nicht mehr als freundschaftliche Gefühle für sie empfand. Hätte es eine andere Lösung gegeben, wäre er nie in ihre Nähe gezogen, aber die Vorstellung, Berlin gegen das kleine Tinglev zu tauschen, war schrecklicher. Er öffnete den Umschlag und erkannte die typische Aufmachung eines Waschzettels. *Die feindlichen Väter*. Ein Kurzfilm, sonst hätte Veronika ihn nicht vorgeführt. Mit Herti Kirchner in der weiblichen Hauptrolle. Ein Kurzfilm nach dem anderen, ein Kinderbuch, Dreharbeiten mit Luis Trenker, das Mädel war eindeutig auf dem Weg nach oben. Und er hoffentlich mit ihr.

September 1938

Er überlegte, wo er die Nacht verbringen sollte. Seit dem Abschluss des Davis-Pokals suchte Alexander jede Nacht ein neues Quartier. Dass er nicht sofort nach Kiel fuhr, hatte er damit begründet, dass er im Auftrag der *Times* nach Boston fliegen sollte, um über das Halbfinale zu berichten. Veronikas Vater war angemessen beeindruckt und verzichtete darauf, ihn zu bedrängen.

Sie hatten einen entspannten Nachmittag im Tennisclub Rot-Weiß verbracht. Alexander hatte seinem Gönner ein besonderes Erlebnis bereitet und die deutschen Spieler hatten die jugoslawischen besiegt. In der Ferne hatte er Herti Kirchner und Erich Kästner entdeckt, während er selbst Veronikas Vater im Schlepptau hatte. So bekam er nur mit, wie Herti klagte: »Ich könnte heulen, dass von Cramm sitzt. Er war ein unbeschreiblicher Spieler.«

Es war ihm ebenfalls aufgefallen, dass Gottfried von Cramm nicht im deutschen Kader spielte. Inzwischen machte die Runde, dass die Gestapo ihn verhaftet hatte, weil er angeblich homosexuell war. Dass sie damit ihrer eigenen Mannschaft schadeten, hatten sie nicht bedacht. Vielleicht hätten sie mit von Cramm die Australier im Halbfinale besiegt.

Seit die deutschen Tennisspieler ausgeschieden waren, wartete Veronika täglich auf seinen Meldezettel, den er nicht vorlegen konnte, ohne sich bei den Behörden als Halbjude vorzustellen und sich und die Familie Pauly in Gefahr zu bringen.

»Kann ich heute bei dir schlafen?«, fragte er Johannes Unger. »Zwischen den Büchern falle ich nicht auf.«

Sein Schulfreund zögerte. Er war nur angestellt im Bücherkabinetts. »Und wenn meine Vorgesetzten kommen?«

»Waren die je hier?«

Johannes verneinte. »Aber es ist alles anders.«

»Wem sagst du das«, seufzte Alexander und dachte an sein gemütliches Zimmer in der Pension. Gelegentlich traf er die alte Nachbarin in der Stadt, die ihn auf dem Laufenden hielt, wie es Bernhardine Wenning ging und was in der Wohnung geschah, die nun von der Familie eines SA-Mannes bewohnt wurde.

»Na gut«, stimmte der Buchhändler schließlich zu. »Falls du nicht einschlafen kannst, da liegt Hertis neues Manuskript. Das Buch erscheint im Herbst, die Reichsschrifttumskammer hat es vorerst freigegeben. *Lütte* wurde von den Lehrern auf die Schwarze Liste gesetzt, ob sich da viel mehr als die knapp 1.000 Bücher aus dem letzten Jahr verkaufen, wage ich zu bezweifeln.«

»Aber die Lehrer können doch nicht bestimmen, was die Eltern kaufen!«

»So weit sind wir noch nicht, aber glaubst du, ein Vater wagt es, das Buch zu kaufen? Die Gefahr, dass das Kind in der Schule davon erzählt, ist zu groß. Sie hat mir die Nachricht vom Verlag gezeigt. Warte, sie hat sie liegen lassen.«

Johannes kramte in Papieren auf der Theke. »Hier. Liebes Fräulein Kirchner! Mein Vertreter, der sich zurzeit auf seiner Reise in Hamburg befindet, stößt bei dem Anbieten Ihres neuen

Buches bei den Buchhändlern auf Widerstand, weil ihr erstes Buch in der Liste der für Schülerbüchereien ungeeigneten Bücher gestanden ist.« Alexander sah bedrückt auf sein provisorisches Nachtlager. In welcher Zeit lebten sie, wenn selbst ein harmloses Kinderbuch verboten wurde? »Was heißt eigentlich Freigabe durch die Reichsschrifttumskammer?« Erst jetzt fiel ihm die ganze Tragweite der Bemerkung auf.

»Wenn jemand einen Buchvertrag abschließt, muss die Reichsschrifttumskammer zustimmen«, erklärte der Buchhändler. »Ich dachte, das wüsstest du.«

Alexander ließ sich auf das Bett fallen. Das war's dann. Wenn schon Hertis eigenes Buch verboten würde, konnte er eine Freigabe der Kammer für sein Buch vergessen. Davon abgesehen gab es sicher längst eine Bestimmung, dass Bücher von Juden nicht gedruckt werden durften.

»Mensch, Alexander, lass den Kopf nicht hängen, das wird wieder. Das klingt jetzt alles gerade trübsinnig. Komm, wir trinken was.« Johannes Unger verschwand in der kleinen Küche hinter dem Laden und kam mit zwei Weingläsern zurück. »Wir stoßen auf Herti an. Sie wird heute 25!« Alexander zwang sich zu einem Lächeln. »Das erste Vierteljahrhundert klingt schön aus, hat sie gesagt, als ich heute Morgen kurz bei ihr war zum Gratulieren«, berichtete Johannes und lachte. »Sie war gerade dabei, mit Ihrer Freundin Wladi Geschenke auszupacken, als im Treppenhaus ein Getöse losbrach, als würde das Haus einstürzen. Bärtige Männer bliesen auf riesigen Trompeten und Posaunen: Schön ist die Jugendzeit, sie kehrt nicht mehr! Und als sie ihnen ein paar Mark gab für einen

Frühschoppen, spielten sie: Hoch soll sie leben! So falsch und so komisch, dass wir Tränen gelacht haben.«

Alexander lächelte bei der Vorstellung. »Danke, dass du mich aufmunterst.«

»Wenn ich nicht wüsste, dass Herti heute Abend allein mit Kästner ausgeht, wäre ich mit dir zu ihr gefahren. Aber nun musst du mit meiner Gesellschaft vorliebnehmen.« Johannes hielt ihm sein Glas hin. Was sollte es, heute war heute, morgen konnte alles schon wieder anders sein.

Wer will unter die Indianer?

Da ist die kleine Lütte Junck wieder! Inzwischen ist ihr Freund Kalli weggezogen und der Stamm der Schwarzfußindianer, den sie mit ihm gegründet hat, wählt Lütte zu seinem Häuptling. Aber so ein Indianerstamm hat es nicht leicht, überall lauern Feinde, vor allem die fünf Bumke-Jungen haben es auf Lütte und ihre Freunde abgesehen. Die Neunaugen, wie sie genannt werden, seit einer der Buben ein Auge verlor, entführen den kleinsten Indianer und stehlen die Fahrräder. Als sie das zahme Eichhörnchen von Onkel Ohle ermorden, reicht es den Schwarzfußindianern. Sie locken die Feinde in eine Falle und verpassen ihnen mit dem Gartenschlauch einen Denkzettel, der sich gewaschen hat. Da hat Herti Kirchner mit *Wer will unter die Indianer?* eine aufregende Geschichte verfasst, in der Freundschaft großgeschrieben wird und die Erwachsenen so ganz anders sind als die Zeitgenossen, die wir heute erleben. Danke für die Stunden, in denen man den Alltag vergessen kann. (Alexander Halbersberg, ehemals mojo, ehemals aha!)

November 1938

Nachdem die Eigentümer des Bücherkabinetts sich zur Revision angekündigt hatten, blieb Alexander kein anderer Ausweg, als Veronika zu gestehen, weshalb er keine Ummeldung vorweisen konnte. Es dauerte eine Weile, bis sie begriff, was das bedeutete. »Wenn ich dich jetzt heirate würde, würde ich Rassenschande begehen.«

Ihm lief es kalt den Rücken herunter, als sie das sagte. Seit er die Verlobung gelöst hatte, hatte er nicht mehr ans Heiraten gedacht. Oder nur kurz, als er Helga kennenlernte. Aber das war gefühlt eine Ewigkeit her, obwohl sie erst drei Jahre in Paris lebte.

»Es ist besser, ich verlasse Berlin und gehe zu meinen Eltern«, gestand er.

Veronika schüttelte den Kopf. »Meinst du in Kiel geht es dir besser als in Berlin?«

»Meine Eltern leben nicht in Kiel.«

»Aber du hast gesagt, du willst sie besuchen und alles klären?«

»Was sollte ich sonst sagen? Dass sie nach Dänemark geflohen sind, weil die dämlichen Kieler ihnen immer mehr auf die Pelle gerückt sind?«

Sie setzte sich neben ihn und legte eine Hand auf seinen Arm. »Wir finden eine Lösung!«

Alexander verbarg seinen Kopf in den Händen. Wie sollte diese Lösung aussehen?

»Mir fällt etwas ein!«, versprach sie. Sie wollte einen passenden Augenblick abwarten, um ihrem Vater die Situation zu schildern. Bis dahin sollte er nur ins Gartenhaus gehen, wenn der Professor unterwegs war. »Das klingt zwar gemein, aber seit jüdische Rechtsanwälte nicht mehr praktizieren dürfen, hat Vater so viel zu tun, dass er kaum zu Hause ist.«

Bisher ließ sich der Plan erstaunlich gut realisieren, gerade kamen sie von einem Kinobesuch nach Hause, *Fracht von Baltimore* mit Attila Hörbiger und Herti Kirchner in der Rolle der Kitty Hansen. Irgendwie war es Veronika gelungen, die Eintrittskarten zu beschaffen und ihn ins Kino zu schmuggeln, obwohl Juden auch dort längst nicht mehr erwünscht waren.

Fracht von Baltimore

Was für ein spannendes Rennen zwischen den beiden Reedereien Engström und Heitmann! Die beiden Konkurrenten bekommen exakt dasselbe Angebot, in 15 Tagen sollen sie von Hamburg nach Baltimore fahren, um am Ziel eine Fracht in Empfang zu nehmen. Dem Sieger winkt neben der Fracht ein Auftrag für ein ganzes Jahr, das bedeutete ein ganzes Jahr Verdienst und Arbeit für die Seeleute. Aber Reeder Engström weiß genau, dass seine *Hornsriff* die Strecke nicht unter 23 Tagen zurücklegen kann. Er hofft auf den Sieg, als er sieht, dass der Dampfer des Konkurrenten zwei Tage später in See sticht. Doch Heitmann spielt ein falsches Spiel. Die *Sabine Heitmann* fährt nur zum Schein in Hamburg los, nach Baltimore ist schon das Schwesterschiff *Sesostris* aus Antwerpen unterwegs. Der Kampf auf dem Ozean nimmt seinen Lauf. Damit auch die

Damen im Zuschauerraum ihre Freude an diesem Film haben, findet parallel zum Kampf um die *Fracht von Baltimore* ein Liebesdrama statt. Der Kapitän (Attila Hörbiger) der *Sesostris* hat sich in Reederin Sabine (Hilde Weissner) verliebt. Mit von der Partie an Land ist auch Herti Kirchner als Tochter der Wirtin der Ohio-Bar. Ein Terra-Film von Hans Hinrich für Kopf und Herz. (mojo)

Sobald Vater Pauly aus dem Haus war, schlich Alexander durch den Garten. Die Tage verbrachte er wie vorher im Museum oder in der Straßenbahn, in der Lehranstalt oder auf dem Sportplatz, wo gerade etwas los war und viele Menschen unterwegs waren. Er hatte festgestellt, dass einzelne Personen, die jüdisch aussahen, eher abgefangen wurden als diejenigen, die in einer Gruppe waren. Wahrscheinlich wollten die Nazis, dass möglichst wenig Menschen Zeuge wurden, wenn sie Juden abführten.

Als er regelmäßig zum Abendessen erscheinen musste, war Alexander das Gärtnerhaus riesig vorgekommen. Nun erschien es ihm eng und schmutzig.

Es verging kein Tag, an dem er nicht mit sich kämpfte, ob ein öffentliches Leben in einer dänischen Kleinstadt nicht besser war als das Versteckspiel in der Hauptstadt. Doch dann bekam er wieder Hertis Erfolge mit. Seit Mitte September spielte sie im Lustspielhaus an der Friedrichstraße und der Film mit Luis Trenker musste täglich in die Kinos kommen, vermutlich wartete die Filmgesellschaft den Winter ab, weil der Film im Schnee spielte.

»Hast du das gehört?« Er sah von der Kaffeetasse auf, an der er seit einer Stunde nippte. Ein Kollege aus seiner Anfangszeit in Berlin stand vor ihm. Die Ärmel des Anzugs waren abgeschabt wie seine eigenen und das Karomuster entsprach nicht der neusten Mode.

»Was habe ich gehört?«, wollte Alexander wissen und deutete auf den freien Platz an seinem Tisch. Er winkte dem Ober, zeigte zwei Finger und tippte auf den Rand der Kaffeetasse.

»Von dem Attentat in Paris.« Sofort war er hellwach. Helga und ihre Familie waren in Paris. »Was ist passiert?«

»Ein Jude hat einen unserer Diplomaten erschossen.« Er starrte den Kollegen ungläubig an, von dem Abzeichen, das ihn schon 1933 als Parteimitglied ausgewiesen hatte, war nichts zu sehen. Hatten die Gestapo-Spitzel ihre Garderobe gewechselt? »Wenn er Hitler getroffen hätte, das wär's gewesen.«

Alexander sah sich um, die anderen Tische waren leer. Um diese Zeit waren die meisten Berliner in ihren Redaktionen, bei Terminen oder zu Hause, um nicht aufzufallen. Er saß nur hier, um in Veronikas Zuhause nicht aufzufallen. Nun beugte er sich zu dem Kollegen vor und zuckte zurück, als er dessen Alkoholfahne roch.

»Zwei Kaffee?« Der Ober stellte im richtigen Moment zwei Tassen auf den Tisch.

»Komm, wir stoßen an«, sagte Alexander und hob seine Tasse.

Mechanisch wie eine Maschine führte der Kollege seine Tasse ebenfalls zum Mund. »Ich weiß nicht, da braut sich was zusammen. In München soll jemand versucht haben, den

Führer zu ermorden. Er kam nicht dicht genug an ihn ran.«

Alexander spürte eine unangenehme Energie, die in der Luft lag, obwohl die Tische leer waren oder gerade deshalb. Er hatte das Café nie ohne Gäste erlebt.

»Zahlen bitte!«, rief er und trank den restlichen Kaffee in einem Schluck aus. Der ausgemusterte Journalist machte ihm alles nach.

Wenig später verließen die beiden das Café. Für Alexander war es zu früh, er konnte erst um 18.15 Uhr unbemerkt in das Häuschen schleichen, wenn Vater und Mutter Pauly mit dem Töchterchen beim Abendbrot saßen. Also schlenderte er durch die Straßen und betrachtete die Auslagen der Schaufenster. Es waren auffällig viele SA-Männer unterwegs. Bei ihrem Anblick zog sich sein leerer Magen zusammen und er überlegte fieberhaft, wo er sich sicher aufhalten konnte.

An der Fassade vom *Gloria-Palast* leuchteten die Filmtitel. *Der Maulkorb*. Alexander musste unwillkürlich lachen, der Film war schon im Frühjahr angelaufen, aber der Titel passte in die Zeit. Lief nicht jeder mit einem gedanklichen Maulkorb durch die Gegend? Das Buch hatte er in der Schule gelesen. Ein passender Film, um sich die Zeit zu vertreiben.

»Ihre Kennkarte bitte«, sagte der Kassierer, als Alexander ein Billett kaufen wollte.

»Äh, die habe ich nicht dabei«, stammelte Alexander und musste die Überraschung nicht spielen. Er trug nie Ausweispapiere bei sich, ein Trick, den ihm Karlheinz Riethmüller zugeflüstert hatte. Bisher war es nicht nötig, sich beim Kinobesuch auszuweisen.

»Det eene Mal!«, brummte der Kassierer. »Verschwinde, eh ick mich det anders überleje.«

Das musste der Mann ihm nicht zweimal sagen, beim letzten Wort war Alexander im Kinosaal verschwunden. Viele einzelne Männer saßen dort, von hinten sah es aus, als hätten sie sich für ein Schachspiel platziert. Aber auch Alexander achtete darauf, dass neben und vor ihm zwei Reihen frei waren.

Der Film war amüsant. Will Quadflieg, Elisabeth Flickenschild und die anderen Darsteller zogen ihn in die Geschichte hinein. In ruhigeren Phasen auf der Leinwand dachte Alexander an den Deutschunterricht in Kiel. Er schien ihm eine Ewigkeit her, dabei waren gerade zehn Jahre vergangen, seit er mit dem Abiturzeugnis in der Tasche nach Berlin gereist war.

Beim Verlassen des Kinos fiel ihm die seltsame Geräuschkulisse in der Stadt auf. Die Stimme der Stadt klang anders als sonst, wenn um diese Zeit einige wenige Autos unterwegs waren und ein paar junge Leute, die einen über den Durst getrunken hatten und singend nach Hause schwankten. Sie klang wie der Schlachtenlärm in einem historischen Film. Der Himmel erhellte sich gelegentlich für Sekunden, an manchen Stellen wirkte er rot, aber nicht wie Abendrot.

»Gehen Sie nach Hause!«, riefen SA-Männer, die ihm und den anderen Heimgängern nach dem Kino entgegenkamen. »Der Mob tobt«, behauptete einer der Männer.

Von weitem sah er den Schmuckladen, in dem Karina Wenning gearbeitet hatte, weil sie, wie er heute wusste, Jüdin war und nur bei dem Juden eine Stelle bekommen hatte. Herr Goldmann kniete in den Scherben der Schaufensterscheiben.

Ein SA-Mann zog ihn an den Haaren. Alexander konnte nicht hinsehen. Wohin er auch ging, überall zeigte sich ein ähnliches Bild. Er war froh, wenn sein Blick nur auf Scherben fiel. Der Gesichtsausdruck des Goldschmieds hatte sich in seine Gedanken eingebrannt.

Je näher er der Villa des Rechtsanwalts Pauly kam, umso ruhiger wurde es. Hier in der Villengegend saß man auf der Couch, spielte Karten, las ein gutes Buch oder sprach über den letzten Opernbesuch. Er huschte gebückt durch den Garten und drückte erleichtert die Klinke zum Gartenhaus herunter. Im Dunkeln suchte er nach dem Lichtdreher.

»Lassen Sie das Licht aus!«, verlangte eine männliche Stimme, die Alexander leicht Veronikas Vater zuordnen konnte. »Ich gehe davon aus, dass Sie im Morgengrauen verschwinden«, sagte Herr Pauly. »Dass Sie sich in Gefahr bringen, ist mir egal. Aber dass meine Tochter mit einem Juden loszieht, kann ich nicht dulden. Sie werden sie nicht wiedersehen. Haben Sie das verstanden?« Damit stand er auf und verließ das Gartenhaus, in dem Alexander sich zusammenkauerte, weil er sich vorkam, als hätte ihm jemand den ganzen Abend in die Magengrube geboxt.

Dezember 1938

Alexander sah sich nach allen Seiten um, ehe er das Filminstitut betrat. Um diese Zeit waren keine Besucher dort, er musste vor allem aufpassen, dass er keinem früheren Kollegen in die Arme lief. Seit Veronikas Vater ihn aus dem Gartenhaus vertrieben hatte, schlief er in dem kleinen Studio, das als Kino diente. Hier gab es wie in Filmpalästen einen Vorführraum, in den nur die Mitarbeiter kamen, die den Kurzfilm starten mussten. Die Verantwortung dafür wechselte, je nachdem, wer zuerst da war. Er achtete darauf, dass der Film immer bereits lief, wenn die Angestellten eintrafen. Veronika brachte ihm von zu Hause Brot mit, damit er frühstücken konnte. Ehe die ersten Besucher kamen, musste er verschwinden. Die Kurzfilme dauerten 15 bis 20 Minuten und mussten immer neu gestartet werden. Sein erster Start verschaffte ihm nur eine kleine Schonfrist für die Zeit, wenn der Dienst für alle Mitarbeiter auf dem Gelände begann. Trotzdem spürte er jeden Morgen und jeden Abend seinen Herzschlag, als hätte er eine kleine Trommel um den Hals gebunden.

»Da bist du ja!«

Er zuckte zusammen. »Veronika! Wieso bist du nicht längst zu Hause? Deine Eltern warten sicher mit dem Essen auf dich.«

»Heute nicht«, widersprach Veronika. »Ich habe für uns Karten für den neuen Film von Luis Trenker.« Sie zwinkerte ihm zu und sagte mit einem zweideutigen Unterton. »Ich weiß doch, was dir gefällt.«

414

Er beschloss, den Tonfall zu ignorieren und sich euphorisch über die Einladung zu äußern. Dazu musste er sich nicht verstellen, er hätte niemals damit gerechnet, dass er *Liebesgrüße aus dem Engadin* würde sehen können. Die Repressalien gegenüber Juden wurden immer schlimmer und nach seinem letzten Erlebnis an der Kinokasse wagte er nicht mehr, offiziell eine Karte zu kaufen.

»Und hier ist ein Plakat für deine Sammlung, die übrigens weiterhin bei mir im Zimmer steht.« Veronika legte ihm ein großes farbiges Bild hin, auf dem Luis Trenker in Großaufnahme zu sehen war, auf seinem Rücken saß Herti Kirchner.

Es war kaum zu fassen, dass es die Kleine aus Kiel in dieser Größe auf ein Filmplakat geschafft hatte und das mit einer Nebenrolle! »Ich habe sogar ermittelt, wo die Premierenfeier stattfindet.«

Alexander sank in einen der Zuschauersessel, so viel Glück nach den aufregenden Wochen war kaum zu verkraften.

»Geht es dir nicht gut?«, fragte Veronika besorgt und fühlte seine Stirn und sein Handgelenk.

»Ein Schluck Wasser wäre gut«, sagte er. Er hatte den ganzen Tag nichts getrunken und seit dem Schwarzbrot am Morgen keinen Bissen gegessen, während er bei Johannes Unger Buchgeschenke verpackte.

»Hast du heute Mittag etwas gegessen?«, fragte Veronika besorgt.

Als er den Kopf schüttelte, ließ sie ihn allein und kam nach einigen Minuten mit einer Frikadelle und einem Glas Cola zurück. »Das wird dich aufbauen.«

Nachdem er die Frikadelle und die koffeinhaltige Limonade zu sich genommen hatte, kehrten seine Lebensgeister wieder und die Vorfreude auf den Abend im Kino. Er war neugierig, wie Herti Kirchner sich in dem Film mit dem berühmten Schauspieler und Regisseur geschlagen hatte. Seine Erwartungen wurden nicht enttäuscht, die Geschichte war witzig, Herti und die anderen Darsteller hübsch und die Musik lullte ihn ein.

»Eine tolle Idee«, fand auch Veronika. »So kann man Werbung machen.« Seit kurzem interessierte sie sich für Reklame und liebäugelte sogar damit, sich im Propagandaministerium zu bewerben, um dies von der Pike auf zu lernen. Allerdings war die Beziehung zu ihrem Vater momentan etwas abgekühlt und allein traute sie sich nicht, im Ministerium vorstellig zu werden. Alexander war nicht sicher, ob das die richtige Stelle für sie war, er war sich sicher, dass sie vom ersten Tag an umgedreht würde.

»Komm, wir gehen zur Premierenfeier.« Veronika zog ihn mit sich.

Als sie das *Eden* betraten, konnten sie Herti Kirchner in einem Blumenmeer aus Flieder, Mandelbäumchen, Orchideen zunächst nicht erkennen. In einem entzückenden Kleid, das wie für sie gemacht wirkte, war sie umringt von Luis Trenker, Carla Rust, Erika von Theilmann und vielen Gratulanten.

»Ein Bombenerfolg!«, freute sich jemand hinter ihm. Als er sich umblickte, erkannte er Isolde van Weyden am Arm eines hochgewachsenen, grauhaarigen Mannes in SA-Uniform. Das also war der Kartenlieferant. Er lächelte seine Tanzkundin an, sie verzog keine Miene.

Erst später, als ihr Mann mit anderen Parteigenossen anstieß, kam Isolde van Weyden zu ihm. Hinter Veronikas Rücken steckte sie ihm ein Kärtchen in die Tasche. Er zog es halb hervor und las: »Melden Sie sich am Donnerstag um 11 Uhr.«

Er konnte nicht reagieren, weil sie zwischen den Blumensträußen abgetaucht war.

»Entschuldige«, bat Veronika, die mit einer ehemaligen Schauspielkollegin auf den Film angestoßen und ihn einige Minuten allein gelassen hatte, bei ihrer Rückkehr.

»Alles gut«, beruhigte Alexander sie und stellte fest, dass er seit langem genau dieses Gefühl hatte. Es war alles gut!

Liebesgrüße aus dem Engadin

Die reiche Amerikanerin Constanze Farrington (Charlotte Daudet) erfährt kurz vor ihrer Hochzeit, dass ihr Bräutigam es vor allem auf ihr Vermögen abgesehen hat. Wutentbrannt reist sie ab und sieht es als Wink des Schicksals an, dass sie im Zug einen Brief des Skilehrers Toni Anewanter (Luis Trenker) erwartet, der sie an den letzten Winterurlaub erinnert und ihr seine Liebe gesteht. Das ist genau die richtige Medizin für ihre kranke Seele, Constanze und ihre Freundin Dorothy (Edith Rust) reisen nach St. Florian. Constanze ist allerdings nicht die einzige, der Toni Anewanter seine Liebe gesteht. Auch Germaine (Herti Kirchner) hat einen solchen Brief bekommen, was der Skilehrer weit von sich weist. Was er nicht ahnt, Hoteldirektor Otto Wernicke verschickt fleißig *Liebesgrüße aus dem Engadin*, um sein Hotel mit Gästen zu füllen. Da sind Ärger und Chaos vorprogrammiert. Eine inhaltlich flache Komödie, auch wenn die jungen Darstellerinnen reizend anzuschauen sind, und Luis Trenker überzeugt den trotteligen Skilehrer gibt. Vor allem steht wohl die Werbung für die Schweizer Alpen im Vordergrund, weshalb die schönste Szene auch die ist, in der Herti Kirchner auf dem Rücken von Skifahrer Luis Trenker ins Tal chauffiert wird.

Januar 1939

Nach langem Zögern hatte Alexander sich entschieden, die Weihnachtstage bei seinen Eltern in Tinglev zu verbringen. An den Feiertagen wäre es schwer geworden, in Berlin eine Bleibe zu finden. Isolde van Weyden hatte ihm zwar angeboten, ihm ein Zimmer zu besorgen, von ihr wollte er auf keinen Fall abhängig sein.

Die Heimatstadt seiner Mutter wirkte größer, als er sie in Erinnerung hatte.

»Auch Städte wachsen«, kommentierte Christine Halbersberg das Staunen ihres Sohnes. »Tinglev ist nicht so groß wie Berlin oder Kiel, aber hier gibt es alles, was man braucht, vor allem tolerante Menschen.«

Er war überrascht, wie wohl er sich fühlte. Das Häuschen, das die Eltern gemietet hatten, wirkte erstaunlich groß. Sein Zimmer war geräumig und hell, ganz anders als die Räume, in denen er die letzten Monate geschlafen hatte. »Wenn ich meine Sachen in Ordnung gebracht habe, komme ich«, versprach er.

Auf der Rückfahrt in der ersten Januarwoche begann er in Kiel seine Sachen zu regeln. Zumindest hatte er das vor. Der Antrag auf die neue Kennkarte, die ab dem 1. Januar verpflichtend war, stellte sich als komplizierter heraus als gedacht.

»Wohnen Sie an der Brunswiker Straße in Kiel?«, erkundigte sich die Beamtin im Einwohnermeldeamt. Er kannte die Frau nicht und hoffte, dass ihr sein Name nichts sagte und sie nicht wusste, dass seine Eltern längst das Land verlassen hatten.

»Ja!«, antwortete er.

»Eigentlich brauchte ich eine Bescheinigung des Vermieters«, sagte die Frau. »Aber sie wohnen seit ihrer Geburt in dem Haus, wer soll Ihnen da das Formular unterschreiben? Ihre Eltern? Sie selbst?« Sie lachte. »Genau, so machen wir das, dann geht es schneller. Sie unterschreiben bei Mieter und Vermieter.« Alexander hielt den Atem an. Sollte er wirklich so viel Glück haben.

»Ich sehe, Sie sind protestantisch, aber Ihr Vater ist Jude.« Das war es dann! Er sackte unmerklich in sich zusammen. »Sie wissen, dass Sie damit unter die Rassegesetze fallen?« Er nickte. »Dann ist es gut, dass Sie im eigenen Haus wohnen, Vermieter müssen einen Abstammungsnachweis verlangen.« Die Frau legte einige Papiere vor Alexander auf den Tisch. »Bitte unterschreiben Sie hier und hier.«

Er sah, dass sie seinem Namen ein Israel hinzugefügt hatte. »Bei Juden muss ich den zweiten Vornamen ergänzen.« Hörte er ein Bedauern in ihrer Stimme? Er ging nicht darauf ein. Vor Weihnachten war ausführlich über die Namensänderungsverordnung berichtet worden, die für jüdische Männer als zweiten Namen Israel und für Frauen Sara vorschrieb. »Dann kümmere ich mich darum, dass die Kennkarte schnell ausgefertigt wird«, versprach die freundliche Beamtin. »In einer Woche können Sie kommen und sie abholen.«

In einer Woche! Wie sollte er die Zeit überbrücken? Seine alten Papiere hatte er abgeben müssen. Was dachte sich die Regierung, dass sie einen so lange ohne Ausweis herumlaufen ließ? Was für eine Frage? Die Regierung war froh über jeden

Juden, den ihre Getreuen ohne Papiere erwischte und wegsperrte.

Er dachte an die lange Bahnfahrt nach Berlin, dabei konnte jeden Augenblick jemand die Papiere verlangen. Im Zug gab es keine Möglichkeit, in eine andere Straße abzubiegen, wenn ein Kontrolleur in Sichtweite kam.

»Bis in einer Woche«, verabschiedete er sich von der Frau, die ihm höflich mit einem Lächeln ihre Hand hinstreckte. Er schüttelte die Hand und war kurz davor, ihr seine Notlage zu schildern. Da fiel sein Blick auf das Hitlerbild hinter ihr. Er setzte sein Tanzlächeln auf, verließ den Raum und ging langsam Stufe für Stufe zum Ausgang. Eine Woche, hallte es unaufhörlich in seinem Kopf. Nach Dänemark konnte er nicht zurück, weil er keine Ausweispapiere hatte, die Überquerung der Grenze war bereits auf der Hinfahrt schwer. Die dänischen Grenzer hatten die Order, jüdische Flüchtlinge zurückzuschicken und seinen Pass genau studiert, ehe sie ihn ins Land ließen. Er setzte sich auf die Bank vor dem Rathaus und ging die Menschen durch, von denen er Hilfe erwarten konnte.

»He, Sie da, haben Sie nichts zu tun?«

Er zuckte zusammen. Die Frage galt nicht ihm, sondern einem jungen Mann um die 20, der auf der anderen Bank saß.

»Wenn Sie keine Arbeit haben, besorge ich Ihnen welche. Im Arbeitsdienst werden alle Hände gebraucht.«

Er stand auf, solange der SA-Mann mit dem Jungen beschäftigt war.

»Mensch, Alexander, bist du wieder im Lande?« Vor ihm stand ein Mann in seinem Alter, auch wenn die

Geheimratsecken und der Kugelbauch ihn älter wirken ließen. Bernhard Lansmann, ein Mitschüler aus der Grundschule.

»Bernhard! Dich hätte ich fast nicht erkannt.« Er freute sich ehrlich, den Schulkameraden zu sehen. Als Kind war er oft auf dem Lansing-Hof zu Gast gewesen. Es schien ihm ewig lange her, dass sie gemeinsam auf Eseln durch die Heide geritten waren und beim Schlachten der Schweine das Blut aufgefangen hatten.

»Was machst du? Wie geht es dir?«

Er zögerte. Wie sollte er die Fragen beantworten? Er entschied sich zu einer Gegenfrage. »Wie geht es dir? Was machen deine Eltern? Gibt es den Hof noch?«

Bernhard Lansmann lachte. »Natürlich gibt es den Hof noch. In Zeiten wie diesen lebt man mit eigenem Vieh und Gemüse am besten. Die Eltern haben sich zurückgezogen, sie helfen mir gelegentlich, aber meine Frau und ich bewirtschaften den Hof. Komm mal vorbei?«

Sollte er sich dem alten Freund anvertrauen? Er dachte an die Denunzianten, von denen die Eltern erzählten. An Bernhards Revers war zwar kein Parteiabzeichen zu sehen, aber vielleicht steckte es am Sonntagsanzug.

»Das Auto meines Vaters ist in der Werkstatt und das Fahrrad ist in Berlin«, schwindelte er. »Sonst wäre ich gerne zu dir rausgekommen. Oder fährt die Straßenbahn bis zu euch?« In seinen Ohren klang der Scherz künstlich und aufgesetzt.

Bernhard Lansmann schien ihn anders zu hören. Er lachte. »Immer zu einem Scherz bereit, was? Du hast recht, bis zu uns fahren keine Straßenbahn und kein Omnibus. Was gut ist, so haben wir unsere Ruhe.« Er beugte sich zu Alexander vor. »Vor allen, wenn du verstehst, was ich meine. Aber weißt du was, ich bin hier fertig. Fahr mit mir, irgendwie kriegen wir dich zurück in die Stadt.«

Alexander dachte an die große Küche, in der sie als Kinder selbst gebackenes Brot mit dicker Wurst aus eigener Schlachtung gegessen hatten. Ihm lief das Wasser im Mund zusammen, das Frühstück bei seinen Eltern war seine letzte Mahlzeit gewesen. »Ich habe Zeit, viel Zeit.«

»Viel Zeit, das klingt gut, da kannst du länger bleiben, wenn du willst. Unser Knecht hat sich in den Kopf gesetzt, diesen Hitler bei seinen Kriegsvorhaben zu unterstützen.«

Die Art, wie Bernhard dieser Hitler sagte statt unser Führer, ließ Alexander aufhorchen. Er ging jedoch nicht darauf ein, sondern erzählte von seiner Arbeit in Berlin. »Sagt dir der Name Kirchner was?«

»Der Dachdecker?«

»Genau. Seine Tochter macht Karriere beim Film.« Er unterstrich den Satz, in dem er einige Sekunden schwieg. »Ich arbeite an einem Buch über sie. Von der Kieler Theatermaus zum Filmstar.«

»Alle Achtung.« Aus Bernhards Stimme klang echte Bewunderung. »Wenn du was wissen musst, vielleicht kennt meine Frau die Kleine aus der Schule?«

Alexander lehnte sich in den Sitz des Mercedes zurück und hörte auf das gleichmäßige Summen des Motors. Wer auch immer im Irgendwo sein Leben bestimmte, hatte ein gutes Gefühl für Timing.

März 1939

Alexander zögerte seine Rückkehr nach Berlin lange hinaus, weil er nicht wusste, wohin und Bernhard Lansmann und seine Frau ihn aufgenommen hatten, als sei er ein verschollenes Familienmitglied. Adelheid Lansmann kannte Herti Kirchner aus ihrer Kindheit, sie war sogar am anderen Ende des Knooper Wegs aufgewachsen. Trotzdem fehlte ihm der Trubel der Stadt, die ganz anders roch und klang als der Bauernhof am Rand von Kiel. Er fühlte sich abgeschnitten vom kulturellen Leben und fürchtete sich in der kleinen Stadt davor, Bekannte zu treffen, die von seinen jüdischen Wurzeln wussten. In der Schulzeit galt er als Protestant, aber seit die Rassegesetze schärfer wurden, hatte sich herumgesprochen, dass der Doktor und sein Sohn Juden waren.

In Berlin konnte er im Strom mitschwimmen und wenn er in Begleitung von Veronika, der Tochter des bekannten Rechtsanwalts, ein Kino oder Theater betrat, fragte keiner nach einer Kennkarte.

Karlheinz Riethmüller, sein alter Chef, der inzwischen im Ruhestand war, sorgte dafür, dass er nicht völlig von der Kulturwelt abgeschnitten war, allerdings hatte er wenig Positives zu berichten. Werner war mit einigen anderen aus der Reichskulturkammer ausgeschlossen worden, Filme von unliebsamen Künstlern durften nicht mehr gezeigt werden und für Komponisten, die nicht hinter der Partei standen, galt ein Beschäftigungsverbot. Freud und Leid lagen so dicht beieinander, in einem Atemzug wurde darüber gesprochen, dass Zarah Leander beim Berliner Presseball auftrat und Hitler im Reichstag die Vernichtung der jüdischen Rasse in Europa als ein Ziel im Falle eines Krieges propagierte. Seither machten sich seine Eltern Gedanken, ob sie in Dänemark wirklich sicher waren. Das Land war klein und so nah an Deutschland.

Mit unsicherem Gefühl hatte er Veronika seine Anschrift geschickt, wofür sie sich mit dem Waschzettel für Herti Kirchners neuen Kurzfilm *Das Lauffeuer* bedankte. In dem Brief erklärte sie, dass sie sich mit ihrem Vater ausgesöhnt hatte und in ihrem Haus immer ein Platz für ihn sei. Er traute dem Frieden nicht, aber er musste für ein paar Wochen nach Berlin, um Großstadtluft zu schnuppern.

Als er dort eintraf, ging er mit großen Augen durch die Straßen. Viel hatte sich nicht verändert, einige Geschäfte, Cafés und Restaurants hatten die Besitzer gewechselt, teilweise war die Leuchtreklame ausgetauscht, teilweise nur überklebt worden. An allen Ecken las er nun: Juden unerwünscht. Zum ersten Mal sah er Soldaten auf der Straße. Nach dem Einmarsch der deutschen Truppen in der Tschechoslowakei nicht verwunderlich.

Im Hof der Hauptfeuerwache loderte ein Feuer. Er war sich nicht sicher, ob er beim Löschen helfen sollte. Das konnte ihn gleich am ersten Tag in den Mittelpunkt der Aufmerksamkeit rücken. Dann fiel ihm auf, dass das Feuer kein Brand war, sondern der Verbrennung von Materialien diente. Für einen kurzen Moment hatte er die Vision, dass die Nazis hier ihre Akten verbrannten, weil die ausländischen Regierungen sie in die Knie gezwungen hatten nach der Annexion in Österreich und der Tschechoslowakei. Allerdings waren es keine Akten, die in den Flammen landeten, sondern Bilder, Leinwände, Bilderrahmen, Skulpturen, Zeichnungen von Gauguin, Picasso und Paul Klee.

»Det kann allet wech«, sagte ein Passant, der neben ihm stehen geblieben war. »Allet entartete Kunst, sagen se. Ich hab die letztet Jahr jesehen. In der Ausstellung. Det is nich schön.«

Er schwieg und verfolgte das Geschehen. Von jedem Bild verabschiedete er sich in Gedanken. Ein Schauer lief ihm über den ganzen Körper. Erst verbrennen sie Bücher, dann Bilder, dann Menschen, dachte er und schüttelte sich. Wenn es einen Gott gab, ob jüdisch, evangelisch, katholisch, würde er das hoffentlich verhindern. Er wandte sich ab. Wohin sollte er gehen? So aufgewühlt konnte er Veronikas Vater unmöglich gegenübertreten. Ziellos streunte er durch die Stadt, bis ihm die Schrift des *Romanischen Cafés* ins Auge stach. Hier stand kein Schild, dass Juden unerwünscht waren. Zaghaft trat er ein und sah sich um. In der Ecke hatte eine Gruppe zwei Tische zusammengestellt.

»Alexander!« Es war Veronika, die seinen Namen rief. »Woher weißt du, dass ich hier bin?«

Er küsste sie auf die Wange und nickte den anderen am Tisch zu. Sein Herz machte einen Sprung, als er Herti Kirchner unter den Gästen entdeckte. Er bestellte einen Milchkaffee und lehnte sich in der Bank zurück.

Veronika sprach mit ihrem Gegenüber, was sie sagte, würde er in den nächsten Tagen ohnehin erfahren. Er fokussierte sich auf das Gespräch von Herti Kirchner.

»Hat mich doch die Grippe erwischt! Und gleich mit einem Stirnhöhlenkatarrh. Gott sei Dank bin ich heute übern Berg«, sprudelte es aus ihr heraus, als hätte sie jahrelang kein Wort sprechen dürfen. »Mit 39 Fieber abends und täglichen Chininspritzen war die Filmerei keine Kleinigkeit. Um halb sechs aufstehen und so. Teufel, war das übel.«

»Was? Du hast trotzdem gedreht?« Der Mann neben Herti Kirchner schüttelte fassungslos den Kopf. »Mit so etwas gehört man in ein Krankenhaus.«

»Erich hat mich rührend gepflegt. Er hat geherzt, er hat mir die Bettwäsche gewechselt, Tee und Zitrone gekocht, ist abends spät zu Nachtapotheken gerast, hat mir beim Inhalieren den schweren Kopf gestützt usw. Außerdem habe ich durch Keindorff einen reizenden Arzt, der jeden Abend nach Drehschluss mit der Chininspritze kam. Und einen großen Bestrahlungsapparat habe ich. Wenn ich darunter liege, spielt Erich die Platten aus dem Schneewittchen-Film. Da lieg ich nämlich wie im Sarg. Es war eine grausige Maske. Ich fürchtete sehr, die Rolle abgeben zu müssen.«

Alexander hörte beeindruckt zu und saugte die Informationen in sich auf.

»Gut, dass du wieder fit bist«, fand Hertis Nachbar.

»Ja! Für den April habe ich einen Vertrag mit einer großen Bühne. Und dann ist die Premiere vom *Florentiner Hut*. Stell dir vor, es gibt eine Vorpremiere bei der Jungfernfahrt auf dem KdF-Dampfer Robert Ley.«

»Und wenn Hitler der Film nicht gefällt?«, unkte ihr Gesprächspartner. »Der wird sicher auch auf dem Schiff sein.«

Herti sah ihn erschrocken an, dann winkte sie ab. »Abwarten.« Sie lächelte spitzbübisch. »Abwarten und Auto fahren. Seit einigen Tagen bin ich glücklicher Besitzer eines hellgrauen Opel. Natürlich das Verdeck zum Abnehmen.«

Alle, die um sie herumsaßen, starrten sie an. Auch Alexander staunte. So jung und bereits ein eigenes Auto. Er seufzte. Genau umgekehrt wie bei ihm. Als Junge hatte er ein Auto, zumindest das des Vaters, inzwischen hatte sein Vater das abgeben müssen, weil er es nicht mit nach Dänemark nehmen durfte.

»Herti, ich habe deine Geschichte in der Zeitschrift gelesen, ganz süß«, rief eine Frau von der anderen Seite des Tisches. Eine andere Frau holte die *Junge Dame* aus der Tasche und winkte damit. »Hier, falls ihr Hertis *Mieze*-Geschichte lesen möchtet.«

Veronika stieß ihn an. »Ich würde gern nach Hause gehen. Ich muss morgen früh raus.« Sie verabschiedete sich von den anderen, sodass ihm nichts anderes übrigblieb, als ihr zu folgen.

Mieze (Herti Kirchner +)

Alljährlich im Sommer verbrachte meine Schwester Mieze einige Zeit auf dem Lande. Bei unserem Onkel Karl, der in der Marsch Tierarzt war. Mieze, die sich zu Hause vor jeder kleinsten häuslichen Handreichung zu drücken wusste, freute sich das ganze liebe Jahr auf - das Reinemachen bei Onkel Karl und Tante Liesbeth. Gleich nach dem Aufstehen, noch vor dem Frühstück, schleppte die kaum Siebenjährige ihr Federbett auf die Fensterbank zum Lüften, leerte eigenhändig die Wasch-schüssel in den weißen Emaille-Eimer, krebsrot vor Anstren-gung, dass ihr die Porzellanschale ja nicht aus den kleinen Hän-den rutschte. Zuerst hatte meine Tante nichts davon wissen wollen. Als sie aber sah, mit welchem verbissenen Eifer Mieze sogar mit dem Bohnerbesen herumhantierte, der bedeutend größer war als die Stütze der Hausfrau selber, gab sie nach. Um des lieben Friedens willen. Eines der Mädchen konnte hinter-her ja wieder Ordnung machen.

Mieze schwamm in Seligkeit! In diesem Jahr durfte sie sogar das Schlafzimmer meines Onkels ganz allein sauber halten. Vier Wochen lang. Dafür musste sie allerdings die anderen Zimmer ungeschoren lassen. Aber was tat das. Sie hatte ihr Reich, wo sie ungeschoren mit Besen und Staubtuch rumoren konnte. Ganz wie in Wirklichkeit, nicht bloß zum Spiel.

Eines Morgens erschien der Onkel nicht am Frühstückstisch. Tante Liesbeth erklärte mit mühsam bewahrter Fassung: »On-kel Karl ist sehr krank. Er liegt zu Bett, und wir wollen den lieben Gott bitten, dass er ihn bald wieder gesund macht.«

Mieze ließ den Löffel sinken, mit dem sie gerade ihr Ei auf-klopfte. »Ist er so schlimm krank, dass er den ganzen Tag nicht aus dem Zimmer kann?«, fragte sie und ihre Unterlippe zitterte leise. Gerührt sah meine Tante auf das teilnahmsvolle Persön-chen. »Nein, heute nicht, und sicher noch viele, viele Tage nicht«, antwortete sie.

»Mein Gott, mein Gott, wie fürchterlich«, stieß die Kleine hervor, ließ ihr Frühstück stehen und ging in den Garten. Dort weinte sie bittere Tränen.

Acht Tage waren vergangen. Onkel Karl ging es immer schlechter. Eines Morgens nun war meine Tante mit den Mägden im Garten, Beeren pflücken. - Leise öffnete sich die Tür zum Krankenzimmer, und herein wankte, unter der Last von Wassereimer, Schrubber und Besen schier zusammenbrechend, Mieze. Einen Augenblick blieb sie zögernd stehen. »Puh!«, machte sie dann. »Hier ist aber lange nicht gelüftet worden.« Und eins, zwei, drei trappte sie zu dem sorgfältig verdunkelten Fenster. Dort zog und zerrte sie an den Gardinenschnüren, bis krachend der dicke Vorhang von oben herunterkam und das Kind unter sich begrub. Entsetzt fuhr der Kranke aus seinen Fieberträumen: »Was ist passiert, um Gottes willen?«

Rudernd und strampelnd grub sich Mieze unter dem Stoffberg hervor: »Lass dich nicht stören, Onkel Karl. Ich will man bloß schnell 'n bisschen reinemachen. Ist ja ein fürchterlicher Dreck hier.«

Endlich befreite meine Tante den armen Patienten von Mieze. Mit einem tüchtigen Klaps und der Drohung, im Wiederholungsfalle sofort nach Hause geschickt zu werden und zwar ganz allein mit der großen schwarzen Eisenbahn, kam der kleine Reinemacheteufel davon.

Die großen Ferien neigten sich ihrem Ende zu, als ich plötzlich an das Grab meines Onkels gerufen wurde. Er hatte sein Krankenlager nicht mehr verlassen.

Es war an einem schwülen Hochsommertag, als wir von dem kleinen Gemeindefriedhof heimkehrten. Ich zog Mieze an der Hand hinter mir her. Sie sah, müde und verschwitzt, in ihrem schwarzen Kleidchen, wie ein armes kleines Waisenkind aus. Es bedrückte mich, dass dieses süße Geschöpf so jung schon Trauer, Tod und Tränen aus nächster Nähe erleben musste.

Als wir in den kühlen Hausflur traten, stieß Mieze einen unbeschreiblichen Seufzer aus. »Nun sind wir wieder in Onkel seinem schönen weißen Haus«, flüsterte sie und ihre Stimme bebte vor Erregung. Erschüttert sah ich auf das kleine, empfindsame Menschenkind.

Da breitete sich ein strahlendes Lächeln über das Gesichtchen. »Und nun kann ich endlich, endlich sein Schlafzimmer wieder tüchtig saubermachen.«

Sprach's und verschwand in Richtung Besenkammer.

April 1939

Das Geheimnis der plötzlichen Offenheit des Herrn Professor war gelüftet. Alexander hatte es zufällig erfahren, als er zum Abendessen zu früh kam und ein Gespräch zwischen Veronika und ihrem Vater mitbekam.

Der ehrenwerte Herr Pauly hatte seit Jahren ein Verhältnis mit seiner Sekretärin. Besagte Dame entpuppte sich als Jüdin, die ihn verlassen hatte, um sich nach Amerika zu retten. Das hatte ihn auf den Boden der Realität im Reich gebracht. Nicht, dass ihn das veranlasst hätte, die Partei zu verlassen oder Klienten in SA-Uniform abzulehnen. Er besann sich auf den Freund seiner Tochter, der sich in der Presse hochgearbeitet hatte, den alle für fleißig und kompetent hielten und der wegen seiner jüdischen Wurzeln am Fortgang seiner Karriere behindert wurde.

»Ich glaube, er hat ein schlechtes Gewissen und du bist das Feigenblatt, mit dem er es zudeckt«, mutmaßte Veronika, als Alexander sie auf das Gehörte ansprach.

Ihm war es egal, was ihren Vater bewog, zu erlauben, dass er wieder im Gartenhaus Quartier nahm. Hauptsache, er durfte für ein paar Tage Hauptstadtluft schnuppern. Seine Hoffnung auf ein baldiges Ende des von Hitler propagierten tausendjährigen Reichs war geschrumpft. Die Devise lautete, sich durchwursteln, unsichtbar bleiben und durchhalten.

Seine Freundin winkte mit einem Umschlag. »Ich habe eine Überraschung für dich. Sagt dir der 18. April etwas?«

»Das ist ein Dienstag«, antwortete er nach einer kurzen Denkpause.

»Und was ist an diesem Dienstag?«

Er verdrehte die Augen. In den letzten Tagen war er nur kurz in der Stadt gewesen, er hatte es nicht gewagt, sich lange vor den Zeitungskästen aufzuhalten angesichts der SA-Männer, Polizisten und Soldaten, die das Straßenbild bestimmten. Die Zeitung der Familie Pauly nahm der Vater mit in die Kanzlei, ein ewiges Ärgernis für Mutter und Tochter. Zurzeit nur für die Tochter, seit die Mutter wegen der Affäre zu ihren Eltern gezogen war. Für Alexander hatte das ein Gutes, es schaute keiner so genau auf die Uhr, wann gegessen wurde. Oft erst, wenn der Vater aus der Kanzlei kam. Der Nachteil war, dass Veronika nicht gut kochen konnte und die Köchin in ihrer eigenen Familie aushelfen musste.

»Ich sage nur: *Florentiner Hut.*«

»Nein!«, stieß Alexander aus. »Du hast Karten für den *Gloria-Palast*, wenn der Film in Berlin Premiere hat?«

»Genau. Ich hatte versucht, Karten für die Premiere in Magdeburg zu bekommen, aber dann hätten wir im Hotel übernachten müssen. Ich habe gehört, dass manche Hotels Juden keine Zimmer vermieten.«

»Das ist, ach, ich weiß gar nicht was ich sagen soll.« Er umarmte Veronika und küsste sie vor Freude. Er war so lange nicht im Kino gewesen. Und dann dieser Film, der schon jetzt als künstlerisch wertvoll bewertet wurde und in dem Herti Kirchner neben Heinz Rühmann die Hauptrolle spielte. Nach der Uraufführung in Magdeburg waren einige Artikel erschienen, Herti Kirchner blickte am Kiosk von vielen Titelblättern herab. Die *Nordische Rundschau* hatte über den Film geschrieben: »Die Spielleitung hat kein Geringerer als Wolfgang Liebeneiner, dessen subtiles Erfassen, Durchdringen und geistvoll-anmutiges Betupfen selbst auf den ersten Blick hin trivial-alltäglich erscheinender Themen und Sphären ein allzu sicherer Gradmesser bleibt, als dass man in diesem nach einem Bühnenwerke von Labiche gedrehten Streifen nicht ein Filmkunstwerk erwarten sollte.«

Der Redakteur der *Nordischen Rundschau* hatte nicht zu viel versprochen. Alexander und Veronika waren begeistert von dem Film, dem Bänkelsang zum Einstieg, den verrückten Verwechslungsszenen und der Botschaft, wie leicht man Realitäten falsch interpretieren konnte.

Glücklich lag er abends auf der Pritsche in dem Gartenhäuschen. Das war ein Erlebnis, das er nie vergessen würde, das konnte ihm keiner nehmen. Leider war es nicht möglich gewesen, nach dem Film mit Herti zu sprechen. Aber Veronika hatte es geschafft, eine Einladung zu einem Fest am 30. April zu bekommen. Es sollte der Abschluss von Dreharbeiten begossen werden, an denen auch Herti Kirchner beteiligt war. Dann konnte er ihr persönlich zu ihrem Erfolg gratulieren. Er malte sich aus, wie er ihr anbot, sie in ihrem Auto nach Hause zu fahren oder wie sie ihn zur Pressekonferenz abholte, auf der sie gemeinsam sein Buch über ihr Leben vorstellten. Hatte sie nicht darüber nachgedacht, ins Ausland zu gehen. Nach diesem Erfolg würde Josef von Sternberg sicher bald an ihre Tür klopfen.

Der Florentiner Hut

Im Film ist es oft wie im wahren Leben, der Alltag plätschert vor sich hin und dann geschieht etwas, das den Rhythmus völlig umkrempelt. So geht es Heinz Rühmann in der Rolle von Herrn Farina in dem neuen Terra-Kunst-Film von Wolfgang Liebeneiner. Er begegnet dem reizenden Fräulein Helene, das von der ebenso reizenden Herti Kirchner gespielt wird, und kann nicht schnell genug mit ihr vor den Traualtar treten. Allerdings geschieht ihm ausgerechnet auf dem Weg zur Hochzeit ein Missgeschick, sein Pferd frisst den teuren Florentiner Hut einer Dame auf. Naja, mag manch einer denken, dann kauft er eben einen neuen Hut, es mangelt tatsächlich auch nicht am Geld, sondern am Hut. In der ganzen Stadt ist kein identischer Hut zu finden. Der Ehemann der Dame wittert bereits Untreue und Verrat und es kommt zu einer aufregenden Jagd, der sich immer mehr Menschen anschließen, denn Fräulein Helene hat eine große Verwandtschaft, die die Hochzeit nicht verpassen möchte.

Am Ende schwirrt einem der Kopf, weil sich die komischen Situationen ohne Pause aneinanderreihen und man eine Pointe kaum verstanden hat, wenn die nächste gesetzt wird. Das ist es aber nicht, was dem Film das Prädikat künstlerisch wertvoll einbrachte, sondern die außergewöhnlichen Elemente in dem Film, die wir so nie zuvor gesehen haben. Der übliche Vor- und Abspann wird durch eine Moritat ersetzt, die der Zensurkommission sicher Kopfzerbrechen bereitet hat. Der Film *Der Florentiner Hut* beginnt mit Rückblenden, bei denen Regisseur Liebeneiner sich auf ein Stilmittel des Theaters, das

Beiseitesprechen an das Publikum, besinnt. Was uns der Film am Ende sagen soll, bleibt jedem selbst überlassen, allerdings weist der Abschluss des Films in eine bestimmte Richtung. Statt wie üblich das Wörtchens Ende einzublenden, ruft jemand, als die Leinwand dunkel ist, wie aus dem Off: »Alles ist aus!« (Alexander Halbersberg, nicht veröffentlicht)

Mai 1939

Veronika hatte sich bei Alexander eingehakt. Beschwingt von dem vergnüglichen Abend gingen die beiden durch die Straßen. Sie waren auf dem Weg zur *Kleinen Skala*, wo Artisten und Künstler am Monatsende ihren Abschied und ihren Einzug feierten. Es war weit nach Mitternacht, als sie die Gaststätte erreichten. Gleich an der Tür saß Heinz Heimsoth vom *Kabarett der Komiker* mit Herti Kirchner.

Veronika und Alexander blieben stehen. Herti erzählte, dass sie wieder einen neuen Film beendet hatte. Übermorgen würden die Proben am *Theater unter den Linden* beginnen. Sie wüsste nicht, was sie zuerst machen solle, aber schön sei es, wenn auch ihr nächstes Buch darunter leiden müsse.

Die beiden wünschten ihr viel Glück für ihre Vorhaben. Alexander hätte sie gern auf seinen Buchtraum angesprochen, aber Veronika war dabei und Herti war so glücklich, fast ein bisschen entrückt vor Glück, dass seine Frage fehl am Platze war.

Sie streiften durch die Kneipe, grüßten hier und da Bekannte und machten sich auf dem Heimweg.

In der Lutherstraße sahen sie vor sich zwei Kollegen im Gespräch. Auf einmal hielt ein Opel mit Verdeck neben den beiden Männern, sie hörten wie einer von ihnen zum Fahrer sagte: »Ich denke, Sie sind längst zu Hause.«

Als sie näherkamen, erkannten sie Herti Kirchner am Steuer des Fahrzeugs. »Aber nein«, lachte sie ausgelassen. »Kommen Sie, ich fahre Sie nach Hause.«

Der Mann, den sie angesprochen hatte, erklärte ihr, dass er zuerst einen Kaffee trinken wolle.

»Na denn nicht«, rief sie und winkte ihm und den anderen Passanten zu. »Bis bald ...«

Alexander folgte ihrem Wagen mit dem Blick. Sie waren in derselben Richtung unterwegs, die Lutherstraße hinunter bis zur Kleiststraße.

»Was ist das?« Veronika entdeckte den Menschenauflauf am Ende der Straße als erste.

Er war schlagartig nüchtern und hielt sie zurück, das konnte eine Aktion der Nazis sein. »Da mischen wir uns nicht ein, das ist zu gefährlich!«

Seine Freundin ging allein ein paar Schritte weiter, sie drehte sich um und starrte ihn an.

»Was ist los?«

»Das ist ein Autounfall«, stammelte sie. »Ich glaube, das ist der Wagen von Herti Kirchner.«

Alexander erstarrte. Das konnte nicht sein, das durfte nicht sein. Dann lief er los. Er kümmerte sich nicht darum, dass Nazis auf der Straße sein konnten oder ihn jemand nach seinem Nachweis fragen konnte. Dort unter dem Autodach befand sich seine Zukunft. Zwei Fahrzeuge waren schwer beschädigt, eines lag auf dem Dach und wirkte wie ein einziger Trümmerhaufen. Hertis Opel. Inzwischen waren auch die beiden Männer, die vor wenigen Minuten mit Herti Kirchner gescherzt hatten, nähergekommen. Gesprächsfetzen drangen bis an sein Ohr. Von Schädelbruch war die Rede. Kurz darauf fuhr ein Rettungswagen mit Signalhorn davon. Ein Polizist kam auf sie zu, um sie wegzuschicken. »Ja, es ist die Filmschauspielerin Herti Kirchner«, erklärte er auf Fragen der Männer »Da ist nichts mehr zu hoffen.«

»Komm, wir rufen ihre Freundin Edith Meinhard, sie weiß, wen man benachrichtigen muss«, sagte einer der Männer und lief zur Telefonzelle.

»Alexander, komm!« Veronikas Stimme drang erst langsam zu ihm vor. Wie ein kleines Kind ließ er sich von ihr nach Hause führen. Ihm kam es vor, als befände sich unter ihm nur ein großes Loch, von dem jemand die Abdeckung weggezogen hatte.

Alexander hatte darum gebeten, allein zur Trauerfeier im Augusta-Hospital zu fahren.

Er saß in der Kapelle zwischen Fremden und Freunden und hörte zu, wie Wolfgang Liebeneiner, der Regisseur von Hertis letztem Film, die Gedenkrede hielt. So viele Menschen waren gekommen, Luis Trenker und Robert Stemmle, Harald Böhmelt, mit dem sie und Kästner scheinbar viel Zeit verbracht hatten. Ihre Freundin Edith Meinhard und viele andere Menschen aus der Filmwelt. Ein paar Kollegen und Pressefotografen entdeckte er ebenfalls. Am nächsten Morgen würde er nach Kiel fahren. Er hatte bereits Bernhard Lansmann telegraphiert, dass und weshalb er kam.

Zwei Tage später stand Alexander mit Adelheid Lansmann und vielen Kielern in der Kapelle auf dem Südfriedhof und lauschte dem Orgelspiel.

»Aufs Tiefste erschüttert sind wir heute hier miteinander versammelt«, begann der Pastor, der ihn vor Jahren auf die Konfirmation vorbereitet hatte, seine Ansprache.

»So schnell und unerwartet ist eure liebe Anverwandte und Freundin aus dem Leben gegangen.«

Alexander ließ die nächsten Worte und den Spruch aus der Bibel an sich vorbeiziehen. Er hörte erst wieder zu, als der Name Herti Kirchner fiel. Es ging hier nicht um irgendjemanden, es ging um genau diese junge Frau. Er spürte, wie Trauer und Zorn über die Floskeln des Pastors in ihm kämpften.

»Sie war reich im Wort - was hilft einem Schauspieler all sein Wissen, wenn er es nicht im Worte darstellen und mit seinem Wort auf uns wirken kann! Sie war reich im Fleiß. So mancher mag bei ihrem letzten schnellen Aufstieg gesagt haben: So jung und schon so hochgestellt; wie viel Glück. Meine Freunde, ohne Fleiß ist nichts. Freilich, nicht jeder, der fleißig ist, erreicht höchste Ziele, aber jeder, der Höchstes erreicht, war fleißig!«

Herti Kirchner war wirklich fleißig gewesen. Wie oft hatte Alexander sie im Rundfunk gehört, immer war sie unterwegs zwischen Funk, Fernsehen und Proben, in der letzten Zeit immer öfter auch für Termine mit der Presse. Trotzdem hatte sie stets ein freundliches Lächeln für ihn, selbst nach der peinlichen Szene mit dem Brief. Der Pfarrer hielt sich weiterhin beim Fleiß auf, das war sein Lieblingsthema, aber hier passte es auch. »Fleißig in sorgenvollen Jahren, in denen nichts verdient wird, fleißig bei tausend Rückschlägen. So eine fleißige Arbeiterin war die begabte Herti Kirchner.«

Alexander starrte vor sich hin. Und sein Fleiß? Zählte der nichts, bloß weil sein Vater Jude war! Hier saßen und standen dieselben Leute, die früher mit ihm und seinen Eltern in der Kirchbank gesessen und die vor wenigen Monaten die Praxis boykottiert und seiner Mutter kein Brot verkauft hatten.

Als der Pfarrer begann, Gebete zu sprechen, verließ Alexander die Kirche. Draußen warteten weitere Trauergäste, die keinen Platz in der Kapelle bekommen hatten. Er entdeckte Adelheid, die er beim Betreten des Andachtsraums verloren hatte, und stellte sich zu ihr. Während die Orgel ein weiteres Mal erklang, wurde der Sarg herausgetragen. Er wartete, bis sie sich in den Trauerzug einreihen konnten. Unter den Kränzen, die dem Sarg folgten, sah er einige von Filmgesellschaften.

»Hinter dem Sarg gehen Hertis Bruder und ihre Tanten, bei denen sie viel Zeit verbracht hat. Nach dem Tod ihrer Mutter haben sie sich um das Mädchen gekümmert«, flüsterte Adelheid ihm zu.

Viele Menschen säumten den breiten Weg auf dem Friedhof. Er traute seinen Augen nicht, manche hoben den rechten Arm zum Hitlergruß. Wenn Herti das sehen würde. Würde sie flüstern: »Lieber Gott, mach mich stumm, damit ich nicht ins Kola kumm?« Oder würde sie ebenfalls den Arm heben, was er nie bei ihr gesehen hatte. Der Kranz der Reichskulturkammer verriet, dass sie sich ins System eingegliedert hatte, vorangegangen war sie nicht. Sie war ihrem inneren Ziel gefolgt.

Die Verse des Schauspielkollegen Erich Fiedler kamen ihm in den Sinn, die der Pfarrer in der Andacht zitiert hatte: »Durch schwere Tage kämpftest du nun zum Erfolg. Und warst stolz -

doch nur in dir und nicht zu uns. Wie oft besprachen wir die Sorgen, die unser Leben uns beschert. Wie oft den Schmerz, den allzu große Hoffnung uns geschenkt, wenn tief enttäuscht der Blick sich senkte. Doch Glaube war's, der uns erhielt? Der Glaube, dass es werden muss, was uns Natur mit reinem Herzen gab. Der Glaube an das Gute, das doch siegen muss, weil Gott es uns geschenkt.«

Alexander hatte keinen anderen Menschen kennengelernt, der so an sich und seine Bestimmung glaubte. In seinem Kopf festigte sich das, was der Pastor gesagt hatte. Daran würde er sich ein Beispiel nehmen. Wie hatte es in einer Zeitung gestanden: »In einem kleinen Kabarett im Westen hat sie vor einigen Jahren angefangen. Ihr sanfter blonder Humor gefiel, aber sie hatte es schwer, sich durchzusetzen. Vor einem Jahr wurde die Filmrolle etwas größer, dann war es wieder still. Aber Herti Kirchner kämpfte weiter. Jetzt war es erreicht, jetzt war sie ganz vorn; Berlin, ja, ach was, die Welt gehörten ihr.«

Er wusste nicht, wie lange er leben würde. Früher hatte er gedacht, alle Menschen würden alt werden. Diese Zeiten waren längst vorbei, wer nicht an Krieg oder Krankheit früh starb, der musste damit rechnen, dass die Nazis ihm das Leben nahmen. Entscheidend war so oder so, was man aus seinem Talent machte. Herti Kirchner hatte das gezeigt und ihm mit ihrer Karriere den Weg für sein Leben gewiesen.

»Durch schwere Tage kämpftest du nun zum Erfolg«, diesen Satz hatte Veronika in großen Buchstaben aufgeschrieben und neben den Spiegel im Gartenhaus gehängt.

Aber Alexander stand selten vor dem Spiegel. Seit er von Hertis Beerdigung zurück nach Berlin gekommen war, lag er von morgens bis abends auf der unbequemen Couch im Gästehaus der Familie Pauly.

Veronika versuchte ihm jeden Tag, wenn sie ihm Essen brachte, Mut zuzusprechen, doch er hatte das Gefühl, dass sein Traum und sein Leben gestorben waren. Das einzige, was ihn aus seiner Lethargie holen konnte, waren die Nachrufe, die sie ihm aus der Lehranstalt mitbrachte. »Wir haben schon eine ganze Kiste voll mit Artikeln über Hertis Tod«, berichtete sie. »Du glaubst nicht, wer alles um sie trauert. Ehemalige Kollegen und Redakteure erinnern sich in berührenden Beiträgen an sie.«

Er zog die Decke über den Kopf. Er wollte das nicht hören. Er wollte, dass es einen Knall gab und die Zeit auf den 30. April zurückgedreht wurde. Auf den Moment, als sie sich getroffen hatten, als sie aus dem Auto gewunken hatte. Und dann würde das Auto zu ihrer Wohnung fahren.

»Wusstest du, dass Herti gerade erst umgezogen war? In eine kleine Wohnung in der Mommsenstraße, in der Nacht vom 29. und 30. April.« Veronika setzte sich neben seine Beine und nahm seine Hand. Tränen standen in ihren Augen. »Stell dir vor, sie hat nur eine Nacht dort geschlafen. Die Kisten waren nicht einmal ausgepackt.«

Alexander wollte das nicht hören. Er steckte die Finger in die Ohren, aber seine Gedanken konnte er nicht ausblenden. Immer wieder war da das Bild der Menschentraube, die sich um die Unfallstelle gebildet hatte. Immer wieder hörte er die Leute zischen. »Das ist Herti Kirchner. Der Schupo hat ihr noch gesagt, dass sie nicht fahren soll«, erzählte einer dem anderen. Angeblich hatte der Polizist den Wagenschlüssel beschlagnahmt. Hätte er es nur getan!

»Du musst etwas essen!«, unterbrach Veronika seine Gedanken. »Komm, es gibt Kohlrouladen, die isst du sonst so gerne.« Seit seiner Rückkehr aus Kiel gab es jeden Tag Kohlrouladen oder ein anderes Leibgericht. Meist stocherte er auf dem Teller herum und brachte keinen Bissen herunter.

»Du musst essen!« Veronikas Stimme klang schrill und voller Angst. »Sieh dich an. Abgemagert und mit dem Bart! Dadurch wird Herti nicht wieder lebendig!«

Als ob er das nicht wusste. Aber mit ihr war der Traum, die Vision, sein Lebensziel gestorben. Das, was ihm half, diese schreckliche Zeit, diese täglichen Rückschläge auszuhalten. Ein Blick von ihr, ein Beitrag über einen neuen Film, ihre Kinderbücher, ihre Stimme im Rundfunk, all das waren Anker in seinem Leben gewesen. Und jetzt? Sollte er in Tinglev warten, bis die Nationalsozialisten begannen, die Juden aus Dänemark zu vertreiben? »Lass mich!«, forderte er seine Freundin auf.

Veronika blieb sitzen. »Nein, ich bleibe so lange, bis du gegessen und dich rasiert hast. Und wenn es eine Woche dauert.« Ihre Stimme klang so entschlossen, dass Alexander vorsichtig unter der Decke hervorlugte. Sie saß in einen Sessel, vor ihr auf dem Tisch lag ein Stapel Zeitschriften, daneben standen eine Kanne Wasser und ein Einweckglas mit Kirschen. Bei dem Bild musste er unwillkürlich lachen. Seine Freundin hatte sich zweifellos auf einen längeren Aufenthalt vorbereitet.

»Unglaublich!«, murmelte Veronika, als sei er nicht im Raum. »In Peru hat eine Fünfjährige ein Kind bekommen. Das arme Mädchen!« Er reagierte nicht auf ihren Versuch, ihn mit solchen Meldungen zu provozieren.

»Ach, guck, es gibt künftig Direktflüge von Europa nach Amerika«, berichtete sie. »Die Flieger starten in New York und fliegen über Lissabon nach Marseille. Das wäre was für dich!«

Amerika! Vielleicht war es wirklich die Lösung, dass er nicht zu seinen Eltern zog, sondern auswanderte wie so viele andere. Das war in seiner Familie bereits ein Thema. Ein Kommilitone seines Vaters war lange vor Hitlers Machtantritt in die USA gezogen und lebte in Palo Alto, wo die Halbersbergs jederzeit willkommen waren.

Alexander setzte sich aufrecht hin. »Hier geht es bergauf«, hatte er im Ohr, was sein Vater aus dem letzten Brief des amerikanischen Kollegen vorgelesen hatte. »Nachbarn haben in ihrer Garage gerade ein Unternehmen gegründet. Sie haben neben ihren Jobs einen Tongenerator erfunden, unglaublich, was diese neue Technik möglich macht.« Auch wenn er sich unter einem Tongenerator nichts vorstellen konnte, hatte das seine Neugier geweckt. Seit er sich mit dem Film beschäftigte, hatte er so viele Neuerungen erlebt, wer konnte wissen, was die Erfindung von William Hewlett und David Packard mit sich brachte. Er hatte das im Kopf behalten für den Fall, dass Herti ihrer Kollegin Marlene Dietrich in die USA folgen würde. Das würde nie mehr geschehen.

»Alexander!« Veronika schüttelte ihn. »Was ist los? Du sitzt seit Minuten bewegungslos wie eine Statue.«

»Nichts!«, winkte er ab. »So einen Flug nach Amerika kann ich mir sowieso nicht leisten. Ich bin froh, wenn mein Geld für Brot und Butter reicht.«

Sie beugte sich vor und sah ihm in die Augen. »Brot und Butter kriegst du von uns, Hauptsache, du isst wieder. Komm, es tut weh, wenn ich dein Essen unangetastet oder zu einem Schlachtfeld zermanscht zurück in die Küche bringen muss.« Sie hielt ihm den Teller mit den Kohlrouladen hin. »Bitte!«

Alexander nahm den Teller und stellte ihn vor sich auf den Tisch. Er zerrte mit der Gabel ein Stück Kohlblatt heraus und schob es in den Mund. Zum ersten Mal seit zwei Wochen kam der Geschmack einer Speise in seinem Kopf an. Der Kohl erinnerte ihn an seine Kindheit, als seine Mutter extra eine kleine Roulade rollte, damit er vor dem Mittagessen probieren konnte. Mit diesen Gedanken aß er die Kohlroulade auf.

Veronika strahlte. Er sah, dass sie auf seinen Bart blickte und rieb sich das Kinn, die Haare waren lang geworden. Mit einem Rasierpinsel würde er da nichts mehr ausrichten können. Ohne ein Wort zu sagen, stand er auf und ging zum Spiegel. Er erschrak vor dem eingefallenen, haarigen Gesicht, das ihm entgegenblickte.

»Durch schwere Tage kämpftest du nun zum Erfolg«, las er wie in Trance. Herti Kirchner hatte so viele schwere Tage überstanden. Sie war zu spät gekommen, um von ihrem sterbenden Vater Abschied zu nehmen und immer wieder musste sie Rückschläge in Kauf nehmen. War er es ihr nicht schuldig, weiterzumachen, ihr ein Denkmal zu setzen? Die Zeitungen würden sie schnell vergessen, dafür würden die

Nationalsozialisten mit ihren ständig neuen Provokationen sorgen.

»Hier ist die letzte Geschichte von Herti abgedruckt«, stellte Veronika fest. Er drehte sich zu ihr um. Sie hatte sich wieder in dem Sessel hinter ihren Zeitschriften verschanzt, als ginge es sie nichts an, was hier geschah. So war es auch. Sie waren nicht mehr verlobt, sie stammten aus verschiedenen Welten und er musste seinen Weg allein finden.

»Zeig«, bat Alexander. Er nahm ihr die *Junge Dame* aus der Hand und überflog die Geschichte, die er vor wenigen Wochen gelesen hatte. Dann wandte er sich dem Artikel zu, der neben der Geschichte stand und las laut: »Ein junges hoffnungsvolles Leben ging durch tragisches Geschick von uns.« Ein Kollege erinnerte sich in dem Artikel an den Aufstieg von Herti Kirchner. »Gerade war Herti Kirchner der Sprung ‚nach oben‘ geglückt - gerade stand sie an einem neuen glänzenden Beginne - gerade da wurde sie fortgeholt. Wenige Tage vor ihrem Tode konnte sie sich zum ersten Mal in ihrem Leben in einem großen Premierenkino im Berliner Westen verneigen. Hand in Hand mit Heinz Rühmann. Ein junges, von Leben und Lachen und Sonne geladenes Mädchen zeigte sich da und verneigte sich bescheiden.«

Alexander spürte, wie die Tränen in seine Augen traten und über seine Wangen liefen, als er fortfuhr: »Und das alles hätten die Premierenbesucher dem überglücklichen Gesicht Herti Kirchners eigentlich mit ablesen müssen: Dass sie am Abend vor der Premiere den Vertrag zu einer Hauptrolle in einem Bühnenstück an einer bedeutenden Berliner Bühne abgeschlossen hatte - es war der erste große Bühnenvertrag ihres Lebens. Um Herti Kirchner, die sich zehn lange Jahre unverdrossen als kleinere Schauspielerin durchgearbeitet hatte, war in diesen Tagen und Wochen plötzlich alles hell und strahlend geworden.«

Epilog

Am nächsten Tag reiste Alexander nach Tinglev. Im Gepäck hatte er seine Sammlung über Herti Kirchner, der er einige Nachrufe und die letzte Ausgabe der *Jungen Dame* hinzugefügt hatte.

Während seine Eltern trotz des deutsch-dänischen Nichtangriffspaktes, der am 31. Mai in Berlin unterzeichnet wurde, über immer neue Wege nachdachten, wie sie nach Amerika ausreisen konnten, während Hitler immer lauter mit Krieg drohte, während Juden in Deutschland stets neue Repressalien erleben mussten, tippte er wie besessen auf seiner Schreibmaschine.

Veronika schickte ihm Zeitungsartikel, Filmanzeigen und den Waschzettel des letzten Films von Herti Kirchner, der wenige Tage vor ihrem Tod abgedreht worden war.

Als er das kleine Kreuz in der Kinoankündigung von *Wer küsst Madeleine?* sah, konnte er die Tränen nicht mehr zurückhalten. Er warf sich auf sein Bett und weinte, bis sein Gesicht verquollen und sein Tränenvorrat erschöpft war.

Die Premiere ihres letzten Films fand am 24. August in Berlin statt. Ohne sie. Ohne ihn. Es war zu riskant geworden, die dänisch-deutsche Grenze zu überqueren. Der kleine Artikel, den er für sein Buch schrieb, beruhte auf den Berichten, die ihm Veronika schickte. Er konnte froh sein, dass die Post ihn erreichte.

Wer küsst Madeleine?

Es kommt nicht oft vor, dass der Start eines neuen Films mit so viel Trauer begleitet ist wie jetzt, bei der Uraufführung von *Wer küsst Madeleine?*. Regisseur Victor Jansen und Produzent Edgar Kahn haben für ihre Verwechslungskomödie ein namhaftes Personal engagiert. Albert Matterstock ist als berühmter Flieger zu sehen, der von Eifersucht geplagt wird. Wann immer er unterwegs ist, fragt er sich: »Wer küsst Madeleine?« Magda Schneider ist in der Rolle als seine Ehefrau aber auch eine Sünde wert und die Kandidaten stehen Schlange. Kurzum, es gibt genug Anlässe für einen heiteren Abend im Kino. Immer wenn Herti Kirchner in ihrer Paraderolle als komische Naive auftritt, sticht es einem jedoch ins Herz. Die junge Schauspielerin hat diese Premiere nicht mehr erlebt! Sie starb nach Abschluss der Dreharbeiten bei einem tragischen Autounfall, am Beginn der großen Karriere, auf die sie zehn Jahre lang hingearbeitet hatte. Und dann bringt sie einen mit ihrem Spiel zum Lachen und zeigt uns, wie nah Freud und Leid, Glück und Schmerz beieinander liegen.

Irgendwann würde Hertis letzter Film auch in Dänemark zu sehen sein. Oder in Amerika. Oder in Deutschland, wenn die Aufrechten im Land und in Europa dem braunen Spuk ein Ende bereiteten. Bis dahin arbeitete er unermüdlich daran, ihre Biografie zu beenden.

Immer neue Erkenntnisse aus Gesprächen mit Adelheid, aus den Nachrufen und den Berichten über den neuen Film erschwerten und erleichterten seine Arbeit.

»Alexander, du musst etwas essen!«, drängelte seine Mutter bei jeder Gelegenheit.

Er wusste, dass sie sich Sorgen machte, weil er morgens lange schlief und nachts lange schrieb. Er schrieb mit der Hand, seit sein Vater ihn mürrisch daran erinnert hatte, dass für manche Familienmitglieder die Nacht um 6 Uhr zu Ende war.

»Alexander!«

Er schlug die Bettdecke zurück. Das war der dritte Weckruf seiner Mutter. Es war besser, ihm Folge zu leisten, ehe sie mit einem nassen Waschlappen kam wie früher in den Ferien. Nachlässig wusch er sich das Gesicht und zog die Hose über. »Morgen«, sagte er schläfrig beim Betreten der Küche.

»Guten Morgen«, antwortete die Mutter. »Hast du …«

Er wartete nicht ab, bis sie den Satz beendete. »Ja, ich habe das Manuskript heute Nacht fertig geschrieben. Gleich nachher gehe ich zur Post und schicke es an den Verlag, bei dem die Kinderbücher von Herti Kirchner erschienen sind. Sie werden wissen, was damit geschehen soll.«

Statt einer Antwort ging seine Mutter zu dem alten Rundfunkempfänger, den sie aus dem Haus in Kiel mitgebracht hatte. Sie drehte den Ton auf und verlangte: »Sei ruhig und hör zu. Hitler hält gerade eine Rede im Reichstag.«

Alexander wunderte sich, dass seine Mutter eine Hitlerrede hörte. Ihr Blick war so ernst, dass er nichts sagte, sondern auf die schnarrende Stimme des deutschen Kanzlers und Präsidenten hörte: »Seit 5.45 Uhr wird jetzt zurückgeschossen!«

Nachwort über Fiktion und Wirklichkeit

Die größte Herausforderung beim Schreiben dieses Romans war die Verknüpfung von Fiktion und Wirklichkeit, weil Herti Kirchner eine reale Person war, die in einer Zeit gelebt hat, über die viel bekannt ist. So ist auch alles, was über Herti Kirchner geschrieben wird und was sie sagt, authentisch - aus Briefen an ihre Familie oder anderen Belegen in ihrem Nachlass überliefert. Bis auf ein »Guten Tag!« hier oder ein Lächeln da, die ich ihr angedichtet habe, sind ihre Sprechtexte aus den Briefen übernommen worden. Darüber hinaus taucht Herti Kirchner im Tagebuch und in der Korrespondenz von Erich Kästner auf, dort unter dem Kosenamen »Nauke«. Herti Kirchner nannte Erich Kästner in ihren Briefen oder auf Postkarten manchmal »Onkel Eduard«, schrieb aber meist über Erich oder Kästner.

Auch die Ereignisse im Roman sind so in den 1930er-Jahren in Berlin geschehen, manches davon kennen wir aus Schul- und Geschichtsbüchern, anderes habe ich in Biographien und autobiographischen Texten erfahren und einiges berichtete Herti Kirchner in ihren Briefen nach Hause.

Schließlich sind da die Personen des öffentlichen Lebens, mit denen Herti in ihrer Berliner Zeit vernetzt war. Allen voran Erich Kästner, den sie im Dezember 1933 kennengelernt hat und der sie nach ihrem Tod 1939 identifizieren musste. Einer der letzten Briefe aus ihrem Todesjahr zeigt, dass es bis zu ihrem Tod eine enge Beziehung zwischen den beiden gegeben hat. Zur Clique von Herti Kirchner und Erich Kästner gehörten der Illustrator und Cartoonist Erich Ohser alias e. o. plauen, der Komponist Harald Böhmelt und dessen Freundin, die Fotografin Ilse Liedtke. Eine wichtige Rolle in Herti Kirchners Leben spielte Karl Vollmoeller, ein Filmmäzen, der mit Josef von Sternberg als Entdecker von Marlene Dietrich gilt und das Drehbuch für den Film *Der blaue Engel* geschrieben hat.

Darüber hinaus hatte sie bei ihrer Arbeit oder im Privatleben Kontakt mit namhaften Personen jener Zeit, die wir teilweise heute noch kennen, sie war auf Tournee mit Heinz Rühmann und spielte in dem letzten großen Film, dessen Premiere sie erlebt hat, an seiner Seite. Sie drehte mit Luis Trenker und auf seiner Beerdigung waren Robert A. Stemmle, Gustav Knuth und andere Repräsentanten der Filmbranche vertreten. Sie alle finden Eingang in das Buch, als Belege liegen mir dafür Medienberichte sowie Hertis Briefe vor. Außer den Zitaten von Herti Kirchner finden sich am Ende des Romans Auszüge aus der Grabrede und Nachrufen, die teilweise wörtlich übernommen wurden, hier war mir wichtig, die Bedeutung der jungen Schauspielerin in ihrer Zeit durch authentische Zeugnisse zu unterstreichen. Die Geschichte *Mieze* von Herti Kirchner wurde tatsächlich in der Zeitschrift *Junge Dame* abgedruckt. Ich habe sie komplett eingefügt, um zu zeigen, dass Herti Kirchner sehr wohl schriftstellerisches Talent besaß, was ihr in der heutigen Zeit zum Teil abgesprochen wird, es wird ihr unterstellt, ihre Kinderbücher stammten von Erich Kästner und sie hätte nur ihren Namen als Pseudonym zur Verfügung gestellt.

Trotzdem ist der Roman keine Biografie, die Hauptfigur Alexander Halbersberg und alle Bezugspersonen zu ihm, seine Eltern, seine Freundinnen, Kolleginnen, Kollegen und Vorgesetzte sind erfunden, das gilt auch für die Mitarbeiter der Zeitungen aus den 1930er-Jahren. Die Titel der Presseerzeugnisse habe ich verwendet, weil sie aufgrund von Verboten und Beschränkungen durch die Nationalsozialisten teilweise zerstört wurden und in Vergessenheit geraten sind.

Mit meinem Roman möchte ich vor allem an Menschen, Ereignisse und Institutionen erinnern, die bis heute nachwirken, um zu zeigen, dass Geschichte niemals abgeschlossen ist und bewusst oder unbewusst das Leben und die Gesellschaft späterer Generationen beeinflusst. So wie uns Menschen Ereignisse aus der Kindheit unbewusst prägen, wird die Identität einer Nation durch ihre Geschichte bestimmt. In beiden Fällen ist wichtig, sich negativen Prägungen zu stellen und bewusst mit ihnen umzugehen, um nicht krank zu werden. Auch eine Gesellschaft kann krank werden, das sah schon Erich Kästner so, und manchmal sorge ich mich, dass unsere Gesellschaft auf dem Weg zu einer Krankheit ist, deren Heilung ich vielleicht nicht mehr erleben werde. In solchen Momenten denke ich an Herti Kirchner, die immer wieder von vorne angefangen und nie aufgegeben hat. Deshalb war es mir wichtig, diesen Roman zu schreiben und so viel Wirklichkeit wie möglich einzubinden.

Dank

Mein größter Dank geht an Herti Kirchner für ihre ausgiebige Korrespondenz über das Leben einer jungen Frau im Berlin der 1930er Jahre und ihre Angehörigen, die mir ihre Briefe und Texte zur Verfügung gestellt haben. Durch die Beschreibung ihres Alltags, ihrer Begegnungen, ihrem Kampf um Erfolg, hat Herti Kirchner mich an ihrem Leben so intensiv teilhaben lassen, dass ich mit ihr betroffen war über Rückschläge und Enttäuschungen.

Den Roman rund um den Aufstieg der jungen Schauspielerin hätte ich nicht schreiben können ohne viele Menschen und Institutionen, die zum Teil nicht einmal wissen, dass sie mir geholfen haben. Ich weiß nicht, wie ich ohne das Internet und die vielen Seiten von Liebhabern, Sammlern und geheimen Experten für die Zeit der 1930er-Jahre in die Recherche hätte einsteigen sollen. Ich habe auch viele Bücher gelesen, in Zeitungen und Zeitschriften - offline und online - geblättert, aber die Informationen, die Einzelpersonen zu ihrem Steckenpferd zusammengetragen haben, sind nicht zu übertreffen, weil sie das Leben in jener Zeit auf Schicksale herunterbrechen.

Ich bin sicher, Herti Kirchner wäre ganz früh mit dabei gewesen, im Internet zu surfen und es zu nutzen, um sich ihren Traum zu verwirklichen. Einige Websites möchte ich explizit nennen, weil ich da ganz konkret gesehen habe, wie viel Arbeit ständig geleistet wird. Ich habe mit der Recherche vor sieben Jahren begonnen. Auf viele Fragen und zu manchen Filmen von Herti Kirchner fand ich damals keinen Hinweis, das ist heute anders und das gilt für Wikipedia in besonderem Maße. Ich erwähne das, weil es umstritten ist, Wikipedia als Quelle zu verwenden, allerdings habe ich auf englischsprachigen Wikipedia-Seiten mehr Informationen über jüdische Künstler gefunden, die von den Nazis verjagt oder ermordet wurden, als auf deutschen Internetseiten!

Besonders hilfreich waren filmportal.de, wo inzwischen fast alle Filme von Herti Kirchner vorgestellt werden, die Pressechronik 1933 des Deutschen Pressemuseum, und das Archiv der Berliner Morgenpost, weil ich da zum einen Reden und Berichte über spezielle Ereignisse in jener Zeit fand, wie die Goebbels-Rede vor der Fachschaft Film im März 1933, und zum anderen einen Eindruck bekam, welche Meldungen und Artikel in den Medien zu jener Zeit wichtig erschienen sind.

Dem Portal was-war-wann.de verdanke ich einen akribischen Überblick über die gesellschaftlichen, historischen und politischen Ereignisse von 1929 bis 1939, von denen ich zum Teil nie zuvor gehört hatte.

Aber natürlich haben mir auch viele Menschen geholfen, damit die Geschichte so wird, wie ich sie mir vorgestellt habe. Besonders danken möchte ich dem Neffen von Herti Kirchner, seiner Frau und seiner Familie, die mir einen Einblick in die private Korrespondenz und den gesamten Nachlass erlaubt haben.

Damit ich niemanden vergesse, der durch ein Gespräch, eine E-Mail, einen Kommentar bei Facebook oder die Nachfrage, wann das Buch denn endlich komme, zum Entstehen des

Buches beigetragen hat, beschränke ich mich auf die Institutionen, die mich unterstützt haben:

Literaturarchiv Marbach

Erich Ohser - e. o. plauen Stiftung

Friedrich-Murnau-Stiftung

Danken möchte ich auch der Stadt Gotha, die mich für das Kurd-Laßwitz-Stipendium 2019 ausgewählt hat und mir damit Raum und Ruhe verschafft hat, den Roman endlich fertig zu schreiben. Dadurch, dass ich mit den Protagonisten durch das für uns nicht sichtbare Berlin gewandert bin, war die Arbeit an diesem Buch besonders schwer und nur abgeschieden vom Alltag möglich.

Schließlich gilt mein Dank allen, die daran geglaubt haben, dass dieses Projekt, von dem ich so viele Jahre gesprochen habe, irgendwann Wirklichkeit wird. Sie haben indirekt dazu beigetragen, dass ich mir ein Beispiel an Herti Kirchner genommen habe, immer meinen Traum im Blick.

Literatur

Dies ist eine Auswahl der vielen Bücher, die ich bei der Arbeit an diesem Roman in der Hand hatte, um mir ein Bild vom Leben der Menschen in der Zeit von 1929 bis 1939 in Berlin zu verschaffen.

Beinhorn, Elly: Alleinflug. F. A. Herbig 2007

Berlin unterm Hakenkreuz. DVD. Chronos Media 2002

Beyer, Friedemann: Die Ufa-Stars im Dritten Reich. Wilhelm Heyne 1991

Bronnen, Barbara (Hrsg.): Geschichten vom Überleben. Frauentagebücher aus der NS-Zeit. Verlag C. H. Beck 1998

Budzinski, Klaus: Pfeffer ins Getriebe. Ein Streifzug durch 100 Jahre Kabarett. Wilhelm Heyne 1984

Das Tagebuch der Hertha Nathorff. Berlin-New York. Aufzeichnungen 1933 bis 1945. Fischer Taschenbuch 1989

Die Stadt der Millionen. Stummfilm. Adolf Trotz 1925

Dietrich, Marlene: Ich bin, Gott sei Dank, Berlinerin. Ullstein 2000

Döblin, Alfred: Berlin Alexanderplatz. dtv 1980[23]

Enderle, Luiselotte: Erich Kästner. rororo 1985

Finck, Werner: Alter Narr - was nun? Ullstein 1978

Friedrich, Thomas: Berlin in Bildern 1918-1933. Wilhelm Heyne 1991

Fromm, Bella: Als Hitler mir die Hand küsste. Rowohlt Taschenbuch 1994

Gay, Peter: Meine deutsche Frage. Jugend in Berlin 1933-1939. C. H. Beck 1999[2]

Hahn, Lili: »... bis alles in Scherben fällt.« Tagebuchblätter 1933-1945. Literarischer Verlag Braun 1979

Hildenbrandt, Fred: .... ich soll dich grüssen von Berlin. 1922-1932. Ehrenwirth 1994[4]

Hollaender, Friedrich: Von Kopf bis Fuß. Revue meines Lebens. Aufbau Taschenbuch 2001

Kästner, Erich: Ein Mann gibt Auskunft. dtv 1988

Kirchner, Herti: Lütte. Geschichte einer Kinderfreundschaft. 1937 (Reprint gata-Verlag 2002)

Kirchner, Herti: Wer will unter die Indianer? 1938 (Reprint gata-Verlag 2002)

Koreen, Maegie: Claire Waldorf. Chanson Café 2014

Kühn, Volker: Deutschlands Erwachen. Kabarett unterm Hakenkreuz 1933-1945. Quadriga 1989

Landshoff-Yorck, Ruth: Klatsch, Ruhm und kleine Feuer. Fischer Taschenbuch 1997

Landau, Lola: Vor dem Vergessen. Ullstein 1987

Marcus, Paul: Zwischen zwei Kriegen. Transit 2013

Sakkara, Michele: Die große Zeit des deutschen Films. 1933-1945. Druffel 1980

Schad, Martha: Frauen gegen Hitler. Wilhelm Heyne 2002

Schebera, Jürgen: Damals im Romanischen Café. Edition Leipzig o. J.

Spoto, Donald: Marlene Dietrich. Heyne 2000

Tunnat, Frederik D: Karl Vollmoeller. Ein kosmopolitisches Leben im Zeichen des Mirakels. Edition Vendramin 2011

Tunnat, Frederik D: Marlene Dietrich. Vollmoellers blauer Engel. Edition Vendramin 2014

Weinke, Wilfried: Ich werde vielleicht später einmal Einfluß zu gewinnen suchen…. Der Schriftsteller und Journalist Heinz Liepman (1905–1966). Göttingen: V & R Unipress 2017

Wietzorek, Paul: Das historische Berlin. Michael Imhof 2016

Winkelmann, Ruth: Plötzlich hieß ich Sara. Erinnerungen einer jüdischen Berlinerin 1933-1945. Jaron 2014[2]

Wolffram, Knud: Tanzdielen und Vergnügungspaläste. Edition Hentrich 1992

Zajonz, Michael & Sven Kuhrau (Hrsg.): Heimweh nach dem Kurfürstendamm. Michael Imhof 2010[2]

Die Autorin

Dr. Birgit Ebbert ist seit über 15 Jahren als freie Autorin tätig und schreibt für verschiedene Verlage Romane, Kinder- und Jugendbücher, Lernhilfen, Ratgeber und Erinnerungsgeschichten. Sie wuchs im Münsterland auf, lebte einige Jahre in Stuttgart und Bochum und betrachtet heute Hagen als ihre Wahlheimat. Nach einem Studium in Münster und Bonn mit dem Abschluss als Diplom-Pädagogin arbeitete sie fast 20 Jahre in Bildungseinrichtungen und promovierte in Bonn neben ihrer Berufstätigkeit mit einer Arbeit über Erich Kästner, dabei studierte sie zusätzlich zu Pädagogik und Psychologie noch Deutsche Sprache und Literatur und ihre Didaktik.

Die Autorin ist im Netz erreichbar unter:

www.birgit-ebbert.de
www.kaestner-im-netz.de
www.erinnerungsgeschichten.de
www.papierzen.de

Roman zur Bücherverbrennung 1933

Die Studentin Karina findet im Haus ihrer verstorbenen Großtante geheimnisvolle Postkarten. Die Suche nach den Hintergründen führt sie in das Frühjahr 1933, als ihre Vorfahrin als Haushälterin bei einem jüdischen Buchhändler arbeitete und hautnah miterlebte, wie die Hitler-Anhänger immer mächtiger wurden. Je tiefer Karina in der Geschichte bohrt, umso gefährlicher wird ihre Suche.

Auch dieser Roman entstand nach jahrelanger Recherche zur Bücherverbrennung 1933 in Deutschland und fußt auf historischen Ereignissen.

Birgit Ebbert: Brandbücher. Gmeiner Verlag 2013
ISBN 978-3839214480 (auch als E-Book erhältlich)

Internetseite zum Buch: www.buecherverbrennung.de